DIE SUCHE NACH CARLY

Die SEALs von Hawaii, Buch 5

SUSAN STOKER

Besuchen Sie Susan im Netz!
www.stokeraces.com
facebook.com/authorsusanstoker
twitter.com/Susan_Stoker
bookbub.com/authors/susan-stoker
instagram.com/authorsusanstoker
Email: Susan@StokerAces.com

EBENFALLS VON SUSAN STOKER

KAPITEL EINS

Carly Stewart saß mit dem Rücken gegen die Wand gelehnt in der Ecke ihres Schlafzimmers. Sie hatte ein Geräusch im Flur gehört, was eine weitere Panikattacke ausgelöst hatte. Für eine Weile hatte sie sich wie eine Fünfjährige unter ihrem Bett versteckt, bevor sie endlich herausgekrochen war. Jetzt saß sie mit den Armen um ihre Beine geschlungen da und versuchte zu atmen.

Etwas war an diesem Abend allerdings anders. Etwas, das seit dem Abend, an dem Kenna von Carlys Ex-Freund entführt wurde, nicht mehr passiert war. Er hatte eine Bombe um seinen Körper geschnallt, die sie fast in Stücke gerissen hätte.

Zusätzlich zu der lähmenden Angst, die sie seitdem fast jeden Tag erlebt hatte, verspürte Carly Wut in sich aufkochen.

Beide Emotionen waren für sie unüblich. Sie war nicht die Art von Frau, die sich wegen jeder Kleinigkeit stresste. Im Allgemeinen war sie ein glücklicher Mensch ... oder war es zumindest einmal gewesen.

Ihre Beziehung zu Shawn war anfangs gut gewesen. Er

war fast zwanzig Jahre älter als sie, aber das hatte sie nicht gestört. Aber es hatte nicht lange gedauert, bis er sich von dem freundlichen, romantischen Mann zu einem kontrollsüchtigen Mistkerl entwickelt hatte, der auch handgreiflich wurde.

Carly hatte viel zu lange gebraucht, um endlich zur Vernunft zu kommen. Sie war dankbar, dass sie nie bei ihm eingezogen war, obwohl er sie mehrfach gebeten hatte.

Aber er hatte sich geweigert, ihre Trennung zu akzeptieren. Er fing an, ihr zu folgen und ihr das Leben zur Hölle zu machen. Sie hatte eine einstweilige Verfügung gegen ihn erwirkt, die es ihm untersagte, sich ihr zu nähern. Obwohl sie wusste, dass ihm das nicht gefallen würde, hätte sie nie damit gerechnet, dass er am Ende versuchen würde, sie zu töten.

An dem Abend, an dem er im Restaurant aufgetaucht war, war sie früher von der Arbeit nach Hause gegangen. Er hatte diese Bombe um seine Brust geschnallt und war bereit gewesen, sie zu entführen und wer weiß was mit ihr zu machen. Er hatte sich schließlich ihre Freundin Kenna geschnappt und sich am Ende selbst in die Luft gesprengt.

Das hätte das Ende der Geschichte sein sollen, aber stattdessen war es nur der Anfang ihres Albtraums gewesen.

Es war eine Sache zu wissen, vor wem man Angst haben musste. Aber es war eine andere zu erkennen, dass Shawn an diesem Abend mit jemandem zusammengearbeitet hatte. Jemand, der bereit war, ihm bei ihrer Folter zu helfen. Und sie wusste nicht genau, wer diese Person war.

Carly und die Polizei waren sich ziemlich sicher, dass es sich um Shawns Sohn Luke handelte. Er hatte sie von der ersten Sekunde an gehasst und keine Scheu gehabt, es offen zu zeigen. Sie hatten geschlussfolgert, dass Shawn bei der Entführung mit jemandem zusammengearbeitet hatte, der in einem Boot auf dem Meer vor dem Strand im Duke's

Restaurant auf ihn gewartet hatte. Aber die Polizei konnte weder Beweise für Lukes Beteiligung finden noch dahingehend, dass Shawn mit jemand anderem zusammengearbeitet hatte.

Seit diesem Abend war Carly paranoid. Sie hatte Todesangst, dass, wer auch immer mit Shawn unter einer Decke gesteckt hatte, zu Ende bringen würde, was er begonnen hatte. Sie hatte ihre Anstellung gekündigt, traf sich nicht mehr mit ihren Freunden und war zu einem Schatten der Frau geworden, die sie einmal gewesen war.

Sie wäre zu einer Einsiedlerin verkommen, wenn Jag nicht gewesen wäre.

Jagger Bennett war ein Navy SEAL. Sie kannte ihn durch Kenna, ihre Freundin und Kollegin im Duke's, die mit Jags Teamkamerad zusammen war.

Jag ließ sie nicht allein. Er schrieb ihr SMS, rief an und kam sogar vorbei, um nach ihr zu sehen. Er war nervig, hartnäckig, herrisch ... aber Carly wusste nicht, wie sie die letzten paar Monate ohne ihn überstanden hätte.

Sie wollte ihn hassen, wollte sich darüber ärgern, dass er sich in ihr Leben einmischte. Sie wollte, dass er sie in Ruhe ließ. Aber sie konnte nicht. Er hatte sie bei Verstand gehalten und davor bewahrt, völlig auszuflippen.

Hinzu kam, dass Carly schon vor Shawns Entführungsversuch in diesen Mann verknallt gewesen war.

Aber sie hatte ihre Lektion bezüglich älteren Männern gelernt. Zugegebenermaßen war Jag nur zehn Jahre älter und ganz anders als Shawn, aber immerhin.

Als Carly auf ihrem Hintern auf dem Boden saß und über die letzten paar Monate nachdachte, wuchs die Wut in ihr weiter an. Shawn war ein Arschloch. Er hatte nie die Verantwortung für seine Taten übernommen, sondern immer anderen die Schuld gegeben. Als sie angefangen hatten, miteinander auszugehen, war Carly bald Ziel seiner

Wutausbrüche geworden. Sie hatte nichts richtig machen können. In seinen Augen war sie unreif, dumm und verantwortungslos.

Sie schämte sich zuzugeben, dass sie angefangen hatte, ihm das zu glauben.

Niemand wusste, was genau sie mit Shawn durchgemacht hatte. Sie hatte es für sich behalten. Bei der Arbeit lächelte und scherzte sie, aber innerlich hatte sie sich geschlagen und gebrochen gefühlt. Dann hatte er fast ihre Freundin umgebracht. Es war alles zu viel gewesen.

Carly wollte unbedingt ihr Leben zurück. Sie war pleite, einsam und hatte Angst, ihre Wohnung zu verlassen, falls Luke darauf wartete, sich für den Tod seines Vaters zu rächen.

Vor anderthalb Wochen hatte sie sich tatsächlich von Jag überreden lassen, zu Kennas Hochzeit zu gehen. Es war das erste Mal seit Monaten gewesen, dass sie sich freiwillig in der Öffentlichkeit gezeigt hatte ... und es war einer der schmerzhaftesten Tage ihres Lebens gewesen. Kenna sah wunderschön aus und so verdammt glücklich. Carly freute sich für sie, aber sie bemitleidete sich selbst. Sie wusste nicht mehr, was im Leben ihrer Freundin vor sich ging. Oder im Leben ihrer neuen Freunde, die sie durch Jag kennengelernt hatte. Und Monica, die sich kürzlich dem kleinen Kreis von Frauen angeschlossen hatte, die Carly gerade erst kennengelernt hatte, kannte sie überhaupt nicht.

Die Teilnahme an der Hochzeit hatte ihr deutlich gemacht, dass das Leben an ihr vorüberzog. Sie vermisste ihre Freunde. Sie wollte, was sie hatten. Und sie würde nichts davon bekommen, wenn sie in ihrer Wohnung auf ihrem Hintern saß und wie Espenlaub zitterte.

Sie fühlte sich, als wäre sie einhundert Jahre alt, beugte sich vor und nahm ihr Telefon, das auf dem kleinen Tisch neben ihrem Bett lag. Sie hielt es fest, entsperrte den Bildschirm und starrte auf die Kontaktliste.

Elodie, Lexie, Kenna, Jag. Die anderen Mitglieder von Jags SEAL-Team waren ebenfalls eingespeichert, aber Carly hatte sie noch nie angerufen oder ihnen eine SMS gesendet. Sie klickte auf Jags Namen und scrollte nach oben. Es waren Hunderte von Nachrichten der letzten Monate dort zu sehen. Meistens fragte er, wie es ihr gehe, ob sie gegessen habe, ob sie etwas brauche oder ob sie wolle, dass er vorbeikomme. Obwohl sie sich selten den Luxus erlaubte, ihn zu sich einzuladen, verspürte sie eine kurzlebige Erleichterung, wenn er kam.

Sie hatte ihn zuletzt bei der Hochzeit gesehen. Er war sauer auf sie gewesen, weil sie früher gehen wollte. Sie war frustriert gewesen, weil er nicht verstanden hatte, wie schwer es für sie war, überhaupt zu der Zeremonie zu kommen. Seitdem hatte sie nur noch eine SMS von ihm erhalten. Das war am nächsten Tag gewesen. Carly starrte auf die kurz und knapp gehaltene Nachricht.

Jag: Muss auf eine Mission. Wenn ich zurückkomme, reden wir.

Zum ersten Mal seit Langem machte Carly sich Sorgen um jemand anderen als sich selbst. War er in Ordnung? Sie hatte keine Ahnung, wo er war, und sie wusste, dass sie es nie erfahren würde, da er ein SEAL war. Aber was, wenn er verletzt worden war? Oder noch schlimmer, getötet?

Dieser Gedanke jagte ihr einen Stich der Angst direkt ins Herz. Und es war anders als die dumpfe, ständige Angst, die sie in den letzten Monaten verspürt hatte. Es war allumfassend.

Ohne nachzudenken, ließ Carly die Daumen über die Tastatur fliegen, während sie eine Nachricht eintippte. Sie war lang, viel länger als die wenigen Worte, die sie normalerweise verwendete, um mit ihm zu kommunizieren. Sie wollte, dass er wusste, dass sie dankbar dafür war, ihn in ihrem Leben zu haben, und dass sie ohne ihn nicht gewusst hätte, wie sie mit dem fertigwerden sollte, was ihr passiert war. Nicht dass sie sehr gut damit fertiggeworden wäre, aber sie hatte das Gefühl, dass sie ohne Jag in noch schlechterer Verfassung wäre.

Carly: Es tut mir leid, dass ich mich so bescheuert verhalten habe. Es gibt Tage, an denen deine SMS das Einzige sind, was mich davon abhält, etwas Drastisches zu tun, um diese niemals enden wollende Angst zu stoppen. Danke, dass du mich gezwungen hast, zu Kennas Hochzeit zu gehen. Ich hätte mich dafür gehasst, wenn ich sie verpasst hätte. Ich nehme an, du bist immer noch unterwegs. Zumindest hoffe ich, dass ich deswegen anderthalb Wochen nichts von dir gehört habe. Ich bin so müde, Jag. Ich bin es leid, ein Feigling zu sein. Ich bin es leid, ständig Angst zu haben. Und ich bin wütend. Du hast recht. Sich zu verstecken wird Luke nicht dazu bringen zu verschwinden. Ich möchte wieder leben. Ich möchte wieder ich sein. Wenn du zurückkommst, gehst du dann mit mir zur Polizei? Ich möchte mit einem der Kriminalbeamten sprechen und erfahren, was sie über Luke herausgefunden haben und ob sie ihn verhaften wollen. Ich weiß, es ist feige von mir, dich damit zu belästigen, aber ich schwöre dir, es wird mir helfen, wieder auf die Beine zu kommen. Mir ist klar, dass ich egoistisch war, und ich werde versuchen, das zu ändern und nicht nur an mich selbst zu denken. Ich werde mich bessern, das verspreche ich. Bitte gib mich nicht auf.

.   .   .

Carly drückte auf »Senden«, bevor sie kneifen konnte. Dann tippte sie noch etwas.

Carly: Ich hoffe, es geht dir gut. Ich weiß nicht, ob du zurück in Hawaii bist, aber jetzt, da mir klar geworden ist, wie lange es her ist, seit ich von dir gehört habe, kann ich nicht anders, als mir die schlimmsten Dinge auszumalen. Ich hoffe, deinen Kameraden geht es auch gut. Ich möchte nicht einmal daran denken, dass Kennas neuem Ehemann oder den anderen Männern etwas zustoßen könnte. Ich vermisse dich, Jag. Ich habe nicht realisiert, wie viel mir deine SMS bedeuten, bis ich keine mehr bekam.

Sie schickte die SMS ab und schaltete dann ihr Telefon aus. Sie behielt es in der Hand und stützte ihr Kinn auf die angewinkelten Knie. Sie hatte keine Ahnung, was ihre Zukunft für sie bereithielt, aber sie würde ihr Bestes tun, um sich nicht mehr wie ein Feigling zu verstecken.

Jag war erschöpft. Der Einsatz in Tadschikistan war frustrierend gewesen und hatte länger gedauert, als das Team sich gewünscht hatte. Am Ende war er erfolgreich gewesen, aber sie mussten sich mit Verzögerungen und Bürokratie auseinandersetzen, die die Mission in die Länge gezogen hatten.

Jetzt waren sie endlich wieder zu Hause. Aleck konnte es kaum erwarten, seine neue Frau wiederzusehen, und Midas,

Mustang und Pid waren genauso erfreut, nach Hause zu ihren Frauen zurückzukehren.

Sogar Slate wirkte ungeduldig. Natürlich war das für ihn praktisch ein Dauerzustand, aber Jag wusste, dass es diesmal daran lag, dass er Ashlyn wiedersehen wollte. Die beiden wollten nicht zugeben, dass ihre kleinen Streitereien und Hänseleien eine Form des Vorspiels waren, aber für den Rest des Teams war es offensichtlich, dass es nur eine Frage der Zeit war, bis einer von ihnen zugeben würde, dass sie aneinander interessiert waren.

Aber Jags Erschöpfung stand an zweiter Stelle. An erster Stelle stand seine Sorge um Carly. Als er vor anderthalb Wochen zu der Mission aufgebrochen war, hatte er entschieden, dass er es satthatte, sie mit Samthandschuhen anzufassen. Ja, sie hatte ein traumatisches Erlebnis gehabt. Ja, wer auch immer mit ihrem Ex unter einer Decke steckte, war immer noch da draußen, beobachtete sie möglicherweise und wartete darauf, sie in die Finger zu bekommen. Aber sie konnte sich nicht ihr Leben lang verstecken.

In der Sekunde, in der das Flugzeug landete, zückte Jag sein Telefon. Die anderen Männer taten dasselbe, begierig darauf, ihre Frauen wissen zu lassen, dass sie zurück waren. Jag wippte mit dem Fuß, während er darauf wartete, dass sein Handy startete. Er wusste, dass die Batterie schwach war, aber hoffentlich hatte sie noch genug Reserve, um zumindest eine kurze SMS zu senden.

Aber in der Sekunde, in der das Telefon zum Leben erwachte, vergaß er alles. Er las die SMS, die Carly ihm vor nicht einmal drei Stunden geschickt hatte ... und seine Erschöpfung verflog. Stattdessen schoss Adrenalin durch seine Adern.

»Alles okay?«, fragte Mustang.

Jag nickte. »Ja.« Er sah seinem Teamleiter in die Augen. »Carly fragt, ob ich mit ihr zur Polizei gehen würde.«

»Das sind großartige Neuigkeiten«, sagte Mustang. Während der letzten Woche hatte sich Jag seinen Teamkameraden gegenüber geöffnet. Darüber, wie besorgt er um Carly sei und wie er ihr helfen könnte nach allem, was sie durchgemacht hatte. Alle waren sich einig, dass der erste Schritt darin bestehen musste, Luke ausfindig zu machen und herauszufinden, ob er wirklich eine Bedrohung darstellte, damit sie das, was mit ihrem Ex passiert war, hinter sich lassen konnte.

»Das ist das erste Mal, dass sie in so einem Ton ...« Seine Stimme verlor sich. Er war sich nicht sicher, nach welchem Wort er suchte. Die Nachrichten schienen vor Gefühlen überzuquellen, aber das war allemal besser als diese Angst, die er sonst in ihren Augen sah, seit Kenna von ihrem Ex entführt worden war.

Mustang nickte, als wüsste er genau, was Jag sagen wollte ... und das tat er wahrscheinlich auch. »Es wird eine Achterbahnfahrt, während sie das verarbeitet. Bist du bereit dafür?«, fragte er.

»Verdammt ja«, erwiderte Jag, ohne zu zögern. Von dem Moment an, in dem sie sich kennengelernt hatten, hatte er sich zu Carly hingezogen gefühlt. Sie war ihre Kellnerin gewesen, als Aleck Kenna zum ersten Mal im Duke's getroffen hatte. Der Rest des Teams war mitgekommen. Ihre zierliche Gestalt, ihr blondes Haar und ihre blauen Augen, ihre Freundlichkeit, ihre aufrichtige Zuneigung zu Kenna und ihren Freunden im Duke's ... einfach alles an ihr hatte ihm gefallen. Er hatte es gehasst, dass der Funke in den letzten Monaten schwächer geworden war.

Er war entschlossen, ihn zurückzubringen, egal was es kostete.

»Wirst du endlich deinen Anspruch geltend machen?«, fragte Aleck, offensichtlich hatte er etwas von seinem Gespräch mit Mustang mitgehört.

»Ja«, sagte Jag. Er wusste, dass es chauvinistisch war, einen Anspruch auf einen anderen Menschen zu erheben, aber es war ihm egal. Er wollte Carly für sich allein haben. Die Tatsache, dass diese Beziehung nicht einfach sein würde, schreckte ihn nicht ab.

»Gut«, sagte Aleck. »Kenna vermisst ihre Freundin. Sie möchte sie wiedersehen. Ich stünde für immer in deiner Schuld, wenn du dabei helfen kannst.«

Jags Entschlossenheit festigte sich. Er wollte Carly helfen, damit sie sich wohl genug fühlte, um eine Beziehung zu beginnen, aber auch, weil sie ihre Freunde und Freundinnen brauchte. Mit anderen zusammen zu sein war ihr Leben. Er konnte es daran erkennen, wie deprimiert sie geworden war, nachdem sie ihre Stelle im Duke's gekündigt hatte.

»Ich fahre jetzt gleich zu ihr und gehe morgen mit ihr aufs Revier«, sagte Jag.

»Ähm, du weißt, dass es drei Uhr morgens ist, oder?«, fragte Midas, als sie das Flugzeug verließen.

»Scheiße«, murmelte Jag.

Seine Freunde lachten.

Er war so begeistert gewesen, dass Carly um seine Hilfe gebeten hatte und hoffentlich endlich bereit war, mit ihrem Leben weiterzumachen, dass er nicht einmal an die Uhrzeit gedacht hatte. Um fair zu sein, seine innere Uhr war nach mehreren Tagen auf der anderen Seite der Welt völlig durcheinander, aber trotzdem.

»Ich werde mit dem Kommandanten sprechen und dir ein paar freie Tage verschaffen«, sagte Mustang zu ihm.

»Ich möchte wissen, was die Beamten herausgefunden haben«, fügte Aleck hinzu. »Ich habe einen ebenso großen Anteil daran wie du.«

Jag war sich dessen nicht sicher, aber er verstand, was Aleck meinte. Es war seine Frau gewesen, die am Strand fast in Stücke gerissen worden wäre, als Shawn sie entführt hatte. Hätte sie nicht blitzschnell reagiert, hätte die Situation auch anders ausgehen können.

Er nickte seinem Freund zu.

»Ruf Baker an«, warf Slate ein und meldete sich zum ersten Mal zu Wort. »Du weißt, dass er sich die Sache angeschaut hat und frustriert ist, dass er Luke noch nicht gefunden hat. Er wird auch wissen wollen, was die Polizei zu der Sache zu sagen hat.«

Slate hatte recht. Er wusste, dass Baker bereits hinter Luke her war. Der pensionierte SEAL war einer der besten Kerle, die man sich als Freund wünschen konnte.

»Das werde ich«, sagte er.

Nachdem er seinen Seesack geholt hatte, verabschiedete er sich von seinen Teamkameraden und ging auf dem Parkplatz zu seinem schwarzen Volkswagen Jetta. Es war ein zuverlässiges Fahrzeug, aber nichts, was auf der Straße oder vor seiner Wohnung für Aufsehen sorgte. Jag blieb gern unter dem Radar. Er wollte nicht auffallen, solange er es verhindern konnte. Als SEAL war das eine praktische Sache ... obwohl er es schon in jungen Jahren nicht gemocht hatte, im Rampenlicht zu stehen.

Für einen Moment saß Jag in seinem Wagen und überlegte, was er tun sollte. Er wusste, dass es viel zu spät war, um jetzt zu Carlys Wohnung zu fahren. Aber er wollte es. Er musste sie sehen.

Er griff nach seinem Handy und tippte eine SMS, bevor er es sich anders überlegen konnte.

Jag: Ich bin zurück. Noch wach?

. . .

Natürlich war Carly nicht mehr wach. Es war halb vier am Morgen. Sie schlief, wie die meisten anderen Bewohner der Insel auch. Es war dumm, das überhaupt zu fragen ...

Jag blinzelte überrascht, als drei Punkte am unteren Rand des Bildschirms erschienen. Sie war wach und tippte eine Antwort. Sein Herz begann, etwas schneller zu schlagen. Er war erschöpft, wie er es immer nach einem Einsatz war, aber im Moment hatte er das Gefühl, dass er ohne Probleme weitere drei Tage aufbleiben könnte.

Carly: Ich bin wach und sehr froh, dass du wohlauf zurück bist.

Jag wollte fragen, warum sie wach war, aber er hatte das Gefühl, die Antwort zu kennen. Er war sich bewusst, dass Carly nicht gut schlief. Sie hatte ihm einmal erzählt, dass sie seit Kennas Geiselnahme nur ein paar Stunden pro Nacht schlafen konnte, weil sie zu besorgt war, dass Luke in ihre Wohnung einbrechen und beenden würde, was sein Vater begonnen hatte.

Jag: Kann ich vorbeikommen?
Carly: Ja.

Nur ein Wort, und Jag hatte das Gefühl, als wäre es ein Zeichen dafür, dass sein Leben sich hoffentlich zum Besseren verändern würde.

Er war während der letzten Monate oft in Carlys Wohnung gewesen, aber das fühlte sich irgendwie anders an. Vielleicht lag es daran, dass er bereits beschlossen hatte, alles zu tun, damit Carly sich wieder sicher fühlte, und ihr zu helfen, in ihr altes Leben zurückzukehren. Vielleicht lag es daran, dass er gerade von einer rauen Mission heimgekehrt war. Vielleicht weil er zweiundsiebzig Stunden ohne Schlaf verbracht hatte. Was auch immer der Grund war, er fühlte sich genauso aufgeputscht wie mitten in einem Feuergefecht. Er konnte seinen Wagen nicht schnell genug starten.

Noch nie zuvor hatte er so für eine Frau empfunden. Nachdem ...

Nein, daran würde er nicht denken.

Frauen waren niemals wirklich Teil seines Lebens gewesen, nicht aus eigener Entscheidung. Er hatte niemals diese Phase durchgemacht wie viele andere junge SEALs, die jede Frau fickten, die auch nur das geringste Interesse zeigte. Er hatte noch nie eine Freundin gehabt. Er hatte auch nie eine gewollt.

Jag hasste es, über seine Vergangenheit nachzudenken, aber jetzt bereute er es, dass er nicht mehr Erfahrung mit Frauen hatte. Er wollte mit Carly alles richtig machen. Er würde improvisieren und beten müssen, dass er sie nicht noch unglücklicher machte, als sie es ohnehin schon war.

Jag holte tief Luft und tat sein Bestes, sich zu beruhigen. Er würde einfach Carlys Führung folgen. Sie hatte den ersten Schritt getan, indem sie ihn gebeten hatte, mit ihr zur Polizei zu gehen. Er würde sehen, wie es danach weiterging.

Zwanzig Minuten später fuhr Jag auf den Parkplatz vor Carlys Wohnung. Sie lag nicht in einem der schlechten Viertel von Honolulu, aber es war auch nicht gerade luxuriös. Das Gebäude war drei Stockwerke hoch und Carlys Wohnung war im obersten Stockwerk, worüber er froh war. Es gab keinen Sicherheitsdienst und die Wohnungstüren waren alle direkt von außen zugängig.

Besonders in Carlys Situation war das nicht ideal. Luke

könnte hier auf dem Parkplatz stehen und darauf warten, dass sie die Wohnung verließ, um sie zu überfallen. Kein Wunder, dass sie das Haus nicht verlassen wollte. Und ein Umzug war nicht gerade eine praktikable Lösung, da sie derzeit nicht arbeitete und Jag wusste, dass ihre finanziellen Mittel knapp waren.

Carlys gesamte Situation zerrte an seinen Nerven und er war äußerst dankbar, dass sie bereit war, etwas daran zu ändern. Er hatte vor seinem letzten Einsatz die Entscheidung getroffen, sie aufzurütteln. Er wollte versuchen, Carly zu ermutigen, wieder zu leben. Als er ihre SMS gelesen hatte, war ihm ein Stein vom Herzen gefallen.

Jag stellte den Motor ab, griff nach seinem Telefon und schickte ihr schnell eine SMS, wie er es immer tat, wenn er zu ihr kam.

Jag: Bin da. Werde in einer Minute an deiner Tür sein.

Er wartete nicht auf ihre Antwort, sondern ging die Treppe in der Mitte des Gebäudes hinauf. Er nahm zwei Stufen auf einmal, bevor er den schmalen Weg zu ihrer Tür entlangging. Er holte tief Luft und hob die Hand, um zu klopfen, aber die Tür wurde geöffnet, bevor seine Hand das Holz berührte.

Bei seinem ersten Blick auf Carly schmerzte ihm das Herz. Sie sah mitgenommen aus. Ihr Haar hing schlaff herunter und war fettig, als hätte sie es mehrere Tage nicht gewaschen. Sie hatte dunkle Ringe unter den Augen und trug ein übergroßes T-Shirt und eine extragroße Jogginghose, die an ihrem zierlichen Körper herunterhing.

Aber es war die Mischung aus Erleichterung und Verzweiflung in ihren Augen, die ihn am meisten berührte.

Jag trat einen Schritt vor und sie wich zurück. Er schloss die Tür hinter sich und verriegelte sie. Alle drei Riegel, die er vor nicht allzu langer Zeit für sie angebracht hatte, damit sie sich sicherer fühlte. Dann zog er Carly wortlos in seine Arme.

KAPITEL ZWEI

Carly war in ihrem ganzen Leben noch nie so froh gewesen, jemanden zu sehen. Die Entscheidung, mit ihrem Leben weiterzumachen, war nicht einfach. Sie war wie versteinert. Aber in der Sekunde, in der Jag sie in seine Arme nahm, hatte sie das Gefühl, zum ersten Mal wieder atmen zu können, seit ... na ja, seit sie ihn das letzte Mal bei Kennas Hochzeit gesehen hatte.

Sie krallte sich an dem Stoff seines Hemdes auf seinem Rücken fest und presste ihre Wange gegen seine Brust. Sein Haar war länger geworden, seit sie ihn das letzte Mal gesehen hatte, und hing ihm fast in die Augen. Er hatte einen ungepflegten Bart und seine Augen waren blutunterlaufen ... aber Carly hatte in ihrem ganzen Leben noch nie jemanden gesehen, der so gut aussah.

Jag war kein gesprächiger Mann. Das war ihr schon bei ihrem ersten Treffen im Duke's aufgefallen. Er war damit zufrieden, einer Unterhaltung beizuwohnen. Aber sie brauchte keine Worte. Sie brauchte nur seine Kraft und seine Kompetenz. Er gab ihr das Gefühl, sicher zu sein, einfach dadurch, dass er ihr nahe war. Es war ein Fehler, sich in diesen Mann zu verlieben, das wusste Carly. Aber sie hatte das Gefühl, dass es bereits zu spät war.

Kenna hatte ihr einmal gesagt, dass Jag äußerst mysteriös sei. Aleck hatte erwähnt, dass niemand viel über seine Kindheit oder sein Leben wusste, bevor er zu den SEALs kam. Aber es war ihr egal, ob er von einem Rudel Wölfe in Sibirien aufgezogen worden war ... der Mann, zu dem er geworden war, war ehrenhaft und vertrauenswürdig. Vielleicht sogar ein bisschen beängstigend, aber nur in der Hinsicht, dass er nicht zögern würde, die Menschen, die ihm wichtig waren, zu beschützen. Und genau das brauchte Carly. Sie wollte sich sicher fühlen. Und genau das tat Jag für sie.

Sie spürte, wie er zurückweichen wollte, ließ ihn aber nicht los. Sie wollte am liebsten den Kopf heben, war sich aber nicht sicher, ob sie es könnte. Plötzlich schienen ihre schlaflosen Nächte sie einzuholen. Sie hatte keine Ahnung, wie spät es war, aber sie wusste, dass es spät war ... oder früh. Die Zeit hatte für sie keine Bedeutung mehr. Sie quälte sich durch die Tage und Nächte und versuchte nur, nicht daran zu denken, was Luke tun würde, wenn er sie endlich in die Finger bekam.

Wenn sie einschlief, hatte sie schreckliche Albträume. Davon, wie Shawn sie anschrie und ihr sagte, sie sei erbärmlich und nutzlos. Von Blut, als Vater und Sohn sie mit Messern folterten und lachten, wenn sie um ihr Leben bettelte. Es war unnötig zu erwähnen, dass sie seit sehr langer Zeit nicht mehr gut geschlafen hatte.

Jag brachte sie in ihr Schlafzimmer, packte sie an den Schultern und zwang sie, sich von seinem Körper zu lösen. Carly zitterte bei dem Verlust des Körperkontakts.

»Musst du noch zur Toilette?«, fragte er.

Carly wollte lächeln, wie unverblümt er war. Aber sie hatte es nicht in sich. Sie schüttelte den Kopf.

»Nun, ich muss. Es waren ein langer Tag und eine lange Nacht für mich. Leg dich hin. Ich bin gleich wieder da.«

Carly unterdrückte den Wunsch zu protestieren und nickte. Sie erinnerte sich daran, dass sie sich entschieden hatte, nicht mehr so verdammt feige zu sein.

Aber Jag schien ihre Gedanken lesen zu können. Er beugte sich hinunter und legte seine Stirn auf ihre. Seine Hände ruhten noch auf ihren Schultern und Carly konnte nicht anders, als sein Hemd an seinen Seiten zu packen. Sie standen mindestens ein oder zwei Minuten so da, bevor sie tief Luft holte.

»Mir geht es gut«, flüsterte sie.

Jag hob den Kopf und musterte sie. Im Gegenzug warf Carly ihm ebenfalls einen langen Blick zu. Sie wusste, dass sie schlimm aussah, aber er sah absolut mitgenommen aus. Sie konnte die Anspannung in seinen Augen sehen. Seine Kleidung war zerknittert und er schwankte tatsächlich leicht vor ihr.

»Wie lange hast du nicht geschlafen?«, platzte sie heraus.

Seine Lippen zuckten. »Welcher Tag ist heute?«, fragte er.

Was ihre Frage beantwortete. Zum ersten Mal seit langer Zeit veränderte sich etwas tief in ihr. Sie wollte sich um ihn kümmern, was irgendwie lächerlich war, weil Jag offensichtlich ein Mann war, der auf sich selbst und alle um ihn herum aufpassen konnte. Aber es hinderte sie nicht daran, es tun zu wollen.

Sie zwang sich, sein Hemd loszulassen, und trat einen Schritt zurück. »Geh«, befahl sie und deutete mit dem Kopf auf ihr kleines Badezimmer. »Wenn du duschen willst, mach nur.«

Jag schüttelte den Kopf. »Das würde zu lange dauern«, murmelte er. »Ich bin in einer Minute wieder da.«

Er wartete, bis sie einen Schritt auf ihr Bett zu machte, bevor er ins Badezimmer ging.

Carlys Herz schlug hart und schnell in ihrer Brust, als sie die Decke zurückschlug und auf ihr Bett kletterte. Sie lehnte sich zurück und starrte auf die fast geschlossene Tür auf der anderen Seite des Raumes. Sie hörte die Toilettenspülung und das Wasser im Waschbecken laufen. Das unverkennbare Geräusch von einem Mann, der sich die Zähne putzte, traf auf ihre Ohren. Er hatte offensichtlich die ungeöffnete Zahnbürste gefunden, die sie beim letzten Zahnarztbesuch bekommen und noch nicht benutzt hatte ... zumindest hoffte sie, dass er es getan hatte. Sie mochte Jag, aber der Gedanke daran, dass er ihre Zahnbürste benutzte, war irgendwie widerlich.

Aber sie hatte keine Zeit mehr, darüber nachzudenken, als die Tür aufging und das Licht im Badezimmer erlosch. Jag tauchte wieder auf, ging zur Wand neben der Schlafzimmertür und schaltete das Deckenlicht aus.

Carly blinzelte in der plötzlichen Dunkelheit. Sie hatte immer mit Licht geschlafen, weil die Dunkelheit sie zu überwältigen schien. Gerade als sie Jag sagen wollte, er solle das Licht wieder einschalten, verließ er das Zimmer und ein leichter Lichtschein aus dem Flur fiel in den Raum. Jag hatte im Wohnzimmer das Licht eingeschaltet. Als er zurückkam, ließ er ihre Schlafzimmertür offen, sodass gerade genügend Licht hereinschien, damit sie sich wohler fühlte.

Zu ihrer Überraschung griff er dann nach seinem Hemd. Er zog es über den Kopf und beugte sich dann hinunter, um seine Stiefel auszuziehen.

»Ähm, Jag?«

»Ja?«

»Was tust du?«

Er blieb auf halber Höhe stehen und sah zu ihr auf. Langsam richtete er sich auf. »Ich mache mich bettfertig.«

»Hier?« Sie konnte nicht anders, als zu fragen.

»Ja.«

Kurz und bündig. Keine Umschweife.

»Oh, okay.« Was konnte sie noch sagen? Jag brauchte Ruhe, und wenn er in ihrem Bett schlafen wollte, würde sie nicht Nein sagen.

Als er seine Stiefel und Socken ausgezogen hatte, kam er zu ihrem Bett, immer noch in seiner Hose. Er streckte die Hand aus, um die Decke anzuheben, und sie platzte heraus: »Wirst du deine Hose nicht ausziehen?«

Seine Lippen zuckten, aber er schüttelte den Kopf. »Nein, ich fühle mich wohler, wenn ich sie anhabe.«

Carly blinzelte überrascht. Er sagte nicht, dass *sie* sich wohler fühlen würde, wenn er sie anließ, sondern *er*. Sie hatte keine Gelegenheit, noch etwas zu sagen, als er plötzlich neben ihr lag. Dann griff er, ohne zu fragen, nach ihr und zog sie an seine Seite.

Ihre Wange ruhte erneut auf seiner Brust und der Hautkontakt fühlte sich so gut an. Carly kuschelte sich an ihn und legte vorsichtig ihren Arm auf seinen Bauch. Sie spürte, wie sich Jags Magen für einen Moment verkrampfte, bevor er eine Hand auf ihren Unterarm legte und tief ausatmete.

»Du hast keine Ahnung, wie gut sich das anfühlt«, sagte Jag leise.

»Lange Mission?«, fragte sie.

»Ja.«

Und wieder, ein Wort sagte alles.

»Ich bin stolz auf dich«, sagte er nach einem Moment.

Carly stieß ein kleines Lachen aus.

»Das bin ich«, beharrte er. »Deine Nachricht war das Beste, was ich je gelesen habe. Ich bin im Moment zu müde zum Reden, aber wir werden ihn finden, Carly. Du bekommst dein Leben zurück. Das verspreche ich dir.«

Carly schloss die Augen und tat ihr Bestes, nicht in Tränen auszubrechen. Sie war seit so langer Zeit gebrochen. Sie war so anders als die Carly, die sie früher gewesen war, und sie hasste es. Sie wollte ihr Leben zurück. Es machte ihr Todesangst, aber sie konnte nicht mehr länger so weiterleben und sich bei dem kleinsten Geräusch verstecken und in Panik geraten. Sie hatte Angst vor ihrem eigenen Schatten.

Wenn ihr jemand helfen konnte, dann war es Jag. Das spürte sie bis in die Zehenspitzen.

»Okay.«

»Schlaf jetzt, Carly«, befahl Jag. Und es gab keinen Zweifel, dass es ein Befehl war.

Carly lächelte. Wann hatte sie das letzte Mal über etwas gelächelt? Sie konnte sich nicht erinnern. »Jawohl, Sir«, scherzte sie.

»Ich bin da. Du bist in Sicherheit. Nichts und niemand kommt an mir vorbei«, fügte er hinzu.

Seine Worte drangen tief bis in ihre Seele. Carly war sich ziemlich sicher, dass sie nicht einschlafen könnte, obwohl in seinen Armen zu liegen eines der schönsten Gefühle ihres Lebens war. Aber sie nickte trotzdem.

Jag strich mit dem Daumen rhythmisch über ihren Unterarm. Zu ihrer Überraschung entspannte sie sich und ihre Augen fielen zu.

»So ist es gut, mein Engel. Ich halte dich.«

»Jag?«, murmelte Carly.

»Ich bin hier.«

»Danke, dass du gekommen bist.«

»Nichts hätte mich davon abhalten können«, sagte er.

Carly hätte schwören können, dass sie fühlte, wie er sie auf die Stirn küsste, kam aber zu dem Schluss, dass sie halluziniert haben musste. Jag hatte die Grenze zwischen ihnen nie überschritten. Er hatte sie immer wie eine Freundin behandelt.

Andererseits war er noch nie zu ihr ins Bett geklettert oder hatte sie so in den Armen gehalten.

Bevor sie jedoch weiter darüber nachdenken konnte, fiel Carly in einen tiefen, heilenden Schlaf.

***

Carly öffnete die Augen und bemerkte, dass es draußen nicht mehr dunkel war. Die Sonne schien so hell, dass ihre billigen Vorhänge das Licht nicht durchließen. Sie konnte sich nicht erinnern, wann sie das letzte Mal so lange geschlafen hatte.

»Guten Morgen«, sagte eine tiefe Stimme neben ihr. Direkt neben ihr. »Oder soll ich guten Tag sagen?«, fragte Jag mit einem Lächeln.

Carly wäre erschrocken gewesen, aber sie wusste, in wessen Armen sie lag. Sie richtete sich auf und sah den Mann neben sich an.

Sein Haar war zerzaust, aber seine Augen waren nicht mehr blutunterlaufen, und er sah hundertmal besser aus als letzte Nacht. Carly verzog das Gesicht und hatte das Gefühl, dass sie wahrscheinlich hundertmal schlimmer aussah. Sie konnte sich nicht erinnern, wann sie zuletzt geduscht hatte, und ihr Mund fühlte sich an, als hätte sie die ganze Nacht an Wattebäuschen gelutscht.

»Wie spät ist es?«

»Kurz nach eins«, antwortete Jag.

»Nachmittags?«, quietschte Carly überrascht.

»Jawohl.«

Sie konnte nicht glauben, dass sie so lange geschlafen

hatte. Oder überhaupt geschlafen hatte. »Ich habe geschlafen«, sagte sie überrascht.

»Ja, wie ein Stein«, stimmte Jag zu.

»Nein, du verstehst nicht. Ich habe nicht mehr geschlafen seit ... ich weiß nicht wann«, erwiderte sie. Wenn sie nicht so überrascht gewesen wäre, hätte sie es wahrscheinlich nicht zugegeben. »Ich habe überhaupt nicht geträumt.«

»Gut«, sagte Jag aufrichtig. »Wir müssen reden, aber zuerst kannst du duschen und dich anziehen, und ich mache uns etwas zu essen.«

»Ähm ... ich weiß nicht, was ich dahabe«, gab Carly zu.

Jag hob die Augenbrauen. »Wann warst du das letzte Mal einkaufen?«, fragte er.

Carly rümpfte die Nase und zuckte mit den Schultern.

»Carly ...«, sagte er verzweifelt.

»Ich hatte keinen Hunger«, erklärte sie ihm. »Und ich hätte mich nicht sicher gefühlt, allein in einen Laden zu gehen. Ich habe einen Lieferservice genutzt. Aber, ähm, da ich nicht arbeite, muss ich wirklich auf mein Geld achten. Ich hatte keinen Appetit, also war es keine große Sache.«

Jag runzelte die Stirn. »Planänderung. Pack ein paar Sachen ein, du brauchst nicht zu duschen, ich nehme dich mit zu mir. Dort kannst du duschen und ich mache uns Frühstück. Dann reden wir.«

Carly blinzelte überrascht. »Zu dir?«

»Ja, ich habe genug zu essen und meine Dusche ist größer.«

»Ich kann nicht zu dir nach Hause gehen«, sagte sie zu ihm.

»Warum nicht?«

Carly öffnete den Mund, um zu antworten, aber ihr fiel kein triftiger Grund ein, warum sie in ihrer Wohnung bleiben müsste.

»Ganz genau«, sagte Jag ein wenig selbstgefällig. »Du hast dich hier zu lange verkrochen. Dieser Ort repräsentiert im Moment nur Angst für dich. Ein Ortswechsel wird dir guttun, vertrau mir.«

Carly starrte den Mann neben ihr an. Den Mann, neben dem sie geschlafen hatte. Sie hatte letzte Nacht nicht geträumt und sie wusste, es lag daran, dass sie sich bei ihm sicher fühlte. Er hätte nicht vorbeikommen müssen. Er war erschöpft gewesen ... und trotzdem war er gekommen.

Und er lag nicht falsch. Ihre Wohnung war ihr Zufluchtsort. Sie hatte sich hier verkrochen, aber je länger sie sich versteckt hatte, desto bedrohlicher war die Außenwelt geworden. Bis ihre Wohnung sich wie ein Gefängnis angefühlt hatte.

Carly spürte tief in sich einen weiteren Anflug von Wut, Wut auf sich selbst, Wut auf Luke. Wut darüber, dass sie es zugelassen hatte, so erbärmlich zu werden.

»Okay«, platzte sie heraus.

Das Lächeln auf Jags Lippen war genug, um sie zu überzeugen, ihre Komfortzone zu verlassen.

Jag hob eine Hand und legte sie auf ihre Wange. Carly hielt den Atem an, als die Wärme seiner Haut in ihre eindrang. Sie schmiegte ihren Kopf an seine Hand.

»Es wird alles gut, mein Engel«, beruhigte er sie.

Carly glaubte ihm und nickte.

Er beugte sich vor und küsste sie zärtlich auf die Stirn, bevor er sich umdrehte und aus ihrem Bett stieg. Carly sah zu, wie er dasselbe Hemd nahm, das er letzte Nacht anhatte, und es sich über den Kopf zog. Die Muskeln auf seinem Bauch waren angespannt und sie ballte die Hände zu Fäusten. Diese instinktive Reaktion auf ihn war überraschend. Genauso wie das Anspannen ihrer Oberschenkel unter der Bettdecke.

Jagger Bennett war verdammt sexy und letzte Nacht

hatte sie an ihn gepresst geschlafen. Wenn sie eine Frau wäre, die leicht ohnmächtig würde, hätte sie definitiv sofort das Bewusstsein verloren.

»Jetzt steh auf, du Faulpelz«, neckte er sie, als er sich vorbeugte, um seine Schuhe und Socken anzuziehen. »Ich bin am Verhungern. Und du, meine Liebe, brauchst dringend eine Dusche.«

Carly konnte nicht anders, als zu lachen. Diese Seite an Jag war eine Überraschung. Sie hatte ihn noch nie zuvor herumalbern gehört. Nicht mit seinen Freunden und schon gar nicht mit ihr. Sie rutschte hinüber und stand auf.

»Hier, nimm das«, sagte Jag, trat an den Schrank und holte einen großen Koffer heraus, den Carly mitgebracht hatte, als sie nach Hawaii gezogen war. Seitdem lag er unbenutzt ganz hinten im Schrank herum. Offensichtlich hatte er ihn zuvor schon einmal gesehen, denn er schien genau zu wissen, wo er war.

»Der ist viel zu groß. Ich habe eine kleinere Tasche, in die ich Wechselklamotten und ein paar Toilettenartikel packen kann.«

Er begegnete ihrem Blick und schüttelte den Kopf. »Nein, pack so viel ein, wie hier reinpasst. Du bleibst bei mir, bis wir deine Situation geklärt haben.«

Carly starrte ihn überrascht an. »Jag, wir haben keine Ahnung, wie lange das dauern wird. Dieser Zustand dauert schon seit Monaten an.«

Er sagte nichts dazu, hob nur eine Augenbraue und ging dann mit ihrem Koffer in der Hand zum Bett. Er legte ihn hin und öffnete ihn. »Mach ihn voll«, forderte er, ignorierte ihren offen stehenden Mund, drehte sich um und verließ das Zimmer.

Carly hatte Schmetterlinge im Bauch, als sie auf den riesigen Koffer starrte. Sie war so zwiegespalten. Sie wollte protestieren, aber gleichzeitig hüpfte ein Teil von ihr auf und ab wie ein aufgeregtes Kind am Weihnachtstag. Sie verband so viele schlechte Erinnerungen mit ihrer Wohnung.

Jeden Abend hatte sie sich mit einem Messer in der Hand in ihrem Zimmer versteckt, weil sie glaubte, einen Einbrecher zu hören. Dann waren da die schlaflosen Nächte und Tage voller Verzweiflung darüber, wie schrecklich ihr Leben geworden war.

Aber bei Jag einziehen? Könnte sie das?

Ihr Telefon vibrierte auf dem Nachttisch und Carly zuckte zusammen. Sie ging hinüber, nahm es in die Hand und sah eine SMS von Kenna.

Kenna: Die Männer sind zurück! Marshall sagt, Jag sei zu dir gefahren. Du kannst Jag vertrauen, er ist ein guter Kerl. Das weißt du. Ich weiß, wir reden nicht mehr so viel wie früher, aber ich vermisse dich, Carly. Die Arbeit ist nicht mehr dieselbe ohne dich. Wenn du etwas brauchst, bin ich nur einen Anruf entfernt. Aber andererseits hast du auch Jag. Tu, was er sagt. Auch wenn es verrückt erscheint und du keine Ahnung hast, was zum Teufel er vorhat. Unsere SEALs wissen, was sie tun. Glaub mir!

Das war der Schubser, den Carly gebraucht hatte. Hatte sie nicht gerade beschlossen, alles zu tun, um mit ihrem Leben weiterzumachen? Eine Weile bei Jag zu bleiben würde sie definitiv aus ihrer Komfortzone holen und sie wieder auf den Weg der Normalität bringen.

Sie legte das Telefon weg und ging zu ihrem Schrank. Jag war hungrig und sie brauchte eine Dusche. Sie wollte schnell packen, damit sie hier rauskonnten. Das bevorstehende Gespräch, auf das er bestand, würde unangenehm werden, ganz zu schweigen von dem Besuch bei der Polizei. Aber sie wollte Jags Hilfe und es sah so aus, als würde sie sie bekommen.

Carly wusste, dass sie offen und ehrlich zu ihm sein musste. Aber das könnte ihre Chance, mit dem Mann mehr als nur befreundet zu sein, zunichtemachen ... aber dann sollte es eben so sein.

Carly war fertig damit, feige zu sein. Auch wenn das leichter gesagt war als getan. Shawn Keyes hatte ihr genug genommen. Es war an der Zeit, alles, was passiert war, hinter sich zu lassen und ihr Leben zurückzuerobern.

Sie war keine Idiotin. Sie wusste, dass sie immer noch in Gefahr sein könnte. Luke war immer noch irgendwo da draußen und wartete wahrscheinlich auf den perfekten Zeitpunkt, um sich für den Tod seines Vaters zu rächen. Aber sie war entschlossen. Irgendwie fühlte sie sich mit Jag an ihrer Seite, als könnte sie es mit der ganzen Welt aufnehmen.

Aber immer einen Schritt nach dem anderen. Der erste Schritt war, die giftige Umgebung ihrer Wohnung für eine Weile hinter sich zu lassen. Der zweite, zu duschen und etwas anderes als Fertignudeln zu essen. Dritter Schritt ... nun, die Zeit würde zeigen, was das sein würde. Aber sie würde nicht mehr in ihrer Wohnung kauern.

Mit ihrer neu gewonnenen Entschlossenheit fuhr Carly fort, den Koffer zu packen.

Shawns Komplize starrte aus dem Fenster seiner Wohnung und blickte finster hinaus auf den schönen Tag. Es war nicht die Sonne, auf die er sauer war, sondern sie, Carly Stewart.

Shawn war wegen dieser Schlampe gestorben und sie musste für seinen Tod bezahlen.

Er beobachtete sie schon seit Monaten und wartete auf eine Gelegenheit. Aber sie hatte ihre verdammte Wohnung nicht verlassen.

Zunächst hatte er angenommen, dass es einfach sein würde, Shawn zu rächen. Er hatte geplant, Carly nach der Trauerfeier seines Freundes nach Hause zu folgen und schnell zu beenden, was Shawn begonnen hatte. Aber sie war nicht einmal aufgetaucht! Allein diese Respektlosigkeit machte ihn wütend.

Shawn hatte sich ihrer angenommen, einer naiven jungen Frau Mitte zwanzig, und versucht, eine reife Frau aus ihr zu machen. Eine Frau, die für ihren Mann da sein, an seiner Seite stehen und sich um seine Bedürfnisse kümmern würde. Und im Gegenzug hatte sie ihm ins Gesicht gespuckt und ihn auf demütigende Weise zurückgewiesen. Sie hatte eine Verfügung gegen ihn erwirkt. Das war kompletter Blödsinn.

Shawn war ein guter Mann gewesen, der beste. Diese Schlampe wusste nicht, wie gut sie es gehabt hatte. Wenn er nur halb so gut wie Shawn wäre, würde er sich glücklich schätzen. Aber diese dumme Schlampe hatte ihn nicht zu schätzen gewusst. Sie hatte weder ihn noch all die Dinge, die er für sie getan hatte, respektiert.

Und egal wie oft Shawn versucht hatte, mit ihr zu reden, nachdem sie es gewagt hatte, ihn zu verlassen, egal wie oft er ihr erklärt hatte, dass sie es im Leben viel weiter bringen könnte, als nur eine einfache Kellnerin zu sein, wenn sie nur auf ihn hörte, sie hatte ihn ignoriert.

Es war kein Wunder, dass Shawn sie disziplinieren musste. Sie war ein wildes Tier, dem man seine gottverdammten Grenzen aufzeigen musste.

Frauen sollten nirgendwohin gehen dürfen, ohne jemandem mitzuteilen, wo sie hingingen und mit wem sie zusammen waren. Es war eine gefährliche Welt da draußen.

Wenn Männer wie er und Shawn ihre Frauen beschützen wollten, mussten sie jederzeit Bescheid wissen, was sie taten.

Das machte absolut Sinn.

Er hatte so viel von Shawn gelernt. Einschließlich dem richtigen Umgang mit einer Frau, damit sie eine gute Freundin oder Ehefrau sein würde. Frauen waren grundsätzlich schwach. Sie brauchten Männer, die sie führten, um sie zu beschützen.

Und diese Schlampe war nicht nur zu dumm, um zu sehen, wie gut sie es mit Shawn hatte, sie war darüber hinaus respektlos.

Die Tatsache, dass sie sich geweigert hatte, bei ihm einzuziehen, hatte das Fass zum Überlaufen gebracht. Wie konnte Shawn sie erziehen, wenn sie nicht jede Nacht an seiner Seite schlief? Ein Mann hatte Bedürfnisse und Shawn hatte ihm erzählt, wie Carly sich am Ende geweigert hatte, mit ihm das Bett zu teilen. Sie hatte sich sogar geweigert, ihn zu küssen. Das war inakzeptabel. Sie war eine Schande. Und sie hatte alles vermasselt – sowohl für ihn als auch für Shawn.

Als sein Freund verärgert und wütend zu ihm gekommen war, nachdem ihm die einstweilige Verfügung zugestellt worden war, hatten sie besprochen, was seine nächsten Schritte sein sollten. Es fühlte sich so gut an, dass sein Freund ihm seine Probleme anvertraut und darauf vertraut hatte, dass er ihm helfen würde. Er hatte sich wirklich geehrt gefühlt. Sie hatten entschieden, dass Carly natürlich eine Lektion erteilt werden musste. Niemand sagte Nein zu Shawn Keyes. Er war das Beste, was die Schlampe jemals bekommen würde. Sie musste den Fehler einsehen, den sie gemacht hatte, als sie ihn sitzen gelassen hat.

Der Plan war perfekt gewesen ... außer, dass an dem

Abend, an dem sie ihn ausführen wollten, alles schiefgelaufen war. Die Schlampe war früher von der Arbeit nach Hause gegangen, weil sie krank gewesen war, und dann war der größte Sturm, den es in der Gegend seit Jahren gegeben hatte, über sie hereingebrochen.

Am Ende war Shawn gestorben.

Es war nicht fair! Carly hatte ihre Lektion nicht gelernt und jetzt lag es an ihm, diese Aufgabe zu Ende zu bringen. Er würde seinen Freund ehren, indem er Carly bezahlen ließ.

Die ursprüngliche Strategie musste leider geändert werden. Für tagelange Folter war keine Zeit mehr. Sie von der Arbeit zu entführen war keine Option mehr. Und er war nicht daran interessiert, die Schlampe zu ficken, wie Shawn es geplant hatte. Auf keinen Fall würde er seinen Schwanz auch nur in die Nähe ihrer dreckigen Muschi bringen.

Nein, sie musste nur sterben, einfach spurlos verschwinden.

Es gab viele Orte, an denen er ihre Leiche entsorgen konnte, ohne dass sie jemals gefunden würde. Die effektivste Option war das Meer. Die Milliarden Liter Meerwasser würden sie verschlingen und nie wieder ausspucken.

Zorn über die Verzögerung stieg in ihm auf und er schwor, seinen Freund zu rächen. Carly Stewart würde den Tag bereuen, an dem sie einen so feinen Mann zurückgewiesen hatte. Dann, und nur dann, konnte er mit gutem Gewissen weiterleben.

Leider wusste er, dass er noch länger auf den richtigen Zeitpunkt warten musste, bis ihre Vorsicht nachließ. Die Schlampe hatte ihre Wohnung seit Ewigkeiten nicht mehr verlassen. Und er sollte es wissen. Zumindest schien sie verängstigt zu sein, was ihn begeisterte. Das sollte sie auch sein, denn Gefahr war in Verzug.

Aber seine Rache wäre so viel süßer, sobald er zuschlagen würde, wenn sie es am wenigsten erwartete.

Sie konnte sich nicht ewig verstecken. Und wenn sie endlich unter ihrem Felsen hervorkroch, würde er bereit sein zuzuschlagen.

Der Mann wandte sich abrupt vom Fenster ab. Er wusste genau, wie er Carlys Leben beenden würde. Er konnte es kaum erwarten.

KAPITEL DREI

Jetzt, da Jag Carly in seine Wohnung gebracht hatte, wollte er die Tür hinter ihnen zunageln und sie nie wieder gehen lassen. Er hatte öfter davon geträumt, sie hier bei sich zu haben, als er zählen konnte. Wenn es nach ihm ginge, würde sie nie wieder in ihre eigene Wohnung zurückkehren.

Er interessierte sich schon seit Monaten für Carly, und sie leiden zu sehen, war äußerst schmerzhaft und frustrierend gewesen, weil er nicht viel hatte tun können, um ihr zu helfen. Aber jetzt, da sie sich an ihn gewandt hatte, würde er sie nicht im Stich lassen. Der Gedanke, dass er sich danach sehnte, sie dauerhaft bei sich zu haben, war verrückt, aber Jag hatte genau das bei seinen Freunden gesehen. Sobald sie ihre Frauen sozusagen in ihre Höhlen gebracht hatten, waren sie nicht mehr gegangen.

Und das wollte er auch. Carly war die Seine. Es fühlte sich an, als würde er sie schon ewig kennen, aber er wollte sie nicht erschrecken.

Jag wusste, dass sie es so viel besser haben könnte als ihn. Er war innerlich gebrochen. Er war sich nicht sicher, ob er nach seiner Kindheit jemals in der Lage sein würde, eine normale Beziehung zu führen. Aber für Carly wollte er es versuchen. Er wollte den Mist hinter sich lassen, der in seinem Kopf tobte, und die Art von Mann sein, auf den sie sich verlassen konnte.

Er war sich nur nicht sicher, ob er das könnte.

Jag verdrängte die Gedanken an seine Vergangenheit und tat sein Bestes, sich auf das Hier und Jetzt und die Zubereitung des Essens zu konzentrieren. Die Waffeln waren fast fertig. Dann würde er ein paar Rühreier machen. Carly musste etwas essen. Sie hatte einige ihrer üppigen Kurven verloren, die er so bewundert hatte. Der Gedanke, dass sie mit dem Essen knauserte, weil sie nicht genügend Geld hatte, machte ihn fast krank.

Er hatte ihr zu viel Freiraum gegeben. Er wollte ihr helfen, aber er hätte mehr tun sollen, wenn man bedenkt, wie schlimm ihre Situation war. Das war jetzt vorbei. Jetzt war sie hier und sie machten Fortschritte.

Während der letzten Nacht hatte er wie ein Stein geschlafen. Ja, er war erschöpft von der Mission und der Reise gewesen, aber es lag mehr daran, dass er sie in seinen Armen gehalten und gewusst hatte, wo sie war und dass es ihr gut ging, damit er endlich loslassen und in einen tiefen Schlaf fallen konnte.

Heute Morgen hatte er sich hundertmal besser gefühlt. So gut, um vorzuschlagen, dass sie ihre Sachen packen und mit zu ihm nach Hause kommen sollte. Jag war tatsächlich überrascht gewesen, dass sie so einfach zuge-stimmt hatte. Aber er hatte die Entschlossenheit, weiterzu-machen, in ihren Augen gesehen. Bei Kennas und Alecks Hochzeit vor knapp zwei Wochen hatte er einen Funken Wut in ihren Augen gesehen und hatte eigentlich gehofft, damit arbeiten zu können. Aber wie sich herausstellte, brauchte Carly ihn nicht, um sich selbst Feuer unter dem

Hintern zu machen. Sie hatte es für sich selbst entschieden.

Sie war verdammt stark. Er musste ihr nur helfen, das zu sehen.

»Deine Dusche ist fantastisch.«

Er drehte sich um und sah Carly auf sich zukommen. Ihr blondes Haar hing noch feucht über ihre Schultern. Sie trug Shorts und ein langärmeliges T-Shirt. Ihre Füße waren nackt und der Anblick ihrer Zehen brachte ihn zum Lächeln.

»Was?«, fragte sie.

Er zuckte mit den Schultern. »Ich glaube nicht, dass ich jemals zuvor jemanden gesehen habe, der alle zehn Zehennägel in verschiedenen Farben lackiert hat.«

Carly grinste ihn verlegen an. »Ich musste etwas zu tun haben, während ich in meiner Wohnung gekauert habe.«

Jag legte die Gabel weg, mit der er die Eier geschlagen hatte, bevor er sie in die Pfanne goss, und ging dann zu ihr hinüber. Er legte seine Hände auf ihre Schultern und wartete, bis sie seinem Blick begegnete. »Tu das nicht«, sagte er in einem leisen, ernsten Ton. »Du hast getan, was du tun musstest, um zu überleben.«

»Jag, ich habe mich in meiner Wohnung versteckt wie ein Kind, das sich vor dem schwarzen Mann fürchtet. Es war ... erbärmlich.«

Er schüttelte entschieden den Kopf. »Nein, das war es nicht. Du brauchtest nur etwas Zeit, um alles zu verarbeiten. Und ich denke, dass es klug war. Ich hasse es, dass du Angst hattest und immer noch Angst hast, aber ich werde alles in meiner Macht Stehende tun, damit dieses Arschloch dir nicht zu nahekommt.«

»Wenn er mich wirklich will, kann niemand etwas dagegen tun. Er wird einen Weg finden. Das wissen wir beide.«

»Dann werde ich tun, was ich kann, um dir beizubringen, wie du dich verteidigen kannst«, sagte er leichthin. Er hasste es, aber sie hatte recht. Wenn er etwas aus den Geschichten der Frauen seiner Teamkameraden gelernt hatte, dann, dass er nicht rund um die Uhr an ihrer Seite sein konnte. Die Gefahr, dass Luke sie irgendwann erwischen würde, war allgegenwärtig. »Du warst lange genug in deiner Wohnung gefangen. Du musst wieder anfangen zu leben. Fick diesen Kerl«, sagte er schroff. »Du kannst ihm zeigen, dass du stärker bist, als er und sein Vater dachten. Nichts wird dich runterziehen. Und wenn er beschließen sollte, so dumm zu sein, da weitermachen zu wollen, wo sein Dad aufgehört hat, wird es ihm leidtun. Denn du wirst ihm in den Arsch treten, bis er sich wünscht, dich niemals gekannt zu haben.«

Jag hatte nicht so unverblümt sprechen wollen, aber er konnte nicht anders. Der Gedanke daran, dass Luke oder sonst jemand Carly in die Finger bekam, ließ ihm das Blut in den Adern gefrieren. Er wusste, dass Carly ihn mit ein bisschen Training überlisten und beweisen könnte, dass er sich die falsche Frau ausgesucht hatte.

Sie schenkte ihm ein kleines Lächeln. »Falls es dir entgangen sein sollte, ich bin nicht gerade aus SEAL-Material geschnitzt«, sagte sie mit einem Achselzucken.

»Das musst du nicht sein«, sagte Jag zu ihr. »Du kannst seine Größe gegen ihn verwenden. Er wird nicht erwarten, dass du dich wehrst, und ... versteh das nicht falsch, aber nach der langen Zeit, die du dich versteckt hast, wird er glauben, dass du zu verängstigt bist, um dich zu wehren.«

Jag merkte, dass Carly nicht ganz überzeugt war, aber es gefiel ihm, dass sie scheinbar etwas gerader stand.

»Es riecht gut hier«, sagte sie nach einem Moment.

Sie war offensichtlich mit dieser Unterhaltung fertig,

also ließ er sie das Thema wechseln. »Was magst du in dein Rührei?«

»Ähm ... was hast du da?«

»Alles.« Jag ließ ihre Schultern los und trat einen Schritt zurück. Eigentlich wollte er sie in eine Umarmung ziehen und ihr sagen, dass alles gut werden würde, aber er wollte ihr nicht noch mehr Unbehagen bereiten.

Carly kicherte. »Alles?«

»Jawohl, Speck, grüne oder rote Paprika, Käse, Salz und Pfeffer, Salsa, Chorizo-Wurst, Pilze, Zwiebeln, Tomaten, Spinat, Schinken, Sauerrahm, scharfe Soße. Ich denke, die saure Sahne und der Käse sind noch gut, und tiefgefrorenes Gemüse muss ausreichen, bis ich einkaufen gehen kann.«

»Heilige Scheiße, Leute tun all diese Dinge in ihr Rührei?«

»Nun, wahrscheinlich nicht alles auf einmal.« Jag grinste. »Und normalerweise kommen diese Dinge in ein Omelett. Aber ich bekomme Omeletts nie richtig hin, also mische ich meistens einfach alles mit dem Rührei zusammen. Unterm Strich ist es dasselbe, auch wenn es nicht so hübsch aussieht. Also ... was magst du?«

»Kann ich grüne Paprika, Käse, Tomaten, Pilze und saure Sahne haben?«

»Du kannst haben, was du willst, mein Engel«, sagte er zu ihr.

»Kann ich helfen?«, fragte sie als Nächstes.

»Sicher, du kannst etwas Käse reiben.«

Sie arbeiteten zusammen, um das Frühstück zuzubereiten, und Jag verspürte ein so starkes Verlangen, dass ihm beinahe die Knie weich wurden. Genau das wollte er. Er wollte sie in Zukunft immer hier bei sich haben, lächelnd und entspannt, während sie gemeinsam das Frühstück zubereiteten.

Das Essen war im Handumdrehen fertig und sie setzten

sich an den kleinen Tisch neben der Küche. Jag aß normalerweise nicht dort. Meistens nahm er seine Mahlzeiten im Stehen in der Küche oder im Wohnzimmer ein, während er fernsah.

Es hatte etwas so ... Heimeliges ... an sich, gemeinsam mit Carly an seinem Tisch zu sitzen.

Sie starrte ungläubig auf den Teller vor ihr. »Du glaubst doch nicht ernsthaft, dass ich das alles essen kann, oder?«, fragte sie.

Jag zuckte angesichts der großen Portion zusammen, die er für sie zubereitet hatte, und zuckte ein wenig verlegen mit den Schultern. »Ich mag den Gedanken nicht, dass du Hunger hast«, gab er zu. »Iss einfach so viel, wie du schaffst. Ich esse den Rest oder wir packen die Reste in den Kühlschrank.«

Einen Moment lang aßen sie schweigend, bevor Jag das Thema ansprach, über das er nachgedacht hatte, seit er ihre Nachricht nach seiner Rückkehr von der Mission erhalten hatte. »Ich gehe gern mit dir zur Polizeiwache. Eigentlich bin ich sogar begeistert von der Idee. Ich möchte wissen, was die Beamten unternommen haben, um Luke zu finden und diesen Zustand der Ungewissheit zu beenden. Aber warum jetzt? Was hat sich geändert?«

Carly kaute und schluckte den Bissen hinunter, den sie im Mund hatte. Dann legte sie ihre Gabel beiseite und stützte ihre Unterarme auf den Tisch. »Ich hatte es satt, erbärmlich zu sein«, flüsterte sie.

»Du bist nicht erbärmlich«, erwiderte Jag.

»Doch, das bin ich, oder war ich«, sagte sie nachdrücklich. »Mir wurde klar, dass es keine Lösung ist, mich in meiner Wohnung zu verstecken und Angst zu haben. Ich war unglücklich und ich vermisse meine Arbeit und meine Freunde. Ich vermisse Menschen, Jag. Zu Kennas Hochzeit zu gehen war beängstigend. Ich dachte ständig, Luke würde hinter einem Baum oder so mit einer Bombe vor der Brust hervorspringen und versuchen, mich zu entführen oder alle in die Luft zu jagen, die ich liebe. Als ich mich endlich auf die Zeremonie konzentrieren konnte, war sie vorbei. Ich hatte sie komplett verpasst, weil ich in meinem Kopf feststeckte. Ich sah Monica mit Kenna, Lexie und Elodie und stellte fest, dass ich sie nicht einmal kenne. Ashlyn und Lexie sprachen über Food For All und die großartigen Dinge, die sie tun und noch vorhaben. Es hat mich wütend gemacht, dass ich keine Ahnung hatte, wovon sie redeten. Und die Tatsache, dass Theo Abstand zu mir hielt ... tat irgendwie weh. Ich bin noch nicht so lange dabei, er hat mich praktisch vergessen. Alles hat sich in mir angestaut und ich wurde sauer.«

Carly holte tief Luft und Jag konnte nicht anders, als die Hand auszustrecken und eine ihrer Hände in seine zu nehmen. Er musste sie berühren und sie wissen lassen, dass er für sie da war.

Sie drückte seine Hand und ließ nicht los, als sie fortfuhr: »Aber selbst dann hatte ich immer noch Angst. Der einzige Ort, an dem ich mich sicher fühlte, war meine Wohnung, und ich wusste, dass das nicht gesund war. Ist es verrückt, dass ich wünschte, Luke würde endlich einen Zug machen und tun, was auch immer er vorhat, damit ich mit meinem Leben weitermachen kann?«

»Es ist nicht verrückt«, versicherte Jag ihr. »Und ob du es glaubst oder nicht, was du fühlst, ist normal.«

Sie verdrehte die Augen.

»Es ist so«, fuhr er fort, »du hast ein Trauma und musst heilen, bevor du weitermachen kannst.«

»Erstens habe ich kein Trauma«, sagte Carly ein wenig streitlustig. Sie nahm ihre Hand von seiner und verschränkte schnaubend die Arme. »Kenna war das Opfer. Sie hat an meiner Stelle gelitten, und das nagt an mir. Und zweitens weiß ich nicht einmal, warum ich versuche, es dir zu erklären. Du wirst es nicht verstehen.«

Es war das zweite Mal, dass sie so etwas sagte. Das erste Mal war bei Kennas und Alecks Hochzeit gewesen. Sie hatte gesagt, dass er nicht verstehen würde, wie es sich anfühlt, verwundbar zu sein.

Jag hatte noch niemals jemandem erzählt, was mit ihm als Kind passiert war. Plötzlich hatte er den Drang, sich Carly anzuvertrauen und ihr zu sagen, wie falsch sie lag.

Aber stattdessen schluckte er die Worte hinunter und hielt seinen Blick auf ihren gerichtet. »Du wärst überrascht, was ich alles verstehe«, sagte er stattdessen. »Aber unterm Strich bist du durch deinen Ex traumatisiert. Und ich spreche nicht nur von dem Abend, an dem er Kenna als Geisel genommen hat.«

Carly starrte ihn misstrauisch an. »Ich weiß nicht, was du meinst.«

»Doch, das tust du. Ich kenne die Details nicht, aber ein Mann wie Shawn verwandelt sich nicht plötzlich von einem vorbildlichen Freund in jemanden, der sich eine Bombe vor die Brust schnallt, um dich zu entführen und zu foltern. Und du bist zu schlau, um dich mit jemandem einzulassen, der dich wie Scheiße behandelt. Ich schätze, er hat als guter Freund angefangen und dich wie eine Prinzessin behandelt. Du hast dich großartig gefühlt. Dann fing er wahrscheinlich langsam an, sich zu verändern. Hier und da wird er herabsetzende Kommentare gemacht haben. Nichts, was durch eine schnelle Entschuldigung nicht behebbar gewesen wäre. Von da an hat er seinen Freunden und seinem Sohn wahrscheinlich hinter deinem Rücken Scheiße über dich erzählt ... was dazu führte, dass du dich unwohl fühltest, wenn du in ihrer Nähe warst, weil sie anfingen, dich komisch anzusehen. Dann ist er dazu übergegangen, diese Kommentare zu machen, während du direkt vor ihnen standst. Er sagte vielleicht etwas Schreckliches und entschuldigte sich später ausgiebig dafür. Und so ging der Kreislauf weiter und am Ende wurde er wahrscheinlich sogar handgreiflich. Ich schätze, das brachte das Fass für dich zum Überlaufen. Aber da war es schon zu spät. Shawn hatte bereits entschieden, dass er dich besitzt, dass du ihm gehörst. Daher wurde die Verfügung gegen ihn notwendig, was ihn schließlich zu diesem Wahnsinn getrieben hat.«

Carly stand der Mund offen und sie hatte ihre verschränkten Arme gelöst und die Hände in den Schoß gelegt. Sie starrte ihn ungläubig an.

»Ich habe recht, nicht wahr?«, fragte Jag.

»Ich ... ja, so ziemlich«, flüsterte sie.

Jag streckte die Hand aus und nahm wieder eine ihrer Hände. Er hielt sie fest und legte ihre Hände auf den Tisch. »Er ist das Arschloch, mein Engel, nicht du. Er hatte etwas Kostbares und hat es wie Scheiße behandelt. Er hat verdient, was ihm passiert ist, und es tut mir nicht im Geringsten leid, dass dieser Abend damit geendet ist, dass er in Stücke gerissen wurde. Ich hasse es, darüber nachzudenken, was du mit ihm durchgemacht hast, aber die Tatsache, dass du die Kraft hattest, zu gehen und ihm zu sagen, er solle sich selbst ficken, macht mich verdammt stolz.«

Er beobachtete, wie sie schwer schluckte. »Er hatte sich so sehr verändert«, sagte sie leise. »Ich wäre nie mit ihm ausgegangen, wenn er von Anfang an sein wahres Gesicht gezeigt hätte.«

»Ich weiß«, beruhigte Jag sie.

»Ich komme mir so dumm vor.«

»Das solltest du nicht. Erneut, er war das Arschloch, Carly. Er hat dich in diese Situation gebracht. Vergiss das nicht, okay?«

Sie neigte den Kopf und sagte etwas, womit er nicht

gerechnet hatte. »Warte, ist das ein Zitat aus dem Film *Speed*?«

Jetzt war Jag an der Reihe, verwirrt dreinzuschauen. »Ähm ... ich glaube nicht?«

»Ich glaube schon. Gleich nachdem die alte Frau auf den Stufen in die Luft gesprengt und vom Bus zerquetscht wurde. Annie, die Heldin – du weißt schon, Sandra Bullock? Wie auch immer, sie ist verärgert und fährt den Bus, und Jack, der gut aussehende Keanu Reeves, kniet neben ihr und sagt fast genau dasselbe, was du gerade zu mir gesagt hast.«

Jag grinste. »Ach ja?«

»Mhmm.«

»Und haben seine Worte geholfen?«

Ein kleines Lächeln erhellte ihr Gesicht. »Ja, sie sagte so etwas wie: ›Ja, er ist ein riesiges Arschloch‹, oder so ähnlich.«

»Ich habe den Film nicht gesehen«, gab Jag zu.

Carly fielen fast die Augen aus dem Kopf. »Hast du nicht?«

»Nein.«

»Nun, das muss sofort behoben werden. Du erinnerst mich sehr an Jack. Dein Name klingt sogar irgendwie ähnlich, Jag, Jack. Er ist mutig, selbstlos und manchmal lustig.«

»Ich bin nicht lustig«, erwiderte Jag mit ernstem Gesicht.

Carly kicherte.

Der Klang schoss direkt in sein Herz. Es war ihm viel lieber, wenn Carly lachte, als so gestresst und zu Tode verängstigt auszusehen wie gestern Abend, als sie die Tür geöffnet hatte.

Jag drückte ihre Hand. »Du bist nicht allein, Carly. Du hast mich und mein Team. Und Baker. Wir werden das hinbekommen, gemeinsam, okay?«

Sie nickte.

»Aber zuerst ... musst du dein Frühstück aufessen.«

Sie schnaubte. »Du bist besessen davon, dass ich etwas zu mir nehme«, murmelte sie, als sie ihre Gabel in die Hand nahm.

Widerstrebend ließ Jag ihre Hand los und lehnte sich zurück. »Der Gedanke, dass du hungrig bist, gefällt mir einfach nicht. Also ja, ich werde wahrscheinlich für eine Weile übermäßig besessen davon sein, dass du genug zu essen bekommst. Also solltest du dich besser daran gewöhnen«, sagte er zu ihr.

Carly hielt mit der Gabel auf halbem Weg zum Mund inne und fragte: »Warum kümmert es dich so sehr?«

»Du bist mir unter die Haut gegangen, mein Engel. Und irgendwie gefällt mir das«, sagte Jag unverblümt, bevor er sich einen großen Bissen Ei in den Mund schob.

Sie starrte ihn einen Moment lang an, bevor sie ihre Gabel anhob. Sie kaute und schluckte und gab dann leise zu: »Ich glaube, mir gefällt das auch.«

Ohne weitere aufrichtige Eingeständnisse aßen sie ihr Rührei und die Waffeln auf, und Jag hatte sich noch nie so wohlgefühlt. Wenn es das war, was Mustang, Midas, Aleck und Pid empfanden, wenn sie mit ihren Frauen zusammen waren, war es kein Wunder, dass sie die ganze Zeit über so wahnsinnig gut drauf waren.

Jag hasste es, dass er so lange gewartet hatte, um zu versuchen, Carly zu helfen. Er hatte nur vermutet, dass Shawn sie emotional und körperlich missbraucht hatte. Aber als sie zugab, dass es tatsächlich so gewesen war, hatte er sich zwingen müssen, nicht sofort aufzustehen, um Luke selbst zu finden. Der Mann wusste wahrscheinlich, was sein Vater Carly angetan hatte, und hatte nichts dagegen getan. Allein das machte ihn in Jags Augen zu einem Mistkerl der Extraklasse.

Frauen zu missbrauchen stand an zweiter Stelle der

schlimmsten Verbrechen. An erster Stelle stand der Missbrauch von Kindern. In Jags Augen gab es nichts Schlimmeres.

Heute würden sie sich Informationen beschaffen. Er begleitete Carly gern zur Polizeiwache. Er musste wissen, was zum Teufel die Polizei wegen Luke unternahm und was die nächsten Schritte waren. Wenn er sie nicht für angemessen hielt, würden er und sein Team, einschließlich Baker Rawlins, die Sache selbst in die Hand nehmen. Er hatte keine Ahnung, was das bedeutete, aber er würde alles tun, um Carly von der Bedrohung zu befreien, der sie immer noch ausgesetzt war.

KAPITEL VIER

Carly saß neben Jag in seinem Jetta und versuchte, nicht in Panik zu geraten. Sie mochte es nicht, draußen zu sein, nicht in einem Wagen, nicht auf der Arbeit oder sonst irgendwo. Sie hasste es, dass Shawn und Luke ihr das angetan hatten. Es machte ihr Angst, alltäglichen Dingen nachzugehen.

Als wüsste Jag, worüber sie nachdachte, streckte er die Hand aus und nahm eine ihrer Hände in seine. Er legte ihre gefalteten Hände auf die Armlehne zwischen ihnen.

Es war verrückt, wie er ihr mit einer so einfachen Geste das Gefühl geben konnte, beschützt zu sein. Sie war nicht sicher, das wusste sie. Luke könnte Jag genauso leicht ausschalten wie sie. Aber irgendwie gaben ihr Jags Selbstvertrauen und die Art und Weise, wie er ständig die Umgebung im Auge behielt, das Gefühl, dass sie zumindest eine Chance haben könnte.

»Also ... Baker?«, fragte sie nach einem Moment.

Jag warf ihr einen Blick zu und sah dann wieder auf die Straße vor ihm. »Was möchtest du wissen?«

»Ich habe gehört, wie Kenna bei der Hochzeit über ihn

gesprochen hat. Ich war enttäuscht, dass er nicht da war. Wer ist er?«

»Baker Rawlins ist ein ehemaliger SEAL, der oben an der Nordküste lebt. Seine Freizeit verbringt er mit Surfen.«

Als Jag nichts weiter sagte, fragte Carly: »Und? Da muss doch noch mehr sein.«

Seine Lippen zuckten. »Nun, wenn du die anderen Frauen fragst, werden sie dir alle erzählen, wie heiß er ist.«

Carly hob überrascht die Augenbrauen. »Wirklich? Aber sie sind ... nicht Single«, beendete sie lahm.

»Nun, sie behaupten, dass nichts Verwerfliches daran ist, zu schauen und zu sagen, dass jemand gut aussieht.«

»Stimmt«, gab sie zu. »Und das ist alles? Er ist ein gut aussehender ehemaliger SEAL, der gern surft? Und das ist genug, damit du und deine Kameraden ihn in die Suche nach Luke einbeziehen wollt?«

»Nein«, erwiderte Jag ernst. »Er ist auch verdammt tödlich. Ein Mann, den ich auf keinen Fall verärgern würde, aber unbedingt an meiner Seite haben will, wenn ich nach jemandem suche, der nicht gefunden werden will. Er ist intensiv, ein wenig beängstigend, aber ein ehrenhafter Mann. Er war sauer, als Kenna als Geisel genommen wurde. Er hat geschworen, Luke zu finden. Ich schätze, er ist nicht sehr glücklich über die Tatsache, dass er ihn noch nicht gefunden hat. Was weißt du über Monicas Geschichte?«

Carly blinzelte bei dem scheinbar abrupten Themenwechsel. Sie wollte erwähnen, dass sie Baker auf keinen Fall treffen wollte, wenn Jag ihn für unheimlich hielt, denn in Wirklichkeit war er wahrscheinlich Furcht einflößend. Stattdessen zuckte sie mit den Schultern und sagte: »Nichts.«

»Sie wurde von einem Mann entführt, der sie als Köder benutzt hat, um Baker auf die große Insel zu locken. Der Typ war früher im selben SEAL-Team wie Baker und wurde wegen psychischer Instabilität rausgeschmissen. Sein Plan war es, dass sowohl Monica als auch Baker von einem Lavastrom lebendig verbrannt werden sollten. Aber er hatte seinen ehemaligen Teamleiter unterschätzt.«

»Heilige Scheiße«, hauchte Carly und drückte Jags Hand. »Geht es ihnen gut?«

»Wenn du Monica und Baker meinst, ja. Dem anderen Kerl nicht so sehr. Er bekam seine eigene Medizin zu schmecken. Ich will damit sagen, dass Baker nicht gezögert hat, das zu tun, was getan werden musste, damit Monica in Sicherheit war. Er ist auch nach New York geflogen und hat sich mit verdammten Gangstern getroffen, um sicherzustellen, dass Elodie vor der Vergeltung einer bestimmten Familie sicher ist. Er sollte sich in seinem Ruhestand entspannen und sich um nichts weiter als die Wettervorhersagen fürs Surfen sorgen, aber so ist er nicht. Er ist genauso Teil unseres Teams wie der Rest von uns, auch wenn er nicht mehr im aktiven Dienst ist.«

»Er will also dafür sorgen, dass Kenna in Sicherheit ist«, sagte Carly leise.

»Ja«, bestätigte Jag, ohne zu zögern.

Aus irgendeinem Grund zog es Carly bei seiner Antwort die Brust zusammen.

»Aber er will auch die Gefahr für dich aus der Welt schaffen, mein Engel«, fuhr Jag fort.

Carly sah ihn skeptisch an. »Aber dieser Baker-Typ kennt mich nicht einmal.«

»Das ist egal. Er weiß, dass du mir wichtig bist und dass niemand in Sicherheit ist, bis Luke neutralisiert wurde.«

Sie leckte sich über die Lippen. »Dir wichtig?«, platzte sie, ohne nachzudenken, heraus. Carly wünschte sofort, sie könnte es zurücknehmen.

»Ja«, sagte Jag scheinbar unbekümmert. »Ich habe jede Minute meiner Freizeit damit verbracht, nach dir zu sehen, und ihn unaufhörlich damit genervt, ihn zu fragen, was er herausgefunden hat.«

Carly war sich ehrlich gesagt nicht sicher, was sie dazu sagen sollte. Sie wusste nur, wie seine Worte sich für sie anfühlten. So als wäre sie wichtig und nicht mehr unsichtbar. Als würde sich jemand dafür interessieren, ob sie lebte oder starb. Sie wollte am liebsten weinen.

Als hätte er bemerkt, dass sie einen Moment brauchte, sprach er weiter. »Was hältst du davon, wenn wir nach unserem Besuch bei der Polizei Kenna besuchen? Ich weiß, dass sie dich gern sehen würde.«

Carly wollte Nein sagen. In der Nähe von Kenna zu sein würde sich ... seltsam anfühlen. Es war Carlys Schuld, dass ihre Freundin als Geisel genommen und fast in Stücke gerissen worden war.

»Okay«, flüsterte sie stattdessen nach einem langen Moment.

»Wenn du mehr Zeit brauchst, ist das in Ordnung, aber ich weiß mit Sicherheit, dass sie dich schrecklich vermisst«, sagte Jag sanft. »Aleck hat mir erzählt, dass sie ständig über dich spricht und sich beschwert, dass die Arbeit nicht mehr so viel Spaß macht wie früher, weil du nicht mehr da bist. Wenn du noch nicht bereit bist, sie zu sehen, können wir auch nach Barbers Point fahren und sehen, ob Lexie, Elodie und Ashlyn bei Food For All Hilfe brauchen.«

Sehnsucht erfasste Carly. Sie wollte das. Sie wollte es wirklich. Aber bei dem Gedanken, so lange draußen zu sein, begann ihr Herz zu rasen. Und wenn sie bei ihren Freundinnen war, könnte Luke vielleicht erneut eine von ihnen entführen. Das würde sie sich niemals verzeihen können.

»Schau mich an, mein Engel«, sagte Jag in einem tiefen Tonfall, den Carly nicht ignorieren konnte.

Sie hasste es, so zu sein. Sie vermisste die aufgeschlossene Person, die sie früher war. Sie blickte zu Jag hinüber und sah, wie er seine Aufmerksamkeit zwischen ihr und der Straße teilte.

»Ich weiß, dass ich dich antreibe. Aber du bist nicht allein. Es gibt eine Menge Leute, die dich lieben und sich um dich sorgen. Du hast gesagt, du möchtest dein Leben zurückerobern, und ich möchte dir dabei helfen. So sehr ich dich auch jeden Tag an meiner Seite haben möchte, ich will nicht, dass du dich bei mir versteckst, so wie du es bei dir zu Hause getan hast.«

»Glaubst du, ich will das?«, fragte Carly fast wütend. »Ich hasse es, Angst davor zu haben, einen Fuß nach draußen zu setzen. Ich hasse es, mich zu Tode zu langweilen, wenn ich zu Hause sitze. Ich vermisse meine Freunde!«

»Dann lass mich dir helfen, die alte Carly wiederzufinden«, sagte Jag, nicht im Geringsten verärgert über ihren Ausbruch.

»Was ist, wenn du es nicht kannst? Was ist, wenn sie weg ist?«, flüsterte Carly.

»Das ist sie nicht«, erwiderte er bestimmt. »Sie mag sich verändert haben, aber sie ist nicht weg. Du wirst das durchstehen. Willst du wissen, woher ich das weiß?«

Carly nickte.

»Weil du es willst. Das klingt simpel, aber wenn ich in deine Augen schaue, sehe ich deine Entschlossenheit und Wut und den Wunsch, dein Leben zurückzuerobern. Und glaub mir, wenn ich dir sage, dass viele Menschen, die ein Trauma durchgemacht haben, nicht diese Entschlossenheit haben. Sie verlieren sich manchmal selbst. Aber du nicht, du kannst das, Carly. Es wird nicht einfach. Gott, ich wünschte, ich könnte dir sagen, dass es nur darum ginge, positiv zu denken, aber es ist mehr als das. Es wird ein täglicher Kampf, die Dämonen in deinem Kopf zu verdrängen, die dir sagen wollen, dass es sicherer ist, sich zu verstecken. Du wirst dich zwingen müssen, Dinge zu tun, die dir Angst machen. Aber du wirst dich auf deine Freunde stützen können, wenn du glaubst, dass du nicht mehr allein weitermachen kannst. Du kannst das, mein Engel. Ich glaube an dich.«

Carly schluckte schwer und ließ seine Worte auf ihre Psyche wirken. Das hatte sie hören müssen. Nun, nicht den Teil mit den Schwierigkeiten, aber den Rest.

Und da fiel ihr etwas auf ...

Jag sprach, als wüsste er aus eigener Erfahrung, wovon er sprach. Als hätte er etwas Ähnliches durchgemacht.

Aber das konnte nicht stimmen. Er war der stärkste Mensch, den sie kannte. Was könnte er erlebt haben, das auch nur annähernd dem nahekam, was sie durchgemacht hatte? Sie glaubte nicht, dass es bei ihm darum ging, von jemandem angegriffen worden zu sein, der ihn töten wollte. Als SEAL war er auf jeder Mission eine Zielscheibe. War er vielleicht in Gefangenschaft geraten und gefoltert worden?

In diesem Moment wurde Carly klar, dass sie Jag nicht wirklich kannte. Sie wusste, dass er vertrauenswürdig war, dass er für sie da war, wenn sie ihn brauchte. Aber sie wusste nicht einmal grundlegende Dinge über ihn. Wo er aufgewachsen war, ob er Geschwister hatte, warum er überhaupt der Navy beigetreten war.

Bei dieser Einsicht runzelte sie die Stirn. Plötzlich wollte sie alles über diesen Mann erfahren. Sie hatte sich in den letzten Monaten auf ihn verlassen. Erst jetzt wurde ihr klar, wie egoistisch sie gewesen war. »Jag?«

»Ja, mein Engel?«

»Ich ... okay.«

Besorgt sah er zu ihr hinüber. »Okay?«

Sie nickte. »Ich kann das. Ich werde Shawn nicht gewinnen lassen.«

»Das ist mein Mädchen«, sagte er stolz.

»Aber können wir abwarten, wie der Besuch bei der

Polizei verläuft, bevor wir weitere Pläne schmieden? Können wir die Operation, die alte Carly zurückzubringen, in kleinen Schritten angehen?«

Jag lachte leise. »Ja, mein Engel, das können wir. Und es tut mir leid. Ich neige dazu, mich ein wenig hineinzusteigern, wenn ich etwas will.«

Er blickte wieder zu ihr hinüber – und Carly hielt den Atem an, als sie die Intensität in seinem Blick sah. Als er wieder auf die Straße blickte, hatte sie das Gefühl, wieder atmen zu können. Großer Gott, Jag war tödlich.

Dennoch konnte sie das leichte Gefühl von Zufriedenheit tief in ihrem Inneren nicht unterdrücken, nachdem er sie so angesehen hatte.

Entschlossenheit stieg wieder in ihr auf. Sie fühlte sich wie auf einer Achterbahn der Gefühle. In einer Sekunde hatte sie Angst, dann war sie wütend, dann wollte sie weinen ... und jetzt fragte sie sich, wie sie Jag vielleicht dazu bringen könnte, sie mehr als nur als eine Freundin zu mögen.

Es war verwirrend und ermüdend, aber zum ersten Mal seit Monaten fühlte Carly sich lebendig. Als hätte sie vielleicht, und nur vielleicht, eine Zukunft. Selbst im Tod hatte Shawn ihr das für eine Weile genommen. Aber sie würde ihr Bestes tun, um weiterzumachen und Shawn hinter sich zu lassen. Der erste Schritt bestand darin, den Detective aufzufordern, mit ihr über den Fall zu sprechen. Er musste ihr sagen, was er über Luke herausgefunden hatte, wenn es überhaupt Fortschritte gab. Das würde ihr hoffentlich weiterhelfen.

Sie hatte das Gefühl, dass sie ohne Jag an ihrer Seite nie den Mut aufgebracht hätte, diese Fahrt zum Revier zu unternehmen. Aber er war da und dadurch fühlte sie sich stärker. Carly drückte dankbar seine Hand und versuchte, sich auf dem Sitz zu entspannen.

Der heutige Tag fühlte sich an wie der Beginn eines neuen Lebens. Sie hatte keine Ahnung, was die Zukunft für sie bereithielt, aber alles würde besser sein, als in der Ecke ihres Schlafzimmers zu kauern. Als sie zu Jag hinübersah, wunderte sie sich erneut, dass er bei ihr war. Er hielt ihre Hand und nannte sie *mein Engel*.

Sie wollte diesen Mann für sich haben. Er war nicht wie Shawn. Das wusste sie bis ins Tiefste ihrer Seele. Aber sie wollte eine bessere Frau für ihn sein. Er verdiente jemanden, der nicht die ganze Zeit Angst hatte. Jemanden, auf den er stolz sein konnte.

Allein dieser Gedanke gab ihr etwas, wofür sie kämpfen konnte. Jag war es wert, und sie wollte glauben, dass sie es auch war.

Ihre positiven Gedanken hielten an, bis sie in einem der Verhörräume der Polizeiwache von Honolulu saß und gezwungen war, auf Detective Lee zu warten. Je länger er sie warten ließ, desto nervöser wurde Carly. Es half nicht, dass Jag ungeduldig auf und ab ging. Er war offensichtlich auch nicht glücklich darüber, warten zu müssen.

Nach einer ganzen Stunde betrat der Detective endlich den Raum. »Es tut mir leid, dass Sie warten mussten.«

Carly öffnete den Mund, um zu sagen, dass alles in Ordnung sei, aber Jag sprach zuerst.

»Das sollte es auch. Wir sind seit einer Stunde hier. Behandeln Sie alle Opfer so?«

Sie war sich nicht sicher, ob das der beste Weg war, das Gespräch zu beginnen, aber jetzt war es zu spät.

Zu ihrer Überraschung sagte der Detective: »Sie haben recht. Und nein, das ist sonst nicht meine Art. Ich war an einem Tatort, wo ein achtundsiebzigjähriger Mann überfallen wurde, wahrscheinlich wegen Geld für Drogen. Die Täter haben zehn Dollar erbeutet und der alte Mann liegt jetzt im Krankenhaus, wo die Ärzte versuchen, seinen Kopf wieder zusammenzunähen.«

Carly verzog das Gesicht.

Jag fuhr sich mit der Hand durchs Haar. »Tut mir leid, Mann.«

Der Mann seufzte. »Nein, mir tut es leid. Das war nicht fair von mir. Und jemand hätte Sie informieren können, dass ich nicht hier war. Ich werde herausfinden, wo das Kommunikationsproblem lag, und dafür sorgen, dass es nicht wieder vorkommt«, sagte Detective Lee. »Wie wäre es, wenn wir noch einmal von vorn anfangen?«

Jag nickte.

»Ich bin Detective Makanui Lee. Die meisten Leute nennen mich Mack oder einfach Detective.« Er hielt Jag die Hand hin.

»Jagger Bennett. Ich bin ein Freund von Carly, ein enger Freund. Und ich bin ein SEAL und hier auf dem Navy-Stützpunkt stationiert. Meine Freunde und ich haben vergeblich versucht, Luke ausfindig zu machen, also bin ich sehr gespannt, was Sie herausgefunden haben.«

Carly sah Respekt im Blick des Detectives. Sie hatte nicht damit gerechnet, dass Jag dem Mann direkt auf die Nase binden würde, dass er ein SEAL war, aber sie nahm an, dass es genau das bewirkt hatte, was er wollte – Macks Meinung über ihn zu beeinflussen.

Mack drehte sich zu ihr um. »Geht es Ihnen gut, Carly?«

Sie zuckte mit den Schultern. »Ja.«

Es schien, dass sie ihm nichts vormachen konnte, denn Mack runzelte sofort die Stirn, kommentierte ihren offensichtlichen Versuch, zu vertuschen, wie es ihr wirklich ging, aber nicht. »Danke, dass Sie heute gekommen sind. Ich weiß, dass Sie mir bereits erzählt haben, woran Sie sich von diesem Abend und den Tagen davor erinnern, aber wären Sie einverstanden, wenn wir es noch einmal durchgehen? Vielleicht erinnern Sie sich dieses Mal an etwas anderes.«

Carly seufzte. Sie erinnerte sich an nichts, was dem Detective helfen könnte, Luke zu finden. Sie hatte bis zu diesem Tag nichts Außergewöhnliches gesehen. Und wenn sie geahnt hätte, was Shawn vorhatte, hätte sie etwas gesagt. Aber sie faltete ihre Hände im Schoß und ging pflichtbewusst noch einmal die Geschehnisse des Abends durch. Nein, sie hatte Shawn an diesem Tag nicht gesehen und auch nicht an den Tagen, bevor er ins Restaurant kam. Ihre letzte Begegnung war Monate her, an dem Abend, an dem sie Jag zum ersten Mal im Duke's getroffen hatte. Ja, sie hatte Luke an dem Tag, an dem Shawn starb, am Strand gesehen, aber er hatte nicht versucht, mit ihr zu sprechen.

Als sie fertig war, wartete sie darauf, dass der Detective ihr weitere Fragen stellte, aber er seufzte nur und lehnte sich in seinem Stuhl zurück.

»In Ordnung, also, es ist so ... wir haben mit Luke Keyes gesprochen und es gibt absolut keine Beweise dafür, dass er an dem Entführungsversuch von Miss Madigan beteiligt war.«

»Moment, was?«, fragte Jag ungläubig. »Sie haben mit ihm gesprochen? Persönlich?«

»Ja, er wusste, dass wir ihn suchten, und kam freiwillig auf die Wache.«

»Scheiße«, sagte Jag, stand auf und ging wieder aufgebracht auf und ab. »Wie kommt es, dass Carly nichts davon weiß? Carly, wusstest du, dass sie ihn gefunden haben?«

Sie schüttelte den Kopf. Sie stand genauso unter Schock wie Jag.

»Wir haben sein Alibi überprüft und es ist wasserdicht. Er behauptet, dass er bei seiner Freundin war, und sie hat seine Geschichte bestätigt.«

»Sie könnte lügen«, warf Jag ein.

Der Detective presste kurz die Lippen zusammen und sagte dann: »Das ist möglich, aber ich habe schon viele Leute befragt, und beide wirkten glaubwürdig.«

Carly merkte, dass Jag kurz davor war, die Fassung zu verlieren. Als er das nächste Mal an ihr vorbeiging, streckte sie die Hand aus und legte sie auf seinen Oberschenkel. Er blieb sofort stehen.

Er holte tief Luft, als wollte er sich beruhigen, und sagte dann: »Ein Freund von mir hat seit dem Vorfall erfolglos versucht, Luke zu finden. Und mein Freund ist gut in dem, was er tut. Wo ist Luke jetzt?«

»Sie wissen, dass ich diese Informationen nicht offenlegen kann«, sagte der Detective. »Aber er hat anscheinend viele Freunde, die ihr Bestes tun, ihn zu verstecken.«

»Ist das nicht verboten?«, schaffte Carly es zu fragen.

»Nicht, wenn ihm nichts vorgeworfen wird«, antwortete Mack. »Er hat auch einen Anwalt. Luke kam einmal hierher, um seine Aussage zu machen, sagte aber, dass alle weiteren Fragen über seinen Anwalt laufen müssten.«

»Also, wenn Sie nicht glauben, dass es Luke war, was haben Sie herausgefunden in Bezug auf die Frage, wer mit ihrem Ex zusammengearbeitet hat?«, fragte Jag. Die Verärgerung war deutlich in seiner Stimme zu hören.

Carly hasste Konfrontation. Sie war ihr extrem unangenehm. Sie wollte viel lieber, dass Leute miteinander auskamen anstatt zu streiten. Aber sie war trotzdem froh, dass Jag heute bei ihr war. Er stellte all die Fragen, auf die sie Antworten wollte. Sie hätte wahrscheinlich nicht den Mut gehabt, sie anzusprechen.

Die Frage schien Detective Lee unangenehm zu sein. Er zog sein Notizbuch heraus und blätterte eine Seite um.

»Wir haben alle Leute befragt, von denen Miss Stewart sagte, dass sie ihrer Meinung nach beteiligt sein könnten.

Jamie Redmon, Shawns Chef in der Coca-Cola Abfüllanlage, Eddie Evans, Shawns Nachbar, Kelly Gregory, die Frau, mit der Shawn vor Carly zusammen war, Wes Schell, Shawns Vermieter, Luke und seine Freundin Rebecca Nelson, und Shawns drei beste Freunde, Beau Langford, Gideon Sparks und Jeremiah Barrowman. Es gibt keine Indizien dafür, dass einer von ihnen mit Shawn zusammengearbeitet hat.«

Carly zitterte, als sie die Namensliste hörte. Jeder Einzelne von ihnen war eng mit Shawn verbunden gewesen, außer Kelly. Sie wäre nicht überrascht, wenn einer oder mehrere von ihnen sich mit ihrem Ex verschworen hatten, um ihr wehzutun.

»Wie viele von ihnen haben Boote?«, fragte Jag.

»Drei. Jamie, Eddie und Beau.«

»Und haben Sie die Häfen überprüft, in denen ihre Boote liegen?«

»Ja.«

Jag feuerte dem Detective immer wieder Fragen entgegen, aber man musste dem Mann zugutehalten, dass er sich nicht davor scheute, sie zu beantworten.

Dieses Treffen war nicht so verlaufen, wie Carly es sich vorgestellt hatte. Sie hatte gehofft, konkrete Beweise dafür zu bekommen, dass Luke mit seinem Vater zusammengearbeitet hatte, und die Gewissheit, dass es nur eine Frage der Zeit war, bis er angeklagt und hinter Gitter gebracht wurde. Aber dazu sollte es offensichtlich nicht kommen. Tatsächlich schien es, als wäre der Mann, den sie für die größte Gefahr gehalten hatte, vielleicht doch nicht der Mensch, vor dem sie Angst haben musste.

Die Ermittlungen schienen ins Stocken geraten zu sein. Der Detective hatte keine Hinweise auf die Person, die mit Shawn unter einer Decke gesteckt hatte.

»Sie wissen genauso gut wie wir, dass Shawn einen

Komplizen hatte«, sagte Jag. Er hatte sich nicht von seinem Platz neben ihr bewegt, während er seine Fragen gestellt hatte. Carly hatte immer noch ihre Hand auf seinem Bein. Sie griff jetzt tatsächlich nach seinem Hosenbein. Nach allem, was sie gehört hatte, fühlte sie sich taub.

»Nach dem, was Kenna Madigan ausgesagt hat, war Shawn an diesem Abend nicht bei Sinnen«, teilte Detective Lee ihnen mit. »Es ist durchaus möglich, dass er glaubte, jemand würde ihn abholen, aber tatsächlich war niemand da. Der Sturm an diesem Abend war der schlimmste in der Gegend seit Jahren. Es wäre so gut wie unmöglich gewesen, bei diesem Wind und Regen und nahezu null Sicht auf dem Meer zu navigieren.«

»Also was? Das ist es dann?«, fauchte Jag. »Die Ermittlungen sind beendet? Fall abgeschlossen?«

»Das habe ich nicht gesagt«, wehrte der Detective ab. Er drehte sich zu Carly um. »Fällt Ihnen sonst noch jemand ein, der vielleicht mit Ihrem Ex zusammengearbeitet haben könnte?«

»Nein«, sagte Jag und meldete sich erneut zu Wort, bevor Carly antworten konnte.

Sie blickte verwirrt auf. Er sah sie jedoch nicht an, sondern schoss Dolche aus seinen Augen auf Detective Lee. »Es ist nicht Carlys Aufgabe, Ihnen Verdächtige zu liefern. Es ist Ihre Pflicht als Detective, Ihren Job zu machen und es selbst herauszufinden.«

»Es ist okay«, sagte sie sanft und streichelte unbewusst Jags Bein.

»Ist es nicht«, sagte er kopfschüttelnd.

»Wir haben uns die Leute genauer angesehen, mit denen Shawn zusammengearbeitet hat, und mit den meisten von ihnen persönlich oder am Telefon gesprochen«, sagte Detective Lee. »Ihre Alibis wurden überprüft. Die meisten waren zu Hause bei ihren Familien. Wir haben

Hunderte von Stunden mit Verhören verbracht und fast jeder Einzelne war schockiert über das, was passiert ist. Einige kannten Carly nicht einmal, waren ihr noch nie begegnet und hätten kein Motiv, Shawn zu helfen. Wir haben den Fall nicht abgeschlossen, aber wir haben buchstäblich keinen Hinweis darauf, dass an diesem Abend jemand auf dem Wasser war und darauf wartete, Shawn und seine Geisel aus der Gegend zu bringen. Wir haben die Videos der Häfen in der Nähe von Waikiki durchforstet und nichts Außergewöhnliches gefunden. Wenn Carly nicht jemand anderes einfällt, der Shawn geholfen haben könnte, oder weitere Beweise ans Licht kommen, können wir nicht viel mehr tun.«

Carly schluckte schwer. Sie war sich nicht sicher, wie sie sich fühlen sollte. Sollte sie erleichtert sein, dass alle Personen, die der Detective verhört hatte, im Wesentlichen freigesprochen worden waren? Oder sollte sie jetzt noch paranoider sein?

Ohne ein Wort griff Jag nach unten und nahm Carlys Hand in seine. Er zog sie auf ihre Füße, legte sofort einen Arm um ihre Taille und hielt sie fest. Das war gut ... denn Carly hatte das Gefühl, dass sie umgekippt wäre, wenn sie sich nicht auf ihn gestützt hätte.

»Sie melden sich, wenn Sie weitere Informationen haben, ja?«, fragte Jag.

»Natürlich«, bestätigte Detective Lee. »Es tut mir sehr leid, dass ich keine besseren Nachrichten für Sie hatte. Da der Vorfall bereits so lange her ist, denke ich aber, dass Sie in Sicherheit sind. Mr. Keyes war offensichtlich der Drahtzieher und wenn jemand mit ihm zusammengearbeitet hat, hat sein Tod ihn eindeutig dazu gebracht, sich zurückzuziehen.«

Jag antwortete nicht. Aber Carly wollte nicht unhöflich sein und entgegnete: »Danke.«

Hand in Hand ging sie mit Jag durch das Polizeirevier und wenn Leute ihn kommen sahen, gingen sie ihm schnell aus dem Weg. Er war kein sehr großer Mann – außer im Vergleich zu ihr –, aber es gingen offensichtlich genügend wütende Schwingungen von ihm aus, dass niemand es wagte, sich ihm in den Weg zu stellen.

Sie gingen hinaus in die warme Nachmittagsluft und er wurde nicht langsamer, als sie zum Parkhaus marschierten. Wie üblich stellten sich Carly die Nackenhaare auf, sobald sie nach draußen trat. Sie konnte nicht anders, als sich beobachtet zu fühlen. Das war einer der Gründe, warum sie sich so lange versteckt hatte.

Obwohl Detective Lee ihr gesagt hatte, dass sie wahrscheinlich in Sicherheit war, fühlte sie sich nicht so. Als sie zu Jag aufblickte, fühlte sie sich etwas besser. Er drehte ständig den Kopf und hielt Ausschau nach irgendjemandem oder irgendetwas, das fehl am Platz war.

Jag öffnete wortlos die Beifahrertür und Carly stieg ein. Sie behielt ihn im Auge, als er zur Fahrerseite ging. Nachdem er seine Tür geschlossen hatte, umklammerte Jag das Lenkrad und starrte geradeaus.

»Jag?«, fragte Carly leise.

»Gib mir eine Minute«, antwortete er durch zusammengebissene Zähne.

Ihn so aufgebracht zu sehen beunruhigte sie. Seit sie ihn kannte, war er ausgeglichen gewesen. Aber im Moment schien es, als wäre er kurz davor, die Fassung zu verlieren.

Carly schluckte schwer und blieb so still sie konnte. Sie atmete kaum, wollte nichts tun, was ihn noch wütender machen könnte, als er es offensichtlich schon war. Aber sie hatte keine Angst vor ihm. Nicht wie bei Shawn, wenn er wütend gewesen war. Nein, Jag würde ihr niemals wehtun. Er war nicht sauer auf sie. Offensichtlich war er frustriert über die Situation und all die unbeantworteten Fragen, die das Gespräch mit dem Detective aufgeworfen hatte.

Sie streckte die Hand aus und legte sie auf seinen Arm. Er drehte sich sofort zu ihr um, nahm ihre Hand in seine und hob sie an seine Lippen. Er küsste sanft ihre Finger und seufzte.

»Es tut mir leid. Ich bin ein Arsch«, sagte er.

»Es ist okay«, erwiderte Carly sofort.

»Ist es nicht. Ich habe normalerweise besser Kontrolle über meine Emotionen. Aber ich bin nicht glücklich darüber, dass die Polizei keinen Verdächtigen hat und glaubt, dass niemand mit Shawn zusammengearbeitet hat.«

»Vielleicht ist es so«, sagte Carly mit einem Achselzucken.

Er sah sie an. »Da war jemand«, sagte er bestimmt.

»Woher weißt du das? Vielleicht bin ich nur paranoid.«

»Das bist du nicht. Ich weiß es ohne Zweifel. Es gab viele Missionen, bei denen wir einen sechsten Sinn dafür hatten, dass etwas nicht stimmte. Nenne es Voraussicht oder was auch immer, aber ich wurde darauf trainiert, diese Gefühle niemals außer Acht zu lassen. Und du hast dich nicht umsonst vor der Welt versteckt. Wenn du gespürt hast, dass dich jemand beobachtet, beobachtet dich jemand.« Er hielt einen Moment inne. »Habe ich dich erschreckt?«

Carly blinzelte. »Mich erschreckt?«

»Ich möchte niemals etwas tun, das dich an dieses Arschloch erinnern könnte. Ich werde dir niemals körperlich wehtun und ich werde mich sehr bemühen, dich emotional nicht zu verletzen. Wenn ich Zeit brauche, um etwas zu verarbeiten, sollst du keine Angst haben, dass ich es an dir auslasse, okay?«

»Okay«, antwortete Carly sofort.

Er küsste erneut ihre Finger, dann senkte er ihre Hand, sodass sie auf seinem Oberschenkel ruhte. Mit seiner Hand hielt er immer noch ihre. »Der Detective denkt vielleicht, dass es vorbei ist, aber ich werde nicht zufrieden sein, bis Baker selbst mit jedem einzelnen von Shawns Bekannten und Freunden gesprochen hat. Und bis das passiert ist und Baker mir sagt, dass sie alle unschuldig sind, möchte ich, dass du bei mir bleibst.«

Die Emotionen, die in seinen schokoladenbraunen Augen wirbelten, hypnotisierten Carly fast und ließen sie an Ort und Stelle erstarren. »Gut.«

Was konnte sie noch sagen? Sie wollte auf keinen Fall zurück in ihre Wohnung, schon gar nicht, nachdem sie erfahren hatte, dass die Polizei die Ermittlungen einstellte.

Es war klar, dass sie wirklich nicht daran glaubten, dass Luke beteiligt war. Sie hatte Detective Lee all diese Namen gegeben, weil er darauf bestanden hatte, alle seine Freunde zu befragen. Aber sie hatte nie wirklich geglaubt, dass einer von ihnen etwas mit seinem wahnsinnigen Plan zu tun hatte.

Aber wenn Luke nicht in einem Boot auf dem Meer auf seinen Dad gewartet hatte ... wer hätte es dann sein können? Hatte die Polizei recht? War Shawn durchgedreht und hatte sich nur eingebildet, jemand würde ihn abholen? Das erschien ihr unwahrscheinlich.

»Hör auf«, sagte Jag, entwirrte ihre Finger und legte seine Hand sanft in ihren Nacken. Er drückte nicht zu, tat ihr nicht weh, aber seine Berührung riss sie aus der Panikattacke, die sich eingeschlichen hatte. »Atme tief durch, mein Engel.«

Sie tat es.

»Gut, noch einmal.«

Carly atmete tief ein und hasste das Gefühl der Verletzlichkeit, das sie überflutete.

»Ich werde mit Baker sprechen und ihn wissen lassen, was der Detective gesagt hat. Er wird ihm nicht einfach blind vertrauen. Der Mann vertraut niemandem. Er wird Luke finden und mit ihm sprechen. Er wird auch alle anderen aufspüren, die der Detective erwähnt hat. Wenn einer von ihnen mit Shawn zusammengearbeitet hat, wird er es herausfinden.«

»Wird er ... sie foltern?«

Jag sah für einen Moment überrascht aus, dann grinste er überraschenderweise. Etwas von der Emotion in seinem Gesichtsausdruck verblasste. »Nein, er ist ein harter Kerl, aber so weit wird er nicht gehen. Das muss er nicht, denn er hat andere Wege, Leute dazu zu bringen, die Wahrheit zu sagen.«

Carly versuchte, ihre hochgezogenen Schultern und den Rest ihrer Muskeln zu entspannen. »Gut.«

»Du hattest recht, bis nach dem Treffen zu warten, um zu entscheiden, wie unsere Pläne für den Rest des Tages aussehen würden. Im Moment habe ich keine Lust, mich mit jemandem zu treffen. Du?«

Sie schüttelte den Kopf.

»Gut, wie wäre es also mit einem Strandspaziergang?«

Die Anstrengung, die sie unternommen hatte, um ihre Muskeln zu entspannen, war verschwendet, als sie sich sofort wieder anspannte.

»Nur kurz«, ergänzte Jag. »Drüben bei Barbers Point.«

»Ich kann nicht«, sagte Carly mit zitternder Stimme.

»Glaubst du, ich werde zulassen, dass dir etwas passiert?«, fragte Jag mit einer Kopfbewegung.

Carlys Atem beschleunigte sich bei dem Gedanken, an einem öffentlichen Strand im Freien spazieren zu gehen. »Ich bin noch nicht bereit«, sagte sie zu ihm und vermied es, seine Frage zu beantworten.

»Das bist du«, beharrte er. »Du kämpfst nicht mehr allein, mein Engel. Ich bin hier bei dir.«

Carly schloss die Augen und spürte, wie Jag mit dem

Daumen über die empfindliche Haut an ihrem Hals strich. Sie wollte darauf bestehen, dass er sie zurück in ihre Wohnung brachte, wo sie sich wieder einschließen und versuchen könnte, alles zu verarbeiten, was der Detective ihr erzählt hatte. Aber das wäre feige und ein Schritt zurück. Sie wollte glauben, dass niemand hinter ihr her war, dass niemand da draußen war und auf den richtigen Moment wartete ... aber es war nicht so einfach.

Carly hasste ihre schwankenden Emotionen und versuchte, die Wut wieder zu aktivieren, die sie zuvor gespürt hatte. »Okay«, flüsterte sie.

»Da ist sie wieder«, sagte Jag.

Carly öffnete die Augen und begegnete seinem Blick.

»Mein tapferer Engel. Wir machen einen kurzen Spaziergang, dann gehen wir auf dem Heimweg etwas essen und ich rufe Baker an.«

Er wollte seine Hand von ihrem Nacken nehmen, aber Carly griff nach oben und packte sein Handgelenk. Er verstummte.

»Danke Jag, für alles. Ich versuche es, aber ich werde das Gefühl nicht los, beobachtet zu werden.«

Er drehte sofort den Kopf, um auf ihrer Seite aus dem Fenster zu schauen, dann auf seiner Seite. Erst als er sicher war, dass niemand in der Nähe des Wagens lauerte, sah er sie an. »Lass ihn zusehen«, sagte er bestimmt. »Er wird wissen, dass du nicht mehr allein bist. Wenn er etwas versucht, wird er es bereuen.«

Carly war sich nicht sicher, ob ihr das gefiel, aber Jag hatte sich bereits umgedreht, um den Motor zu starten. Er fuhr vom Parkplatz und aus der Stadt hinaus.

KAPITEL FÜNF

Der Rest des späten Nachmittags war ziemlich glatt verlaufen. Carly war angespannt und offensichtlich nervös gewesen, als sie am Strand spazieren gingen, aber Jag hatte sich bemüht, sie zu beruhigen. Nach einem fünfzehnminütigen Spaziergang saßen sie wieder in seinem Wagen und fuhren zu seiner Wohnung.

Auf dem Heimweg holte er etwas zu essen vom Italiener und es war ihm nicht entgangen, wie Carly erleichtert die Schultern senkte, sobald er die Tür hinter ihnen schloss und verriegelte. Er hasste es, dass sie sich so verletzlich und ängstlich fühlte, wenn sie in der Öffentlichkeit war, aber er konnte es ihr ehrlich gesagt nicht wirklich verübeln.

Als der Detective ihnen sagte, dass die Ermittlungen im Wesentlichen ins Leere verlaufen waren und es keine Beweise dafür gab, dass jemand mit Carlys Ex zusammengearbeitet hatte, war er wütend geworden. Jemand hatte dieses Komplott gemeinsam mit Shawn geplant. Jemand hatte sich bereitwillig seinem Plan angeschlossen, Carly zu entführen und zu foltern. Nur weil der Detective nicht herausgefunden hatte, wer es war, hieß das nicht, dass die Bedrohung für Carly vorbei war.

Es war ein Fehler gewesen, so viel Zeit verstreichen zu lassen. Carly hatte allein in ihrer Wohnung unnötig gelitten und Jag würde sich das selbst nicht so schnell verzeihen.

Er war froh, dass er Carly zumindest davon überzeugen konnte, auf dem Heimweg Kenna anzurufen. Sie schien nach dem kurzen Gespräch wie beflügelt zu sein.

Es war nur eine Frage der Zeit, bis die enge Freundschaft, die sie mit der anderen Frau hatte, wiederaufleben würde und sie wieder in ihren Freundeskreis zurückkehrte. Er hatte keinen Zweifel, dass sie und Monica sich verstehen würden, wenn sie sich kennenlernten. Monica war ein bisschen zurückhaltend, wodurch sie Carly wahrscheinlich schnell ans Herz wachsen würde. Ja, Carly war früher kontaktfreudig und gesellig gewesen, aber nach den letzten paar Monaten hatte sie auch die Vorteile davon kennengelernt, allein zu sein. Sie würde diesen Aspekt von Monicas Persönlichkeit respektieren.

Er hatte Mustang eine SMS geschickt, um ihn wissen zu lassen, dass sie reden mussten. Aber erst später, wenn er nicht aufpassen musste, was er in Carlys Gegenwart sagte. Es war nicht so, dass er Geheimnisse vor ihr haben wollte, aber er wollte sie davor bewahren, sich noch mehr Sorgen über ihre Situation zu machen. Er war ein Arschloch gewesen und hatte seinen Frust über das Gespräch mit dem Detective offen gezeigt. Er wollte ihr keinen Grund geben, ihn mit Shawn zu vergleichen.

Aber Jag war definitiv wütend auf die Polizei. Und auf sich selbst, weil er sie nicht früher hergebracht hatte. Und auf jeden, der da draußen im Schatten lauerte und abwartete.

Carly sagte, sie habe das Gefühl, beobachtet zu werden,

und Jag hatte keinen Zweifel daran, dass der mysteriöse Komplize da draußen lauerte. Es gab einen Grund, warum sie sich in ihrer Wohnung versteckt hatte, und das Gefühl, bei jeder Bewegung beobachtet zu werden, war ein verdammt guter.

»Warum gehst du nicht ins Bett?«, schlug Jag vor, nachdem es draußen dunkel geworden war. Seit dem Abendessen las Carly ein Buch auf ihrem Handy oder versuchte es zumindest. Unwillkürlich fielen ihr immer wieder die Augen zu. Sie erinnerte ihn an ein Kind in der Schule, das im Unterricht einschlief. Ihr Kopf sank nach unten und sie wachte auf, bevor sie wieder versuchte, sich auf das Buch zu konzentrieren. Aber unweigerlich fielen ihre Augen wieder zu und ihr Kopf sackte erneut nach unten. Sie musste Schlaf nachholen.

Sie starrte ihn an und er konnte die Frage in ihren Augen lesen. Jag bemühte sich, ihr Raum zu geben. Er hatte sich danach gesehnt, direkt neben ihr auf der Couch zu sitzen und sie an sich zu ziehen, aber er hatte sich gewehrt. Er ging ohnehin schon zu schnell vor. Er wollte auf keinen Fall, dass sie sich in dieser neuen Lebenssituation unwohl fühlte.

Jag hatte sie gern hier bei sich. Er hatte zu viele Nächte damit verbracht, sich um sie zu sorgen und sich zu fragen, ob sie aß, gut schlief oder Angst hatte. Sie hierzuhaben trug viel dazu bei, den Teil von ihm zu beruhigen, der sich um sie kümmern wollte.

»Oh, okay. Aber ...« Ihre Stimme verlor sich.

»Was ist los, Carly? Du kannst mich alles fragen. Sag es mir.«

»Du hast nur ein Schlafzimmer«, platzte sie heraus. »Ich dachte, ich sollte hier draußen schlafen.«

»Nein.« Seine Antwort war entschlossen und nicht

verhandelbar. »Wenn jemand auf der Couch schläft, dann ich.«

»Ich kann nicht dein Bett in Beschlag nehmen«, protestierte sie.

»Warum nicht?«

»Darum«, sagte sie.

»Das ist keine Antwort«, neckte er sie. »Schau, es ist ein großes Doppelbett. Es gibt viel Platz für uns beide. Ich schwöre bei meiner Ehre als SEAL, dass ich dich nicht berühren oder irgendetwas tun werde, das dir Unbehagen bereitet. Du bist sicher bei mir, mein Engel. Vor jedem, der dich vielleicht in die Finger bekommen will, und vor mir. Aber wenn du dich nicht wohlfühlst, wenn ich im selben Bett schlafe, bleibe ich hier draußen. Es ist in Ordnung. Diese Couch ist bequem, ich bin schon oft beim Fernsehen darauf eingeschlafen. Außerdem habe ich in meinem Leben an viel schlechteren Orten geschlafen. Am wichtigsten ist mir, dass du dich sicher fühlst.«

Carly starrte ihn lange an. Er konnte die Emotionen, die in ihren Augen wirbelten, nicht deuten, und es störte ihn.

»Okay.«

Er entspannte sich ein wenig bei ihrer Antwort, grinste aber immer noch und hakte nach: »Okay, was? Soll ich hier draußen bleiben oder bei dir im Schlafzimmer?« Er hielt den Atem an, während er auf ihre Antwort wartete. Hauptsächlich, weil er mehr neben ihr schlafen wollte als zu atmen.

Letzte Nacht war ein Traum wahr geworden. Ihre Anwesenheit hatte die Dämonen, die in seinem Kopf herumschwirrten, beruhigt, was wie ein kleines Wunder erschien, da er so lange mit ihnen gelebt hatte. Aber er würde alles tun, was sie verlangte, und wäre einfach dankbar, dass sie hier bei ihm war.

»Ich habe eine Frage«, sagte sie.

»Schieß los.«

»Welche Seite des Bettes bevorzugst du? Weil ich rechts lieber mag und mir nicht sicher bin, ob ich links schlafen kann.« Ihre Lippen zuckten, als sie auf seine Antwort wartete.

Jag lachte leise. »Du kannst gern die rechte Seite haben.«

»Jag?«

»Ja, mein Engel?«

»Ich kann dir nicht genug danken für ...«

»Nein.« Er unterbrach sie, aber es war ihm egal.

»Du weißt nicht einmal, was ich sagen wollte«, protestierte sie.

»Das tue ich, und ich bin nicht auf deine Dankbarkeit aus«, sagte er ehrlich. »Ich trete mir jetzt schon dafür in den Hintern, dass ich nicht früher gehandelt habe. Der Gedanke, dich zusammengekauert in deiner Wohnung sitzen zu lassen, wahnsinnig vor Angst, ist ...« Er schauderte. Es erinnerte ihn zu sehr an sein eigenes Zuhause. Aber das sagte er nicht. »Du bist hier, weil du mir wichtig bist. Weil ich den Gedanken hasse, dass du dein Leben nicht mehr lebst. Also kein Gerede mehr über Dankbarkeit, okay?«

»Ich werde es versuchen«, sagte sie.

»Gut, ich komme etwas später nach.«

Carly starrte ihn einen Moment lang an, bevor sie nickte und aufstand. Sie ging den Flur entlang und er hörte, wie die Schlafzimmertür geschlossen wurde.

Jag holte tief Luft, stand auf und griff nach seinem Handy. Den ganzen Nachmittag hatte es ihn gereizt, Baker anzurufen. Der Mann würde das, was er zu sagen hatte, nicht gut aufnehmen, aber er wollte keine Sekunde länger warten.

Mit einem Ohr lauschend, ob Carly aus dem Schlafzimmer kam, ging er ungeduldig auf und ab, als das Telefon an seinem Ohr klingelte.

»Baker.«

»Hier ist Jag. Ich habe Informationen.«

»Schieß los.«

Und das tat er. Jag erzählte Baker alles über das Gespräch des Detectives mit Luke und dass er seinem Alibi glaubte. Er ging weiter auf die anderen Personen ein, die Carly erwähnt hatte, und erklärte, dass die Polizei nicht daran glaubte, dass einer von ihnen beteiligt war.

Als er fertig war, herrschte Stille am anderen Ende der Leitung.

»Baker, bist du noch dran?«

»Ich bin hier«, sagte er. »Es ist offensichtlich, dass ich mich nicht genug bemüht habe. Das wird sich jetzt ändern.«

Jag war ein wenig besorgt über den Mangel an Emotionen in Bakers Ton und wusste, dass dies weder für Luke Keyes noch irgendjemand anderen etwas Gutes verhieß. Er sagte: »Carly ist in Sicherheit. Sie ist hier bei mir.«

»Wurde auch Zeit«, stieß er hervor.

Jag wollte am liebsten lachen. Es war noch nicht lange her, dass er Carly zum ersten Mal getroffen hatte. Nur jemand in ihrem engeren Freundeskreis würde denken, dass zu viel Zeit vergangen war, bevor er sie bei sich einquartiert hatte. Der einzige Mensch, der noch zögerlicher war, war Slate. »Halte mich auf dem Laufenden«, forderte Jag. »Ich möchte wissen, was du herausfindest, sobald du dich mit einem Verdächtigen in Verbindung setzt.«

»Ich arbeite allein«, erinnerte Baker ihn.

»Nicht in diesem Fall«, beharrte Jag. »Ich kenne deine Geschichte nicht, aber SEALs arbeiten zusammen. Und du bist vielleicht nicht mehr im aktiven Dienst, aber du bist immer noch ein verdammter SEAL. Ganz zu schweigen davon, dass wir hier über meine Frau sprechen. Carlys Leben steht auf dem Spiel, und wenn ich sie beschützen will, muss ich verdammt noch mal wissen, was los ist, verstanden?«

Baker zögerte einen Moment, bevor Jag ein rostiges Lachen über die Telefonleitung hörte. »Scheiße, Mann, ich glaube, ich habe dich noch nie so viel in einem Zug sagen hören.«

»Ach, halt die Klappe«, beschwerte sich Jag.

»Glaubst du dem Detective?«, fragte Baker und wechselte abrupt das Thema.

»Ja und nein. Natürlich glaube ich nicht, dass alle Verdächtigen schuldig sind, aber ich glaube fest daran, dass einer von ihnen es ist. Jemand war da draußen auf dem Meer und hat auf irgendein Signal von Shawn gewartet, um ihn abzuholen.«

»Glaubst du, er oder sie wird versuchen, das zu beenden, was Shawn begonnen hat?«, fragte Baker weiter.

Jag wurde langsam ärgerlich. Die Antwort auf diese Frage kannte der Mann bereits. »Ja. Wenn die Person verrückt genug war, der Sache überhaupt zuzustimmen, dann wird sie es weiter versuchen, Shawns Plan durchzuziehen.«

»Sehe ich auch so. Ich werde etwas graben, dann melde ich mich wieder.« Baker legte ohne ein weiteres Wort auf.

Jag war nervös. Er wollte etwas tun. Er wollte die Verdächtigen jagen und sie selbst verhören. Aber als SEAL im aktiven Dienst musste er vorsichtig vorgehen. Es war besser, dass Baker die Drecksarbeit machte, aber das bedeutete nicht, dass es Jag gefiel.

Ohne zu zögern, wirbelte Jag herum und stolzierte den Flur hinunter zu seinem Zimmer. Es war früher als sonst, aber andererseits wartete sonst auch nicht Carly auf ihn.

Er stieß langsam die Schlafzimmertür auf und starrte die Frau in seinem Bett an. Sie hatte das Badezimmerlicht angelassen, was ihm mehr als genug Licht zum Sehen gab. Sie lag rechts auf der Seite, zu einer Kugel zusammengerollt. Er hasste ihre defensive Position.

Er schnappte sich eine Jogginghose und ging ins Badezimmer. Innerhalb einer Minute oder so war er fertig und steuerte auf die linke Seite seines Doppelbettes zu. Er hatte das Badezimmerlicht angelassen, weil er nicht wollte, dass Carly nicht wusste, wo sie war, wenn sie aufwachte.

Er hatte vorher nicht gelogen. Es machte ihm nichts aus, dass Carly die rechte Seite des Bettes in Beschlag nahm ... weil er normalerweise in der Mitte schlief. Das machte es schwieriger, wenn sich nachts im Dunkeln jemand an ihn heranschleichen wollte, wenn er genau in der Mitte der großen Matratze lag. Er rutschte zu seinem gewohnten Platz hinüber und konnte nicht anders, als zu lächeln, als Carly sich sofort umdrehte und sich an ihn kuschelte.

So viel zum Nichtberühren, während sie schliefen.

Aber ein Teil von Jag wusste, dass dies passieren würde. Auf keinen Fall würde er Abstand halten können. Nicht, nachdem er sie letzte Nacht in seinen Armen gehalten hatte. Er wollte das Recht haben, sie zu berühren, und nicht nur im Bett.

Das war neu für ihn. Er war nie auf Sex fixiert gewesen. Und es war beunruhigend, jetzt so oft daran zu denken. Sex mit Carly würde sein Leben verändern, das wusste er ohne jeden Zweifel.

Er war noch nicht bereit für diesen Schritt. Er wollte sicher sein. Wollte, dass sie sich sicher war. Er wollte, dass sie seinetwegen bei ihm war, und nicht nur, weil er sie beschützte. Es war ein schmaler Grat, weil er keine Ahnung hatte, ob sie die beiden Dinge jemals voneinander trennen könnten.

Er war ein SEAL, seine Aufgabe war es, Menschen zu beschützen. Nun, es war nicht alles, was er tat, aber es war ein großer Teil dessen, wer er war. Schon früh hatte er es sich zur Lebensaufgabe gemacht, sich für diejenigen einzusetzen, die sich nicht selbst schützen konnten, die Verletzlichen und Schwachen. Nicht dass Carly schwach war, ganz im Gegenteil. Vielleicht sollte er sich mehr Sorgen um sich selbst machen und darüber, Carly von seiner eigenen Vergangenheit zu trennen.

Seine Erinnerungen drohten ihn an einen dunklen Ort zu ziehen und Jag tat sein Bestes, um sie zurückzudrängen. Er atmete ein und sog den leicht süßlichen Duft ihrer Lotion in seine Nase. Er hatte ihre Flasche auf dem Waschbecken gesehen – Kirschblüte. Er würde es nie wieder riechen können, ohne an sie zu denken.

»Wie spät ist es?«, murmelte sie.

»Schhhh«, flüsterte Jag. »Spät.«

Es war noch nicht so spät, aber er wollte nicht, dass sie vollständig aufwachte und sich komisch fühlte, weil sie sich an ihn gekuschelt hatte, und sich abwandte, um wieder Abstand zwischen ihnen zu schaffen.

»Okay.«

Er hielt die Luft an, bis er spürte, wie ihre langen, tiefen Atemzüge über seine Haut wehten. Es gab tausendundeine Sache, an die Jag denken musste. Dinge, die er tun wollte, um Carly zu helfen. Aber im Moment konnte er sich nur darauf konzentrieren, wie richtig es sich anfühlte, sie an seiner Seite zu haben.

Langsam hob er eine Hand und strich ihr das Haar aus dem Gesicht. Sie rümpfte die Nase ein wenig unter seiner Berührung, aber sie kuschelte sich noch mehr an ihn. Ihr blondes Haar war auf seinem Kissen ausgebreitet und er widerstand dem Drang, die Strähnen zu seiner Nase zu führen, um ihren Duft einzuatmen. Ihr Gesicht war im

Schlaf entspannt und sie hatte verführerische volle Lippen, von denen er den Blick nicht abwenden konnte. Sie war nur ein bisschen kleiner als er und er liebte es, wie gut sie zu ihm passte.

Von ihr so angezogen zu sein, jedes kleine Detail an ihr zu bemerken, hätte ihn überraschen sollen. Jag hatte sich noch nie um das Aussehen von Frauen gekümmert. Er machte sich sonst mehr Sorgen um irgendwelche Hintergedanken, die sie haben könnten.

Und sie schienen immer welche zu haben. Manche wollten nur mit einem SEAL schlafen, um sagen zu können, dass sie es geschafft hatten. Viele wollten etwas von ihm, ihn irgendwie ausnutzen. Erst nachdem Mustang sich mit Elodie zusammengetan hatte, hatte Jag eine Frau kennengelernt, die völlig selbstlos war. Elodie liebte seinen Teamleiter bedingungslos und das Gefühl wurde definitiv erwidert. Dann war Lexie in Midas' Leben getreten, und Jag wurde Zeuge derselben Sache zwischen ihnen.

Als Aleck Kenna traf, hatte Jag begonnen, sich der Möglichkeit zu öffnen, dass es vielleicht, und nur vielleicht, auch jemanden für ihn gab. Die Beziehung zwischen Monica und Pid hatte die Vorstellung erneut gestärkt.

Und jetzt war er hier, bei Carly. Oh, sie waren nicht in einer Beziehung, zumindest in keiner Liebesbeziehung. Aber er fühlte sich viel wohler, weil sie als Freunde angefangen hatten. Er hatte sie in den letzten Monaten kennengelernt und das Vertrauen war gewachsen.

Zum ersten Mal in seinem Leben wollte Jag eine Freundin. Er wollte seine Wohnung mit jemandem teilen. Er stellte sogar fest, dass er sich ihr gegenüber öffnen und all seine verborgenen Geheimnisse mit ihr teilen wollte. Aber dafür war es definitiv noch zu früh.

In der Zwischenzeit würde er tun, was er konnte, um Carly zu helfen, ihr Leben zurückzuerobern ... und wenn jemand noch einmal versuchten sollte, sie zu entführen, müsste er sich mit ihm auseinandersetzen.

Jag schlief mit einem Gefühl der Vorfreude ein, das durch seine Adern floss. Er war bereit, Carlys Dämonen für sie zu töten ... und vielleicht gleichzeitig einige seiner eigenen dabei auszulöschen.

KAPITEL SECHS

Carly kämpfte gegen den Drang an, sich übergeben zu müssen. Sie konnte nicht glauben, dass sie sich von Jag dazu überreden ließ.

Die letzte Woche war unglaublich gewesen. Sie fühlte sich fast wieder wie die Alte. Sie hatte fast täglich mit Kenna telefoniert und hatte auch mindestens einmal am Tag Jags Wohnung verlassen. Zugegebenermaßen war er jedes Mal an ihrer Seite gewesen, aber trotzdem.

Sie waren zum Lebensmittelgeschäft gegangen, er hatte sie ins Einkaufszentrum mitgenommen, um mehr Krimskrams zu besorgen, den sie brauchte, und eines Abends hatte er sie sogar zu einem Picknick am Strand mitgenommen. Es war komisch, denn andere schienen immer einen großen Bogen um sie zu machen, als hätten sie Angst vor Jag oder so. Aber Carly hatte kein einziges Mal Angst vor dem großen Mann gehabt. Er sorgte dafür, dass sie sich weniger verwundbar fühlte ... und sie mochte insgeheim den gefährlichen Eindruck, den er auf andere zu machen schien.

Für sie repräsentierte er Sicherheit. Aber das war nicht alles, was er repräsentierte.

Je mehr Zeit sie miteinander verbrachten, desto schwieriger wurde es für sie, sich ihm nicht an den Hals zu werfen.

Er berührte sie ständig. Kleine Berührungen mit seiner Hand auf ihrem Rücken, ihre verschlungenen Hände auf seinem Oberschenkel, während sie fernsahen, er küsste sie sogar hin und wieder auf die Schläfe. Aber nachts war es am schwierigsten, ihre Hände bei sich zu behalten.

Jeden Abend schickte er sie zuerst ins Bett und folgte ihr später. Normalerweise schlief sie, wenn er kam, wachte aber sofort auf, wenn er ins Bett stieg. Sie drehte sich um und kuschelte sich an ihn, wissentlich, dass er seinen Arm um sie legen und sie festhalten würde. In den letzten Monaten waren die Nächte bei Weitem am schlimmsten für sie gewesen. Sie bildete sich ein, die ganze Zeit Menschen im Schatten lauern zu sehen. Sie hatte in der Woche, in der sie bei Jag war, besser geschlafen als in ihrem ganzen Leben, sogar vor ihrer Paranoia.

Aber ständig in seiner Nähe zu sein brachte sie dazu, ihn noch mehr zu wollen. Sie war froh, dass er ihre Dankbarkeit nicht wollte, obwohl sie immer noch so empfand, denn sie wollte, dass er mehr in ihr sah als nur eine gute Tat. Sie wollte, was Kenna, Elodie, Lexie und Monica hatten. Sie wollte das Recht haben, Jag zu berühren, wie, wo und wann sie wollte. Sie wollte das Privileg haben, seine intimsten Gedanken zu kennen.

Aber sie waren noch nicht so weit. Sie wollte glauben, dass sie sich auf eine intimere Beziehung zubewegten, aber es würde einige Zeit dauern.

Eine Sache, über die Carly nicht besonders begeistert war, war die Art und Weise, wie Jag sie dazu drängte, mit ihrer ehemaligen Chefin Alani im Duke's zu sprechen. Was sie in ihre gegenwärtige missliche Lage zurückbrachte.

Carly war sich nicht sicher, ob sie bereit war, wieder zur Arbeit zu gehen. Jags Wohnung zu verlassen war immer noch unglaublich stressig und schwierig. Und er wollte, dass sie da raus ging und sich vielleicht sogar in Gefahr brachte, indem sie wieder zur Arbeit ging?

»Ich verstehe immer noch nicht, warum du darauf bestehst«, sagte sie, als sie in einem Parkhaus in Waikiki, nicht weit entfernt vom Duke's, in seinem Wagen saßen. Sie hatte zugestimmt, mit Alani zu reden, aber jetzt, da sie tatsächlich hier war, wollte sie am liebsten darauf bestehen, dass Jag sie zurück in seine Wohnung brachte.

»Was hat dir an deiner Arbeit als Kellnerin gefallen?«, fragte er, anstatt auf ihre Aussage einzugehen.

Sie seufzte. »Mit Kenna abzuhängen und Paulo und Kaleen. Ich mochte es, die Gesichter der Leute zu sehen, wenn sie den Hula Pie probierten. Ich genoss es, wenn Gruppen kamen, um etwas zu feiern ... Geburtstage, Jubiläen, Hochzeiten. Und ich würde lügen, wenn ich behaupte, dass es mir nicht gefallen hätte, Geld zu verdienen.«

»Es ist mir nicht entgangen, dass du zuerst die Freundschaften erwähnt hast, die du geschlossen hast«, sagte Jag. »Carly, du bist Kenna darin sehr ähnlich, dass du aufblühst, wenn du mit anderen Menschen zusammen bist. Es macht dich glücklich. Du brauchst das.«

»Aber in der Nähe von Menschen zu sein bedeutet, dass Luke oder wer auch immer mit Shawn gearbeitet hat an mich herankommen kann«, protestierte Carly.

Jag griff nach ihrer Hand und umschloss sie mit seinen. »Ich wünschte, ich könnte hier sitzen und dir sagen, dass das nicht passieren wird. Aber das kann ich nicht. Ich bin nicht gerade begeistert, dass die Polizei keine Verbindung zwischen Shawn und seinen Bekannten gefunden hat, aber ich denke, dein Bedürfnis, mit deinen Freunden zusammen zu sein, überwiegt meinen Wunsch, dich wegzusperren, bis wir herausgefunden haben, wen Shawn rekrutiert hat, um ihm zu helfen.«

Carlys Respekt vor Jag stieg. Sie brauchte es, dass er ehrlich zu ihr war, selbst wenn es sie aufregte. Und was er gerade gesagt hatte, war so ehrlich, wie es nur sein konnte.

»Ich habe mit Aleck gesprochen und er hat einen Fahrdienst angeheuert, der Kenna jeden Tag zur Arbeit bringt, und nach ihrer Schicht holt er sie selbst ab. Er sagt, es wäre kein Problem, dich mitzunehmen. Wenn du die gleichen Schichten wie Kenna arbeiten könntest, würdest du dich vielleicht wohler fühlen. Und du hast mir selbst gesagt, dass du bei der Arbeit sehr wachsam warst, genau wie die Barkeeper und anderen Kellnerinnen, nachdem die Verfügung gegen Shawn erlassen worden war. Kenna sagte auch, dass es jetzt einen Sicherheitsdienst im Restaurant gibt. Du kannst das, Carly. Ich weiß, dass du es kannst.«

Sein Glaube an sie brachte Carly zum Weinen. Er hatte mehr Vertrauen zu ihr als sie selbst in sich. »Ich habe Angst, Jag«, gab sie zu. Es war nicht so, als wüsste er nicht, wie viel Angst sie hatte, seine Wohnung zu verlassen. Er hatte ihre Panikattacken jedes Mal bemerkt, wenn er sie davon überzeugt hatte, bei der einen oder anderen Besorgung mit ihm zu kommen. Er hatte gesehen, wie sie ständig nach jemandem Ausschau hielt, der aussah, als könnte er versuchen, sie zu entführen.

»Ich weiß«, sagte er leise und legte eine Hand an die Seite ihres Gesichts.

Carly schloss die Augen und lehnte sich gegen seine Handfläche.

»Aber ich weiß auch, dass du das brauchst.«

Carly wollte widersprechen. Wollte ihm sagen, sie müsse in seiner Wohnung bleiben, bis die Polizei oder Baker konkrete Beweise gegen jemanden gefunden hatten und die Person verhaftet wurde. Aber sie wusste auch, dass das nicht realistisch war.

»Wenn ich im Duke's entführt werde, gebe ich dir die Schuld«, scherzte sie lahm.

Nicht eine Spur von Humor zeigte sich auf Jags Gesicht. »Das werde ich auch tun«, stimmte er zu. »Bereit?«

Carly schüttelte den Kopf, sagte aber: »Ja, ich denke schon.«

Jetzt verzogen sich seine Lippen nach oben. »Du bist unglaublich«, sagte er, ohne eine Bewegung zu machen, um aus dem Wagen zu steigen.

»Nein, das bin ich wirklich nicht«, protestierte sie.

Jag beugte sich vor – und Carly hielt den Atem an. Würde er sie küssen? Oh Gott, lass ihn bitte kurz davor sein, dich zu küssen.

Aber anstatt seine Lippen auf ihre zu legen, küsste er sie auf die Stirn.

Carly stieß den Atem aus, den sie angehalten hatte – und glaubte, ein leichtes Lächeln von Jag zu spüren. Aber als er sich zurückzog, war sein Gesicht ausdruckslos. »Wie wäre es, wenn wir Food For All besuchen, nachdem du mit Alani gesprochen hast?«

Es war Samstag und Carly wusste, dass es bei Food For All voll sein würde. Lexie, Elodie und Ashlyn rissen sich den Arsch auf, um so viele Menschen wie möglich zu versorgen.

»Vielleicht hat Alani Reste, die wir mitbringen können«, schlug sie leichthin vor.

»Vielleicht«, stimmte Jag zu. »Bleib sitzen, ich komme herum.«

Carly nickte und sah zu, wie er aus dem Wagen stieg und vorn herumging. Sie hatten darüber gesprochen, und obwohl Carly darauf bestanden hatte, dass sie ihre Tür selbst öffnen konnte, musste sie zugeben, dass es ihr besser ging, wenn er zuerst ausstieg und die Umgebung überprüfte. Ganz zu schweigen davon, dass er bei ihr sein würde, sollte sich jemand trauen, im Parkhaus etwas zu versuchen.

Innerhalb von Sekunden war er an ihrer Tür und streckte eine Hand aus, um ihr herauszuhelfen. Nachdem er die Tür geschlossen hatte, ließ er ihre Hand nicht los, und Carly dachte nicht einmal daran, sich darüber zu beschweren. Das war eine neue Sache in den letzten Tagen oder so, dass sie ständig Händchen hielten, wenn sie aus dem Haus gingen. Und sie liebte es, Jags Hand zu halten. Es gab ihr mehr Selbstvertrauen. Vielleicht würde jemand, der sie beobachtete, einsehen, dass es idiotisch wäre, mit diesem muskulösen Mann an ihrer Seite irgendetwas Dummes zu tun.

Sie gingen die Treppe hinunter zur Straße und wandten sich dem Duke's zu. Sie gingen durch den Eingangsbereich des Hotels nach hinten, wo sich das Restaurant befand.

Sobald sie näher kamen, stieß Vera einen schrillen Schrei aus, stürmte hinter dem Empfangstresen hervor und lief auf sie zu.

Carly hörte Jag lachen, bevor er ihre Hand losließ. Vera schmiss sich ihr an den Hals und Jag stützte sie mit einer Hand am Rücken, damit sie nicht umfiel.

»Oh mein Gott, es ist so schön, dich zu sehen«, sagte Vera mit gedämpfter Stimme in Carlys Haar.

»Danke«, entgegnete diese.

Alle um sie herum starrten sie jetzt an, aber ausnahmsweise war es Carly egal. Sie schloss die Augen und schwelgte in dem guten Gefühl, das sie durchströmte. Veras Reaktion war aufrichtig und herzlich, und Carly bemühte sich sehr, ihre Tränen zurückzuhalten.

Vera zog sich zurück und lächelte. »Bitte, bitte, bitte sag mir, dass du hier bist, um wieder zu arbeiten, und nicht zum Essen«, sagte sie.

Carly zuckte mit den Schultern. »Ich bin hier, um mit

Alani zu reden. Ich bin mir nicht sicher, ob ich meine Stelle zurückbekomme oder nicht. Ich habe gekündigt.«

Vera wedelte mit der Hand durch die Luft. »Oh, du bekommst sie zurück«, sagte sie zuversichtlich. »Die letzten Aushilfen, die eingestellt wurden, waren schrecklich. Kamen immer zu spät und wollten länger Pause machen, als ihnen zustand.« Sie hakte ihren Arm unter Carlys und begleitete sie zum Eingang. »Es ist wirklich wunderbar, dich zu sehen«, sagte Vera.

Carly blickte zurück und sah, dass Jag in diskretem Abstand folgte. Ihn im Rücken zu haben war eine große Erleichterung. Zum ersten Mal seit Ewigkeiten hatte sie nicht den Eindruck, ständig auf der Hut sein zu müssen, weil Jag dafür sorgen würde, dass sie in Sicherheit war.

Alani musste Veras Kreischen gehört haben, als sie Carly sah, denn als sie sich dem Eingang näherten, kam die Chefin um die Ecke und lächelte sie an. Sie machte keine Szene wie Vera, aber ihr Gesichtsausdruck war genauso echt. Sie umarmte Carly fest, legte dann die Hände auf ihre Schultern und fragte: »Geht es dir gut?«

»Mir geht es gut«, sagte Carly.

»Wir haben uns alle solche Sorgen um dich gemacht«, sagte Alani. »Was passiert ist, war schrecklich und verdammt beängstigend.«

»Es tut mir leid, dass ich nicht hier war«, antwortete Carly. Ihre Schuldgefühle drohten sie zu überwältigen. »Shawn hat nach mir gesucht.«

»Nun, mir tut es nicht leid«, erwiderte Alani. »Man kann nicht sagen, was dieses Arschloch getan hätte, wenn es dich in die Finger bekommen hätte.«

Carly schluckte schwer. Das war noch schwieriger, als sie erwartet hatte. Aber Alani schien ihr Unbehagen nicht zu bemerken. »Komm schon, wenn ich dich nicht ein gewisses Barkeeper-Duo begrüßen lasse, bevor wir uns unterhalten, werden die beiden mir das für den Rest meines Lebens vorhalten.« Ihre ehemalige Chefin zog sie ins Restaurant in Richtung Theke.

Es ertönte ein weiteres lautes Kreischen, dann raste Paulo auf sie zu. Carly konnte nicht anders als zu lachen. Paulo war immer ein wenig dramatisch und es tat gut zu sehen, dass sich in der Zeit, in der sie weg war, nichts geändert hatte.

Der Barkeeper packte sie und wirbelte sie im Kreis herum, bevor ihre Füße wieder den Boden berührten. »Mädchen, du bist zurück!«

»Nun, ich bin mir nicht sicher, ob ich zurück bin, aber ich bin hier, um mit Alani über diese Möglichkeit zu sprechen.«

»Oh, du bist wieder zurück«, sagte Paulo bestimmt.

Dann war Kaleen da und Carly wurde in einer weiteren Umarmung erstickt. Die beiden Barkeeper plapperten durcheinander, während sie versuchten, sie über den Klatsch und Tratsch der letzten Monate auf den neuesten Stand zu bringen.

Carly konnte nicht anders als zu lachen. »Genug ihr beiden, meine Güte. Hier hat sich nichts geändert, oder? Ihr seid wie die drei Stooges aus der alten Comedy-Show, aber es gibt nur zwei von euch.«

Sie lachten beide und Alani stimmte mit ein.

»Ich schwöre, die Kunden kommen nur, um sich ihr Geplapper anzuhören«, sagte die Chefin. »Ich würde sie in unterschiedliche Schichten einteilen, aber ich glaube, unsere Gäste würden sich beschweren.«

»Paulo ist eine Nervensäge, aber er ist ein verdammt guter Barkeeper«, warf Kaleen mit einem Lächeln ein.

»Ich bin keine Nervensäge, du bist eine«, erwiderte er.

»Ach ja? Wer hat diesen Typen letzte Woche dazu überredet, dich einzuladen?«, fragte Kaleen. »Da hast du nicht gedacht, dass ich eine Nervensäge bin.«

»Stimmt, und dieser Mann war ein ganz feiner«, sagte Paulo und fächelte sich dramatisch mit der Hand Luft zu.

»In Ordnung, ihr zwei, zurück an die Arbeit«, sagte Alani. »Ich bringe Carly zurück, nachdem wir uns unterhalten haben.«

Paulo beugte sich vor und zwinkerte, als er sagte: »Gehört dieser Muskelprotz, der den Blick nicht eine Sekunde von dir genommen hat, zu dir?«

Carly drehte sich um und sah Jag, der nicht allzu weit entfernt an einer Wand lehnte. Er hatte sie definitiv im Auge und ausnahmsweise war Carly begeistert, beobachtet zu werden. Sie wandte sich wieder Paulo zu. »Das ist Jag. Du bist ihm schon ein paarmal begegnet.«

Paulo blinzelte und richtete sich dann gerade auf. »Verdammt, ja, das ist er. Alle Guten sind vergeben.« Dann beugte er sich vor und umarmte Carly noch einmal, bevor er zurück zur Theke ging. Zum Glück war es noch früh, sodass es nicht sehr voll war, und niemand schien sich an der kurzen Wartezeit zu stören.

»Komm schon«, sagte Alani, »ich denke, wir sollten uns besser unterhalten, bevor der Rest des Personals dich sieht. Sonst bekommen wir vielleicht nie die Chance dazu.« Carly folgte ihr durch die Küche zu dem kleinen Büro im hinteren Teil des Restaurants.

Sie sah Jag noch einmal an, erleichtert, dass sein Blick immer noch auf sie gerichtet war. Es fühlte sich unglaublich an, dass er über sie wachte. Das war einer der Hauptgründe, warum sie sich von ihm hatte überzeugen lassen, seine Wohnung diese Woche überhaupt zu verlassen. Sie vertraute ihm.

Sie formte die Worte »Bist du okay?« mit dem Mund, bevor sie den Küchenbereich betrat.

Jag nickte und machte mit dem Finger eine kreisende Bewegung. Dann deutete er auf die Stelle, an der er stand. Carly interpretierte das so, dass er genau dort auf sie warten würde. Sie nickte und er lächelte.

Dieses Lächeln gab ihr Mut. Etwas, das sie definitiv brauchte, bevor sie mit ihrer ehemaligen Chefin sprach.

KAPITEL SIEBEN

Jag blieb, wo er war, während er darauf wartete, dass Carly ihr Gespräch mit ihrer Chefin beendete. Er hatte einen guten Blick auf die Theke und den Strand hinter dem Essbereich. Überall sah er lächelnde Touristen und gut gelaunte Angestellte. Er konnte verstehen, warum Kenna und Carly gern hier arbeiteten.

Die anderen Angestellten schienen nett zu sein und Jag war nicht überrascht, wie sie Carly willkommen geheißen hatten. Sie war nicht ganz so kontaktfreudig wie Kenna, aber sie konnte der anderen Frau durchaus Konkurrenz machen.

Jag sah niemanden, der fehl am Platz wirkte, was eine Erleichterung war. Er wartete immer noch darauf, dass Baker Bilder der Leute schickte, die der Detective unter die Lupe genommen hatte. Von den Leuten, die Carly ihm als die Menschen genannt hatte, die Shawn irgendwie nahegestanden hatten. Bis er die Bilder hatte, durfte seine Wachsamkeit nicht nachlassen.

Er ließ den Blick aufs Meer hinauswandern. Im Moment war das Wasser fast so glatt wie Glas. Kaum zu glauben, dass es vor ein paar Monaten noch so gefährlich gewesen war.

Jag hatte kein Problem damit, so lange zu warten, bis Carly mit Alani gesprochen hatte, also war er überrascht, als sie nur zwanzig Minuten später wieder aus dem Küchenbereich auftauchten.

Carly umarmte ihre Chefin, bevor sie sich ihm wieder anschloss.

»Alles gut?«, fragte Jag.

»Ja.«

Sie erzählte ihm nicht, was sie besprochen hatten, ob sie ihre Stelle zurückbekommen hatte oder nicht, und bevor Jag fragen konnte, kamen zwei andere Kellner.

Erneut beobachtete er, wie Carly willkommen geheißen wurde. Sie stellte sie als Justin und Charlotte vor. Während sie sprachen, war es genau, wie er es erwartet hatte. Carly schien von innen heraus zu strahlen, je länger sie mit anderen Menschen zusammen war, die sie mochte und respektierte.

Es dauerte weitere vierzig Minuten, bis sie mit dem Personal zu Ende gesprochen hatte. Sogar einige der Kunden, die anscheinend Stammgäste waren, hielten sie an, um Hallo zu sagen.

Als sie durch das Hotel zurück zur Hauptstraße gingen, die durch Waikiki führte, nahm Jag erneut ihre Hand in seine.

Sie sprachen kein Wort, als sie zum Parkhaus gingen. Es waren viele Leute unterwegs und er konzentrierte sich darauf, sich zwischen den vielen Touristen hindurchzuschlängeln. Als sie wieder in seinem Wagen saßen und die Türen geschlossen waren, drehte Jag sich zu ihr um und fragte: »Und?«

Carly schenkte ihm ein kleines Lächeln. »Anscheinend hat Alani nie den Papierkram abgegeben, um mich tatsächlich zu kündigen. Sie muss mich also gar nicht neu einstellen. Ich kann anfangen, wann immer ich bereit bin.«

»Das sind großartige Neuigkeiten, mein Engel.«

Carly holte tief Luft. »Ja, ich denke schon. Ich war nicht so begeistert, wieder mit der Arbeit anzufangen, besonders nicht nach allem, was im Duke's passiert ist. Aber nach dem kurzen Besuch dort heute ist mir klar geworden, wie sehr ich es vermisst habe.«

Jag konnte nicht verhindern, dass sich ein Lächeln auf seinem Gesicht bildete.

Carly sah es und rollte mit den Augen. »Mach schon, sag es.«

»Sag was?«

»Dass du es mir gleich gesagt hast.«

»Das würde ich niemals tun. Ich war mir ziemlich sicher, dass die Dinge heute gut laufen würden, aber es bestand die Möglichkeit, dass du entscheiden würdest, dass es nicht mehr das ist, was du willst, dass es zu viele schlechte Erinnerungen hervorruft. Es ist offensichtlich, wie sehr dich alle im Duke's respektieren und mögen. Das sagt nicht nur viel über deine Arbeit als Kellnerin aus, sondern auch darüber, wie du als Mensch bist.«

»Trotzdem habe ich Angst«, sagte Carly ernst.

»Ich wäre überrascht, wenn es nicht so wäre«, entgegnete Jag.

»Alani sagte, ich könne so lange dieselben Schichten wie Kenna arbeiten, wie ich möchte, wodurch ich mich besser fühle. Ich hoffe nur, Kenna hat nichts dagegen.«

»Das wird sie nicht«, erklärte Jag zuversichtlich.

Carly blickte einen Moment lang auf ihre Hände, dann hob sie das Kinn und begegnete seinem Blick. »Glaubst du, ich bin paranoid? Vielleicht hat Detective Lee recht und es gibt da draußen niemanden, der es auf mich abgesehen hat. Es ist Monate her. Selbst wenn jemand mit Shawn zusammengearbeitet hat, ist es möglich, dass er kein Interesse mehr an mir hat.«

Jag konnte die Hoffnung in ihrer Stimme hören und obwohl er ihr nicht noch mehr Angst machen wollte, konnte er nicht guten Gewissens zustimmen. »Ich glaube nicht, dass du paranoid bist«, sagte er vorsichtig. »Ich denke, es ist klug von dir, vorsichtig zu sein. Bis wir herausgefunden haben, was Shawn geplant hatte und mit wem er unter einer Decke steckte, musst du vorsichtig sein. Ich glaube nicht, dass er so verrückt war, dass er sich einen Komplizen nur eingebildet hat. Dein Ex war offensichtlich der Drahtzieher hinter dem wahnsinnigen Plan, aber ich bin nicht bereit, die Möglichkeit auszuschließen, dass sein Partner es durchziehen will, selbst wenn Shawn nicht mehr da ist.«

»Ja, das dachte ich auch.«

Als sie wieder auf ihre Hände blickte, legte Jag seinen Finger unter ihr Kinn und hob ihren Kopf. »Aber das bedeutet nicht, dass du dein Leben nicht leben solltest. Du musst nur etwas vorsichtiger sein als sonst.«

Carly starrte ihn mit einem Blick an, der voller verschiedener Emotionen zu sein schien. »Kann ich dich etwas fragen?«

»Du kannst mich alles fragen«, versicherte Jag ihr und ließ seine Hand sinken.

»Wenn du wirklich glaubst, ich könnte immer noch in Gefahr sein, warum bestehst du dann nicht darauf, dass ich mich weiter einsperre, bis die Person gefasst ist? Ich meine, ich kann mir nicht vorstellen, dass Mustang Elodie weiterarbeiten lassen würde, wenn sie in meiner Haut stecken würde. Und Aleck wäre definitiv nicht glücklich, wenn Kenna darauf bestehen würde, als Kellnerin zu arbeiten, wenn Shawn noch da draußen wäre.«

Das war eine gute Frage. Jag war sich nicht sicher, ob sie

wirklich bereit war, seine Antwort zu hören, aber er wollte sie nicht anlügen. »Die kurze Antwort ist, weil es dich umbringen würde, wenn du dich weiter einsperrst, langsam aber sicher. Du musst zugeben, dass die letzten Monate die Hölle für dich waren.«

Carly nickte anerkennend.

»Wie ich bereits sagte, du bist nicht die Art von Mensch, der mit Einzelhaft gut zurechtkommt. Du brauchst deine Freunde. Du brauchst Menschen um dich. Ist das ideal? Nein. Ich will dieses Arschloch genauso erwischen wie du. Aber ich kann dich nicht wegsperren. Das ist nicht das, was du brauchst. Und das sage ich dir gleich, mein Engel, ich werde immer das tun, was meiner Meinung nach in deinem Interesse liegt, selbst wenn es mich umbringt.«

Sie starrte ihn mit großen Augen an. »Jag«, flüsterte sie.

Er hob eine Hand und berührte noch einmal ihre Wange. Gott, er liebte es, wenn sie den Kopf neigte und sich gegen seine Hand lehnte. »Ich weiß nicht, was deiner Meinung nach zwischen uns vorgeht, aber ... soweit es mich betrifft sind wir zusammen. Wir hatten bisher eine unkonventionelle Beziehung, aber ich möchte mit dir zusammen sein. Und du solltest wissen ... bei Alecks Hochzeit habe ich entschieden, dass ich fertig damit bin, dir Raum zu geben. Auch wenn du mir keine SMS geschrieben hättest, als ich von dieser Mission zurückkam, würde ich nicht mehr zulassen, dass du dich versteckst.«

»Ich hatte das Gefühl, dass der Ausdruck in deinen Augen ein wenig störrisch war, als ich dir gesagt habe, dass ich nach der Zeremonie nach Hause gehen möchte«, sagte Carly.

Jag lächelte. »Ja, ich war tatsächlich froh, deinen kleinen Wutausbruch zu sehen«, gab er zu.

»Ich bin wütend«, sagte Carly zu ihm. »Wütend, dass Shawn mich in diese Position gebracht hat. Ich weiß, dass ich jung bin, aber ich dachte wirklich, dass er sich um mich kümmert. Am Ende wollte er mich nur kontrollieren. Und als er es nicht konnte, trat sein Wahnsinn zutage.«

»Genau das ist passiert«, stimmte Jag zu. »Aber nichts davon war deine Schuld, das weißt du, oder?«

»Ich versuche, das zu glauben«, sagte Carly leise.

»Du bist unglaublich«, sagte Jag ihr zum gefühlt hundertsten Mal. Vielleicht würde sie ihm irgendwann glauben, wenn er es oft genug wiederholte. »Du bist eine tolle Freundin, lustig, arbeitest hart und bist selbstlos. Jedes Problem, das dieser Arsch hatte, lag an ihm, nicht an dir. Und du bist nicht mehr so jung.«

Carly lächelte und schüttelte leicht den Kopf.

»Hast du ein Problem damit, mit einem alten Mann wie mir auszugehen?«, fragte Jag.

»Du bist nicht alt«, protestierte Carly.

»Ich bin zehn Jahre älter als du ... obwohl ich mich an manchen Tagen noch viel älter fühle.«

»Die Wahrheit ist, dass ich schon immer ältere Typen bevorzugt habe. Ich weiß nicht warum. Vielleicht weil sie reifer und gelassener wirken als Männer in meinem Alter. Ich weiß es nicht. Aber um deine Frage zu beantworten, nein, es ist mir egal, dass du fünfunddreißig bist. Macht es dir etwas aus, dass ich erst fünfundzwanzig bin?«

»Verdammt, nein«, sagte Jag mit Nachdruck. »Also ... sind wir zusammen?«

Sie schenkte ihm ein kleines Lächeln, hob eine Hand und legte sie auf seine, die immer noch auf ihrer Wange ruhte. »Ich denke, das sind wir. Jag?«

»Ja?«

»Da wir jetzt zusammen sind und so ... könntest du mich vielleicht küssen?«

Jag spürte, wie sein Herzschlag sich beschleunigte. Er konnte nicht sprechen. Konnte nicht die Worte finden, um ihr zu sagen, wie viel ihm dieser Moment bedeutete. Er wusste nicht, wie er ihr sagen sollte, wie besorgt er um sie war. Dass er sie zwar ermutigte, zu ihrer normalen Routine zurückzukehren, aber sie auf keinen Fall einer Gefahr aussetzen wollte. Und dass sie schnell zu dem wichtigsten Menschen in seinem Leben wurde.

Anstatt etwas zu sagen, verlagerte er seine Hand so, dass er ihren Nacken hielt, und beugte sich vor. Der Winkel mit der Armlehne zwischen ihnen war unbequem, aber Jag konnte diesen Moment auf keinen Fall verstreichen lassen, ohne seine Lippen auf ihre zu legen.

In dem Moment, in dem sie sich trafen, schloss Jag die Augen, fast überwältigt von seinen Emotionen. Die Haare in seinem Nacken stellten sich wie elektrisiert auf, als sie schüchtern ihren Mund an seinem öffnete. Jag fühlte sich wie eine Jungfrau. Und in vielerlei Hinsicht war er es.

Seine Hand in ihrem Nacken festigte sich, Carly stöhnte und neigte den Kopf, damit sie näher kommen konnte. Mit ihrer Zunge leckte sie über seine und nun war Jag an der Reihe, ein gequältes Geräusch aus seiner Kehle von sich zu geben. Was als süßes, schüchternes Aufeinandertreffen ihrer Lippen begonnen hatte, wurde sofort zu mehr, viel mehr.

Jag konnte ihr nicht nahe genug kommen. Er hielt Carly fest, während er sie verschlang.

Jag hatte keine Ahnung, wie lange sie so rummachten. Als er sich endlich zurückzog, keuchte er, als hätte er gerade mit seinem fünfzig Kilo schweren Rucksack auf dem Rücken einen Fünfzehnkilometerlauf am Strand beendet. Er starrte Carly ehrfürchtig an und fühlte sich, als wäre eine Mauer durchbrochen worden, von der er nicht einmal gewusst hatte, dass er sie in seinem Kopf aufgebaut hatte.

Noch nie in seinen fünfunddreißig Jahren hatte er sich so sehr nach einer Frau gesehnt. Sein Schwanz pochte in seiner Hose und zum ersten Mal in seinem Leben verstand er, warum Männer verrückt nach einer Frau waren.

»Ähm ... wow«, sagte Carly und leckte sich über die Lippen.

Er hatte seine Hand nicht von ihrem Nacken genommen und seine Finger verkrampften sich unwillkürlich bei ihrem atemlosen Kommentar.

»Ja«, stimmte er zu und fand es schwer, seinen Blick von ihren Lippen zu nehmen. Er hatte eine Vision von ihr auf den Knien, mit diesen Lippen um seinen Schwanz, als sie ihn mit ihren blauen Augen ansah. Es war so sinnlich. Jag konnte nicht aufhören, darüber nachzudenken.

»Es gibt viele Dinge, die mir Angst machen«, sagte Carly, als sie den Griff um sein Handgelenk festigte, »aber du gehörst nicht dazu.«

Scheiße, sie brachte ihn um.

Jag zwang sich, seine Hand zu lösen. Er bemerkte nicht einmal, dass er sich so fest an sie geklammert hatte. »Gut, denn ich möchte niemals, dass du Angst vor mir haben musst«, sagte er.

Carly durchbohrte ihn mit ihren Blicken und sagte mit unheimlicher Einsicht: »Ich empfinde dasselbe für dich.«

Für den Bruchteil einer Sekunde geriet Jag in Panik. Hatte sie es erraten? Hatte sie bemerkt, dass er überfordert war, wenn es darum ging, mit einer Frau intim zu sein? Er war keine Jungfrau – bei dem Gedanken hätte er beinahe laut geschnaubt –, aber wenn es darauf ankam, könnte er genauso gut eine sein. Aber mit ihr schien alles anders zu sein, natürlich, richtig. So wie es zwischen zwei Menschen immer sein sollte.

Jag holte tief Luft und atmete Carlys süßen Kirschblütenduft ein, zog sie noch einmal zu sich und gab ihr einen schnellen Kuss. Er wollte verweilen, wollte ihre Verbindung vertiefen, aber es war weder die richtige Zeit noch der richtige Ort dafür. Widerstrebend ließ er sie los, als er sich zurücklehnte. »Bist du immer noch bereit dafür, zu Food For All zu fahren?«

Carly brauchte einen Moment, um sich zu sammeln, und Jag fühlte sich geschmeichelt. Es gefiel ihm, sie aus dem Gleichgewicht zu bringen. Zumindest dachte sie im Moment an ihn und nicht daran, Angst zu haben, weil sie nicht in seiner Wohnung war.

Sie nickte langsam. »Ja, ich glaube schon.«

»Gut.«

»Obwohl ich vergessen habe, Alani zu fragen, ob sie Reste hat, die wir mitnehmen könnten.«

»Dafür wirst du in Zukunft viel Zeit haben«, versicherte Jag ihr. Er griff nach dem Schlüssel im Zündschloss und spürte Carlys Hand auf seinem Arm.

Er drehte sich zu ihr um.

»Ich ... danke, Jag. Danke für alles. Wenn es nach mir ginge, würde ich immer noch in einer Ecke meiner Wohnung sitzen und überall Monster hören und sehen. Ich sage nicht, dass ich bereit bin, sorglos in der Stadt herumzuhüpfen, aber es fühlt sich gut an, zumindest zu versuchen, wieder die Kontrolle über mein Leben zu übernehmen.«

»Gern geschehen, mein Engel. Und niemand sagt, dass du all deine Ängste sofort vergessen musst. Ich denke, ein gewisses Maß an Vorsicht ist eine gute Sache. Du wirst zu deinem alten Ich zurückfinden, das weiß ich.« Er fügte nicht hinzu, dass er hoffte, dass sie ihn immer noch in ihrem Leben haben wollte, wenn sie das tat.

Jag wollte nicht einmal an die Möglichkeit denken, dass sie aus dem Bedürfnis, von ihm beschützt zu werden, herauswachsen könnte, und fuhr rückwärts aus der Parklücke.

Er war zuversichtlich, wenn es um seine SEAL-Fähigkeiten ging. Auf einer Mission war er unschlagbar. Er akzeptierte keine Niederlage und tat alles, um erfolgreich zu sein. Aber auf persönlicher Ebene war vieles anders. Jag hasste das an sich. Er wollte immer der selbstbewusste Navy SEAL sein. Aber die Wahrheit war, dass er zu geschädigt war, um dieses Vertrauen auf sein Privatleben übertragen zu können. Er konnte, ohne zu zögern, töten, aber bei dem Gedanken daran, mit einer Frau zusammen zu sein, bekam er Panik.

Bis er Carly traf.

Sie war anders, speziell.

Aber konnte sie mit seinen Macken umgehen, wenn es um Intimität ging? Er war sich nicht sicher. Er hatte ein paar verdammt große Probleme.

Jag wollte nicht darüber nachdenken, wie oder warum er so war, wie er war, wenn es um Frauen ging, und konzentrierte sich aufs Fahren. Er schaute in den Rückspiegel und sah niemanden, über den man sich Sorgen machen müsste. Aber er musste auf Trab bleiben. Carlys Leben könnte davon abhängen. Wenn er versagte, würde er sich nie davon erholen.

Der Mann im Schatten des Parkhauses runzelte die Stirn. Er war zufällig zur richtigen Zeit am richtigen Ort gewesen, um die Schlampe die Kalakaua Avenue entlanggehen zu sehen, als hätte sie überhaupt keine Sorgen. Er dachte, sie würde immer noch in ihrer Wohnung kauern.

Als sollte es so sein, fuhr ein Wagen aus einer Parklücke auf der Straße, gleich nachdem er Carly gesehen hatte. Also hatte er geparkt und war ihr zum Duke's gefolgt. Er hatte keine Ahnung, wer der Mann bei ihr war ... aber es gefiel ihm nicht, wie der Typ ständig die Umgebung absuchte. Er war viel aufmerksamer, wer in der Nähe war, als die Schlampe es jemals wäre, was nicht gut für seine Pläne war.

Er rief seinen Chef an und teilte ihm mit, dass er etwas später zur Arbeit zurückkommen würde, weil er Probleme mit seinem Wagen hatte. Er war jedoch ein vorbildlicher Angestellter. Niemand würde sein Wort infrage stellen. Es war wichtiger herauszufinden, was Carly tat.

Er sah aus der Ferne zu, wie sie mit offenen Armen und Gelächter im Duke's willkommen geheißen wurde. Je länger er zusah, desto trauriger wurde er. Er war froh gewesen, als sie gekündigt hatte. Er wollte, dass sie isoliert und zu Tode verängstigt war. Er hatte sie genau dort gehabt, wo er sie haben wollte, und sich bereit für seinen nächsten Zug gemacht.

Aber jetzt hatte sich etwas verändert.

Es war der Mann bei ihr. Das wusste er.

Und das machte ihn wütend.

Nichts würde ihn davon abhalten, seinen Plan in die Tat umzusetzen. Shawn mochte tot sein, aber er würde das, was sie besprochen hatten, zu Ende bringen, und wenn es das Letzte war, was er jemals tun würde. Er war es dem Mann schuldig.

Shawn hatte ihn unter seine Fittiche genommen. Er war nie in der Lage gewesen, leicht Freunde zu finden. Die meisten Leute dachten, er sei seltsam oder unbeholfen. Er sagte nie das Richtige, lachte zur unpassenden Zeit. Aber Shawn hatte ihn akzeptiert. Hatte ihm beigebracht, wie man ein richtiger Mann ist, einschließlich, wie man eine Frau handhaben muss. Sie waren in Kneipen gegangen, hatten Football geschaut und hatten allgemein viel rumgehangen. Shawn war ein wahrer Freund gewesen, sein einziger Freund. Und mit Shawns Hilfe und Fachwissen hatte er den Grundstein für einen ganz besonderen Menschen gelegt.

Die Tatsache, dass sein Mentor alles für Carly getan hatte und sie ihn einfach so hatte fallen lassen, machte ihn wütend. Sie hätte sich glücklich schätzen sollen, Shawn zu haben.

Es lag an ihm, seinen Freund zu rächen.

Er und Shawn hatten lange und oft darüber gesprochen, wie sie Carly für ihre Respektlosigkeit und ihren Ungehorsam bezahlen lassen würden. Ihre Freundschaft hatte sich vertieft, als sie ihren Untergang planten.

Und als alles in die Hose ging, fühlte er sich, als wäre ein Teil von ihm unwiederbringlich verloren gegangen. Er war nichts ohne Shawn. Er war wieder der seltsame Typ, mit dem niemand wirklich Augenkontakt haben wollte, vor allem keine Frauen.

Nach mehr als einer Stunde sah der Mann zu, wie Carly das Duke's mit einem breiten Lächeln im Gesicht verließ. Es war leicht, sich unter die Touristen zu mischen, als sie zum Parkhaus zurückkehrten. Er musste herausfinden, was für einen Wagen der Mann fuhr. Also hatte er sich ins Parkhaus geschlichen und vom Treppenhaus zugesehen.

Als sie sich küssten, hatte er zitternd die Hände zu Fäusten geballt.

Nein! Sie durfte keinen anderen Mann in ihre verdammte Falle ziehen! Sie hatte es nicht verdient, glücklich zu sein, nicht nachdem sie Shawns Leben ruiniert hatte!

Während er sich das Nummernschild einprägte, bekam er eine neue Idee. Er musste das anders angehen, jetzt, da ein anderer Mann im Spiel war. Sie müsste glauben, dass sie in Sicherheit war und dass in der Dunkelheit keine Gefahr mehr lauerte.

Ja, sein neuer Plan war viel besser. Die Polizeibeamten hatten mit ihm gesprochen und er hatte alle Verdächtigungen leicht abgetan. Dasselbe könnte er mit Carly tun.

In sich hineinlachend und begeistert von dem neuen Plan, der in seinem Kopf Gestalt annahm, ging der Mann die Treppe hinunter und in den heißen Nachmittag hinaus. Er wurde nicht wütend, wenn ihn jemand anrempelte. Er hielt sogar an, um einem Paar, das sich offensichtlich verlaufen hatte, zu helfen herauszufinden, wo sie waren und wohin sie gehen mussten. Er lächelte.

Ja, das würde gut werden. Carly würde immer noch sterben, Shawn würde gerächt werden und niemand würde ihn jemals verdächtigen.

Pfeifend ging der Mann zu seinem Wagen.

»Ich werde dich bekommen, Carly«, sagte er leise. »Wenn du es am wenigsten erwartest, wird die Rache mein sein.«

KAPITEL ACHT

Carly kribbelte es immer noch, als sie sich Barbers Point näherten. Sie konnte auch nicht aufhören zu lächeln. Jag zu küssen war anders als jeder Kuss, den sie je zuvor erlebt hatte. Ihre Nervenenden schienen Funken zu schlagen, als ihre Lippen sich trafen, und ihr wurde schwindelig. Es war lächerlich, aber sie hatte ihn zuerst für schüchtern gehalten. Sie hatte den ersten Schritt gemacht, um den keuschen Kuss zu vertiefen. Aber als sie mit ihrer Zunge seine Lippen berührte, hatte er endlich die Kontrolle übernommen.

Es machte ihr nichts aus, ab und zu selbst die Führung zu übernehmen, aber Carly zog es vor, wenn der Mann das Sagen hatte. Es machte sie an. Und Gott, Jag hatte in diesem Sinne alle ihre Erwartungen erfüllt. Wahrscheinlich hatte er es nur langsam angehen lassen, um sie nicht zu erschrecken.

Jag machte ihr definitiv keine Angst.

Carly war keine Idiotin. Sie wusste, was er beruflich machte. Es war nicht so, als würde er durch fremde Länder wandern und Terroristen zum Aufgeben überreden. Nein, er war eine tödliche Kampfmaschine, daran gab es keinen

Zweifel. Aber sie musste zugeben, dass sie seine sanfte Seite mochte.

Der Mann war so komplex wie kein anderer, den sie je getroffen hatte. Ein knallharter Navy SEAL, der sich bei einem Kuss etwas unsicher zu sein schien. Aufdringlich und stur, wenn es darum ging, sie dazu zu bringen, das zu tun, was er wollte, nämlich zu Alani zu gehen.

Und das hatte funktioniert. Carly konnte nicht glauben, wie sich alle gefreut hatten, sie wiederzusehen. Und sie hatte tatsächlich Tränen in Alanis Augen gesehen, als Carly ihr sagte, dass sie wieder anfangen wolle. Ihre Chefin hatte sich nach ihrer Zustimmung nach hinten gelehnt und versprochen, dass sie während jeder Schicht arbeiten könne, einschließlich der von Kenna.

Shawns Verhalten hatte Carly verändert. Sie war vorsichtig und fühlte sich etwas unbehaglich, wieder im Duke's zu arbeiten. Fast wäre Kenna ihretwegen gestorben und Carly hatte Angst, dass ihre Kollegen ihr die Schuld geben würden. Immerhin war es ihr Ex gewesen, der durchgedreht war. Aber sie hatte keinen Tadel in den Augen der anderen gesehen. Sie hatten sie alle herzlich willkommen geheißen und sich gefreut zu hören, dass sie wieder dort arbeiten würde.

Carly sah zu Jag hinüber und musste zugeben, dass er recht hatte. Sie brauchte Menschen. Aber woher hatte er das nach so kurzer Zeit gewusst? Es war ein Beweis für seine Beobachtungsgabe.

Sie wusste, dass sie sich an ihn klammerte. In den Monaten, seit Shawn Kenna als Geisel genommen hatte, nachdem er Carly nicht in die Finger bekommen konnte, war Jag immer für sie da gewesen.

Er hatte SMS geschrieben, angerufen, vorbeigeschaut. Er war geduldig und verständnisvoll gewesen. Er hatte sie nicht dazu gedrängt, zur Arbeit zu gehen oder ihre Freundinnen anzurufen. Er hatte ihr zugehört, wenn sie reden musste, hatte sie darüber auf dem Laufenden gehalten, wie es den anderen ging, und hatte sie im Allgemeinen auf jede erdenkliche Weise unterstützt.

Als er endlich genug davon hatte, sie nur babyzusitten, war es gut, dass Carly selbst ihre Einstellung geändert hatte. Sie hatte die verängstigte und erbärmliche Person, zu der sie geworden war, satt. Aber sie hatte seine Ermutigung gebraucht. Seine Entscheidung, sie zu ihm zu bringen, war auch richtig gewesen. Wenn er gefragt hätte, anstatt darauf zu bestehen, hätte sie ihn abgewiesen.

Im Grunde hatte Jag alles richtig gemacht und sehr schnell verwandelte sich ihre Anziehung zum ihm in etwas mehr.

»Worüber lächelst du so?«, fragte Jag.

Weil sie ausnahmsweise gute Laune hatte und die Angst sie nicht so sehr bedrückte wie sonst, wenn sie unterwegs war, teilte Carly ihm mit, was ihr auf dem Herzen lag. »Ich habe gerade darüber nachgedacht, wie herrisch und selbstherrlich du bist.«

Er sah überrascht aus. »Und das bringt dich zum Lächeln?«, fragte er ungläubig.

»Jawohl.«

»Die meisten Frauen wären über so etwas sauer«, merkte er an.

»Ich bin nicht wie die meisten Frauen«, sagte Carly zu ihm.

»Verdammt richtig«, murmelte Jag.

Carlys Lächeln wurde noch breiter. Dann hatte sie das Bedürfnis zu sagen: »Ich sollte dich warnen, ich bin normalerweise nicht so freundlich wie in letzter Zeit. Ich habe mir vieles von dir einreden lassen, aber gewöhne dich nicht daran.«

Jetzt war Jag an der Reihe zu lächeln. »Ach ja?«

»Ja«, sagte sie.

»Okay.«

»Okay? Viele Männer mögen keine unabhängigen Frauen, die für sich selbst entscheiden.«

Jag antwortete nicht sofort. Er fuhr auf den Parkplatz am Ende der Straße vor Food For All und stellte den Motor ab, bevor er sich zu ihr umdrehte. »Manche Männer lieben es, unterwürfige Frauen zu haben. Aber es ist anstrengend, den ganzen Tag arbeiten zu müssen, dann nach Hause zu kommen und alle Entscheidungen über eine Beziehung oder einen Haushalt zu treffen. Vor allem in meinem Beruf. SEALs brauchen Frauen, die stark genug sind, um nicht auseinanderzubrechen, wenn sie auf Mission geschickt werden. Wenn auch noch Kinder im Spiel sind, ist es sogar noch wichtiger.«

Carly konnte nicht anders, als erleichtert über seine Worte zu sein.

»Und du kannst dieses Arschloch Shawn nicht als Maßstab nehmen«, fuhr Jag fort. »Leute wie er wollen die volle Kontrolle, sie leben davon. Sie wollen keine Partnerin, die ihr Leben mit ihm teilt. Sie wollen jemanden komplett dominieren, um sich selbst das Gefühl zu geben, der Größte zu sein.«

»Er wollte, dass ich bei ihm einziehe, aber ich habe ihn immer wieder abgewimmelt«, gab Carly zu. »Er war nicht glücklich darüber, aber ich konnte es nicht. Luke lebte immer noch bei ihm und es kam mir komisch vor. Ich wusste, dass sein Sohn mich hasste, und je mehr Shawn versuchte, mich davon zu überzeugen, dass bei ihm einzuziehen das wäre, was eine gute Freundin tut, desto mehr sträubte ich mich.«

Jag runzelte die Stirn. »Geht es darum, dass du im Moment bei mir wohnst?«, fragte er mit deutlich besorgtem Tonfall. »Ich bin nicht wie dieses Arschloch. Wenn du zurück in deine Wohnung möchtest, kannst du das jederzeit tun.«

»Nein!«, platzte Carly heraus. »Das habe ich nicht gemeint ... es sei denn«, ihre Stimme wurde sanfter, »du willst, dass ich gehe?«

»Verdammt, nein, ich möchte nicht, dass du gehst«, erwiderte Jag sofort. Er holte tief Luft und schloss die Augen. »Ich vermassele es«, murmelte er.

Carly konnte sich nicht davon abhalten, nach ihm zu greifen. Dieser Mann war ein Rätsel. »Das tust du nicht. Ich hätte das nicht als Beispiel nehmen sollen«, sagte sie und legte ihre Hand auf seinen Unterarm.

Jag öffnete die Augen und sah sie an. »Ich bin nicht gut in Beziehungen«, gab er zu. »Ich bin gut darin, ein Freund zu sein. Ich bin ein großartiger Teamkamerad, sowohl auf als auch neben dem Schlachtfeld. Aber dieses Mann-Frau-Ding ist mir völlig fremd. Ich ... ich hatte keine sehr guten Vorbilder.«

Carly starrte ihn an und spürte, dass er versuchte, ihr etwas zu sagen, war sich aber nicht sicher, was es war.

»Ich versuche, von Mustang und den anderen zu lernen, indem ich beobachte, wie sie mit ihren Frauen und Freundinnen umgehen, aber es ist anders, als ich erwartet hatte. Ich habe das bereits gesagt, und ich werde es noch einmal sagen – ich werde immer nur dein Bestes im Sinn haben. Ich erkläre mich vielleicht nicht sehr gut, und ich werde wahrscheinlich dummes Zeug sagen. Aber du bist mir wichtig, mein Engel.«

»Du hattest schon mal eine Freundin, oder?«, fragte Carly.

Jag errötete. Er wurde tatsächlich rot. Carly war sich nicht sicher, ob sie jemals wirklich gesehen hatte, dass ein Mann errötet, wenn ihm etwas peinlich war. Es war eine weitere Sache, die ihn noch sympathischer für sie machte.

»Nein.«

Jetzt war Carly verwirrt. »Noch nie?«

»Ich war mit ein paar Frauen zusammen, hatte aber nie eine richtige Freundin.«

»Jag ... ich ... das ist einfach so schwer zu glauben. Du bist ... schau dich an! Du siehst so verdammt gut aus. Du hast all diese Muskeln und zumeist diesen knallharten Gesichtsausdruck. Ja, es macht den Leuten Angst, ich habe es gesehen, aber Frauen lieben diesen Scheiß, dieses Böser-Kerl-Ding und so. Was war in der Highschool oder in deinen Zwanzigern? Nutzen die meisten SEALs nicht aus, dass viele Frauen wegen ihres Rufes über sie herfallen?« Carly wusste, dass sie schwafelte, aber es war unmöglich zu glauben, dass dieser Mann noch nie eine Freundin gehabt hatte.

»Die meisten SEALs, aber ich nicht.«

Emotionen wirbelten in seinen schokobraunen Augen herum und Carly wollte alles wissen, was er dachte und fühlte. Aber sie waren in seinem Wagen auf einem Parkplatz und es fühlte sich nicht nach dem richtigen Ort an, um ein intimes Gespräch zu führen.

»Du bist also Jungfrau«, neckte sie ihn.

Er brachte nicht einmal ein Lächeln zustande.

»Heiliger Strohsack. Du bist nicht Jungfrau, oder?«, fragte sie völlig geschockt.

»Nein, ich bin keine Jungfrau«, sagte Jag nach einer langen Pause.

»Nicht dass es eine Rolle spielen würde, wenn du es wärst«, fügte sie hinzu. »Ich bin nur ... im Ernst, Jag, mit dir wird jede meiner Fantasien wahr. Du bist heiß, schlau, beschützend, mitfühlend, beängstigend, für mich da, wenn ich dich brauche, und es ist mir egal, ob du mit fünfhundert Frauen zusammen warst oder mit keiner. Ich bin einfach nur begeistert und verdammt nervös, dass du mit mir zusammen sein willst.«

Jag streckte die Hand aus, berührte ihren Hinterkopf und zog ihre Stirn an seine. Er drückte sie an sich und Carly packte ihn am Unterarm. Sie hatte keine Ahnung, was er dachte.

»Du gehörst mir«, sagte er mit einer tiefen, grollenden Stimme, die durch jedes Nervenende in ihrem Körper zu rauschen schien. »Das meine ich nicht arrogant. Du gehörst mir genauso, wie ich dir gehöre. Ich möchte dich glücklich machen, dich lächeln sehen. Ich weiß, dass ich mich in dieser Beziehung glücklich schätzen sollte, und ich schwöre, dass ich nichts vorsätzlich tun werde, was es vermasseln könnte.«

»Jag ...«, begann Carly. Aber er zog sich etwas zurück, damit er ihr in die Augen sehen konnte, und redete weiter.

»Es hat mir nie etwas ausgemacht, dass Leute manchmal die Straßenseite wechseln, anstatt an mir vorbeizugehen. Ich habe diese Reaktion tatsächlich genossen. Ob du es glaubst oder nicht, ich bin normalerweise nicht sehr gesprächig. Die anderen Männer machen sich die ganze Zeit lustig darüber. Aber bei dir kann ich anscheinend nicht den Mund halten.«

Carly lächelte. Sie liebte es, diese Wirkung auf ihn zu haben.

»Bist du bereit reinzugehen?«

Es war ein abruptes Ende des Gesprächs. Carly hatte den Verdacht, dass Jag sich bei diesem heiklen Thema etwas unbehaglich fühlte. »Ja.«

»Bleib sitzen, ich komme rum«, verlangte Jag. Er strich mit den Fingerknöcheln über ihre Wange und drehte sich dann um, um aus dem Wagen zu steigen.

Carly holte tief Luft und versuchte, sich zu sammeln. Sie hatte keine Ahnung, wie um alles in der Welt er noch nie eine Beziehung hatte. Aber ihr gefiel die Vorstellung, dass er ihr gehörte. Und es gefiel ihr, dass er mehr redete, wenn er mit ihr zusammen war. Sie fühlte sich dadurch speziell. Und es war sehr lange her, dass sie sich so gefühlt hatte.

Ihre Tür wurde geöffnet und Jag stand mit ausgestreckter Hand da. Carly nahm sie und er ließ sie nicht los, als sie zum Eingang von Food For All gingen. Es war kein allzu langer Weg, aber Carly schauderte bei dem Gedanken daran, ihn allein gehen zu müssen. Sie hätte sich sagen können, dass sie unabhängig war, aber im Moment fühlte sie sich nicht so.

»Setz dich nicht unter Druck, mein Engel«, sagte Jag, als könnte er ihre Gedanken lesen. »Du wirst es schaffen.«

Sie hatte keine Chance zu antworten, weil sie an der Tür von Food For All angekommen waren. Carly hatte alles darüber gehört, wie Theo das Fenster eingeschlagen hatte, als er gesehen hatte, wie jemand den Laden ausraubte. Aber jetzt war von dem Schaden nichts mehr zu sehen.

»Oh mein Gott, es ist Carly!«, rief Lexie aus, als sie und Jag eintraten. Als sie auf sie zuging, ließ sie den Blick über ihre Hände huschen, was sie noch mehr zum Lächeln brachte. Aber sie kommentierte es nicht und umarmte stattdessen Carly.

Sie war sich bewusst, dass Jag einen Schritt zurücktrat, wusste aber, dass er nicht weit entfernt war.

Der Empfang hier war genauso herzlich wie zuvor im Duke's. Elodie kam aus dem hinteren Teil des Ladens und begrüßte sie genauso überschwänglich. Und zu Carlys Überraschung näherte sich Theo und legte auch kurz seine Arme um sie. Sie war ihm ein paarmal begegnet, hatte aber nicht damit gerechnet, dass er sie umarmen würde, besonders nachdem er sie bei Kennas Hochzeit praktisch ignoriert hatte.

»Hey Leute«, sagte Carly.

»Du siehst gut aus«, sagte Lexie zu ihr.

»Es ist so schön, dich zu sehen«, mischte sich Elodie ein.

»Willst du meine neue Zeichnung sehen?«, fragte Theo. Alle lachten leise.

»Das würde ich gern«, sagte Carly zu ihm.

Er streckte die Hand aus, griff nach ihrer und ging mit ihr in Richtung Küche. Carly sah, wie Jag einen Schritt nach vorn machte, aber Elodie hielt ihn zurück. »Ich werde mit ihnen gehen. Es geht ihr gut, Jag.«

Er antwortete nicht verbal, sondern nickte nur. Carly konnte seinen Blick auf sich spüren, als sie und Theo auf die Tür zu Elodies Reich, der Küche, zugingen.

Als sie eintraten, sah Carly sofort das riesige Wandbild an der Rückwand. Theo hatte das Abbild einer schicken Restaurantküche auf die gesamte Wand gemalt. Es sah erstaunlich lebensecht aus.

»Heilige Scheiße«, murmelte Carly.

»Nicht wahr?«, bestätigte Elodie mit einem Lächeln.

»Ich habe Elodie eine Küche gemalt«, sagte Theo stolz.

»Ja, das hast du«, stimmte Carly zu. »Und es sieht wunderbar aus.«

Sie konnte praktisch sehen, wie Theos Brust vor Stolz anschwoll. Und er sollte stolz sein. Was er gemalt hatte, sah so realistisch aus, dass sie darauf wartete, dass der finster dreinblickende Küchenchef in der Ecke jede Sekunde anfangen würde zu brüllen. Es gab Sous-Chefs, die sich über Teller beugten und sie anrichteten. Aus einer der Pfannen auf dem Herd schoss eine große Flamme heraus. Er hatte das Chaos, die Aufregung und die Schönheit einer schicken Restaurantküche perfekt eingefangen.

»Ich habe ihm ein paar Bilder gezeigt«, sagte Elodie. »Und er wollte alles über die Restaurants wissen, in denen ich in der Vergangenheit gearbeitet habe. Was dort passiert ist und wie viele Leute gekocht haben, solche Sachen. Wir haben eine Woche am Stück darüber gesprochen, dann hat er keine weiteren Fragen gestellt. Ich dachte, es wäre nur eine vorübergehende Neugier. Anscheinend hatte er mit Lexie vereinbart, es an einem Nachmittag nach dem Ende meiner Schicht anzufertigen. Er hat fast die ganze Nacht gebraucht, aber als ich am nächsten Morgen kam, habe ich das hier vorgefunden.«

»Es ist wirklich erstaunlich«, sagte Carly mit einem Lächeln.

»Ja, das ist es.«

»Vermisst du es?«, platzte Carly heraus. Der Ausdruck von Freude und Sehnsucht auf Elodies Gesicht hatte die Frage aufgeworfen.

»Das Chaos, angeschrien zu werden, obwohl ich nichts falsch gemacht habe? Leute, die eine Mahlzeit zurückschicken und behaupten, ihr Steak sei nicht richtig zubereitet worden, obwohl es das definitiv war? Lange Nächte und den Stress? Nein, auf keinen Fall. Allerdings vermisse ich die Menschen, mit denen ich zusammengearbeitet habe.«

»Richtig.« Das verstand Carly hundertprozentig.

Die beiden Frauen tauschten einen verständnisvollen Blick aus.

»Es tut mir leid, was passiert ist«, sagte Elodie sanft.

Carly war sich nicht sicher, ob sie darüber reden wollte, aber sie straffte die Schultern. Wie Jag ihr gesagt hatte, und wie Jack in dem Film *Speed* zu Annie sagte, Shawn war das Arschloch, nicht sie. »Vielen Dank.«

»Bist du ... ach, schon gut.«

»Nicht schon gut. Was meinst du?«, fragte Carly, neugierig, was die andere Frau wissen wollte.

»Bist du zurück? Ich meine, Kenna hat dich schrecklich vermisst. Und Lexie und ich hatten gerade angefangen, dich besser kennenzulernen, als der ganze Scheiß losging. Und wir haben Monica alles über dich erzählt. Obwohl sie nicht viel redet, ist sie auch sehr daran interessiert, dich kennenzulernen.«

»Ich will zurück«, gab Carly zu. »Aber ich habe Angst. Alles macht mir in letzter Zeit Angst. Ich will auf keinen Fall, dass einer von euch etwas passiert. Ich glaube, deshalb bin ich so lange weggeblieben. Ich hatte das Gefühl, ich würde euch in Gefahr bringen. Wenn Kenna etwas passiert wäre ...« Ihre Stimme verlor sich.

Aber es war nicht Elodie, die sie tröstete, es war Theo. Er hatte ihrer Unterhaltung aufmerksam zugehört. Er ging zu Carly hinüber und stellte sich direkt neben sie. Er berührte sie nicht, sah sie nicht einmal an, sagte aber: »Solange ich aufpasse, wird nichts passieren.«

Carly lächelte und drückte seinen Arm. »Ich habe davon gehört, wie du diesen Einbrecher kürzlich aufgehalten hast.«

Er nickte.

»Weißt du, was mein Lieblingssatz aus *Kevin allein zu Haus* ist?«, fragte Carly.

Theo drehte sich schließlich zu ihr um. Er sah ihr einen Moment lang in die Augen, dann senkte er den Blick wieder. »Was?«

»›Wenn ich groß bin und verheiratet, dann wohne ich allein!‹ Dann stampft er auf den Dachboden und schreit im Takt seines Stampfens: ›Ich wohne allein.‹«

Er lächelte ein breites Lächeln, das sein Gesicht erhellte. »Der ist gut. ›Ich gebe dir Zeit, bis ich bis zehn zähle, dann bist du mit deiner hässlichen, gelben Scheißvisage von meinem Grundstück verschwunden, bevor das Blei dich durchlöchert‹«, sagte er mit einer tiefen Stimme wie der Gangster Johnny in dem alten Film, den Kevin McCallister in *Kevin allein zu Haus* sah.

Carly lachte. »Ich liebe diesen Teil!«

»Und der hier«, sagte Theo feierlich. »»Man kann für vieles zu alt sein, aber nicht, um sich zu fürchten.‹«

Carly starrte den Mann neben sich an. Manchmal wirkte er wie ein kleines Kind, und manchmal, so wie jetzt, schien er eine alte Seele zu sein. »Das stimmt«, sagte sie leise.

»Hast du große Angst?«, fragte Theo.

Er sah sie immer noch nicht an, aber Carly wusste, dass er definitiv auf jedes Wort achtete.

»In letzter Zeit? Ja.«

»Wegen des Bombenmanns?«, hakte Theo nach.

Sie hätte nicht überrascht sein sollen, dass er wusste, was passiert war. »Nun, er kann mir nicht mehr wehtun ... aber wer auch immer mit ihm zusammengearbeitet hat, ist noch da draußen.«

»Ich habe Angst vor Nadeln«, sagte Theo.

Carly hätte gelacht, aber er meinte es vollkommen ernst.

»Und Kakerlaken. Besonders die, die fliegen können«, fügte Theo hinzu.

»Die sind eklig.«

Er nickte zustimmend. »Jag wird dafür sorgen, dass dir keine bösen Männer wehtun. Und Baker.«

»Du kennst Baker?«, fragte Elodie.

»Er ist mein Freund«, sagte Theo und hob ein wenig das Kinn. »Er sagte, es ist meine Aufgabe, auf Food For All aufzupassen.«

»Ah«, sagte Elodie mit einem Nicken. »Du bist sicher eine große Hilfe.«

Theo nickte, drehte sich ohne ein weiteres Wort um und verließ die Küche.

»Er ist ... interessant«, sagte Carly, nachdem er gegangen war.

»Das ist er. Aber es ist schön, ihn um sich zu haben. Wenn andere hier sind, sagt er nicht viel. Es sagt also viel darüber aus, wie sehr er dich mag und wie wohl er sich in deiner Gesellschaft fühlt.«

Das gab Carly ein gutes Gefühl.

»Fürs Protokoll ... was passiert ist, war nicht deine Schuld. Und wenn Jag glaubt, dass es in Ordnung ist, dass du unterwegs bist und wieder arbeiten gehst, dann ist es auch in Ordnung.«

»Woher weißt du, dass ich wieder arbeiten will?«, fragte Carly überrascht. »Wir sind buchstäblich direkt vom Duke's hierhergekommen.«

Elodie errötete und zuckte mit den Schultern. »Kenna hat uns allen eine SMS geschickt. Sie ist superaufgeregt.«

Carly lachte. Auf dem Weg zu Food For All hatte sie ihrer Freundin eine SMS geschickt, ob es in Ordnung wäre, wenn sie eine Weile mit ihr die Schicht teilte. Kenna war begeistert gewesen und hatte anscheinend sofort die Neuigkeit verbreitet.

»Wir haben die Mahlzeiten für heute bereits verpackt, aber wenn du uns helfen möchtest, alles für morgen vorzubereiten?«

»Sicher. Ist Ashlyn in der Nähe?«

»Sie ist noch unterwegs und liefert die Mahlzeiten für die aus, die sie nicht abholen können.«

»Oh, ich habe gehört, dass Slate von dieser Idee nicht besonders begeistert war.«

Elodie nickte. »Das ist er nicht. Aber Ashlyn lässt sich nicht von ihm sagen, was sie tun und lassen soll.«

»Oh Mann, sie streiten sich immer noch wie kleine Kinder, nicht wahr?«, fragte Carly. Sie liebte diesen Klatsch und Tratsch. Es gab ihr das Gefühl, nie weg gewesen zu sein.

»Jawohl. Merk dir meine Worte ... sie werden zusammenkommen.«

»Meinst du?«

»Oh ja, es herrscht so viel Spannung und Chemie zwischen ihnen, dass es nicht einmal mehr lustig ist.«

»Das ist cool.«

»Genau. Apropos ... du und Jag ...« Elodie ließ die Frage im Raum stehen.

Sie lächelte. »Ja.«

»Ich dachte, du wärst noch nicht bereit für einen neuen Freund?«, neckte Elodie.

Carly spürte, wie ihre Wangen heiß wurden. »Ja, nun, es ist einfach passiert.«

»Das verstehe ich nur zu gut«, sagte Elodie mit einem Lächeln. »Und fürs Protokoll, ich finde es großartig. Er sagt nicht viel, aber er ist ein toller Kerl.«

Carly wollte über den »sagt nicht viel« Teil lachen, da Jag anscheinend keine Probleme damit hatte, mit ihr zu reden. Aber sie nickte nur und erwiderte: »Ja, das ist er.«

»Jetzt komm, ich bin mir sicher, dass Lexie unbedingt auch mit dir reden möchte. Ich habe dich lange genug in Beschlag genommen. Und ich vermute, Jag ist kurz davor, nach dir zu sehen.«

»Oh, ich bin mir sicher, das ist er nicht ...«

Ihre Worte wurden von eben diesem Mann unterbrochen, der gerade den Kopf durch die Tür steckte. »Alles in Ordnung hier drin?«, fragte er.

Carly ignorierte Elodies Lachen und lächelte ihn an. »Es ist alles in Ordnung. Wir wollten gerade wieder rauskommen.«

Jag nickte, öffnete die Tür und hielt sie für die beiden auf.

»Ich habe es dir gesagt«, flüsterte Elodie, als sie auf dem Weg zur Tür an Carly vorbeiging.

Carly folgte ihr, aber als sie zu Jag kam, hielt er sie auf und fragte leise: »Geht es dir gut?«

Sie nickte. »Ja.«

»Nur damit du es weißt, Lexie ist heute besonders gesprächig, sie schäumt fast über vor Aufregung, mit dir zu reden.«

»Macht sie dich verrückt, weil sie dich zum Reden bringt?«, neckte Carly.

Jag lächelte. »Ich bin nicht der gesprächigste Typ.«

»Außer mit mir.«

»Außer mit dir«, stimmte er zu. Dann beugte er sich zu ihr vor und küsste sie. Es war ein schneller Kuss, aber sie spürte bei der innigen Berührung immer noch ein Kribbeln in ihrem ganzen Körper. Sie war sich bewusst, dass Elodie, Lexie und Theo sie deutlich in der Tür stehen sehen konnten, aber wenn es Jag nichts ausmachte, sie vor ihnen zu küssen, würde Carly sich bestimmt nicht beschweren.

»Wofür war das?«, flüsterte sie.

»Weil ich dir nicht widerstehen kann«, sagte er. Dann legte er ihr die Hand auf den Rücken und drängte sie ins andere Zimmer.

»Theo, möchtest du einen Spaziergang machen und schauen, ob in der Umgebung alles sicher ist?«, fragte Jag den anderen Mann.

»Ja«, antwortete Theo eifrig, als käme Jags Angebot, mit ihm nach dem Rechten zu sehen, einem Lottogewinn gleich.

»Wir werden bald zurück sein und ich behalte die Gegend im Auge. Also, mach dir keine Sorgen«, sagte Jag in Carlys Richtung.

Sie nickte ihm zu.

Als sich die Tür hinter den Männern schloss, sagte Lexie: »Mädchen, wir brauchen mehr Informationen darüber, was zwischen euch beiden los ist.«

Carly wusste, dass sie rot wurde, lächelte aber trotzdem. »Da gibt es nicht viel zu erzählen.«

»Blödsinn«, entgegnete Lexie, zog einen Stuhl heran und

deutete herrisch darauf. »Zwischen euch beiden knistert es so sehr, dass wir für einen Monat keinen Strom mehr bezahlen müssen. Jetzt fang an zu reden.«

Carly lachte und genoss die Zeit mit den anderen Frauen. Sie wünschte, Kenna und Ashlyn wären hier. Und sie wollte Monica kennenlernen. Wie sie Jag gegenüber zugegeben hatte, brauchte sie das, ihre Freundinnen. Allein in ihrer Wohnung verschanzt zu sein hatte sie noch paranoider und verängstigter gemacht. Sie fühlte sich immer noch nicht wohl bei der Tatsache, dass irgendwo da draußen jemand darauf warten könnte, ihr etwas anzutun, aber mit Jags Hilfe würde sie in der Lage sein, wieder zu leben.

Dreißig Minuten später kamen Jag und Theo in Begleitung von Ashlyn zurück zu Food For All.

»Carly!«, rief die andere Frau aus und eilte ihr entgegen, um sie zu begrüßen.

Carly sah das amüsierte Grinsen auf Jags Gesicht, bevor er es verbergen konnte.

Sie blieben noch etwa zwanzig Minuten, bis Carly der Magen knurrte. Sie war so vertieft in das Wiedersehen mit ihren Freundinnen gewesen, dass sie nicht bemerkt hatte, wie viel Zeit vergangen und wie hungrig sie geworden war.

Jag führte sie hinaus und sie versprach den anderen, sich zu melden. Elodie fügte hinzu, dass Kenna wahrscheinlich bald wieder eine Übernachtungsparty veranstalten würde, jetzt, da Carly »zurück« sei. Sie solle sich darauf vorbereiten.

Der Gedanke, mit den anderen Frauen zusammen zu sein, die ihretwegen verletzt werden könnten, war bedrückend, aber Carly lächelte nur und nickte. Dann nahm Jag ihre Hand und sie gingen den Bürgersteig entlang zurück zu dem kleinen Parkplatz. Er half ihr wie üblich beim Einsteigen und nach weniger als einer Minute waren sie unterwegs.

»Ich brauchte das. Danke«, sagte sie zu Jag.

»Gern geschehen. Ich habe ein Hähnchen da, das ich zubereiten kann, wenn wir nach Hause kommen, wenn das in Ordnung ist. Es ist nichts Besonderes, aber während es im Ofen ist, können wir einen Salat essen und ich kann etwas Brokkoli rösten.«

Darüber zu reden, was es zum Abendessen geben sollte, kam ihr so ... häuslich vor. Und Carly gefiel das. »Hört sich gut an. Jag?«

»Ja, mein Engel?«

»Ich hatte einen guten Tag.«

»Das freut mich«, sagte er mit einem kleinen Nicken.

»Ich weiß, dass du mich nicht jeden Tag in der Gegend herumschleifen und babysitten kannst. Du hast deine Arbeit und so. Aber ich weiß es zu schätzen, dass du mir den nötigen Tritt in den Hintern gibst, um mein Leben wieder in Gang zu bringen.«

»Du wärst auch ohne mich dort hingekommen«, sagte er schulterzuckend.

»Vielleicht.«

»Nicht vielleicht, mein Engel. Das wärst du.«

Er hatte mehr Vertrauen in sie als sie selbst. »Ist mit Theo alles gut gelaufen?«

»Natürlich, er ist ungewöhnlich, aber ein guter Mann«, sagte Jag.

»Hast du das Wandbild gesehen, das er in der Küche gemalt hat?«

»Allerdings. Ich traute kaum meinen Augen, als ich es zum ersten Mal gesehen habe«, sagte Jag zu ihr.

»Hast du, ähm, etwas Ungewöhnliches gesehen, als du herumgegangen bist?« Carly konnte sich die Frage nicht verkneifen.

»Wieso? Hast du das Gefühl, dass dich jemand beobachtet hat?«, fragte er leise.

»Nein, eigentlich nicht. Ich wollte es nur wissen.«

Jag streckte die Hand aus und nahm ihre. Allein bei seiner Berührung fühlte Carly sich besser.

»Ich möchte, dass du es mir sagst, solltest du dich zu irgendeinem Zeitpunkt unwohl fühlen. Es ist mir egal, ob du dich für paranoid hältst. Ich gehe lieber auf Nummer sicher.«

»Okay.«

»Ich treffe mich in ein paar Tagen mit Baker. Vielleicht hat er mehr Informationen.«

Carly zitterte. Sie war hin- und hergerissen zwischen dem Wunsch, alles wissen zu wollen, und lieber nichts wissen zu wollen. Es gab ihr etwas Frieden, nicht alle Details zu kennen, sollte sie möglicherweise verfolgt werden. Aber das wäre dumm, und sie wollte nicht naiv sein.

»Wenn es dir recht ist«, fuhr Jag fort, »setze ich mich mit Baker und dem Rest des Teams zusammen, höre mir an, was er herausgefunden hat, und bespreche dann mit ihnen, was unsere nächsten Schritte sein sollten. Anschließend können wir darüber reden.«

Sie seufzte erleichtert und nickte. »Das ist eine gute Idee.«

»Gut. Ich möchte dich davor bewahren, dich jeden Tag mit diesem Scheiß auseinanderzusetzen. Du sollst mit deinem Leben weitermachen, und ständig daran zu denken wird nicht gut für dich sein. Vertraust du mir, dass ich dir die Informationen gebe, die ich für relevant halte?«

»Ja«, antwortete sie, ohne zu zögern. »Aber ich möchte auch nicht, dass du dich deswegen aufreibst. Ich will und brauche keinen Leibwächter, Jag. Ich denke, das würde die Beziehung, die ich mir wünsche, unwiderruflich verändern. Du wirst mich als hilflos ansehen und denken, du musst dich ständig um mich kümmern. Das will ich nicht.«

»Einverstanden. Aber auf keinen Fall steige ich ganz aus der Untersuchung aus«, sagte er. »Im Moment ist Baker im Wesentlichen für das Beschaffen von Informationen verantwortlich. Er ist sauer über die ganze Situation und will unbedingt herausfinden, wer mit Keyes zusammengearbeitet haben könnte.«

»Ich verstehe das immer noch nicht wirklich, aber ich bin egoistisch genug, damit einverstanden zu sein«, antwortete Carly. »Werde ich diesen Baker-Typen irgendwann treffen?«

»Oh Gott, jetzt geht es los«, murmelte Jag.

»Was?«

»Du hast mit den anderen Frauen gesprochen«, sagte er.

Carly runzelte verwirrt die Stirn. »Ja, aber wir haben nicht über Baker geredet.«

»Habt ihr nicht?«

»Nein. Was habe ich verpasst?«

»Gar nichts.«

Carly stieß ihn in die Seite und er grunzte protestierend. »Sag es mir«, verlangte sie mit einem Lächeln im Gesicht.

»Ich habe es dir schon gesagt. Sie denken, er ist heiß, ein Silberfuchs.«

Carly kicherte.

Jag fuhr fort: »Ein beängstigender, intensiver, du-willst-dich-nicht-mit-ihm-anlegen, verdammt sexy Silberfuchs.«

»Also ... so ähnlich wie du, nur mit grauem Haar«, sagte Carly.

Jag warf ihr einen Blick zu und hob ungläubig eine Augenbraue.

»Du hast dich gerade selbst beschrieben, Jag. Du kannst intensiv sein, und ich würde mich definitiv nicht mit dir anlegen wollen. Und du bist außerdem verdammt sexy, auch ohne graues Haar.«

Er verdrehte die Augen. »Wie auch immer.«

Ihr Mann nahm Komplimente nicht gut an. Carly nahm sich vor, ihm oft zu sagen, wie großartig sie ihn fand. »Nun, wenn die anderen denken, dass er gut aussieht, bin ich mir sicher, dass er es tut, aber ich mache mir mehr Sorgen um seine Ermittlungsfähigkeiten.«

»Er ist gut«, sagte Jag einfach.

Carly nickte. »Also werde ich ihn treffen?«

»Ich werde es arrangieren.«

»Vielen Dank.«

Sie schwiegen den Rest der Fahrt zu seiner Wohnung. Aber es war eine angenehme Stille. Und ausnahmsweise erlaubte sich Carly, die Augen zu schließen und sich zu entspannen. Sie war bei Jag, er würde nicht zulassen, dass ihnen jemand auflauerte. Es war fast beängstigend, wie schnell sie ihm vertraute, aber sie wusste ohne jeden Zweifel, dass Jag sich darum kümmern würde, sollte etwas passieren ... er würde sich um sie kümmern.

KAPITEL NEUN

Knapp eine Woche später hatte Jag endlich die Gelegenheit, sich mit Baker zusammenzusetzen und zu erfahren, was er über Carlys Situation herausgefunden hatte. Der pensionierte SEAL war zum Navy-Stützpunkt gekommen. Das Team hatte einen Konferenzraum beschlagnahmt und wartete gespannt darauf zu hören, was er zu sagen hatte.

»Danke, dass du gekommen bist«, sagte Jag zu ihm.

»Ich war sowieso in der Gegend«, entgegnete Baker. »Ich musste gestern Abend mit ein paar Leuten sprechen, also dachte ich, ich bleibe einfach in der Nähe und treffe mich heute Morgen mit euch.«

»Wo hast du übernachtet?«, fragte Mustang.

»Bei einem Freund«, antwortete Baker geheimnisvoll.

»Du hättest bei uns unterkommen können«, sagte Aleck. »Wir haben viel Platz und Kenna hätte es gefallen, mit dir zu reden.«

Baker hob skeptisch eine Augenbraue.

Aleck lachte. »Okay, sie hätte dich wahrscheinlich ins Verhör genommen, aber du weißt trotzdem, dass du jederzeit bei mir übernachten kannst.«

»Ich denke, das gilt für uns alle«, warf Midas ein.

Alle stimmten zu.

»Ist schon gut. Ich war erst spät fertig und ich wollte niemanden stören.«

»Wie auch immer. Als würdest du uns stören«, sagte Slate gedehnt. »Du hättest bei mir bleiben und heute Morgen gleich in die Wellen springen können.«

»Wer sagt, dass ich das nicht getan habe?«, erwiderte Baker.

Slate hob anerkennend das Kinn. »Richtig.«

»Wenn wir jetzt loslegen können ... ich muss heute noch jemanden aufspüren, bevor ich wieder nach Norden aufbreche«, sagte Baker.

Jag beugte sich vor und richtete den Blick auf den Mann. Er wollte wirklich gute Nachrichten hören. Dass Baker entweder herausgefunden hatte, wer mit Carlys Ex zusammenarbeitete, oder dass er nicht glaubte, dass es eine Bedrohung für sie gab. Sein Bauchgefühl hielt Letzteres nicht für möglich, aber er konnte trotzdem hoffen.

»Zunächst einmal, ist Carly in Gefahr?«, fragte Mustang.

Baker zögerte – und Jag zog sich der Magen zusammen.

»Nach allem, was ich herausfinden konnte, nein, aber ...« Er verstummte.

»Aber?«, fragte Jag nach einem Moment.

»Diese ganze Situation stinkt zum Himmel«, sagte Baker mit harter Stimme. »Jemand lügt, oder alle tun es. Die Leute, mit denen ich gesprochen habe, sagten alle genau die richtigen Dinge, aber bei keinem von ihnen habe ich ein gutes Gefühl.«

»Mit wem hast du gesprochen und was hast du herausgefunden?«, fragte Pid.

»Ich habe mit dem Sohn angefangen. Er ist ein Idiot«, sagte Baker unverblümt. »Er ist ein chauvinistisches Arschloch, das nicht den geringsten Respekt vor Frauen hat. Ich vermute, er hat das von seinem alten Herrn gelernt. Ich habe ihn ziemlich hart rangenommen, aber er blieb bei der Geschichte, die er der Polizei erzählt hat. Angeblich war er mit seiner Freundin zusammen.«

»Wie hat er die Tatsache erklärt, dass Carly ihn an diesem Abend am Strand in der Nähe vom Duke's gesehen hat?«, fragte Aleck.

»Er hat geschworen, dass er dort nach seinem Vater gesucht hat, um ihm etwas Dummes auszureden – Lukes Worte, nicht meine«, sagte Baker.

»Glaubst du ihm?«, fragte Pid.

»Nein, aber andererseits hatte er nicht genügend Zeit, vom Strand zu einem der Häfen zu fahren und dann aufs Meer hinaus, um seinen Dad abzuholen, wenn die Uhrzeit, die Carly der Polizei gegeben hat, korrekt ist«, sagte Baker.

Jag biss frustriert die Zähne zusammen. Er hatte dasselbe gedacht. »Glaubst du, dass mehr als eine Person mit Keyes zusammengearbeitet hat?«, fragte er.

Baker richtete den Blick auf ihn und schüttelte den Kopf. »Nein, der Sohn wusste über den Plan Bescheid – er hat es förmlich zugegeben, als er sagte, dass er im Duke's war, um ihm etwas auszureden. Aber ich glaube nicht, dass er in die Entführung involviert war. Also musste noch jemand davon gewusst haben. Vielleicht hatte Luke eine Rolle, die später ins Spiel kommen sollte, vielleicht freute er sich darauf, über Carly herfallen zu können, sobald sein Dad sie verschleppt hatte. Oder vielleicht sollte er helfen, ihre Leiche zu entsorgen. Aber ich glaube nicht, dass er Teil des eigentlichen Entführungsplans war.«

»Scheißkerl«, sagte Jag und drückte sich aus seinem Stuhl hoch. Er begann, aufgeregt auf und ab zu gehen. Er konnte nicht still sitzen und Baker zuhören, während er über den Angriffsversuch auf Carly sprach.

»Ich glaube, was Luke Keyes an diesem Abend im

Duke's gemacht hat, ist irrelevant«, fuhr Baker fort und ignorierte Jags Ausbruch. »Er hatte einfach nicht genügend Zeit, um zu einem der Häfen zu fahren, sich ein Boot zu nehmen und aufs Meer zu fahren. Vor allem, weil sein Wagen von einer Überwachungskamera aufgenommen wurde, als am Strand alles drunter und drüber ging.«

»Also ist sein Alibi Blödsinn«, merkte Slate an. »Er sagte, er sei mit seiner Freundin zusammen gewesen.«

»Ja«, stimmte Baker zu, »aber da sein Wagen aufgezeichnet wurde, während Keyes mit Kenna am Strand stand, kann er nicht zur selben Zeit auf dem Meer gewesen sein.«

»Scheiße. Okay, was noch?«, fragte Mustang.

»Ich habe mit Rebecca, seiner Freundin, gesprochen. Sie hat versucht, mich mit der Geschichte, die sie und Luke sich ausgedacht haben, zu verarschen. Aber ich habe sie schnell davon überzeugt, dass das nicht funktionieren würde. Sie gab zu, dass Luke nicht bei ihr war, aber sie schwor, dass sie nichts über den Plan wusste, Carly zu entführen. Und ehrlich gesagt scheint sie nicht der Typ dafür zu sein. Sehr farblos, null Selbstwertgefühl, keine nahen Verwandten, die sich um sie kümmern könnten, und Luke hat sie von ihren Freundinnen entfremdet. Sie ist auch sehr jung, gerade vor ein paar Monaten achtzehn geworden. Ich riet ihr, dass es in ihrem besten Interesse sei, sich von Luke fernzuhalten, dass er sie bei der ersten Gelegenheit verraten würde, um seinen eigenen Hintern zu retten.«

»So wie er es bereits getan hat, indem er sie in diesen Scheiß verwickelt, sie als Alibi benutzt und sie dazu gebracht hat, die Polizei anzulügen«, stellte Midas trocken fest.

»Genau«, bestätigte Baker mit einem Nicken.

Jag wollte Mitleid mit Lukes Freundin haben, aber im Moment hatte er es nicht in sich. »Wer sonst noch?«, fragte er, immer noch auf und ab gehend. Er wollte etwas tun.

Herumzustehen und darüber zu reden, was Carly fast passiert wäre, und zu rätseln, wer ihr vielleicht noch etwas antun wollte, war nicht gut.

»Ich habe drei seiner Freunde aufgespürt«, sagte Baker. »Jeremiah Barrowman war sein engster Freund, soweit ich es beurteilen kann. Die beiden haben viel zusammen unternommen. Sie waren fast unzertrennlich und er steht ganz oben auf meiner Liste der Verdächtigen. Natürlich bestreitet Barrowman, beteiligt gewesen zu sein. Er hat mir erzählt, dass Keyes sich immer über alles Mögliche aufgeregt hat, und Carly war sein letztes Ablassventil. Wenn sie sich zum Pokern trafen, beschwerte er sich ständig über sie. Darüber, wie hart er daran gearbeitet hatte, sie zu ›trainieren‹ – wieder seine Worte, nicht meine, Jag. Beruhige dich, verdammt noch mal.«

Jag merkte, dass er die Fäuste geballt und einen Schritt auf Baker zu gemacht hatte, als wollte er ihm die Scheiße aus dem Leib prügeln. Das wäre ein Fehler. Obwohl Baker in den Fünfzigern war, war der Mann definitiv noch in Topform und könnte in einem Nahkampf durchaus gewinnen.

»Tut mir leid«, sagte Jag. »Ich hasse es einfach, etwas Abfälliges über sie zu hören.«

»Das verstehe ich, aber ich gebe nur weiter, was diese Arschlöcher gesagt haben. Willst du das hören oder nicht?«

»Ja«, antwortete Jag knapp.

Baker nickte und fuhr fort: »Barrowman gab zu, dass er von Keyes' Plänen wusste, schwört aber, dass er nichts damit zu tun hatte. Er sagte mir, dass er auf keinen Fall in eine Entführung verwickelt sein wollte, auch wenn er Carly nicht mochte.«

»Glaubst du ihm?«, fragte Midas.

»Es spielt keine Rolle, ob ich ihm glaube oder nicht«, sagte Baker. »Sein Alibi wurde bestätigt. Er war bei der

Arbeit, oder zumindest seine Zeitkarte sagt aus, dass er es war. Er arbeitet im Waialae Country Club und hat sich erst ausgestempelt, lange nachdem alles vorbei war.«

»Das ist an der Küste, oder?«, fragte Pid. »Er hätte jemanden anheuern können, der seine Zeitkarte stempelt, und dann von dort aus ein Boot genommen haben. Es ist nicht allzu weit von Waikiki entfernt.«

»Richtig«, stimmte Baker zu. »Deshalb habe ich ihn nicht ausgeschlossen.«

»Was ist mit den anderen?«, fragte Jag. Je mehr Baker redete, desto mehr wollte Jag zu Carly, um sich zu vergewissern, dass es ihr gut ging.

»Gideon Sparks und Beau Langford sind die beiden anderen engen Freunde von Keyes. Ich schätze, die vier trafen sich mindestens einmal die Woche, um Poker zu spielen, Football zu schauen und zu trinken. Sparks hat kein Alibi. Er ist nicht verheiratet, hat keine Kinder. Er ist im Honolulu Zoo angestellt. Ich schätze, er arbeitet mit einigen der größeren Tiere. Er ist eher ein Einzelgänger und die Leute, mit denen ich gesprochen habe, hatten nicht viel über ihn zu sagen, außer dass er lieber für sich bleibt. Jedenfalls hatte er an diesem Tag frei. Er sagte mir, dass er Besorgungen gemacht habe und hatte ein paar datierte Quittungen. Aber ich hatte noch keine Zeit, seine Bewegungen auf einer der Überwachungskameras in den Geschäften zu überprüfen, in denen er angeblich gewesen war. Beau Langford ist mit fünfundvierzig Jahren der jüngste der drei Freunde. Die anderen sind alle in ihren Fünfzigern. Er arbeitet an einem der Jachthäfen.«

Jag blieb abrupt stehen. »Ach?«

»Genau. Aber ich habe die Überwachungsvideos des Hafens von diesem Abend durchgesehen und keine Hinweise darauf gefunden, dass er eines der Boote genommen hat«, ergänzte Baker.

Jag wurde übel. Er hatte gehofft, Baker würde diesen Mist sofort lösen und ihnen helfen, die Bedrohung zu erkennen und zu neutralisieren. Jetzt wurde ihm klar, dass es nicht so einfach werden würde, wie er gedacht hatte.

»Aber Langford weiß vermutlich, wo die Kameras sind, da er dort arbeitet. Er könnte leicht unentdeckt bleiben, wenn er wollte«, fügte Baker hinzu. »Außerdem kann niemand sein Alibi bestätigen. Er sagt, er habe auf der Schnellstraße im Stau gestanden. Bei dem starken Regen, der an diesem Abend hereinbrach, wissen wir alle, wie leicht die Schnellstraße hier überflutet wird.«

»Handyaktivität?«, fragte Slate.

Baker zuckte mit den Schultern. »Langford behauptet, er habe sein Handy fallen lassen, als er zu seinem Wagen lief. Es ist in einer Pfütze gelandet und hat sich ausgeschaltet.«

»Wie praktisch«, murmelte Pid.

»Ich habe auch mit Wes Schell, Keyes' Vermieter, gesprochen. Obwohl sie nach außen hin höflich zueinander waren, hassten sich die beiden Männer anscheinend. Keyes hatte die schlechte Angewohnheit, seine Miete zu spät zu zahlen, was Schell sauer gemacht hat. Ich bin mir zu neunzig Prozent sicher, dass Schell Keyes für so ziemlich alles angezeigt hätte, wenn er die Möglichkeit bekommen hätte, nur um ihn aus seiner Wohnung zu schmeißen.«

»Wer bleibt noch übrig?«, fragte Mustang.

»Ich habe noch nicht mit Kelly Gregory gesprochen. Sie war vor Carly seine letzte Freundin. Ich vermute, wenn er sie so schlecht behandelt hat wie Carly, wird sie höchstwahrscheinlich nichts mit Keyes und seinem dämlichen Plan zu tun haben, aber ich will nicht behaupten, dass ich Frauen verstehe. Es ist möglich, dass sie eifersüchtig war und wieder mit ihm zusammenkommen wollte. Soweit ich weiß hat er mit ihr Schluss gemacht, also wollte sie vielleicht eine zweite Chance und ihre Konkurrenz sozusagen loswerden.«

Jag presste die Lippen zusammen. Er war nicht bereit, die Frau als unschuldig abzutun. Er hatte selbst erfahren, wie verrückt Frauen sein konnten. Er schob den Gedanken vorerst beiseite und konzentrierte sich auf das, was Baker sagte.

»Ich muss auch mit Eddie Evans, Keyes' Nachbar, und mit seinem Chef, Jamie Redmon, in der Coca-Cola Fabrik sprechen.«

»Irgendwelche Hinweise, die auf sie deuten?«, fragte Midas.

»Evans vielleicht, gegenüber der Polizei hat er behauptet, nichts zu wissen. Offenbar bleibt er lieber für sich und kümmert sich nur um seine eigenen Angelegenheiten. Was ich nicht bezweifle. Der Detective hat allerdings nicht herausgefunden, dass dieser Nachbar einen guten Grund hat, sich zu verstecken. Er hat ein halbes Dutzend Betrügereien am Laufen, von denen er sicher nicht will, dass jemand davon erfährt.«

»Welche Art von Betrug?«, hakte Mustang nach.

»Veruntreuung von Spenden und Katastrophenhilfen, Identitätsdiebstahl ... der Mann ist ein verdammtes Genie, soweit ich das beurteilen kann, außer dass er seine Intelligenz dafür einsetzt, Leute um ihr Geld zu betrügen«, sagte Baker. Sein Abscheu war deutlich in seiner Stimme zu hören.

»Wirst du etwas dagegen tun?«, fragte Pid.

Baker zuckte mit den Schultern. »Das geht mich nichts an. Wenn jemand, den ich kenne und respektiere, auf eine seiner Betrugsmaschen hereingefallen ist, dann auf jeden Fall. Aber im Moment habe ich genug zu tun.«

Jag war es scheißegal, dass der Nachbar ein Betrüger

war. Alles, was ihn interessierte, war Carlys Sicherheit. »Und der Chef?«, fragte er.

»Ein weiteres Arschloch. Anscheinend hat Keyes sich mit Leuten wie ihm umgeben. Aber sein Alibi scheint wasserdicht zu sein. Er war bei der Arbeit und machte jemandem beim jährlichen Mitarbeitergespräch das Leben zur Hölle. Deshalb steht er nicht sehr weit oben auf meiner Prioritätenliste.«

Jag stapfte zu seinem Stuhl und ließ sich seufzend darauf fallen. »Also, wo führt uns das hin?«, fragte er. Es schien, als wären sie der Frage, wer mit Keyes zusammengearbeitet hatte, innerhalb der letzten Wochen keinen Schritt näher gekommen.

»Ich grabe immer noch Mist aus«, sagte Baker. »Jemand hatte Zugang zu einem Boot. Redmon, Langford und Evans besitzen Boote, die anderen nicht. Aber das bedeutet nicht, dass sie sich nicht eins geliehen haben. Die Hälfte der Bewohner dieser Insel besitzt Boote oder hat zumindest Zugang zu einem. Das Wetter war an diesem Abend so beschissen, dass die meisten Kameras, die ich bisher in den Häfen überprüft habe, entweder nicht funktioniert haben oder die Aufnahmen wegen Regen und Wind nicht zu gebrauchen waren. Es gibt auch viele private Bootsliegeplätze auf der Insel, die keine Überwachungskameras haben. Aber ich gebe nicht auf.«

»Was denkst du?«, fragte Mustang. »Glaubst du, es gab einen Komplizen, der verrückt genug war, an diesem Abend im Sturm aufs Meer zu fahren? Glaubst du, Carly ist immer noch in Gefahr, oder hat er sich, wer auch immer mit Keyes zusammengearbeitet hat, nach seinem Tod vielleicht wieder in den Schatten zurückgezogen?«

Jag wartete ungeduldig auf eine Antwort. Er respektierte Baker. Der Mann hatte einen unheimlichen sechsten Sinn. Er hatte seine eigene Vermutung, wollte aber wissen, was der ehemalige SEAL zu sagen hatte, nachdem er den Fall untersucht hatte.

»Mein Verstand sagt mir, dass es nichts zu finden gibt«, antwortete Baker. »Aber mein Bauchgefühl sagt etwas anderes. Ich bin mir nicht einmal sicher, ob ich überhaupt die richtigen Leute überprüfe. Keyes war ein Arschloch, aber er war nicht dumm. Er arbeitete mit vielen Leuten in der Coca-Cola Fabrik zusammen und hätte jeden von ihnen überreden können, ihm zu helfen. Detective Lee hat gute Arbeit geleistet, als er die Leute verhörte, von denen Carly ihm erzählt hat, aber Keyes hatte wahrscheinlich noch andere Freunde, von denen Carly nichts wusste.« Baker drehte sich um und begegnete Jags Blick. »Daran arbeite ich noch.«

»Auf einer Skala von eins bis zehn, wie groß glaubst du ist die Gefahr für Carly?«, fragte Jag unverblümt.

»Fünf«, sagte Baker, ohne zu zögern.

Jag runzelte die Stirn. Das war nicht sehr hilfreich.

»Seit diesem Abend sind Monate vergangen«, fuhr Baker fort. »Es ist offensichtlich, dass der Komplize sich bedeckt hält. Ganz zu schweigen davon, dass Carly Winterschlaf gehalten hat – was, fürs Protokoll, meiner Meinung nach keine schlechte Idee war. Es besteht die Möglichkeit, dass das den Komplizen davon abgehalten hat, etwas zu unternehmen. Wie ich gehört habe, hat sie wieder angefangen zu arbeiten.«

Jag nickte. »Teilzeit, gestern war ihr erster Tag.«

»Richtig, sie versucht, ihr Leben zurückzubekommen. Ich bewundere das«, sagte Baker. »Zwei Dinge könnten passieren ... ihren normalen Geschäften nachzugehen könnte für Keyes' Komplizen der Auslöser sein zu versuchen, das zu beenden, was sie begonnen haben. Oder er könnte sich in das Loch zurückschleichen, aus dem er gekommen ist, und entscheiden, dass sie die Mühe nicht wert ist.«

»Und was denkst du wird passieren?«, fragte Midas.

Baker sah ihn an. »Ich habe ehrlich gesagt keine Ahnung.«

»Scheiße«, murmelte Jag.

»Du kannst sie nicht in einem goldenen Käfig halten, um sie zu beschützen«, sagte Mustang leise.

»Ich weiß«, erwiderte Jag. Deshalb hatte er sie ermutigt, mit ihrer Chefin zu reden und wieder arbeiten zu gehen. Aber das bedeutete nicht, dass er sich wohl dabei fühlte. »Ich habe dafür gesorgt, dass sie einen Selbstverteidigungskurs bei Oberbootsfrau Albertson nimmt«, sagte Jag.

Slate pfiff leise.

»Gute Wahl«, warf Midas ein. »Ich muss zugeben, sie macht mir irgendwie Angst.«

Jag nickte. Elizabeth Albertson war beim Navy Sicherheitsdienst und verdammt gut in ihrem Job. Sie war nicht bei den SEALs, denn sie hatte das Training nur absolviert, um zu beweisen, dass Frauen es schaffen können. Sie war die perfekte Wahl, um Carly etwas Selbstverteidigung beizubringen, damit sie sich wehren könnte, sollte etwas passieren.

»Kann Elodie vielleicht mitkommen?«, fragte Mustang.

»Oh, das ist gut. Kenna würde das sicher auch gern ausprobieren«, stimmte Aleck ein.

»Lexie auch«, ergänzte Midas.

»Mist, dann können wir Mo nicht außen vor lassen«, merkte Pid an.

»Ich werde versuchen, Ashlyn auch zu überreden«, fügte Slate hinzu. »Sie hält sich für unbesiegbar und ich hasse es, dass sie ständig zu fremden Leuten nach Hause fährt, um Essen auszuliefern.«

Jag nickte. »Ich denke, Albertson hätte nichts dagegen.«

Er wurde nüchtern und wandte sich wieder Baker zu. »Wenn du an meiner Stelle wärst, was würdest du tun? Würdest du deine Frau wegsperren, bis wir konkrete Beweise haben, oder würdest du sie ermutigen, ihrem Leben nachzugehen, wenn auch mit mehr Vorsicht?«

»Das kann ich nicht beantworten«, sagte Baker.

Jag seufzte.

»Wenn es Monica wäre, würde ich sie einschließen und den Schlüssel wegwerfen«, sagte Pid. »Aber andererseits ist Mo auch gern allein. Wenn ich gewusst hätte, dass dieses Stück Scheiße Shane Beyer eine Gefahr für sie darstellt, hätte ich genau das getan.«

»Carly hat es versucht und es hat nicht geholfen. Es hat ihre Paranoia nur verschlimmert«, sagte Jag.

»Sie lebt davon, mit Menschen zu interagieren«, stellte Aleck fest. »Genau wie Kenna.«

»Wir werden sie im Auge behalten«, sagte Mustang. »Lass sie ihr Leben leben ... während du die nötigen Vorsichtsmaßnahmen triffst.«

»Wenn du etwas von uns brauchst, sag es nur«, stimmte Pid zu.

»Soll ich bei dir bleiben?«, fragte Slate. »Vier Augen sehen mehr als zwei.«

Jag hielt inne. Deshalb liebte er es, ein SEAL zu sein. Er liebte es, ein Teil dieses Teams zu sein. Er sah zu Slate hinüber. »Ich denke, wir bekommen das hin. Niemand kann mein Wohngebäude betreten, ohne vor die Kamera zu treten. Und im Moment ist Carly selbst nicht besonders begeistert davon, allein irgendwohin zu fahren. Sie fühlt sich draußen immer noch nicht sicher.«

»Aber es geht ihr gut, oder?«, fragte Pid.

»Ja«, antwortete Jag. »Heute ist erst ihr zweiter Arbeitstag, aber bisher macht sie sich gut, denke ich. Am ersten Tag hatte sie eine kleine Panikattacke, aber Kenna war bei ihr und hat sie beruhigt. Dann dachte sie, Luke gesehen zu haben, und geriet erneut in Panik. Einer der Barkeeper ist zum Strand gelaufen, um den Typen zu überprüfen, den Carly gesehen hatte, aber es stellte sich heraus, dass es nicht Shawns Sohn war. Sie ist nach der Arbeit nicht weiter darauf eingegangen. Ich hoffe, dass es heute etwas besser läuft.«

Seine Teamkameraden nickten alle.

»Ich werde dich auf dem Laufenden halten«, sagte Baker. »Ich werde nicht nachlassen, bis wir Antworten haben.«

»Danke«, sagte Jag.

»Und ich werde mit dem Kommandanten reden«, sagte Mustang. »Ich weiß, dass wir unsere Missionen nicht um unser Privatleben herum planen können, aber ich werde dafür sorgen, dass er versteht, wie ernst die Situation ist, und uns etwas Raum zum Atmen gibt.«

Jag zog sich sofort die Brust zusammen. »Ich kann sie nicht allein lassen«, sagte er zu seinem Teamleiter. Er fühlte sich schon schlecht genug, dass Carly bei ihrem letzten Einsatz anderthalb Wochen allein gewesen war. Aber jetzt, da sie zusammen waren ... er konnte sie nicht allein zurücklassen, solange sie nicht wussten, welcher von Shawns Freunden einen Groll gegen sie hegen könnte.

»Wenn ihr auf Mission müsst, kann sie an der Nordküste bei mir bleiben«, sagte Baker.

Jag sah ihn überrascht an. »Aber ... versteh mich nicht falsch ... könnte das nicht einen komischen Eindruck auf Jody machen?«

»Was weißt du über Jodelle?« Baker richtete sich auf und funkelte Jag an.

Er hob kapitulierend die Hände. »Nichts, nur, dass du auf sie aufpasst. Ich möchte nicht, dass sie ein falsches Bild von dir und Carly bekommt.«

Baker holte tief Luft und Jag konnte sehen, wie er versuchte, sich zu beherrschen, bevor er schließlich antwortete: »Jodelle wird nicht auf falsche Gedanken kommen.«

Jag wollte mehr Fragen über die mysteriöse Frau stellen, die Baker äußerst wichtig zu sein schien, aber er wollte auch zurück zu Carly. Er würde sie von der Arbeit abholen, obwohl Aleck sie gern mitnahm, wenn er Kenna abholte. Aber Jag wollte sie unbedingt persönlich sehen, um sich zu vergewissern, dass es ihr gut ging. Er wollte hören, wie ihr Tag gelaufen war. Es schien, als würde er den ganzen Tag, von der Sekunde an, in der er sie morgens verließ, nur noch an Carly denken und sich darauf freuen, wieder mit ihr zusammen zu sein.

So hatte er noch nie für jemanden empfunden. Und er hatte seine Gründe. Aber alles an Carly gefiel ihm. Sie hatte sie in ihren Bann gezogen. Sie war überhaupt nicht wie ...

Nein, er würde nicht einmal an den Namen dieser Schlampe denken.

Sie war Vergangenheit und Jag war entschlossen, dass das so blieb.

Er nickte Baker zu. »Vielen Dank.«

»Ich hoffe, dass es nicht dazu kommt«, sagte Mustang. »Notfalls sage ich dem Kommandanten, dass er dich von der Einsatzliste streichen muss.«

Jag schüttelte den Kopf. »Nein, das will ich nicht.«

»Ich auch nicht«, sagte Mustang. »Glaubst du, ich will ohne dich auf Mission gehen? Verdammt nein. Aber die meisten von uns haben selbst erlebt, wie schnell dieser Mist nach hinten losgehen kann. Und unsere Frauen stehen an erster Stelle ... nun, soweit das möglich ist, solange wir bei der Navy angestellt sind. Aber wir müssen den Ärger ja nicht heraufbeschwören. In letzter Zeit war es ziemlich ruhig. Toi, toi, toi. Wir werden die Dinge einen Schritt nach dem anderen angehen.«

Baker nickte ihnen allen zu und stand auf. »Ich muss los. Redmons Schicht endet bald und ich möchte ihn auf jeden Fall erwischen, bevor er nach Hause fährt. Bis später.«

Jag nickte dem anderen Mann zu und die anderen standen ebenfalls auf, um hinauszugehen. Slate erwischte ihn, bevor er den Raum verließ.

»Ich meinte es ernst«, sagte Slate. »Wenn du mich als Leibwächter brauchst, mache ich das gern.«

»Das weiß ich zu schätzen«, sagte Jag zu seinem Freund.

»Lass es uns wissen, sobald du einen Termin mit Oberbootsfrau Albertson vereinbart hast.«

»Ja, ich hoffe, dass Carly bald damit anfangen kann.«

»Gut, vielen Dank.«

»Alles in Ordnung zwischen dir und Ashlyn?«, wagte Jag zu fragen. Er mischte sich sonst nicht in die Beziehung von anderen ein, aber sein Freund schien in letzter Zeit ein wenig gestresst zu sein. Er machte sich Sorgen um ihn.

»So in Ordnung, wie es sein kann. Ich glaube, an den meisten Tagen hasst sie mich. Sie ist höllisch stur und will nicht auf mich hören, wenn ich ihr sage, dass es nicht sicher ist, quer über die ganze Insel zu fahren, um auch in den schlimmsten Vierteln Essen auszuliefern.«

»Anstatt ihr immer wieder zu sagen, dass sie einen Fehler macht, könntest du vielleicht versuchen, Vorschläge zu machen, wie sie ihre Arbeit sicherer gestalten kann«, sagte Jag zögernd.

Slate seufzte. »Sie macht mich verrückt«, gab er zu.

Jag konnte nicht anders als zu lächeln. »Willkommen im Klub.« Er klopfte Slate auf den Rücken.

Er schüttelte nur den Kopf. »Ich mache mich jetzt auf den Weg zu Food For All, um nachzusehen, ob sie von ihrer Tour heute zurück ist. Ich werde ihr von den Selbstverteidigungskursen erzählen.«

»Darf ich einen Vorschlag machen?«, fragte Jag. »Versuche, es so aussehen zu lassen, als wäre es ihre Idee gewesen. Ich schätze, das kommt besser an, als ihr etwas vorzuschreiben.«

Slate dachte einen Moment darüber nach, dann nickte er. »Gute Idee, vielleicht sage ich ihr, dass Carly sich nicht sicher ist, ob sie allein gehen sollte. Dann wird sie sich auf jeden Fall freiwillig melden.«

Jag nickte. »Genau.«

»Vielen Dank. Hey ... was glaubst du, bei wem Baker letzte Nacht war? Ich meine, mir war nicht bekannt, dass er irgendjemandem auf dieser Seite der Insel so nahesteht.«

»Ich habe keine Ahnung. Aber Baker hat überall Verbindungen. Er könnte sich gut und gern beim Admiral eingenistet haben«, sagte Jag trocken.

»Stimmt, es ist wahrscheinlich besser, wenn wir es nicht genau wissen. Wir sehen uns morgen beim Training. Ruf mich an, wenn du mich brauchst«, sagte Slate.

Jag nickte und brauchte einen Moment, um seine Gedanken zu sammeln. Er war sich nicht sicher, ob er bei dem Treffen mit Baker etwas Neues erfahren hatte, aber es fühlte sich gut an zu wissen, dass sein Team hinter ihm und Carly stand. Nicht dass er etwas anderes erwartet hätte.

Trotzdem zog sich ihm vor Angst der Magen zusammen. So hatte er sich schon lange nicht mehr gefühlt. Nicht einmal auf einer Mission, wenn die Dinge verdammt noch mal den Bach runtergegangen waren. Er hatte jetzt mehr zu verlieren. Es stand nicht sein Leben auf dem Spiel, sondern das von Carly. Und irgendwie wusste Jag, dass ihre Tortur noch nicht vorüber war. Sie musste stark sein, um das zu überstehen, was noch kommen würde ... und irgendetwas würde kommen.

Er hatte im Laufe der Jahre gelernt, dass er andere Leute nicht kontrollieren konnte. Er konnte nur sich selbst kontrollieren und wie er auf das reagierte, was um ihn herum geschah. Dasselbe galt für Carly. Letztendlich wussten sie vielleicht nicht, wer mit ihrem Ex zusammenarbeitete, bis es vielleicht zu spät war. Er konnte Carly nur die nötigen Mittel geben, um mit dem fertigzuwerden, was auf sie zukommen könnte.

Der Gedanke daran, dass irgendein Arschloch sie in die Hände bekam, ging ihm unter die Haut. Aber egal was passierte, seine Carly würde damit fertigwerden. Daran hatte er keinen Zweifel. Die Zusammenarbeit mit der Sicherheitsoffizierin der Marine würde ihr hoffentlich Vertrauen in ihre eigenen Fähigkeiten geben, es mit jemandem aufnehmen zu können, der größer und stärker war als sie. Kombiniert mit dem Vertrauen darauf, dass er alles Notwendige tun würde, um zu ihr zu kommen, würde sie hoffentlich alles durchstehen, was passieren könnte.

Jag stellten sich die Nackenhaare auf und ihm wurde klar, dass er zu lange im Konferenzraum gestanden hatte. Er musste sich auf den Weg ins Duke's machen und Carly abholen.

Als er zügig das Gebäude verließ und zu seinem Jetta ging, dachte er darüber nach, wie zerrissen er innerlich war. Manche Männer wären in seiner Situation optimistischer und würden den Polizeibeamten vertrauen, wenn sie sagten, dass sie keine Hinweise auf eine Bedrohung hatten. Aber nur weil es keine Hinweise gab, hieß das nicht, dass alles gut war. Das hatte er am eigenen Leib erfahren, als er elf Jahre alt gewesen war.

Ärger lag in der Luft. Und nur weil er und Carly nicht wussten, aus welcher Richtung er kommen würde, hieß das nicht, dass er sie nicht irgendwann einholte.

Entschlossenheit stieg in Jag auf. Er hatte keine Ahnung, ob er und Carly als Paar durchhalten würden, aber er würde alles dafür tun, dass sie nicht nur diese Phase ihres Lebens überstand, sondern aufblühen konnte.

Und das erforderte, ihr das Selbstvertrauen zu geben, ihr Leben zu leben ... in kleinen Schritten. Das war alles, was sie brauchte. Und während sie das Fliegen neu erlernte, würden er und sein Team ihr den Rücken freihalten, damit sie Raum zur Entfaltung hatte.

Wenn es hart auf hart kam – und es schien immer so zu kommen –, musste Jag sicher sein, dass seine Frau stark genug war, um dem Sturm standzuhalten.

KAPITEL ZEHN

Carly fühlte sich wie ein Feigling, als sie sich in der Küche versteckte. Aber als einer von Shawns besten Freunden zum Abendessen im Duke's auftauchte, hatte sie angefangen zu zittern und konnte nicht mehr aufhören. Er war mit einer Gruppe von Männern zusammen, die sie noch nie zuvor gesehen hatte. Allein bei dem Anblick von Jeremiah Barrowman musste sie unkontrolliert zittern.

Kenna hatte ihre Reaktion bemerkt und sie in die Küche gebracht, bevor Carly wusste, wie ihr geschah. Vera hatte die Männer an einen Tisch in der Nähe des Strandes gesetzt und Justin bediente sie.

»Es ist okay, Carly, atme einfach«, beruhigte Kenna sie.

Carly holte tief Luft und nickte. »Es tut mir leid.«

»Das muss es nicht.«

»Es ist nur so, dass ich keinen von Shawns Freunden mehr gesehen habe, seit ... na ja, du weißt schon. Und Jeremiah hat mir schon immer eine Gänsehaut gemacht.«

»Nun, du musst dich heute nicht mit ihm auseinandersetzen«, sagte Kenna entschlossen. »Justin kümmert sich um ihren Tisch und wir bleiben auf dieser Seite des Restaurants.«

Carly nickte. »Vielen Dank, ich komme mir so dumm vor.«

»Warum? Das solltest du nicht. Auf keinen Fall. Möchtest du, dass ich rausgehe und die Lage erkunde? Ich könnte Justin meine Hilfe anbieten, damit ich seine Reaktion sehen kann, wenn dieses Arschloch mich sieht. Wenn er mit Shawn zusammengearbeitet hat, wird er zwangsläufig negativ reagieren, wenn er mich sieht, richtig?«

»Nein!«, rief Carly, packte Kennas Arm und hielt sie fest.

»Okay, okay, okay! Werde ich nicht.«

Carly atmete erleichtert auf.

»Aber das heißt nicht, dass Charlotte nicht rübergehen und ihre Unterhaltung belauschen kann ...«

Carly schüttelte verzweifelt den Kopf. Kenna war ihre beste Freundin, aber manchmal machte sie sie verrückt. Sie konnte nicht widerstehen, sich nach vorn zu beugen und sie lange und fest zu umarmen.

»Wofür ist das?«, fragte Kenna, als sie die Umarmung erwiderte.

»Ich bin einfach so dankbar, dass du in meinem Leben bist«, sagte Carly.

Kenna zog sich zurück. »Dasselbe gilt für mich. Das weißt du, oder?«

Carly nickte.

»Gut. Und beste Freundinnen halten zusammen. Lass uns die Salate für Tisch drei holen und diesen Jeremiah oder wie er heißt ignorieren. Er kann dir hier nichts tun.«

Carly wollte widersprechen. Shawn hatte es geschafft, Kenna genau hier wehzutun. Aber sie erwähnte es nicht.

Innerhalb von zehn Minuten wussten alle Kellner im Restaurant, dass einer von Shawns Freunden da war. Jeder einzelne fand einen Vorwand, um an seinen Tisch zu gehen. Kaleen drohte, ihm etwas in sein Getränk zu tun, damit er sich in die Hose machte, aber Carly schaffte es, ihr das auszureden. Sie wollte nicht, dass ihre Freundin im Gefängnis landete, weil sie versucht hatte, einen der Gäste zu vergiften.

Es dauerte eine Weile, aber schließlich hörte Carly auf zu zittern und wurde wütend, anstatt weiter Angst zu haben. Das schien ein neues Muster zu sein. Ihr erster Instinkt war, sich zu verstecken, aber dann wurde sie sauer. Sie gab Jeremiah Macht über sie, genau wie sie es mit Shawn getan hatte. Diese Stadt gehörte ihm nicht und Carly hatte das Recht, hier zu leben und zu arbeiten, genau wie er.

Sie war noch nicht bereit, auf ihn zuzugehen und sich mit dem Mann zu unterhalten, aber sie ging ein paarmal am Tisch vorbei. Sie traf sogar einmal den Blick des Mannes – und war verblüfft, dass er überrascht zu sein schien, sie zu sehen. Er musste wissen, dass sie hier arbeitete.

Die nächste Stunde verlief ereignislos und Carly war tatsächlich sehr stolz, dass sie sich nicht in der Küche versteckt hatte, bis Jeremiah weg war.

Aber als er und die anderen von ihrem Tisch aufstanden, um zu gehen, stand sie unglücklicherweise gerade vor dem Restaurant und unterhielt sich mit Vera.

Jeremiah blieb direkt neben ihr stehen. »Kann ich einen Moment mit dir reden, Carly?«

Es war Vera, die Carly aus der Trance befreite, in die sie gefallen war. »Das glaube ich nicht«, sagte die Hostess.

Carly legte ihrer Freundin eine Hand auf den Arm. »Es ist okay«, sagte sie und war selbst überrascht.

Vera sah ebenso perplex aus, nickte aber. »Ich bleibe hier«, sagte sie zu ihr. Dann sah sie Jeremiah an. »Also mach keine Dummheiten, Kumpel.«

Carly wollte über Veras Wachhundauftritt am liebsten lachen. Sie sah nicht gerade sehr hart aus. Sie war sogar noch ein paar Zentimeter kleiner als Carly. Aber waren die kleinsten Hunde nicht die bissigsten?

Carly holte tief Luft, trat einen Schritt zur Seite und wartete darauf, dass Jeremiah sagte, was er zu sagen hatte.

»Es tut mir leid, was passiert ist«, sagte er. »Shawn ist aus dem Rahmen gefallen.«

»Aus dem Rahmen gefallen?« Carly konnte nicht anders, als es zu wiederholen. »Mit einer Bombe vor der Brust hierherzukommen, um mich zu entführen, ist ›aus dem Rahmen gefallen‹?«

Jeremiah zuckte zusammen. »Okay, das war wahrscheinlich nicht die richtige Art, es auszudrücken. Aber ich schwöre dir, dass ich nichts damit zu tun hatte.«

»Und du erwartest, dass ich dir glaube?«, fragte Carly. Sie zitterte innerlich, war aber entschlossen, sich zu behaupten. »Du, Shawn, Gideon und Beau, ihr wart immer zusammen. Ich bin mir sicher, dass er dir erzählt hat, was er vorhatte.«

»Das hat er«, gab Jeremiah zu.

Carly starrte ihn mit offenem Mund an. Sie konnte nicht glauben, dass er das gerade zugegeben hatte.

»Ich hätte etwas dagegen tun sollen. Aber ich dachte wirklich, er macht Witze. Er redete immer Scheiße über die eine oder andere Person. Ich hätte nie gedacht, dass er das wirklich durchziehen würde.«

Carly wollte Jeremiah nicht vom Haken lassen. Aber sie konnte nicht anders, als sich ein wenig besser zu fühlen, dass er seinen kolossalen Fehler, Shawn nicht ernst genommen zu haben, tatsächlich zugegeben hatte. »Das hat er aber«, entgegnete sie lahm.

»Ja«, bestätigte Jeremiah ein wenig schuldbewusst.

»Hey, lass uns gehen, Jer!«, rief einer der Männer, mit denen er gegessen hatte, aus der Nähe.

Jeremiah winkte dem Mann zu und wandte sich dann wieder an Carly. »Vielleicht kannst du deinem Wachhund sagen, dass er sich zurückhalten kann, nachdem ich mich entschuldigt habe.«

»Mein Wachhund?«, fragte Carly und hob eine Augenbraue.

»Ja, ich brauche meinen Job und wenn er weiter hinter mir her ist, wird mein Chef mich feuern. Wenn er eins hasst, dann ist es Skandal. Im Country Club darf es keine Gerüchte über Angestellte geben.«

Carly hatte keine Ahnung, von wem Jeremiah sprach, aber sie tat so, als täte sie es. »Ich bin mir sicher, dass dir nichts passieren wird, solange du mit ihm kooperierst«, bluffte sie.

Jeremiah starrte sie für einen langen Moment an und Carly tat ihr Bestes, sich trotz seines ernsten Blickes zu behaupten. Er war nicht glücklich über ihre Aussage ... und zeigte es deutlich.

»Wie auch immer«, fauchte er schließlich. Dann drehte er sich um und stolzierte davon.

Carly sah ihm nach und stieß langsam die Luft aus, die sie angehalten hatte.

»Geht es dir gut?«

Die weibliche Stimme erschreckte Carly so sehr, dass sie zusammenzuckte. Sie drehte sich um und sah Vera mit einem besorgten Gesichtsausdruck neben ihr stehen.

»Tut mir leid, ich wollte dich nicht erschrecken.«

»Schon okay«, sagte Carly.

»Hat er dir gedroht? Soll ich die Polizei rufen?«, fragte Vera. »Officer Brown ist hier irgendwo in der Nähe. Er macht seine Runde und prüft, ob alles in Ordnung ist. Ich kann ihn anrufen, wenn du ihn brauchst.«

»Mir geht es gut«, versicherte Carly ihrer Freundin. Die Begegnung mit Jeremiah war beunruhigend, aber gleichzeitig war sie stolz darauf, wie sie damit umgegangen war ... zumindest, nachdem sie sich nicht mehr in der Küche versteckt hatte. Honolulu war die bevölkerungsreichste Stadt Hawaiis, aber in vielerlei Hinsicht dennoch klein. Es war unvermeidlich, dass sie Shawns Freunden begegnete. Gideon, Beau, Wes, Eddie ... ihr Ex kannte viele Leute. Und sie alle wussten genau, was passiert war.

Die meisten oder sogar alle von ihnen hatten mit Sicherheit das ein oder andere Mal gehört, wie Shawn über sie geschimpft hatte. Darüber, was für eine Schlampe sie war. Leute hörten solche Dinge die ganze Zeit und niemand dachte jemals, dass es etwas bedeutete. Hatte sie sich nicht selbst ein- oder zweimal bei Kenna darüber beschwert, wie nervig jemand war? Sie glaubte nicht, dass sie jemals jemandem den Tod gewünscht oder eine Drohung ausgesprochen hatte, ihn vom Antlitz der Erde zu tilgen, aber sie konnte sich gut vorstellen, dass Shawn so etwas gesagt hatte. Und es war egal, zu wem er es gesagt hatte. Die Tatsache, dass Jeremiah nicht daran geglaubt hatte, dass ihr Ex tatsächlich versuchen würde, sie zu entführen, war also nicht gerade eine Überraschung.

»Wo ist er?«, fragte Kenna, als sie zur Vorderseite des Restaurants lief. »Scheiße, ich habe ihn verpasst, oder? Was hat er gesagt? Geht es dir gut?«

Carly war erstaunt, dass sie leicht lächelte. »Er ist weg und mir geht es gut.«

Kenna legte ihre Hände auf Carlys Schultern und kniff die Augen zusammen, während sie ihre Freundin musterte. »Du bist wirklich okay?«

»Ja.«

Kenna lächelte. »Es fühlt sich gut an, sich gegen so ein Arschloch zu behaupten, oder?«

»Das tut es. Er hat sich sogar entschuldigt.«

Kenna rümpfte die Nase. »Als ließe ihn das vom Haken.«

»Und er sagte zu mir, ich solle meinen Wachhund zurückrufen, weil er sonst gefeuert würde.«

»Wen? Jag?«

Carly schüttelte den Kopf. »Das glaube ich nicht. Ich meine, es ist möglich, aber wenn er nicht bei der Arbeit ist, ist Jag bei mir.«

»Baker«, sagte Kenna mit einem Grinsen.

»Das dachte ich auch.«

»Gut. Hoffentlich wird er gefeuert. Und wenn Baker an deinem Fall dran ist, wird er diesen Scheiß irgendwann aufklären.«

»Hoffentlich.«

»Komm schon, das Essen für Tisch dreizehn ist fertig. Und uns bleiben nur noch dreißig Minuten, bis unsere Männer kommen, um uns abzuholen.«

Carly hakte sich unter Kennas Arm ein und ließ sich zurück ins Restaurant führen. Wenn ihr jemand gesagt hätte, dass sie Jeremiah heute bei der Arbeit sehen würde, wäre Carly zu Hause geblieben. Sie hätte zu viel Angst gehabt, um einen von Shawns Freunden zu konfrontieren. Aber jetzt, nachdem sie es getan hatte, fühlte sie sich stärker. Sie hatte jetzt keine Angst mehr davor, andere Leute zu sehen, die er gut kannte. Es wäre nicht einfach, aber sie würde damit umgehen können.

Ein Funke der alten Carly flackerte in ihr auf und sie lächelte. Sie war immer noch nervös, immer noch vorsichtig, aber nachdem sie den ersten persönlichen Kontakt mit jemandem aus Shawns Freundeskreis überstanden hatte, fühlte sie sich besser. Es war allerdings auch nicht schlecht, dass sie nicht allein zu ihrem Wagen gehen und nach Hause fahren musste. Zu wissen, dass Jag auf dem Weg war, um sie abzuholen, gab ihr das Selbstvertrauen, die unangenehme Begegnung hinter sich zu lassen. Sie würde Jag sehen ... bald.

»Wie war die Arbeit?«, fragte Jag, als sie sich zu ihm in seinen Jetta gesetzt hatte und sie auf dem Weg zu seiner Wohnung waren.

Carly hatte bis jetzt nicht erwähnt, dass sie Jeremiah gesehen hatte. Sie wollte nicht, dass Jag den Verstand verlor und zurück ins Restaurant stürmte. Er konnte jetzt nichts mehr tun, und im SEAL-Modus über ihre Freunde und Kollegen herzufallen würde auch nichts bringen.

»Ich habe Jeremiah gesehen«, platzte Carly heraus.

Jeder Muskel in Jags Körper spannte sich an. »Was?«

»Er ist mit einer Gruppe von Männern zum Abendessen aufgetaucht. Zuerst hatte ich Angst«, gab Carly zu. Sie sprach schnell und wollte die ganze Geschichte herausbringen, bevor Jag beschloss, den Wagen zu wenden und den Mann zu jagen. »Aber irgendwann wurde ich sauer. Warum habe ich mich in der Küche versteckt? Ich hatte genauso das Recht, dort zu sein, wie er. Ich habe seinen Tisch nicht bedient, aber ich bin ein paarmal daran vorbeigegangen. Er hat nichts gesagt, aber als er ging, fragte er, ob er mit mir sprechen könne. Ich blieb in der Nähe meiner Kollegin stehen und ließ ihn reden. Er gab zu, dass Shawn ihm von seinem Plan erzählt hatte, aber behauptete, dass er dachte, es sei nur ein Witz. Er wollte sich nur rausreden, hat sich sogar entschuldigt. Dann ging er. Das ist alles. Oh, warte, er hat mich gebeten, meinen Wachhund zurückzurufen. Ich nehme an, er meint Baker ... Apropos, du hast dich heute mit ihm getroffen, richtig? Was hat er gesagt?«

Carly hielt den Atem an, während sie darauf wartete, dass Jag antwortete.

»Ich versuche gerade, nicht auszuflippen«, sagte er nach einem langen Moment.

»Ich weiß. Mir ging es genauso. Und das wollte ich dir nicht zumuten. Ich meine, ich war mindestens eine halbe Stunde lang völlig fertig, nachdem ich ihn gesehen hatte. Aber es ist nichts passiert, Jag. Er hat mich kaum angesehen. Ich gebe zu, dass der Mann mir Angst macht, aber er hat nichts getan.«

Jags Fingerknöchel um das Lenkrad herum waren weiß.

»Und nachdem ich darüber nachgedacht habe, bin ich eigentlich froh, dass er heute da war. Ich werde andere Freunde von Shawn treffen und ich muss herausfinden, wie ich damit umgehen kann. Ich möchte mich nie wieder so fühlen wie in den Monaten, in denen ich mich in meiner Wohnung versteckt habe. Ich war wie gelähmt vor Angst und ich weiß nicht einmal, wovor oder vor wem ich Angst hatte. Ich meine, ich dachte, es war Luke, aber jetzt glaube ich, es war die Angst vor dem, was passieren könnte. So kann ich nicht leben. Ich könnte morgen überfahren werden. Ich könnte einen Herzinfarkt bekommen. Ich könnte im Supermarkt Lebensmittel einkaufen und von jemandem erschossen werden, der den Laden überfällt oder so. Aber ich will leben, Jag. Ich schweife ab. Es tut mir leid.«

»Nein, das macht vollkommen Sinn. Das ändert aber nichts an der Tatsache, dass ich es hasse, dass dir einer von Shawns Freunden zu nahe gekommen ist.«

»Ich weiß.«

»Ich habe heute mit Baker gesprochen. Er hat sich mit mir und dem Team getroffen.«

»Und?«, fragte Carly, als Jag nicht fortfuhr.

»Er hat noch nichts Konkretes.«

»Verdammt.«

»Aber anscheinend hatte das Gespräch, das er mit Barrowman geführt hat, eine gewisse Wirkung.«

»Ja«, stimmte Carly zu. »Vielleicht wird etwas passieren, wenn er weiter Staub aufwirbelt und die Leute dazu zwingt, mit ihm zu reden. Sie machen sich Sorgen um ihre Arbeit. Ich möchte nicht, dass jemand versucht, mich zu entführen oder so, aber wenn es jemanden dazu bringt, einen Fehler zu machen oder sich schuldig genug zu fühlen, um zuzugeben, dass er auf dem Meer auf Shawn gewartet hat, kann ich mit meinem Leben weitermachen.«

»Du machst weiter, egal was passiert«, entgegnete Jag. Er löste seine Hand vom Lenkrad und streckte sie aus. Carly klammerte sich glücklich an ihn und verschränkte ihre Finger mit seinen.

»Möchtest du mehr Details darüber hören, was Baker herausgefunden hat?«

Carly dachte einen Moment darüber nach und fragte dann: »Gibt es jemanden, bei dem ich wachsamer sein sollte? Glaubt er zum Beispiel, dass Luke eine größere Gefahr darstellt als die anderen?«

»Nein, Baker hat keine konkreten Hinweise gefunden. Er prüft immer noch die Alibis und schaut sich Überwachungsvideos an.«

»Okay, dann nein. Ich brauche keine Details. Ich weiß, dass du es mir sagen wirst, wenn er etwas Handfestes herausfindet.«

»*Wenn* er etwas herausfindet. Aber ja, das werde ich. Und ich werde auch nicht bis zum Ende des Tages warten. Ich werde meinen Arsch dorthin bewegen, wo immer du bist, und es dir persönlich sagen«, ergänzte Jag.

»Vielen Dank.«

»Du brauchst mir nicht zu danken, mein Engel. Du bist mir wichtig, wichtiger als jeder andere Mensch in meinem Leben. Ich werde niemals etwas tun, das dich in Gefahr bringen könnte. Und wenn das bedeutet, dir Informationen zu geben, die dich erschrecken könnten, werde ich das tun.«

Carly nickte.

»Oh, und ich habe die Stunden für das Selbstverteidigungstraining für dich gebucht. Ich hoffe, das ist in Ordnung.«

»Das ist toll. Obwohl ich deswegen etwas nervös bin.«

»Warum?«

»Nun, du hast gesagt, die Frau ist eine Art weiblicher Rambo oder so.«

Jag lachte. »Sie ist ziemlich hart.«

»Sie wird denken, dass ich ein Weichei bin. Ich bin nicht gerade in Topform, Jag. Ich bin schon erschöpft, nachdem ich die Treppe im Parkhaus des Duke's hinaufgegangen bin.«

»Du musst nicht in Topform sein und sie würde dich niemals für ein Weichei halten. Würdest du dich besser fühlen, wenn ich dir sage, dass einige der anderen Frauen sich dir anschließen wollen? Als ich den Männern davon erzählte, haben sie sofort ihre Frauen ins Spiel gebracht.«

»Wirklich? Das ist großartig. Das würde mir gefallen«, entgegnete Carly glücklich. Irgendwie wäre es nicht so einschüchternd, wenn ihre Freundinnen dabei wären.

»Gut. Bist du damit einverstanden, direkt nach Hause zu fahren, nachdem wir bei Food For All angehalten und die Lebensmittel abgegeben haben, die Alani dir mitgegeben hat?«

»Ja, warum sollte ich es nicht sein?«

»Ich weiß nicht. Ich war mir nicht sicher, ob du etwas aus deiner Wohnung holen oder noch etwas einkaufen willst.«

»Ich brauche nichts«, erwiderte Carly. »Außer mit dir abzuhängen und zu versuchen, für eine Weile die Welt zu vergessen.«

Jag strahlte und drückte ihre Hand. »Mir geht es genauso, mein Engel.«

»Jag?«

»Ja?«

»Ich bin wirklich bereit weiterzumachen.«

»Was?«

»Ich bin bereit weiterzumachen«, wiederholte Carly. »Mit meinem Leben. Ich hatte Shawn viel zu lange in meinem Kopf. Ich habe die schrecklichen Dinge geglaubt, die er zu mir gesagt hat, und begonnen, an mir selbst zu zweifeln. Ich habe mich besser gefühlt, nachdem ich mit ihm Schluss gemacht hatte. Aber als er anfing, mich zu belästigen, habe ich wieder angefangen, an mir zu zweifeln. Warum sollte jemand anderes mit mir zusammen sein wollen? Vielleicht stimmte das, was er mir vorgeworfen hatte. Unreif, dumm, hässlich zu sein ... aber jetzt ist mir klar, dass er nur versucht hat, mich zu brechen. Ich bin bereit, das alles hinter mir zu lassen. Ich weiß, ich muss wachsam sein, aber es war richtig, dass du mich aus meiner Wohnung geholt hast, damit ich mit Alani rede. Ich weiß das mehr zu schätzen, als ich in Worte fassen kann.«

»Das freut mich, mein Engel«, sagte Jag leise.

»Ich habe Kenna und den anderen immer wieder gesagt, dass ich keinen anderen Freund will, dass ich mit Männern fertig bin. Vielleicht nicht für immer, aber auf absehbare Zeit. Aber du bist irgendwie unter meinem Schutzschild durchgeschlüpft ... und ich bin sehr glücklich darüber.«

»Ich auch. Du bist eine tolle Frau, Carly. Und Shawn war ein Arschloch.«

»Allerdings«, stimmte sie zu.

Den Rest des Weges bis Barbers Point hielten sie sich schweigend an den Händen. Jag parkte auf dem Parkplatz am Ende der Straße vor Food For All ein und sie brachten die Tüten mit den Nahrungsmitteln hinein. Lexie war allein dort und schien ein wenig abgelenkt zu sein. Sie murmelte etwas über die wachsende Zahl von Leuten, für die sie Mahlzeiten bereitstellten, also blieben Carly und Jag nicht lange.

Carly studierte die Umgebung, als sie zum Wagen zurückgingen, sah aber niemanden, der ungewöhnlich aussah. Sie erkannte niemanden unter den Passanten und im Moment waren sie die einzigen Menschen auf dem Parkplatz.

»Du bist in Sicherheit«, sagte Jag, dem offensichtlich nicht entgangen war, wie sie die vorübergehenden Menschen nervös gemustert hatte.

Carly nickte. »Bei dir fühle ich mich sicher.«

»Du wirst dich bald auch sicher fühlen, wenn du nicht bei mir bist. Dafür wird Oberbootsfrau Albertson sorgen. Und wir werden über einige Dinge sprechen, auf die du auf dem Weg ins Parkhaus achten kannst. Du wirst zu deinem normalen Leben zurückkehren können, Carly, das verspreche ich dir.«

»Oberbootsfrau Albertson?«, fragte sie. »Das ist ein eindrucksvoller Titel.«

Jag lachte. »Allerdings. Aber ich bin mir sicher, du wirst sie mit ihrem Vornamen ansprechen können.«

Carly hoffte es. Sie glaubte nicht, dass sie jedes Mal Oberbootsfrau Albertson sagen könnte, wenn sie eine Frage hatte. Sie atmete erleichtert auf, als sie sicher in Jags Jetta saß und er den Wagen anließ.

»Nach Hause?«, fragte er.

»Nach Hause«, bestätigte sie zufrieden.

Der Mann beobachtete Carly und ihren Freund mit finsterem Blick. Er hasste es, wie glücklich die Schlampe aussah. Er genoss den nervösen Ausdruck auf ihrem Gesicht, als sie sich umsah, aber dann verschwand er schnell, nachdem der Mann sie abgelenkt hatte.

Sie sollte Angst haben.

Sie sollte Todesangst haben.

Das gefiel ihm.

Sie hatte Shawn getötet. Sie war nicht dabei gewesen, als er sich versehentlich in die Luft gesprengt hatte, aber sie hätte genauso gut selbst abdrücken und ihm in den Kopf schießen können.

Er sehnte sich danach, das Entsetzen in ihren Augen zu sehen, wenn ihr klar wurde, wer er war und was mit ihr geschehen würde. Shawn hatte ihm beigebracht, wie man Frauen kontrolliert. Wie man sie dazu bringt, an sich zu zweifeln und sich vor Angst zu verstecken. Und er hatte ihm beigebracht, die Schutzmauern einer Frau so niederzureißen, dass sie sich verletzlich fühlte und zu abhängig von ihrem Mann war, um selbst Entscheidungen zu treffen. Er hatte sich darauf vorbereitet, all diese Fähigkeiten einzusetzen, als Shawn starb. Ohne die Unterstützung seines Freundes und Mentors hatte er nicht mehr das Selbstvertrauen, selbst einen perfekten Partner für sich zu formen.

Das war Carlys Schuld.

Er war vor Jahren mit einer Frau ausgegangen und hatte gedacht, dass er sie liebte. Aber die Dinge hatten schlecht geendet. Und mit Shawns Hilfe verstand er jetzt warum. Er war nicht durchsetzungsfähig. Hatte sie nicht genügend erniedrigt, um sie zu dem zu formen, was er brauchte. Und genau wie Carly war sie zur verdammten Polizei gegangen, als er ihr zu ihrer eigenen Sicherheit gefolgt war. Schlampe!

Gerade als er es erneut versuchen wollte, war sein Freund gestorben.

Er musste seine Pläne vorantreiben. Dieses andere Arschloch, das zu seinem Arbeitsplatz gekommen war und darauf bestanden hatte, mit ihm über Shawn zu reden, war zu neugierig. Er hatte seine Spuren gut verwischt, aber es bestand immer noch die Möglichkeit, dass der ältere Mann herausfand, dass er es gewesen war, der auf dem Meer gewartet hatte.

Wenn da nicht dieser verdammte Sturm gewesen und Carly krank nach Hause gegangen wäre. Dieses verdammte *Was wäre gewesen, wenn* machte ihn fast wahnsinnig. Aber beim nächsten Mal würde ihm nichts in die Quere kommen.

Nicht dieser verdammte Wachhund, den sie auf ihn angesetzt hatte.

Nicht ihr neuer Freund.

Gar nichts.

Er würde ihr Vertrauen gewinnen. Sie daran gewöhnen, ihn hin und wieder zu sehen. Er würde alle Tricks und Tipps einsetzen, die Shawn ihm beigebracht hatte, um sie in die Falle zu locken.

Heute hatte er einen weiteren wichtigen Schritt für seinen Plan unternommen und ihre Routine kennengelernt.

Er wusste, in welcher Schicht sie in den letzten zwei Tagen gearbeitet hatte, dass sie manchmal Lebensmittel vom Duke's zu dieser Hilfsorganisation brachte, und er wusste, wo ihr Freund wohnte – wo sie gerade lebte. Es würde nicht lange dauern, bis er wusste, wo sie einkaufte, wo ihre Freundinnen wohnten, was sie an ihren freien Tagen tat.

Es war nur eine Frage der Zeit, bis er Carly genau dort hatte, wo er und Shawn sie hatten haben wollen.

Sie wäre ihm ausgeliefert.

Aber dieses Mal würde er nicht riskieren, dass sie entkam. Er würde sie töten und dann ihren Körper an die Fische verfüttern. Sie würde einfach vom Angesicht der

Erde verschwinden. Niemand würde ihn verdächtigen, dafür würde er sorgen.

Der Mann grinste vor sich hin, richtete sich auf und ging zu seinem Wagen, den er ein paar Straßen weiter geparkt hatte ... nur für den Fall.

KAPITEL ELF

Carly zuckte unter dem Schmerz in ihren Muskeln zusammen, als sie nach dem obersten Regal im Lebensmittelgeschäft griff. Oberbootsfrau Albertson – Elizabeth – hatte keine Gnade gezeigt. Sie hatte sie und die anderen hart rangenommen und gesagt, dass sie bereit sein müssten, wenn jemand versuchte, sie auszurauben oder als Geisel zu nehmen – was nicht allzu weit hergeholt war, da sie mit dekorierten Navy SEALs zusammen waren, die viele Feinde hatten. Sie mussten bereit sein, um ihr Leben zu kämpfen.

Trotz einiger Schwierigkeiten hatte Carly die erste Selbstverteidigungsstunde gestern gut gefallen. Nach dem einstündigen Training hatte sie sich stark gefühlt. Obwohl sie Muskelkater hatte, konnte sie die nächste Stunde kaum erwarten. Nachdem Jag sie nach Hause gefahren hatte, hatte sie ihm gezeigt, was sie gelernt hatte, und es tatsächlich geschafft, sich aus seinem Griff zu befreien, als er sie von hinten packte. Carly vermutete, dass er genau wusste, was sie tun würde, schätzte es aber trotzdem, dass er sie davonkommen ließ.

»Oh Gott, habe ich Muskelkater«, stöhnte Kenna neben ihr.

Carly konnte nicht anders als zu kichern, als sie eine Packung Nudeln in den Einkaufswagen legte. Es war das erste Mal, dass sie ohne Jag unterwegs war. Mit Kenna ins Duke's zu fahren zählte nicht wirklich, da ihre Freundin ihr erzählt hatte, dass der Fahrer, den Aleck angeheuert hatte, ein ehemaliger Marine war. Er schien überaus fähig zu sein, sich um jede Bedrohung zu kümmern, die ihnen über den Weg laufen könnte.

Überraschenderweise fühlte Carly sich bei diesem Ausflug wohl. Kenna hatte nach dem Mittagessen angerufen und gefragt, ob sie mit ihr in den Laden kommen wolle. Und obwohl Carly anfangs gezögert hatte, hatte sie sich schließlich einen Ruck gegeben und zugestimmt. Sie musste anfangen, allein rauszugehen. Es gemeinsam mit Kenna zu tun schien für den Anfang ein guter Kompromiss zu sein.

Sie hatte einen kurzen Moment Panik gehabt, als sie im Laden angekommen waren, aber sie hatte ihre Gefühle unter Kontrolle bekommen und war einfach weitergegangen, worauf sie sehr stolz war. Manche Leute dachten vielleicht nicht, dass es sehr beeindruckend war, mit einer Freundin ins Lebensmittelgeschäft zu gehen, aber nachdem sie Monate in ihrer Wohnung verbracht hatte, zu verängstigt, um nach ihrer Post zu sehen, schien der Gang zum Supermarkt wie ein großer Erfolg.

»Also ... wie läuft es mit dir und Jag?«, fragte Kenna, als sie durch den Laden schlenderten.

»Gut, er ist anders, als ich dachte«, sagte Carly.

»Inwiefern?«

»Es ist schwer zu erklären. Als du anfingst, mit Aleck auszugehen, dachte ich, seine Freunde wären alle knallharte, eingebildete Kerle. Aber schon bei diesem ersten

Abendessen im Duke's haben sie einen ziemlich bodenständigen Eindruck auf mich gemacht. Du weißt, dass ich nicht bereit war für irgendeine Art von Beziehung – nicht nach Shawn. Aber Jag hat sich irgendwie an mich herangeschlichen.«

Kenna kicherte. »Ja, ich weiß, was du meinst. Glaubst du, das wird eine langfristige Sache mit euch?«

»Keine Ahnung«, sagte sie mit einem Achselzucken. »Ich meine, ich rechne nicht damit, dass er bald vor mir auf ein Knie geht. Und ehrlich gesagt glaube ich, dass er eine Art Ritterkomplex am Laufen hat. Wir hatten nicht wirklich die Gelegenheit, uns sehr gut kennenzulernen, bevor das mit Shawn passierte. Und seitdem ist er mehr ein Pfleger für mich als alles andere.«

»Glaubst du das ernsthaft?«, fragte Kenna und blieb mitten im Gang stehen.

»Nun, ja«, gab Carly zu.

»Du liegst falsch«, erwiderte ihre Freundin etwas energisch. »Jag ist nicht der Typ Mann, der nur aus Gutmütigkeit so viel Zeit damit verbringt, dafür zu sorgen, dass es dir gut geht. Versteh mich nicht falsch, er ist ein guter Mann. Aber wenn er nicht an mehr als einer Freundschaft mit dir interessiert wäre, hätte er nicht all das getan, was er in den letzten Monaten seit dem Vorfall mit Shawn getan hat.«

Carly schluckte schwer. Das wusste sie. Irgendwie hatte sie tief im Inneren immer gewusst, dass Jag nicht nur nach ihr sah, weil sein Freund mit Kenna zusammen war. Sie hatte seit ihrer ersten Begegnung im Duke's eine Verbindung zu ihm gespürt. Sie wollte es damals nur nicht zugeben.

»Ich weiß nicht, was ich ohne ihn getan hätte«, sagte Carly leise. »Woher weiß ich, dass meine Zuneigung zu ihm nicht nur auf einem Jungfrau-in-Not-Syndrom beruht?«

»Ich kenne viele Frauen, die dieses Jungfrau-in-Not-

Ding machen, und es kotzt mich an«, sagte Kenna. Sie schien nicht im Geringsten besorgt zu sein, dass sie den Gang komplett blockierten, um dieses intensive Gespräch neben dem Regal mit den Gewürzen zu führen. »Aber es ist so, es ist nichts falsch daran, manchmal eine helfende Hand zu brauchen. Wann genau die Gesellschaft entschieden hat, dass das schlecht sein soll, ist mir nicht klar. Aber egal. Und obwohl unsere Männer knallhart sind, brauchen sie uns genauso sehr wie wir sie. So funktionieren Beziehungen, Carly. Nein, wir werden wahrscheinlich nicht aus Helikoptern hängen und unsere Männer vor glühender Lava retten, wie Pid es für Monica getan hat, aber das bedeutet nicht, dass wir ihr Leben nicht besser machen und vervollständigen. Was ist also dabei, dass du kürzlich Jags Unterstützung gebraucht hast? Dafür brauchst du dich nicht zu schämen. Das ist es, was Paare füreinander tun.«

Das war einer der Gründe, warum Carly Kenna so sehr liebte. Sie hatte keine Angst, ihre Meinung zu sagen, und es war normalerweise genau das, was Carly hören musste. »Danke«, flüsterte sie.

»Ermutigende Gespräche zu führen ist das, wofür Freundinnen da sind«, erwiderte Kenna mit einem Lächeln. »Und fürs Protokoll, ich finde es toll, dass du wieder arbeitest. Versteh mich nicht falsch, ich mag Vera, Justin, Charlotte und die anderen, aber mit dir vergeht die Zeit so viel schneller.«

»Ich bin wirklich überrascht, wie sehr ich es vermisst habe. Das hätte ich nicht gedacht. Es ist ein bisschen beängstigend, so viel in der Öffentlichkeit zu sein, aber ich verbringe definitiv gern wieder Zeit mit dir.«

Die beiden Freundinnen lächelten sich an und gingen dann den Gang zurück. Sie waren mitten in einem Gespräch über Essiggurken – ob die süßen oder die mit Dill besser waren –, als jemand um die Ecke kam und fast in sie hineinlief.

Carly erstarrte und schaute geschockt Luke und seine Freundin an.

Scheinbar eine ganze Minute lang starrten die vier einander wortlos an. Carly konnte fühlen, wie ihr Herz raste. Sie fühlte sich vor Angst wie gelähmt. Das war so ziemlich ihr schlimmster Albtraum, der gerade wahr wurde. Das war der Grund, warum sie sich so lange in ihrer Wohnung versteckt hatte. Sie hatte Shawns Sohn nie wiedersehen wollen – und jetzt standen sie sich in dem verdammten Lebensmittelladen direkt gegenüber.

Sowohl Luke als auch Rebecca funkelten sie an.

»Geh aus dem Weg«, sagte Kenna in einem leisen, entschlossenen Ton.

Carly wollte ihr sagen, sie solle ruhig sein, um Luke nicht wütend zu machen, aber ihre Stimme funktionierte nicht.

»Nein, *ihr* macht Platz«, antwortete Rebecca mit gereizter Stimme.

»Ich hatte mit dem, was passiert ist, nichts zu tun«, platzte Luke aus heiterem Himmel heraus.

Carly war überrascht, dass er es erwähnte. Sie konnte ihn nur anstarren.

»Mein Leben war in den letzten Monaten die Hölle auf Erden. Ich musste einen verdammten Anwalt engagieren, um die Bullen loszuwerden, und trotzdem folgen sie mir weiter und durchwühlen sogar meinen Müll. Du musst ihnen sagen, dass sie sich verdammt noch mal zurückziehen sollen«, verlangte Luke.

»Wenn du nichts gemacht hast, brauchst du dir auch keine Sorgen zu machen«, erwiderte Kenna und machte einen kleinen Schritt zur Seite, sodass sie teilweise vor Carly stand. »Und Carly hat keine Kontrolle darüber, was die Polizei tut.«

»Du hast das Leben meines Vaters ruiniert«, fauchte er. Sein erboster Blick war auf Carly geheftet und ließ sie erzittern.

Aber dann erinnerte sie sich an etwas, das Elizabeth ihr während der Selbstverteidigungsstunde gesagt hatte. Man kann einen Angreifer oft abschrecken, indem man so tat, als hätte man keine Angst. Sie mögen keine selbstbewussten Opfer. Sie wollen, dass die Menschen, die sie verprügeln, eingeschüchtert sind und Angst haben. Das verleiht dem Angreifer Macht.

Carly wollte Luke auf keinen Fall mehr Macht über sie geben. Sein Vater hatte das lange genug getan. Also straffte sie die Schultern und hob ihr Kinn. Sie zitterte immer noch von dem Adrenalin, das durch ihren Körper schoss, aber sie zwang sich, seinem Blick zu begegnen.

»Dein Vater hat sein Leben selbst ruiniert«, fauchte sie. »Ich habe ihn nicht gebeten, mich herabzusetzen und mich wie eine Idiotin zu behandeln. Ich habe es nicht verdient, herumgeschubst zu werden, von niemandem. Ich glaube nicht einmal, dass er mich besonders mochte, also habe ich keine Ahnung, warum er ein Problem damit hatte, als ich endlich mit ihm Schluss gemacht habe. Er hätte einfach nur weiterziehen müssen. Dann wäre er immer noch hier und würde eine andere Frau herumschubsen. Aber stattdessen hat er seinen verdammten Verstand verloren. Er hat versucht, mich zu entführen, wovon du sicherlich wusstest. Ich habe keine Zweifel, dass du jedes Detail seines Plans kanntest. Und das macht dich keinen Deut besser als ihn.«

Carly schwitzte, als sie zu Ende gesprochen hatte, aber es fühlte sich gut an, Luke die Stirn zu bieten. Sie hatte viel zu lange versucht, den Mann dazu zu bringen, sie zu mögen.

Es war befreiend, sich endlich einen Scheiß darum zu scheren, was er von ihr hielt.

Luke trat einen Schritt auf sie zu und Kenna sagte: »Versuch es nur, Arschloch. Du traust dich eh nicht.« Sie hielt ihr Handy hoch und filmte die Szene offensichtlich.

Er funkelte sie beide an und runzelte die Stirn. »Du bist die Mühe nicht wert«, entgegnete er.

»Komm schon«, sagte Rebecca und zog an seinem Arm.

»Ich schätze, er behandelt dich auch wie Scheiße«, sagte Carly in einem etwas ruhigeren Ton. »Verschwinde, solange du es noch kannst, bevor er dein Leben ruiniert.«

»Halt die Klappe, Schlampe«, knurrte Luke. Er drehte sich zu seiner Freundin um und stieß sie so fest, dass sie stolperte. »Komm, lass uns von hier verschwinden.«

Er ließ seinen Wagen am Ende des Ganges stehen, als er davonstapfte, während Rebecca protestierte, weil sie ihre Einkäufe zurückgelassen hatten.

»Was für ein verdammter Schwachkopf«, sagte Kenna und ließ ihr Handy sinken.

Carly konnte sich nicht davon abhalten, ihre Freundin in die Arme zu nehmen. Sie wollte ihr dafür danken, dass sie sich für sie eingesetzt hatte. Dafür, dass sie für sie da war. Dafür, dass sie schlau genug war, ihre Konfrontation zu filmen, wodurch Luke zweimal nachdachte, bevor er etwas Unüberlegtes tat. Sie brauchte Kennas Unterstützung auch, damit sie nicht mitten im Laden zu einem Häufchen Elend zusammensackte.

»Es ist alles okay«, beruhigte Kenna sie und hielt sie fest. Sie spürte offensichtlich, wie sie zitterte. Sie standen mindestens eine Minute so da, bevor Carly das Gefühl hatte, sie würde nicht umkippen, sobald Kenna sie losließ.

Sie holte tief Luft und bemühte sich, ihre Gefühle unter Kontrolle zu bekommen. »Das hat irgendwie Spaß gemacht.«

Kenna grinste. »Das hat es, nicht wahr?«

»Und Elizabeth hatte recht damit, so zu tun, als hättest du keine Angst. Das funktioniert irgendwie.«

»Du warst unglaublich«, lobte Kenna. »Ich wette, es hat sich gut angefühlt, oder?«

»Das hat es absolut«, stimmte Carly zu. »Früher wäre ich auf Zehenspitzen um ihn herumgetänzelt, weil ich wollte, dass er mich mag und mit mir auskommt, damit Shawn glücklich war. Nun, nicht glücklich, aber du weißt, was ich meine. Sich keine Gedanken darüber zu machen, was Luke von mir denkt, und zu sagen, was ich empfinde, fühlte sich großartig an.«

»Er ist ein Arsch«, sagte Kenna.

»Allerdings. Es wird nicht leicht, Jag davon zu erzählen. Ich bin sicher, er wird wollen, dass ich auch Detective Lee anrufe.«

»Was wahrscheinlich bedeutet, dass Luke noch mehr Aufmerksamkeit von der Polizei bekommen wird, was ihn wiederum noch mehr verärgern wird«, sagte Kenna.

»Ohne Zweifel«, stimmte Carly zu. Dann schüttelte sie erstaunt den Kopf. »Ich kann es kaum glauben, dass ich im Moment nicht ausflippe. Wenn mir das vor ein paar Wochen passiert wäre, hätte man mich wahrscheinlich sedieren und hier raustragen müssen.«

»Wäre es komisch, wenn ich dir sage, wie lieb ich dich habe?«, fragte Kenna.

Carly grinste. »Keineswegs.«

»Gut. Ich hab dich lieb, Carly. Du bist fantastisch.«

»Ich denke genauso über dich«, erwiderte Carly. Sie lächelten einander an.

»Komm schon, lass uns mit dem Einkaufen fertig werden und dich nach Hause bringen. Du musst endlich damit anfangen, Jag zu verführen.«

Carly erstickte fast. »Ähm, was?«

»Ihr schleicht seit Monaten auf Zehenspitzen umeinander her. Du solltest langsam die Dinge vorantreiben.«

»Woher weißt du, dass wir es nicht schon getan haben?«, fragte Carly.

»Weil du es mir längst erzählt hättest«, antwortete Kenna, als sie einen weiteren Gang hinuntergingen.

Carly rümpfte die Nase. Wahrscheinlich hatte ihre Freundin recht. »Glaubst du nicht, dass es zu schnell geht?«

Kenna hob beide Augenbrauen und sah sie ungläubig an.

Lachend ergänzte Carly: »Richtig, Fräulein ›Ich habe meinen Mann zwei Komma drei Sekunden, nachdem ich ihn kennengelernt hatte, geheiratet‹.«

Kenna kicherte. »Ganz so schlimm war es nicht.«

Jetzt war Carly an der Reihe, ungläubig dreinzuschauen.

»Aber im Ernst ... unsere SEALs reagieren schnell, wenn sie die Frau finden, mit der sie den Rest ihres Lebens verbringen wollen, weil sie wissen, wie kurz unsere Zeit auf Erden ist. So sehr ich es auch hasse, darüber nachzudenken, was sie tun, es ist wahnsinnig gefährlich. Sie könnten auf jeder ihrer Missionen sterben. Sie spielen nicht herum, wenn es darum geht, ihre Frauen dauerhaft an sich zu binden. Also nein, es geht nicht zu schnell. Wenn überhaupt, würde ich sagen, dass du und Jag euch sehr viel Zeit gelassen habt. Ihr wart tatsächlich zuerst befreundet.«

Sie hatte recht. Carly hatte das Gefühl, als hätte Jag sie in den vergangenen Monaten ziemlich gut kennengelernt, aber sie hatte nicht das Gefühl, ihn sehr gut zu kennen. Sie wusste, dass er zuverlässig, beschützend und ein wenig rechthaberisch war. Sie wusste, dass er absolut fantastisch roch und dass sie sich jede Nacht sicher und geborgen fühlte, wenn sie neben ihm schlief. Er mochte Pizza und Sushi, hasste aber Ananas und Mangos ... was amüsant war, da er in Hawaii lebte.

»Ja«, sagte Carly, nachdem ihr aufgefallen war, dass sie nicht auf Kennas letzten Kommentar geantwortet hatte.

Ihre Freundin kicherte nur. »Für Liebe gibt es keinen Zeitplan«, sagte sie nach einem Moment. »Jede Beziehung ist anders. Ich möchte, dass du glücklich bist, Carly. Und ich denke, mit Jag bist du das.«

»Das stimmt«, bestätigte Carly.

»Also schwimm einfach mit dem Strom. Ich bin nicht überrascht, dass Jag dich zu sich geholt hat. Das scheint ein Muster bei den Männern in seinem Team zu sein. Aber wenn du nur mit ihm befreundet sein willst, ist das auch in Ordnung. Du musst das tun, was für dich das Richtige ist.«

»Das will ich nicht«, sagte Carly, ohne zu zögern. »Ich möchte aber auch nicht, dass er nur mit mir zusammen ist, weil er sich für mich verantwortlich fühlt.«

»Sprich mit ihm«, drängte Kenna. »In letzter Zeit ist in deinem und seinem Leben viel passiert. Mein Vorschlag ist, ihm zu sagen, was du willst. Öffne dich. Willst du Sex, wirst du den ersten Schritt machen müssen. Er ist jetzt schon so lange in dieser seltsamen Freundschaftsrolle und weiß wahrscheinlich nicht genau, wie er den Status quo ändern soll. Es ist offensichtlich, dass er dich will. Die Chemie zwischen euch lässt sich kaum mehr messen. Du musst ihm nur grünes Licht geben, um voranzukommen.«

Allein bei dem Gedanken daran, dass Jag mehr mit ihr tat, als sie nachts zu halten, bekam Carly eine Gänsehaut. Das wollte sie. Und Kenna hatte wahrscheinlich recht. Jag war so lange ihr Freund und ihre Lebensader gewesen, dass er wahrscheinlich verunsichert war, etwas zu tun, das ihr Angst machen könnte. Sie hatte sogar ihren ersten Kuss initiieren müssen. »Du hast recht«, sagte sie.

»Ich weiß«, erwiderte Kenna selbstgefällig. »Komm, lass uns hier fertig werden. Ich schätze, Luke und seine Freundin sind wahrscheinlich weg, aber ich bin nicht sehr scharf darauf, eine weitere Konfrontation mit ihnen zu haben.«

Carly zitterte. Das war sie auch nicht.

Sie erledigten den Rest ihrer Einkäufe und bezahlten. Von Luke war Gott sei Dank nichts zu sehen. Aber als sie die Einkaufstüten in Kennas Chevy Malibu luden, schaute Carly sich um und war erschrocken, Beau Langford zu sehen. Ein weiterer von Shawns besten Freunden.

»Heilige Scheiße, ich kann es nicht glauben«, murmelte sie.

»Was?«, fragte Kenna.

»Da drüben, rechts von uns«, sagte Carly und deutete mit dem Kopf in Beaus Richtung.

»Wer? Was? Der Typ da drüben bei dem protzigen Sportwagen? Was ist das, eine Corvette?«

»Vermutlich, und ja, das ist Beau Langford.«

»Sollte ich wissen, wer das ist?«, fragte Kenna.

»Ja!«, zischte Carly. »Ich meine nein.« Sie holte tief Luft. »Das ist einer von Shawns Freunden. Einer der Männer, von denen ich dem Detective erzählt habe, dass sie in Shawns Entführungsplan verwickelt sein könnten.«

»Heilige Scheiße. Ich kann es nicht glauben. Wie hoch ist die Wahrscheinlichkeit, am selben Tag und am selben Ort zwei Verdächtigen zu begegnen?«, fragte Kenna. »Steig in den Wagen«, forderte sie.

»Aber wir müssen den Einkaufswagen zurückbringen«, protestierte Carly.

»Das werde ich tun. Steig ein.«

Carly tat, was ihre Freundin verlangte. Sie fühlte sich wie ein Feigling, aber für einen Tag genügte es, dass sie sich gegen Luke behauptet hatte. Sie behielt Beau im Auge, aber er schaute nicht einmal in ihre Richtung. Er packte seine eigenen Einkäufe in den Kofferraum seines Wagens und schloss ihn dann. Carly hatte ihn im Laden nicht einmal bemerkt, aber es war offensichtlich, dass er drin gewesen war.

Als Kenna ihre Tür öffnete und einstieg, fuhr Beau rückwärts aus seiner Parklücke heraus. Gerade als Carly dachte, er hätte sie gar nicht bemerkt, drehte er den Kopf und begegnete ihrem Blick.

Die Zeit schien stehen zu bleiben, als sie einander anstarrten. Für eine Sekunde sah Beau aus, als würde er sie nicht erkennen. Dann verdunkelte sich sein Blick, er legte den Vorwärtsgang ein und fuhr so schnell er konnte davon.

»Okay, ich weiß, die Insel ist klein, aber das ist lächerlich«, schimpfte Kenna, als sie den Wagen startete.

Carly wusste nicht, ob sie lachen oder weinen sollte, also beschloss sie, einfach den Kopf zu schütteln. »Das fühlt sich an wie eine Art Immersionstherapie oder so. Wer ist als Nächstes dran? Wes? Shawns Vermieter? Seine Ex?«

»Nein, niemand ist als Nächstes dran«, sagte Kenna. »Als Nächstes gehst du nach Hause, erzählst Jag von deinem harten Tag und wie tapfer du dich allein geschlagen hast. Dann lässt du alles hinter dir und sagst deinem Mann, dass du über ihn herfallen willst.«

Carly brach in Gelächter aus. Gott, Kenna schien immer genau zu wissen, was sie sagen musste. »Genau«, gab sie sarkastisch zurück.

»Ich meine es ernst«, protestierte Kenna.

»Ich will ihn, das kann ich nicht abstreiten. Aber ich mag auch, wie die Dinge gerade zwischen uns laufen. Es ist ... angenehm.«

»Es gibt mehr im Leben als *angenehm*«, erwiderte Kenna.

»Ich weiß, aber im Moment ist es das, was ich brauche«, sagte Carly zu ihrer Freundin.

»Okay, aber wenn du bereit bist, diese Komfortzone zu verlassen, wird er mit Sicherheit auch bereit sein.«

Carly nickte. Kenna hatte mehr Erfahrung mit Beziehungen als sie. Aber weil sie in der Vergangenheit andere Menschen so falsch eingeschätzt hatte, gefiel es ihr, wie die Dinge im Moment zwischen ihr und Jag liefen. »Und ... fürs Protokoll ... ich war heute nicht allein unterwegs.«

»Du weißt, was ich meine«, sagte Kenna und wedelte abschätzig mit der Hand. »Ohne Jag an deiner Seite. Ich weiß aus erster Hand, wie unsere Männer sein können. Es ist schwer, sich um irgendetwas Sorgen zu machen, wenn sie bei uns sind. Und dass du heute mit mir gekommen bist und darauf vertraut hast, dass ich hinter dir stehe, bedeutet mir die Welt.«

Sie lächelte ihre Freundin an. Sie wusste genau, was Kenna meinte. Das war einer der Gründe, warum sie schließlich zugestimmt hatte, mit Kenna einkaufen zu gehen. Es war beängstigend, aber Carly wollte nicht mehr in ihrer Wohnung kauern.

Die Fahrt zurück zu Jags Apartment dauerte nicht sehr lange und zu ihrer Erleichterung sah sie keine weiteren Freunde von Shawn. Kenna parkte und half Carly, ihre Tüten in Jags Wohnung zu bringen. Er wohnte im fünften Stock und sein Haus war viel sicherer als ihres.

»Wir sehen uns dann morgen?«, fragte Kenna.

»Gleiche Zeit?«

»Ja. Mark und ich werden gegen Mittag hier sein.«

Mark war der ehemalige Marine, der sie zur Arbeit fuhr. »Klingt gut«, sagte Carly.

»Sprich mit Jag«, verlangte Kenna.

»Das werde ich.«

»Gut, bis morgen.«

Carly sah aus dem Fenster mit Blick auf den Parkplatz, bis Kenna in ihren Wagen stieg und losfuhr. Dann begann sie, die Lebensmittel, die sie gekauft hatte, wegzuräumen. Es fühlte sich gut an, wieder Geld auf ihrem Konto zu haben. Es war nicht viel, aber es war ein Anfang. Sie wollte Jag nicht ausnutzen, obwohl er gesagt hatte, er habe kein Problem damit, für die Lebensmittel zu bezahlen, da er schließlich auch essen müsste.

Nachdem sie fertig war, saß Carly auf der Couch und starrte ins Leere, während sie über den Tag nachdachte. Luke und Beau zu sehen war stressig gewesen ... aber sie begann zu glauben, dass sie überreagiert hatte.

Sie hatte die ganze Zeit geglaubt, dass jemand auf dem Meer auf Shawn gewartet hatte. Natürlich musste er einen Fluchtplan gehabt haben. Aber Detective Lee hatte sich den Hintern aufgerissen, um Hinweise auf jemanden zu finden – ohne Erfolg. Selbst der erstaunliche Baker, den Carly noch nicht getroffen hatte, hatte immer noch keine konkreten Beweise gefunden.

Es sah wirklich so aus, als hätte sie überreagiert. All diese Monate des Versteckens, des Gefühls, beobachtet zu werden, das Kribbeln unter ihrer Haut, wenn sie ihre Wohnung verließ, könnte Einbildung gewesen sein.

Carly würde nicht wie eine dieser dummen Frauen in Horrorfilmen sein, die sich rücksichtslos in Gefahr begaben, aber sie spürte, wie ein Teil der Angst, die sie seit Monaten hatte, langsam zu schwinden begann.

Sie wollte die alte Carly zurück. Die Frau, die sie gewesen war, bevor Shawn angefangen hatte, sie zu erniedrigen. Sie beschloss, ihn ein für alle Mal aus ihrem Leben und aus ihrem Kopf zu verbannen. Sie war nicht die dumme, nutzlose Person, zu der er sie zu machen versucht hatte. Sie war Carly Stewart. Sie war clever, witzig und ein verdammt guter Fang für einen Mann.

Und sie wollte, dass Jag dieser Mann war.

Lächelnd legte sie den Kopf auf die Rückenlehne der Couch und drückte ein Kissen an ihre Brust. Jag war ihr Freund. Er hatte gesagt, dass sie ein Paar waren, aber sie hatte noch nicht wirklich das Gefühl, dass sie es waren. Sie hatten sich einmal geküsst, aber seitdem nicht mehr. Ja, er berührte sie die ganze Zeit und sie hielten Händchen, wenn sie irgendwohin gingen ... aber das tat sie praktisch auch mit Kenna.

Sie wollte mehr, auch wenn sie nicht einfach mit ihm ins Bett springen wollte.

Was irgendwie amüsant war, da sie das bereits getan hatte. Jede Nacht mit ihm im selben Bett zu schlafen war im Moment einer der Höhepunkte ihres Lebens. Aber sie wollte nicht ruinieren, was sie hatten, indem sie zu früh Sex ins Spiel brachte.

Kenna hatte recht. Sie musste mit Jag reden. Sie musste ihn besser kennenlernen. Wenn die Zeit reif war, würden sie sich lieben, daran hatte sie keinen Zweifel. Aber Carly schwor sich, bis zu diesem Moment eine bessere Freundin zu sein und mit ihrem Mann zu reden.

KAPITEL ZWÖLF

Jag lächelte in der Sekunde, in der er seine Wohnung betrat. Carly war in der Küche und beugte sich vor, um das Essen in den Ofen zu schieben.

Sie stand auf, drehte sich um und schenkte ihm ein breites Lächeln.

Ihm stockte der Atem. Sie war so verdammt hübsch. Man hatte ihm sein ganzes Leben lang gesagt, dass er gut aussah, aber er hatte nie wirklich das Gefühl gehabt, etwas Besonderes zu sein. Manchmal wünschte er sich sogar, anders auszusehen ... dicker, hässlicher ... vielleicht wäre sein Leben dann anders verlaufen. Er hatte sich nie sonderlich für das Aussehen eines Menschen interessiert, weder für sein eigenes noch für das anderer. Nur weil jemand hübsch anzusehen war, bedeutete das nicht, dass derjenige ein guter Mensch war.

Aber je länger er Carly kannte, desto ehrfürchtiger wurde er. Ihr blondes Haar fiel ihr über die Schultern und ihre blauen Augen schienen zu funkeln. Sie trug Leggings, die ihre kurvigen Beine zur Geltung brachten, und ein übergroßes T-Shirt. Er hatte sie noch nie so ... entspannt gesehen.

»Jag, du bist zu Hause«, sagte sie glücklich.

Er ging in Richtung Küche, von ihr angezogen wie eine Motte vom Licht. Er konnte nicht widerstehen. Er sagte sich, er solle sie nicht beunruhigen, es ruhig angehen lassen – obwohl er sie eigentlich nur in die Arme nehmen und sie verdammt noch mal küssen wollte. Er konnte diesen ersten Kuss in seinem Wagen nicht vergessen. Es hatte ihn umgehauen ... und ihm ehrlich gesagt ein bisschen Angst gemacht. Erregt zu sein und nach einer Frau zu lechzen war nicht seine Art.

»Es riecht toll hier«, sagte er, als er nach ihr griff.

Carly kuschelte sich, ohne zu zögern, an ihn und Jags Herz schmolz dahin. Er senkte den Kopf, atmete ihren Kirschblütenduft ein und lächelte. Gott, er liebte das. Es erinnerte ihn an die Nächte, wenn er sie an sich drückte und hielt, während sie schlief.

»Ich habe Lasagne gemacht«, sagte sie, zog sich zurück und sah zu ihm auf. »Aber ich habe keine Ahnung, ob sie gut ist oder nicht. Ich habe das Rezept im Internet gefunden.«

»Hatten wir die Zutaten für Lasagne im Haus?«, fragte Jag mit gerunzelter Stirn.

»Nein, aber ich war mit Kenna einkaufen.«

Jag blinzelte sie an. Sie hatte sich nicht von ihm entfernt und er hatte seine Hände hinter ihrem Rücken gefaltet. Er liebte es, wie perfekt sie zu ihm passte. Er war noch nie der Größte gewesen, aber mit ihren eins fünfundsechzig passte sie perfekt zu seinen eins fünfundsiebzig. »Du warst einkaufen?«, fragte er.

»Ja, ich wollte erst nicht, aber ich musste, wenn das Sinn macht.«

Jag war stolz auf sie, auch wenn er zugeben musste, dass

er gleichzeitig ein wenig besorgt war. »Das tut es«, brachte er hervor.

»Und bevor du von Aleck oder den anderen davon hörst, was passiert ist – und ich habe keinen Zweifel daran, dass Kenna es ihrem Ehemann erzählen wird, der es wahrscheinlich dem Rest des Teams erzählen wird, denn sie sind die größten Klatschtanten der Welt. Ich schwöre, niemand kann etwas tun, ohne dass der Rest von euch innerhalb weniger Stunden davon erfährt.«

Sie plapperte und er wusste, dass es ein Zeichen von Nervosität war. Jag musste sie dazu bringen, ihm zu sagen, was geschehen war und diese Nervosität verursachte. »Mein Engel, was ist passiert?«, fragte er schroff.

»Wir sind Luke und seiner Freundin begegnet.«

Jag atmete scharf ein. Das war ihr schlimmster Albtraum. Er wusste, dass sie davor am meisten Angst hatte. Aber bevor er etwas sagen konnte, fuhr sie fort.

»Und er war ein Idiot, aber es war okay. Ich meine, nicht dass er ein Idiot war, sondern ihn zu sehen. Ich hatte Angst, das kann ich nicht abstreiten, aber Kenna war da und etwas in mir löste sich irgendwie, als er sagte, dass ich das Leben seines Vaters ruiniert hätte. Ich habe daran gedacht, was Elizabeth gesagt hat ... Entschuldige, Oberbootsfrau Albertson für dich. Sie sagte, dass man sich in manchen Stresssituationen selbst helfen kann, indem man vorgibt, mutig zu sein. Das kann den Angreifer aus der Fassung bringen. Also sagte ich zu ihm, er solle sich selbst ficken. Okay, das habe ich nicht wörtlich gesagt, aber das ist es, was ich zum Ausdruck bringen wollte. Er war nicht glücklich, aber Kenna hat ihn gefilmt, also wusste er, dass er tief in der Scheiße stecken würde, wenn er etwas Dummes tun oder sagen würde. Also hat er sich seine Freundin geschnappt und ist gegangen.«

Jag starrte auf die Frau in seinen Armen hinunter. Es gab

so viel, was er in diesem Moment fühlte. Wut darüber, dass Luke Keyes es wagte, Carly vorzuwerfen, sie hätte das Leben seines Dads ruiniert. Was für ein verdammter Witz. Stolz, dass Carly für sich selbst eingestanden war. Dankbarkeit, dass Kenna genau wusste, was zu tun war, um die Situation zu deeskalieren. Und Bedauern, dass er nicht da gewesen war, um Carly vor dem Gift zu schützen, das Keyes gespuckt hatte.

»Jag?«, fragte sie und zog die Augenbrauen hoch, als sie ihre Handflächen flach auf seine Brust legte. »Sag etwas. Du machst mir irgendwie Sorgen.«

»Es fällt mir schwer, die richtigen Worte zu finden, um dir zu sagen, wie beeindruckt ich bin«, gab Jag zu. »Ich weiß, dass es immer noch schwer für dich ist, die Wohnung zu verlassen. Und Luke zu sehen muss schwierig gewesen sein. Ich hasse es, dass ich nicht bei dir war, aber es klingt, als hättest du die Situation perfekt gemeistert.«

Sie lächelte zu ihm hoch. »Da bin ich mir nicht sicher, aber ich muss zugeben, dass es sich gut angefühlt hat. Das heißt, nachdem ich aufgehört hatte zu zittern. Da ist noch was.«

Jag spannte sich an. »Was?«

»Ich habe Beau auf dem Parkplatz gesehen.«

»Was zum Teufel?«, bellte er und löste seine Hände. Er musste sich bewegen und etwas von der aufgestauten Wut ablassen über die Tatsache, dass seine Frau sich endlich in die Welt hinausgewagt hatte, vor der sie schon so lange Angst hatte, nur um auf zwei Menschen zu stoßen, die ihr genauso viel Angst machten ... und er war nicht da gewesen, um sie zu beschützen.

Carly beobachtete ihn mit einem besorgten Gesichtsausdruck. »Er hat nichts zu mir gesagt. Ich glaube nicht, dass er mich überhaupt gesehen hat, bis er weggefahren ist. Er saß in seinem Wagen und wollte gerade wegfahren, als er zufällig den Kopf drehte und mich in Kennas Malibu gesehen hat. Er sah nicht erfreut aus, mich zu sehen, fuhr aber einfach los.«

Jag zwang sich, tief Luft zu holen. Dann noch einmal. Dann hielt er abrupt inne und sagte: »Du musst Detective Lee anrufen.«

»Das habe ich schon«, sagte Carly.

Das hielt ihn in seinen Bahnen. »Und was hat er gesagt?«

»Nun, nicht viel. Ich meine, mit Beau gab es nicht einmal eine Interaktion. Und er wird nicht von der Polizei gesucht oder so. Und es gibt auch kein Gesetz, das Lebensmitteleinkäufe verbietet. Er interessierte sich mehr für das, was Luke gesagt hat, aber auch er hat nicht gegen das Gesetz verstoßen. Er sagte, er würde die Informationen an die anderen Beamten weitergeben, die ihn im Auge behalten. Die Auseinandersetzung mit mir könnte ausreichen, um ihn dazu zu bringen, etwas Dummes zu tun.«

»Das soll er nur tun«, murmelte Jag.

Zu seiner Überraschung kicherte Carly.

Dann sah er sie an. Er hätte erwartet, dass sie angespannt wäre, vielleicht sogar wieder zu der verängstigten Frau geworden wäre, die er aus ihrer Wohnung geholt hatte. Aber stattdessen sah sie ... ruhig aus. Zu ruhig? Er konnte es nicht sagen. Und das störte ihn.

Sie trat auf ihn zu und legte ihre Hände wieder auf seine Brust. »Mir geht es gut Jag, wirklich. Ich kann nicht leugnen, dass Luke der letzte Mensch war, den ich sehen oder mit dem ich sprechen wollte, aber es war nicht so schlimm, wie ich befürchtet hatte. Ich glaube, ich hatte mir all diese Szenarien in meinem Kopf zusammengereimt, in denen er mich angreifen würde, wenn ich ihn treffe. Und als das nicht passierte, wurde mir schließlich klar, dass ich ihm viel zu viel Macht über mich gegeben habe.«

»Du darfst deine Wachsamkeit nicht aufgeben«, warnte Jag.

»Das werde ich nicht«, erwiderte sie sofort. »Ich meine, es ist nicht so, dass ich ihn einladen würde, damit wir uns herzlich unterhalten können oder so. Aber ich muss aufhören, von ihm und den Geschehnissen besessen zu sein. Ich werde mich immer schuldig fühlen, dass Kenna anstatt meiner beinahe getötet worden wäre, aber wie du mir einmal gesagt hast, ist Shawn hier das Arschloch. Er war derjenige, der durchgedreht ist, nicht ich.«

»Verdammt, du bist unglaublich«, flüsterte Jag.

»Dank dir«, entgegnete sie und lehnte sich an ihn.

Jag legte seine Arme noch einmal um sie, und auch wenn er sie ein bisschen zu fest hielt, beschwerte sie sich nicht. »Ich habe nichts getan«, sagte Jag kopfschüttelnd. »Wenn überhaupt, habe ich nicht genug getan.«

»Das hast du, du hast mit mir gesprochen, mir geschrieben, hast mich davor bewahrt, mich komplett zu verlieren. Du hast mich gezwungen, aus meinem eigenen Kopf herauszukommen. Du hast mich hierhergebracht, und das war das Beste, was du tun konntest. Meine Wohnung war zu einem Gefängnis für mich geworden. Du hast mir Kenna zurückgegeben und mich überzeugt, wieder arbeiten zu gehen, weil du weißt, wie sehr ich meine Arbeit liebe. Ich habe wieder Geld auf meinem Bankkonto. Nicht viel, aber es ist besser als gar nichts. Du hast mir den Mut zum Leben zurückgegeben, Jag. Es wird eine Weile dauern, bis ich bereit bin, allein irgendwohin zu gehen, aber hättest du nicht das Training mit Elizabeth für mich organisiert, hätte ich Luke heute nicht so gegenübertreten können.«

»Doch, das hättest du. Ich habe das Gefühl, dass du alles tun kannst, was du dir in den Kopf setzt.«

»Aber das ist es eben. Ich hätte es mir nicht in den Kopf gesetzt, wenn du mich nicht dazu gedrängt hättest, wenn du nicht für mich da wärst. Und ich fühle mich schrecklich, weil ich dir nichts zurückgebe. Ich bin wie ein Parasit, der nur von dir nimmt.«

»Es genügt, dass du hier bist«, sagte er.

»Tut es nicht«, beharrte sie. »Von jetzt an wird alles anders.«

Jag konnte nicht anders, als darüber zu lächeln.

»Ich meine es ernst«, ergänzte sie. »Ich werde eine bessere Freundin sein. Ich möchte, dass diese Beziehung auf Gegenseitigkeit beruht und nicht nur darauf, dass du so großartig bist und ich so lahm.«

»Okay.«

»Okay?«, fragte sie mit schief gelegtem Kopf.

»Ja, ich habe nichts getan, was ich nicht tun wollte. Es gefällt mir zu wissen, dass ich gebraucht werde, wenn ich ehrlich bin. Aber da ich mehr als alles in meinem Leben – sogar mehr als ich mir damals wünschte, dass die Höllenwoche in der SEAL-Grundausbildung zu Ende ging – möchte, dass diese Beziehung funktioniert, würde ich so ziemlich allem zustimmen, was du vorschlägst.«

»Nun, ich hoffe auf jeden Fall, dass mit mir zusammen zu sein nicht wie die Höllenwoche ist. Ich habe einiges darüber gelesen, was du wahrscheinlich durchgemacht hast, und es klingt definitiv nicht lustig.«

»Das war es nicht.«

»Richtig, also ... ab jetzt werde ich dir mehr Fragen stellen. Ich will alles über dich wissen. Über deine Kindheit, wie du in der Highschool warst, was dein erster Job war, warum du entschieden hast, der Navy beizutreten, und ... na ja, einfach alles.«

Bei dieser Ankündigung durchfuhr Jag ein Stich der Besorgnis. »Ich bin nicht sehr interessant.«

»Nein«, sagte sie mit einem Kopfschütteln, »das kannst du nicht so einfach selbst festlegen. Du musst mir alles erzählen und ich entscheide. Und fürs Protokoll ... du brauchst dir keine Sorgen zu machen, denn ich bin jetzt schon fasziniert von dir.«

»Ich rede lieber über dich. Ich weiß auch nicht sehr viel über dich. Wo du aufgewachsen bist, ob du ein schüchternes Kind warst, wie du hier in Hawaii gelandet bist.«

Carly lächelte. »Und ich freue mich darauf, dir das alles zu erzählen. Ich ... ich habe es mir hier zu bequem gemacht, Jag.«

»Was bedeutet das? Willst du gehen?«, fragte er alarmiert.

»Nein!«, rief sie förmlich aus.

Jag entspannte sich ein wenig. »Gut, weil ich dich gern hier bei mir habe.«

»Ich bin auch gern hier. Ich bin gern deine Freundin, Jag ... aber ich will mehr. Und ich habe das Gefühl, dass wir bereits in eine Routine verfallen sind. Du ... du hast mich seit diesem einen Mal nicht einmal mehr geküsst.«

Jag spannte die Arme an. Er war sich sehr wohl bewusst, dass er sie nicht noch einmal geküsst hatte. Er wollte es immer wieder tun, aber die Wahrheit war, dass dieser erste Kuss ihn umgehauen hatte. Er wollte sicher sein, dass er Carly in keiner Weise unter Druck setzte, wenn es um Intimität ging.

»Worüber denkst du so angestrengt nach?«, fragte sie sanft. »Das machst du die ganze Zeit, plötzlich bist du in deinem Kopf und ich kann nicht anders, als mich zu fragen, woran du denkst.«

»Nichts Wichtiges«, sagte Jag.

Carly runzelte die Stirn.

»Es tut mir leid«, entschuldigte er sich, wohl wissend, dass er versuchte, es herunterzuspielen. »Ich bin es nicht gewohnt, über meine Gefühle zu reden. Ich denke, in diesem Sinne bin ich ein typischer Mann.«

»Das ist okay. Aber Jag, du kannst über alles mit mir reden.«

Jag nickte. Er wusste das, und ein Teil von ihm wollte ihr unbedingt sein dunkelstes Geheimnis verraten. Aber er hatte es so lange für sich behalten, dass er sich nicht sicher war, ob er jetzt darüber reden könnte.

Er zwang seine Gedanken weg von diesem dunklen Ort und knurrte leise: »Willst du mehr Küsse, mein Engel?«

Schüchtern nickte sie.

»Magst du es, wenn ich dich berühre?«

Sie nickte erneut.

»Wenn ich dich nachts halte?«

»Ja.«

»Wenn du mehr willst, musst du es mir nur sagen oder zeigen. Ich habe dich nicht intimer berührt, weil ich dich nicht unter Druck setzen möchte. Wenn dir zu irgendeinem Zeitpunkt nicht gefällt, was ich tue oder wie ich dich berühre, musst du nur Nein sagen. Ich verspreche, dass ich es respektieren werde.«

»Ich weiß, dass du das tun wirst«, sagte Carly und leckte sich über die Lippen, während sie zu ihm hochstarrte.

»Wie lange muss die Lasagne im Ofen bleiben?«

»Mindestens noch dreißig Minuten«, antwortete sie.

Wortlos löste Jag seinen Griff, nahm ihre Hand und ging mit ihr zur Couch im Wohnbereich.

Carly kicherte, als sie ihm folgte.

Jag wusste, dass er den Detective oder Baker oder so anrufen sollte. Er war nicht begeistert von der Tatsache, dass Carly heute sowohl Luke als auch Beau begegnet war. Es war, als hätte ihre Begegnung mit Jeremiah neulich im Duke's irgendwie eine Art Wurmloch geöffnet. Er wäre nicht überrascht, wenn sie jetzt auf noch mehr Leute treffen würde, die mit ihrem Ex in Verbindung gestanden haben. So schienen diese Dinge immer zu laufen.

Aber im Moment konnte er nur daran denken, dass Carly mehr Küsse wollte. Und er war bestrebt, ihr genau das zu geben, was sie begehrte. Er wollte die Gewissheit, dass die Chemie, die sie bei ihrem ersten Kuss gespürt hatten, kein Zufall gewesen war.

Er ließ sich auf die Couch fallen und zog Carly mit sich. Dann drehte er sie auf den Rücken und schwebte über ihr. Carly lächelte ihn an.

»Ist das okay?«, fragte er.

»Es wäre noch besser, wenn du mich endlich küssen würdest«, neckte sie ihn.

Jag nahm sich einen Moment Zeit, um sie zu betrachten. Ihr Haar lag wie ein Heiligenschein um ihren Kopf. Ihre Lippen waren ungeschminkt, aber rosig. Als er sie anstarrte, leckte sie sich noch einmal über die Lippen. Dann legte sie ihre Hand in seinen Nacken und zog ihn sanft nach unten.

Er überließ ihr die Führung ... und in der Sekunde, in der ihre Lippen seine berührten, wusste Jag, dass er verloren war. Er hatte noch nie das Gefühl gehabt, als würde er sterben, wenn er aufhörte, jemanden zu berühren. Es war ein melodramatischer Gedanke und so seltsam, aber es gefiel ihm.

Carly war so anders. Jag spürte das bis ins Mark seiner Knochen. Er würde jeden umbringen, der es wagen sollte, ihr auch nur ein Haar zu krümmen. Es war ein bösartiges Gefühl, wenn man bedenkt, was sie in dieser Sekunde taten. Sie verschlangen sich gegenseitig, als würden sie nie genug davon bekommen können. Aber Jag wusste, dass es stimmte.

Die Frau unter ihm war kostbar. Sie war die Seine. Er würde alles dafür tun, der Mann zu sein, den sie brauchte. Das Problem war, Jag wusste, sie konnte jemand Besseren haben als ihn. Nach außen hin wirkte er wie ein großartiger Fang, aber innerlich wusste er es besser.

Fürs Erste wollte er sicherstellen, dass Carly wusste, was für eine unglaubliche, begehrenswerte Frau sie war. Aber wenn der Tag käme, an dem sie bemerkte, wie kaputt er war, würde er sie notfalls ohne viel Aufhebens gehen lassen. Er wollte nur, dass sie glücklich war. Und wenn das bedeutete, sie gehen zu sehen, dann sollte es so sein.

Aber in diesem Moment würde er egoistisch sein.

Zeit hatte keine Bedeutung, als sie auf seiner Couch rummachten. Jag verlor sich in ihr. Ihr weicher Körper unter seinem harten, ihre Zunge, die sich mit seiner duellierte, das Gefühl ihrer Brüste auf seinem Oberkörper, ihr leises Stöhnen ... sie war perfekt.

Bei dem Ertönen eines nervigen Piepens aus der Ferne runzelte er die Stirn, als er es endlich schaffte, seine Lippen von Carlys zu lösen.

»Die Lasagne«, sagte sie mit zittriger Stimme.

Jag fühlte sich so sehr aus dem Gleichgewicht geraten wie ihre Stimme. Er hob eine Hand und strich ihr das Haar aus der Stirn. Ihre Lippen waren jetzt leicht geschwollen und dunkler als zuvor. Als er nach unten schaute, sah er ihre harten Nippel sogar durch ihren BH und den Stoff ihres T-Shirts. Einige Männer könnten von dem übergroßen Oberteil, das sie trug, abgeschreckt werden, aber nicht Jag. Er wusste, dass es eines seiner Hemden war – was sie für ihn noch attraktiver machte.

»Geht es dir gut?« Er konnte sich die Frage nicht verkneifen. »War das nicht zu viel?«

»Es war nicht zu viel«, hauchte sie und beäugte ihn. »Das kannst du auf jeden Fall noch einmal machen, wann immer du willst. Ich werde mich nicht darüber beschweren, von dir um den Verstand geküsst zu werden.«

»Ich war sonst nie sehr begeistert vom Küssen«, gab Jag zu.

»Nein?«, fragte sie. »Aber du bist so gut darin.«

»Nur mit dir«, erwiderte er.

»Schmeichler«, neckte sie.

Er meinte es ernst, aber wenn sie dachte, er wollte ihr schmeicheln, würde er sie nicht korrigieren. Er hatte überhaupt keinen Hunger, würde am liebsten auf seiner Couch liegen und die ganze Nacht mit Carly rummachen, aber sie musste etwas essen. Er konnte nicht anders, als sich daran zu erinnern, wie leer der Kühlschrank in ihrer Wohnung gewesen war und sie nur Fertignudeln gegessen hatte, weil es billig war, und sie zu viel Angst hatte, in den Laden zu gehen.

Er setzte sich auf und zog sie neben sich in eine sitzende Position. »Komm schon, lass uns das Abendessen retten. Du hast hart daran gearbeitet und es riecht köstlich.«

»Das war gar nicht so schwer«, erwiderte sie, wurde aber gleichzeitig leicht rot.

Verdammt, Jag liebte die Wirkung, die seine Komplimente auf sie hatten. Er zog sie auf die Füße und hielt ihre Hand fest, als sie in die Küche gingen. Er trug immer noch seine Uniform, wollte sie aber nicht loslassen, um sich umzuziehen. Nach dem Essen würde er eine Jogginghose oder so anziehen.

Sie schnappte sich zwei Teller und er tischte jedem ein riesiges Stück des Nudelgerichts auf. Sie goss ihnen Limonade ein und sie setzten sich zum Essen an den Tisch.

»Carly?«, sagte Jag, nachdem sie sich hingesetzt hatten.

»Ja?«

»Ich bin so stolz auf dich.«

»Danke«, sagte sie. »Ich bin auch stolz auf mich.«

Und genau das war einer der vielen Gründe, warum Jag sie liebte.

Warte, scheiße ... liebte er sie?

Er dachte zwei Komma zwei Sekunden darüber nach ... dann gestand er sich ein, was er für sie empfand. Ja, es war definitiv Liebe. Sie hatte sein Leben verändert. Und im Gegenzug würde er alles in seiner Macht Stehende tun, um ihr das Vertrauen zurückzugeben, das Shawn Keyes ihr genommen hatte.

Wie lautete das Sprichwort? Lieben heißt loslassen können? Wenn es so sein soll, dann kommt sie zurück? So fühlte er sich. Daher wusste er, dass es Liebe war. Egal was Carly brauchte, er würde es ihr geben. Auch wenn es ihm das Herz brach.

»Du denkst schon wieder nach«, neckte Carly ihn.

»Es ist alles gut, ehrlich«, sagte Jag zu ihr. Er hatte den Platz neben ihr eingenommen, anstatt sich gegenüber hinzusetzen, und darüber war er jetzt sehr froh, als er sich vorbeugte und sie fest und schnell auf die Lippen küsste. »Iss«, befahl er und nickte in Richtung ihres Tellers.

»Jawohl, Sir«, scherzte sie. »Und ich muss zugeben«, fügte sie leise hinzu, »ich liebe diese Küsse.«

Grinsend sagte Jag: »Ich auch, mein Engel, ich auch. Du kannst wahrscheinlich viel mehr davon erwarten, jetzt, da ich weiß, dass du damit einverstanden bist.«

Das Lächeln, das sie ihm zuwarf, ließ Jags Herz höherschlagen. Er liebte es, wenn sie fröhlich war und mit ihm herumalberte. Er war sich nicht sicher gewesen, wie lange es dauern würde, sie wieder so zu sehen, und war begeistert, wie schnell es passiert war.

Er wusste, dass er beim Essen ein albernes Lächeln auf dem Gesicht hatte, aber es war ihm egal. In Carlys Nähe war er nicht der stille, tödliche Navy SEAL, er war einfach Jag. Und das gefiel ihm. Es gefiel ihm sehr.

KAPITEL DREIZEHN

Eine Woche war vergangen seit der Veränderung ihrer Beziehung, seit Carly Luke im Lebensmittelgeschäft getroffen hatte. Jag hatte richtig vermutet. Es schien, als würde sie jetzt andauernd Leute sehen, die mit Shawn zu tun hatten. Er war stolz darauf, dass es sie jedes Mal weniger und weniger berührte.

Gideon Sparks, Shawns anderer Freund, der im Zoo von Honolulu arbeitete, hatte sie und Kenna in einem der ABC-Läden in der Nähe des Duke's gesehen, als sie in der Pause dorthin gegangen waren, um einen Snack zu kaufen. Carly wollte ein paar Maui-Zwiebel-Kartoffelchips haben – sie war süchtig danach – und Gideon war in den Laden gekommen, als sie gerade an der Kasse standen. Er hatte nur Hallo gemurmelt und war an ihnen vorbeigegangen, aber es hatte Carly trotzdem ein wenig verwirrt.

Sie hatte Luke Gott sei Dank nicht wiedergesehen, aber Wes, Shawns Vermieter, hatte irgendwie ihre Telefonnummer herausgefunden und angerufen. Er hatte ihr eine Nachricht hinterlassen, dass Luke einige ihrer Sachen für den Müll zurückgelassen hatte, als er die Wohnung seines

Vaters ausgeräumt hatte. Wes wollte wissen, ob Carly die Sachen wiederhaben wollte.

Sie hatte Beau auch noch einmal vor dem Lebensmittelgeschäft gesehen. Jag hatte Gas gegeben und ihr gesagt, sie solle sich einen neuen Laden suchen.

Aber er war trotzdem stolz darauf gewesen, dass keine der Begegnungen sie zu beunruhigen schien, zumindest nicht sehr lange. Er war jedoch hin- und hergerissen. Er war sich nicht sicher, ob es gut war, wenn sie sich daran gewöhnte, die Freunde ihres Ex-Freundes zu sehen oder nicht. Wenn einer von ihnen mit Shawn unter einer Decke steckte, wollte Jag nicht, dass Carly in seine Nähe kam. Am Ende entschied er, dass er es vorzog, dass sie nicht jedes Mal eine Panikattacke bekam, wenn sie rausging. Und er wollte definitiv nicht, dass sie wieder Angst davor bekam, irgendwohin zu gehen.

Sie lagen gerade auf seiner Couch und Carly schmiegte sich an ihn. Der Fernseher lief, aber Jag hatte keine Ahnung, was im Programm kam. Seine Aufmerksamkeit war auf die Frau in seinen Armen gerichtet.

»Stehst du deinem Vater nahe?«, fragte Carly.

Sie hatte genau das getan, was sie versprochen hatte, und sich bemüht, mehr über ihn zu erfahren. Jeden Abend stellten sie sich gegenseitig Fragen, um so viel wie möglich übereinander zu erfahren. Jag war es zunächst unangenehm gewesen, er hatte aber schließlich festgestellt, dass er ihre abendlichen Gespräche genoss.

Als Antwort auf ihre Frage zuckte er mit den Schultern. »Nicht wirklich. Ich meine, ich rufe ihn jedes Jahr an seinem Geburtstag und zu Weihnachten an, aber ansonsten reden wir nicht wirklich miteinander.«

Carly hatte eine Hand auf seiner Brust und malte hin und wieder Kreise mit ihren Fingern. Er liebte ihre leichten Berührungen, sehnte sich förmlich danach.

»Hmmm.«

»Kein Kommentar dazu, wie traurig das ist? Oder dass ich mich mehr bemühen sollte, mit ihm zu reden?«, fragte Jag. Er wollte nicht, dass die Frage so hart klang, wie sie herausgekommen war, aber in der Vergangenheit hatten viele Leute versucht, ihm Schuldgefühle einzureden, weil er seinem einzigen Elternteil nicht näherstand.

Carly hob den Kopf und stützte ihr Kinn auf seinen Arm, während sie ihn ansah. »Nein. Ich habe auch kein enges Verhältnis zu meinen Eltern. Also wäre ich die Letzte, die darüber urteilen sollte. Außerdem können Familienbeziehungen schwierig sein. Wenn du mit deinem Vater nicht klarkommst, hast du sicher einen guten Grund dafür.«

Jag presste kurz die Lippen zusammen. »Wir sind einfach sehr unterschiedliche Menschen.«

»Ich verstehe das. Meine Mutter wollte, dass ich genauso werde, wie sie als Kind war. Sie wollte, dass ich eine Unmenge von Sportarten mache, jede Menge Freundinnen habe und Teil der beliebten Mädchencliquen bin. Sie hat es nie gesagt, aber ich weiß, dass sie enttäuscht war, als ich darüber nur die Nase rümpfte. Ich meine, ich war schon immer kontaktfreudig und war in der Highschool im Schwimmteam, aber die Leute, mit denen ich abhing, gehörten nicht zu denen, die in der Highschool als ›cool‹ galten. Freaks aus der Band oder der Theatergruppe. Ich bin sogar mit einem Typen ausgegangen, der Präsident des Roboterklubs war.« Carly kicherte und Jag konnte nicht anders, als ebenfalls zu lächeln.

»Und dein Vater?«

»Er war viel weg. Er arbeitete lange und verbrachte den größten Teil seiner Freizeit mit seinen Pokerfreunden«, sagte Carly mit einem Achselzucken. »Ich muss zugeben, dass mich das an Shawn wirklich gestört hat ... die Zeit, die er mit seinen Freunden verbracht hat. Manchmal lud er sie sogar ein, wenn ich da war. Oft bin ich dann in meine Wohnung gegangen und er rief mich später an und fragte, wann ich gegangen sei. Es war ziemlich aufschlussreich, dass er nicht einmal bemerkt hatte, dass ich gegangen war.«

Jag hob eine Hand und strich damit über ihren Kopf. Sie legte ihre Wange auf seine Schulter und begann, mit den Knöpfen an seinem Hemd zu spielen.

»Meine hat uns verlassen, als ich noch jung war«, sagte Jag. »Ich kann mich nicht einmal an sie erinnern und Dad hat nie über sie gesprochen. Ich erinnere mich, dass ich ihn einmal gefragt habe, warum ich keine Mutter habe. Er wurde sehr aufgebracht, also habe ich sie nie wieder erwähnt. Aber mein Vater war ein typischer Männertyp ... wenn du verstehst, was ich meine. Er steht total auf Autos und Fußball und sagte mir immer, dass Jungs nicht weinen. Alle zwei Monate hatte er eine neue Freundin und trank viel Bier. Er sagte mir immer, ich solle ein Mann sein, aufhören, mich wie ein kleines Mädchen zu verhalten, und solche Sachen. Ich habe mein Bestes gegeben, zu tun, was er wollte, aber es schien niemals gut genug gewesen zu sein. Ich mochte die Dinge nicht, die er tat, und es hat einen Tribut von mir gefordert, ständig zu versuchen, ihn zu beeindrucken. Es war anstrengend.«

»Ich weiß, wie sich das anfühlt«, sagte Carly leise.

»In der Highschool war ich in der Footballmannschaft und mein alter Herr war so stolz. Aber ich war nicht wirklich gut. Ich war nicht groß genug, um ein guter Linebacker zu sein. Aber ich war schnell, also hat der Trainer versucht, mich zu einem Wide Receiver zu machen. Aber ich konnte den Ball nicht gut fangen, also hat das nicht lange angehalten. Interessanterweise konnte ich gut werfen, obwohl ich nicht fangen konnte. Also entschied ich mich schließlich für die Quarterback-Position.«

»Wirklich?«, fragte Carly und setzte sich hin, damit sie

Jags Gesicht besser sehen konnte. »Du warst ein verdammter Quarterback? Wow! Jag, das ist doch, wie der König der Highschool zu sein.«

Seine Lippen zuckten und er schüttelte den Kopf. »Das wäre es gewesen, wenn ich tatsächlich Spielzeit bekommen hätte. Ich war aber nur der Ersatz für den Ersatz-Quarterback. Die meiste Zeit habe ich während der Spiele an der Seitenlinie gestanden. Ich glaube, ich habe in den vier Jahren etwa zehn Minuten gespielt.«

»Oh«, sagte Carly und legte sich wieder hin. »Ich bin sicher, du warst in diesen zehn Minuten großartig«, sagte sie zu ihm.

Jag fand es toll, wie unterstützend sie war, aber er wollte ihr nichts vormachen. »Ich hatte zwei Interceptions, zehn Fehlpässe und insgesamt nur siebenunddreißig Yards gut gemacht.«

»Nun, das sind siebenunddreißig Yards mehr als ich«, sagte sie mit einem albernen Grinsen.

Er schüttelte den Kopf. »Ich will damit sagen, dass ich für meinen Vater immer eine Enttäuschung war. Ich bin weder zum Junior- noch zum Senior-Abschlussball gegangen und interessierte mich nicht sonderlich für Mädchen.« Jags Herzschlag beschleunigte sich. Er war gefährlich nahe daran, an eine Zeit in seinem Leben zu denken, die er einfach nur vergessen wollte.

»Er muss doch aber stolz darauf sein, dass du ein SEAL bist«, sagte Carly nach einem Moment.

Jag entspannte sich ein wenig, jetzt, da sie nicht mehr über seine Kindheit sprachen. Er zuckte mit den Schultern. »Ich nehme es an.«

»Du nimmst es an?«, fragte Carly ungläubig. »Jag, du gehörst zu den Besten der Besten in der Navy. Du leistest Großartiges für unser Land. Du setzt ständig dein Leben aufs Spiel, obwohl niemand genau weiß, was du tust. Und wenn dein Vater einen Sohn haben wollte, der so richtig männlich ist, dann bist du der Inbegriff davon.«

Ihm gefiel es etwas zu sehr, wie sie versuchte, ihn zu verteidigen. Er hatte niemals jemanden gehabt, der sich wirklich für ihn eingesetzt hatte, als er aufwuchs. Wenn in der Schule etwas passiert war, hatte sein Vater ihm gesagt, er solle es runterschlucken und sich damit abfinden.

»Er wollte, dass ich zu den Marines gehe«, sagte Jag. »Sein Vater war ein Marine und für ihn ist das der beste Zweig des Militärs. Er hat mir mehr als einmal gesagt, dass die Navy etwas für Weicheier sei.«

»Oh mein Gott«, sagte Carly mit einem Kopfschütteln. »Er ist ein Idiot.«

Jag konnte nicht anders als zu lachen.

»Ich meine es ernst«, schnaubte sie. »Fürs Protokoll, Jag, ich finde dich unglaublich. Und du bist männlicher als jeder andere, den ich je getroffen habe. Und das hat nichts damit zu tun, Bier zu trinken, auf der Couch zu sitzen und Football zu schauen. Es geht um Wichtigeres. Du bist beschützend und rechthaberisch, beides Eigenschaften, die ich mit Männern verbinde – tut mir leid, aber es ist so. Darüber hinaus achtest du darauf, was um dich herum vor sich geht. Du nimmst alles auf und handelst entsprechend, wenn nötig. Zum Beispiel, als du mich letzte Woche bei Food For All abgesetzt hast und Lexie sich über die Spinnweben in den Ecken beschwert hat und meinte, dass sie sie nicht erreichen könne und wirklich Angst hatte, dass ihr eine Spinne auf den Kopf fallen könnte. Elodie und Ashlyn machten sich über sie lustig und ich fand es auch ein bisschen albern. Aber als du zurückgekommen bist, um mich abzuholen, hast du eine Leiter mitgebracht und jedes einzelne Spinnennetz entfernt. Jedes Mal wenn wir vom Parkplatz zu Food For All gehen, gehst du an der Straßenseite. Du lässt mich im

Wagen warten, bis du herumgehst und die Tür für mich öffnest. Und ich weiß, dass du nicht nur höflich bist. Du überprüfst die Umgebung, hältst Ausschau nach Gefahren. Du hast mir fast jeden Tag eine SMS geschrieben, wenn ich zu viel Angst hatte, meine Wohnung zu verlassen, und du bist vorbeigekommen, als ich dich brauchte. Für mich ist es das, was einen Mann ausmacht. Hilfsbereit, beschützend, rücksichtsvoll und einfühlsam zu sein. Die meisten Männer wären nicht so lange bei mir geblieben, während ich mich versteckte. Und nicht nur das, du hast dich mir auch nicht in sexueller Hinsicht aufgedrängt. Ich habe nicht mehr verlangt, als ich zu geben bereit bin. Und kein einziges Mal hast du mir das Gefühl gegeben, ich wäre nur eine weitere Kerbe in deinem Bettpfosten. Ich weiß, was die Gesellschaft für angemessenes Verhalten eines Mannes hält, aber ich bin sehr froh, dass du genau so bist, wie du bist.«

Jag konnte den Blick nicht von der Frau abwenden, die ihn mit großen Augen anstarrte. Als sie zu Ende gesprochen hatte, war sie praktisch außer Atem und Jag wusste, dass er sich für den Rest seines Lebens an diesen Moment erinnern würde.

Er hatte hart daran gearbeitet, der Mann zu werden, der er jetzt war. Es war nicht immer einfach, besonders da sein Vater ständig jede seiner Entscheidungen verurteilte, aber Carlys Worte machten alles wett, was er in seinem Leben durchgemacht hatte.

»Tut mir leid«, sagte sie und rümpfte die Nase. »Ich finde es einfach lächerlich, dass du denkst, du entsprichst nicht den Vorstellungen darüber, was männlich ist und was nicht.«

»Ich ...« Jag hielt inne und räusperte sich, bevor er fortfahren konnte. »Danke.«

Sie nickte und kuschelte sich an ihn. »Außerdem bist du

ein verdammt guter Küsser. Das sollte auch zur Männlichkeit zählen.«

Jag konnte das schallende Gelächter nicht zurückhalten, das aus ihm herausbrach.

Carly grinste. »Ich mag es viel mehr, wenn du lächelst und lachst, als wenn du so in dich gekehrt bist«, sagte sie zu ihm.

»Ich auch«, stimmte er zu. »Erzähl mir mehr über dich«, forderte er.

»Was möchtest du wissen?«

»Alles.«

Sie lachte erneut. »Kannst du es vielleicht etwas eingrenzen?«

»Wie bist du in Hawaii gelandet?«, fragte er mit einem kleinen Grinsen.

»Nachdem ich mein Grundstudium hinter mich gebracht hatte, wollte ich nicht noch weitere zwei Jahre studieren. Ich war keine gute Studentin. Meistens bekam ich nur Zweien oder Dreien. Daher beschloss ich, dass ich etwas anderes machen wollte, etwas Aufregendes. Zumindest spannender, als in meiner Heimatstadt in Illinois zu bleiben. Ich erinnerte mich an die Bilder, die eine meiner Freundinnen in der Highschool mir von ihrem Urlaub gezeigt hatte, den sie hier verbracht hatte. Ich war so neidisch. Also kaufte ich aus einer Laune heraus ein Flugticket ohne Rückflug nach Honolulu. Ich war jung, naiv und kam ohne Plan hierher. Ich hatte tausend Dollar, die ich gespart hatte, und war voller Hoffnungen und Träume. Die ersten zwei Jahre waren toll. Ich habe zuerst in einer Jugendherberge in der Innenstadt übernachtet, ein paar coole Leute kennengelernt und dann eine Weile bei Freunden gewohnt, bevor ich mich in einer sehr beschissenen Einzimmerwohnung eingenistet habe.« Carly kicherte. »Ich kann nicht glauben, wie toll ich das fand. Ich habe ein paar Aushilfsstellen als Kellnerin angenommen und dann die Anstellung im Duke's bekommen. Ich habe dann genug verdient, um die Einzimmerwohnung gegen die einzutauschen, die ich derzeit habe.«

Sie wurde still und Jag wusste, was als Nächstes kommen würde. »Dann hast du Shawn kennengelernt.«

»Ja, er war nicht immer ein Arschloch«, sagte sie ein wenig defensiv. »Am Anfang war er freundlich und ein Gentleman. Er hat mich definitiv umworben. Zuerst war ich misstrauisch, weil er so viel älter war als ich ... und ich war zuvor schon mit älteren Typen ausgegangen. Aber am Ende hat er mich überzeugt. Dann begann er langsam, sich zu verändern, und ich merkte es zuerst nicht. Es waren Kleinigkeiten hier und da, die ich leicht übersehen konnte, weil alles andere an ihm so großartig zu sein schien. Ich komme mir so dumm vor, dass ich bei ihm geblieben bin, nachdem er mich das erste Mal geschlagen hatte. Er entschuldigte sich mehrmals und sagte, dass es nie wieder passieren würde. Er sagte, wenn ich mich mehr anstrengen würde, ihn nicht wütend zu machen, würde er sich in Zukunft besser beherrschen können. Er ließ mich glauben, dass es meine Schuld war, dass er mich so hart gestoßen hatte, dass ich mit dem Kopf gegen die Wand geschlagen bin und drei Tage lang Kopfschmerzen hatte.«

Jag knurrte tief in seiner Kehle. »Wofür ein Mann sich entscheidet, ist niemals die Schuld einer Frau. Wir alle haben einen freien Willen. Das ist eine Sache, die ich nicht gern höre, wenn jemand einer Frau vorwirft, wegen ihrer Kleidung, ihrer Äußerungen oder ihres Verhaltens angegriffen worden zu sein. Ein Kerl hat keine Freikarte, nur weil er seine eigene Lust oder Wut nicht kontrollieren kann.«

»Richtig«, stimmte Carly zu. »Shawn hatte bereits begonnen, mich herabzusetzen, und ich kam mir im Vergleich zu ihm unglaublich naiv und dumm vor. Gott sei

Dank bin ich nie bei ihm eingezogen. Ich kann aber gut nachvollziehen, warum manche Leute bei missbräuchlichen Partnern bleiben. Es war unglaublich schwer, mit ihm Schluss zu machen, obwohl ich mein eigenes Bankkonto und meine eigene Wohnung hatte. Wenn ich keine Wohnung und kein Geld für einen Umzug gehabt oder wir Kinder gehabt hätten, wäre es wahrscheinlich so gut wie unmöglich gewesen.«

Jag nickte. »Das ist einer der Gründe, warum ich Food For All von ganzem Herzen unterstütze. Eine Reihe der Gäste dort sind alleinerziehende Eltern, die aus missbräuchlichen Beziehungen geflohen sind.«

»Apropos, morgen gibt es im Duke's eine große Veranstaltung, zu der einige Unternehmen all ihre Mitarbeiter einladen. Sie mieten das gesamte Restaurant für zwei Stunden. Ich gehe davon aus, dass viele Speisen übrig bleiben werden. Also habe ich uns bereits freiwillig gemeldet, die Reste zu Food For All zu bringen. Ich hoffe, das ist okay.«

»Natürlich ist es das«, sagte Jag zu ihr. Dann fragte er etwas, das ihm auf der Seele brannte. »Jetzt, da du schon eine Weile hier bist ... hast du je daran gedacht, zurück aufs Festland zu ziehen?«

»Auf keinen Fall«, antwortete Carly. »Ja, hier gibt es viele schlechte Erinnerungen, ganz zu schweigen davon, dass ich immer wieder Shawns Freunde treffe, und das ist scheiße, aber ich liebe Hawaii. Ich liebe die Kraft, die Sonne, die Menschen. Ich kann mir nicht vorstellen, nach Illinois mit den kalten Wintern zurückzukehren. Was ist mit dir? Wird die Navy dich bald versetzen?«

Er konnte die Besorgnis in ihrer Stimme hören.

»Diese Möglichkeit besteht immer«, erklärte er ehrlich. »Die Regierung kann tun, was sie will, egal was sie mal versprochen hat. Aber als mein Team zugestimmt hat, hierher verlegt zu werden, war eine der Bedingungen gewesen, dass wir mindestens fünf Jahre hierbleiben würden. Das ist für das Militär eine Ewigkeit.«

»Gut«, sagte Carly.

»Nicht um das Thema zu wechseln, aber wie geht es dir mit allem, mein Engel?«, fragte Jag. »Ganz ehrlich, es gab in letzter Zeit viele Veränderungen in deinem Leben, und es muss ein wenig überwältigend sein.«

Carly seufzte. »Das ist es. Aber ich bin wirklich überrascht, wie gut ich damit zurechtkomme. Ich meine, zuerst schien es mir das Schwierigste auf der Welt zu sein, einen Fuß vor die Tür zu setzen, und jetzt arbeite ich wieder, und selbst Shawns Freunde zu sehen hat mich nicht zurück in meine Ecke gedrängt, in der ich noch vor nicht allzu langer Zeit gekauert habe.« Sie sah zu ihm auf. »Das habe ich dir zu verdanken.«

Jag schüttelte den Kopf. »Nein, hast du nicht. Das hast du allein geschafft.«

Sie lachte ungläubig. »Ähm, nein. Wenn es nach mir ginge, würde ich immer noch in meiner Wohnung kauern. Durch dich bin ich mutiger, Jag. Allein dadurch, bei dir zu sein. Manchmal, wenn ich Angst bekomme, denke ich darüber nach, was du mir sagen würdest, und das gibt mir den Mut durchzustehen, womit ich zu kämpfen habe.«

»Ich glaube, du traust mir mehr zu, als du solltest«, sagte Jag zu ihr. »Aber ich nehme das Lob gern an, wenn es bedeutet, dass du weiterhin so aufblühst.«

Ihre Wangen wurden rosa. »Hat Elizabeth es wirklich durch die SEAL-Höllenwoche geschafft?«

»Ja.«

»Sie ist großartig und irgendwie beängstigend«, gab Carly zu. »Aber sie ist inspirierend und hat mir wirklich viel zu denken gegeben, wenn es um persönliche Sicherheit geht. Wenn ich jetzt im Laden bin oder sogar mit Kenna ins Duke's fahre, denke ich darüber nach, was ich tun würde, wenn etwas passieren sollte. Ich bin mir meiner Umgebung bewusster.«

»Das ist großartig, mein Engel. Das ist genau das, was ich mir von diesem Training erhofft habe. Ja, es ist wichtig zu wissen, wie man sich aus einem Griff befreit oder wohin man jemanden schlagen muss, damit man ihm entkommen kann, aber genauso wichtig ist es, Gefahren zu erkennen, bevor es zu spät ist.«

»Ich habe es vorher nicht bemerkt, aber ich sehe, dass du das die ganze Zeit machst. Du bist ständig auf der Hut vor Ärger.«

»Stört dich das?«, fragte Jag.

»Nicht im Geringsten. Dadurch fühle ich mich noch sicherer, wenn ich bei dir bin.«

Jag streckte sich aus und rollte sie herum, bis Carly unter ihm lag. Er stützte sich auf einen Ellbogen, um sie nicht zu zerquetschen. »Bei mir bist du immer sicher. Du kannst mit mir auch über alles reden. Über alles, Carly. Angst, Nervosität, Freude, Aufregung oder andere Emotionen. Ich werde ohne Vorurteil zuhören, okay?«

Carly starrte ihn an und nickte. »Gut. Und du weißt, das gilt auch für dich, oder? Ich weiß, dass du bezüglich deiner Arbeit nicht über Einzelheiten sprechen kannst, aber wenn du Probleme hast, mit etwas umzugehen, das auf einer Mission passiert ist, höre ich dir zu. Ich werde dich nicht für etwas verurteilen, das du getan oder nicht getan hast.«

Ihre Worte drangen in seine Seele ein und füllten die Risse, die sich vor so langer Zeit gebildet hatten. Er hatte noch nie in seinem Leben das Gefühl gehabt, jemanden zu haben, mit dem er vollkommen ehrlich sein konnte. Nicht seinen Vater, nicht seine Klassenkameraden, nicht einmal seine SEAL-Teamkameraden. Und nicht, weil er ihnen nicht sein Leben anvertraute, sondern weil er nicht glaubte, dass sie verstehen würden, was er durchgemacht hatte.

Aber Carly würde es verstehen. Sie würde ihn nicht verurteilen, sondern in seinem Namen wahrscheinlich extrem sauer werden.

»Worüber lächelst du so?«, fragte sie.

Jag hatte nicht einmal bemerkt, dass er grinste, als er daran dachte, dass Carly sich für ihn einsetzen würde. »Gar nichts. Aber danke. Zu wissen, dass ich mit dir reden kann, bedeutet mir die Welt.«

»Gut.«

»Eine Sache noch, bevor wir interessantere und lustigere Dinge zu tun finden«, sagte Jag. Es juckte ihm in den Händen, sie zu berühren. Er wollte nichts mehr, als sich in ihren Küssen zu verlieren. Aber dies war wichtig.

Carly lächelte schüchtern, als sie mit ihren Händen über seinen Oberkörper fuhr. »Interessant und lustig klingt gut.«

Jag fing mit seiner freien Hand ihre ein, führte sie an seinen Mund und küsste ihre Finger. »Ich bin nicht begeistert darüber, dass Shawns Kumpane plötzlich überall auftauchen, wo du bist. Baker hat, sehr zu seiner eigenen Frustration, nichts gefunden, was jemanden belasten würde. Aber das bedeutet nicht, dass da draußen nicht noch jemand ist, der das beenden will, was Shawn begonnen hat.«

Carly seufzte. »Ich weiß.«

»Du musst vorsichtig sein, mein Engel. Vergiss nicht, was du in den Selbstverteidigungskursen lernst. Ich möchte nicht, dass du wieder Angst vor Menschen hast, aber ich möchte, dass du dir jederzeit deiner Umgebung bewusst bist.«

»Das bin ich und das werde ich«, sagte sie. »Und wenn etwas passiert ... wirst du mich finden, richtig?«

»Nichts auf der Welt könnte mich davon abhalten, dich nicht nur zu finden, sondern jeden, der es gewagt hat, dich anzufassen, dafür bezahlen zu lassen.« Jag wusste, dass er ein bisschen blutrünstig klang, aber Carly blinzelte nicht einmal.

»Okay.«

»Du darfst den Kampf niemals aufgeben, mein Engel.«

»Das werde ich nicht.«

»Egal wie düster die Dinge erscheinen mögen, verliere nicht die Hoffnung in mich, mein Team, Baker oder deine Freundinnen. Ich werde jeden verdammten Stein auf dieser Insel umdrehen, um zu dir zu kommen, aber du darfst niemals aufgeben, verstehst du?«

Sie nickte und bekam dann einen nachdenklichen Ausdruck auf ihrem Gesicht.

»Was? Was geht dir gerade durch den Kopf?«, fragte Jag.

»Die meisten Männer würden mir wahrscheinlich sagen, dass ich überhaupt nicht daran denken soll. Sie würden mir sagen, dass nichts passieren und dass es mir gut gehen wird.«

»Erstens bin ich nicht wie die meisten Männer. Zweitens wünschte ich bei Gott, ich könnte dir sagen, dass es dir gut gehen wird, dass ich dich beschütze. Aber ich habe gelernt, dass das, was wir wollen, nicht immer das ist, was passiert. Ich möchte, dass du auf alles vorbereitet bist. Und wenn ich hier sitze und dir sage, dass alles in Ordnung ist, dass du in Sicherheit bist und dir niemals etwas Schlimmes passieren wird, dann würde ich dir einen Bärendienst erweisen. Das Leben ist verdammt hart. Es geht nicht nur um Geburtstagsfeiern, Donuts und hübsche Bilder auf Instagram. Hin und wieder fällt man, schlägt sich die Knie auf, Menschen verlassen uns, bevor sie ihr Leben leben konnten, Krebs, chronische Krankheiten und Tyrannen, die damit davonkommen, Arschlöcher zu sein. Du musst stark genug sein, um diese Stürme zu überstehen, sowohl mit mir an deiner Seite als auch ohne mich. Als Paar sind wir nur so stark wie jeder Einzelne. Ich kann nicht jeden Tag bei dir sein, egal wie sehr ich es möchte. Wenn Scheiße passiert, musst du kämpfen können, mein Engel. Für dich, für mich und für uns.«

Tränen stiegen Carly in die Augen, als sie zu ihm hochstarrte. »Das werde ich.«

»Versprochen?«

»Versprochen. Ich weiß, dass du auf Missionen in schreckliche Situationen geraten wirst. Gefährliche Situation, mit Kugelhagel und so. Ich möchte, dass du mir dasselbe versprichst. Wenn du gefangen genommen oder angeschossen wirst oder was auch immer, halte durch, bis du gerettet wirst.«

»Ich verspreche es«, sagte Jag. Dieses Gespräch fühlte sich an, als würden sie ein Gelübde ablegen. Und in gewisser Weise taten sie es auch. Er räusperte sich noch einmal. Sie hatten heute Abend einige ziemlich emotionale Gespräche geführt und er war bereit, das Thema auf angenehmere Dinge zu lenken.

»Bist du in Ordnung?«, fragte er.

»Ja. Du?«

»Ja. Möchtest du fernsehen? Ich könnte einen Film einschalten und uns Popcorn oder einen anderen Snack machen«, schlug er vor.

»Oder ...«

»Hast du etwas anderes im Sinn? Ein Kartenspiel oder so?«, neckte er.

Sie lachte. »Oder so.« Carly griff nach oben, legte eine Hand hinter seinen Kopf und tat ihr Bestes, ihn näher an sich zu ziehen.

Jag lächelte und widersetzte sich. »Möchtest du etwas, mein Engel?«

»Ja, dich«, sagte sie einfach.

»Ich gehöre dir«, sagte Jag zu ihr und erlaubte ihr dann, seinen Kopf zu senken.

Sie machten scheinbar stundenlang auf der Couch rum. Wenn Jag bei Carly war, war alles andere egal. Seine Vergangenheit, die Gegenwart und definitiv alles, was sie in der Zukunft erwarten könnte. Es gab nur sie beide, die sich in ihrer Leidenschaft füreinander verloren.

Als Jag schließlich mit einer Hand unter ihr T-Shirt glitt – er bekam nie genug davon, sie in seinen Klamotten zu sehen –, hielt er sofort inne, als sie sich unter ihm versteifte. Er hob den Kopf, um sie anzusehen.

»Es tut mir leid, ich ... ich mag deine Hände auf mir, Jag.«

»Aber?«, fragte er und zog seine Hand wieder unter ihrem Hemd hervor. Die kurze Berührung ihrer warmen Haut kribbelte noch auf seiner Handfläche, aber er hätte sich lieber die Hand abgeschnitten, als ihr auch nur für einen Moment Unbehagen zu bereiten.

»Ich denke ständig darüber nach, wie schnell wir uns bewegen, jetzt, da wir entschieden haben, dass wir mehr als nur Freunde sind. Ich habe mich auf Shawn eingelassen, und das ist nicht so gut gelaufen.«

Jag nahm es ihr nicht übel. Er verstand besser als jeder andere, wie sie sich fühlte. »Ist schon okay«, beruhigte er sie und verlagerte sich so, dass er wieder auf dem Rücken lag und sie an seiner Seite.

»Es ist dumm. Ich meine, wir schlafen jede Nacht im selben Bett«, grummelte sie.

»Ich habe es dir schon einmal gesagt und ich werde es so oft wiederholen, wie du es hören musst«, sagte Jag. »Wir müssen nichts überstürzen.«

»Ich will dich«, sagte sie leise, »aber ich habe Angst.« Sie stieß einen langen Atemzug aus. »Ich habe diese Angst satt«, murmelte sie. »Im Ernst, ich bin so erbärmlich.«

»Bist du nicht«, versicherte Jag ihr. »Und ich wäre verärgert, wenn du etwas tun würdest, bei dem du dich nicht wohlfühlst oder für das du nicht bereit bist. Ist es unangenehm, mit mir im selben Bett zu schlafen? Ich kann ...«

»Nein«, sagte sie schnell und unterbrach ihn. Sie senkte die Stimme und ergänzte: »Es gefällt mir, nachts neben dir zu liegen. Es beruhigt mich. Mein Unterbewusstsein weiß, dass du da bist und aufpasst, dass niemand hereinkommt und mich entführt.«

»Verdammt richtig«, murmelte Jag. Sie kicherte und das Geräusch entspannte seine Muskeln. »Wir bewegen uns schnell, aber du solltest wissen, dass ich seit Monaten in dich verknallt bin«, gab er zu.

Carly lächelte ihn an. »Ach ja?«

»Jawohl. Seitdem wir Aleck ins Duke's begleitet haben, um sich mit Kenna zu treffen.«

»Ich kann nicht glauben, dass du nicht davongelaufen bist, nachdem ich nach Shawns Entführungsversuch ausgeflippt bin«, sagte sie.

Jag verdrehte die Augen. »Ausgeflippt? Du hast nur versucht, dich so gut wie möglich selbst zu schützen. Und deine Freunde.«

»Ja, ich glaube, das stimmt.«

»Ich ... mache so etwas sonst nicht«, gab Jag zu.

»Was?«

»Mich so in jemanden verlieben wie in dich«, sagte er schlicht. »Du nimmst dir also so viel Zeit, wie du brauchst, um dich bei mir wohlzufühlen. Ich bin hier, wenn du bereit bist.«

»Du hast dich in mich verliebt?«

»Bis über beide Ohren«, erklärte Jag leise mit ernstem Gesicht.

»Eine Frau könnte das zu ihrem Vorteil nutzen ... wenn sie eine Schlampe wäre.«

»Richtig, aber du wirst es nicht und du bist es nicht.«

»Du scheinst dir sehr sicher zu sein«, sagte Carly.

»Das bin ich. Wie wäre es, wenn ich aufstehe und uns doch einen Snack mache?«, fragte Jag.

Carly seufzte. »Wahrscheinlich wäre das das Beste. Jag?«

»Ja, mein Engel?«

»Ich verliebe mich auch in dich.«

Er grinste. »Gut.« Dann stand er auf, beugte sich vor und küsste sie auf die Stirn. »Halte meinen Platz warm«, sagte er, als er sich umdrehte und in Richtung Küche ging.

KAPITEL VIERZEHN

Jag mochte die Routine, die er und Carly hatten. Und er war stolz darauf, wie sie mit allem fertigwurde, was sich ihr in den Weg stellte. Vor nicht einmal einem Monat hätte sie eine Panikattacke bekommen, wenn sie auch nur nach draußen ging. Gestern, als er bei der Arbeit gewesen war, war sie allein zum Lebensmittelgeschäft gefahren.

Manche Leute würden das nicht für eine große Sache halten, aber Jag wusste, wie groß dieser Schritt für sie war. Die Selbstverteidigungskurse, an denen sie teilnahm, hatten Wunder für ihr Selbstvertrauen gewirkt. Er konnte deutlich sehen, wie Carly alles einsetzte, was sie darüber gelernt hatte, sich ihrer Umgebung jederzeit bewusst zu sein, wenn sie zusammen unterwegs waren.

Zur Frustration aller hatte Baker immer noch nicht herausgefunden, wer mit Carlys Ex zusammengearbeitet haben könnte. Jag war immer noch nicht bereit zu glauben, dass Shawn allein gehandelt hatte. Er hatte einen Komplizen gehabt, darauf würde er seine SEAL-Karriere verwetten.

Aber auch wenn Jag und die anderen im Team frustriert

waren, wusste er, dass Baker nicht aufgeben würde, bis er etwas herausgefunden hatte.

In der Zwischenzeit versuchten er und Carly, ihr Leben so normal wie möglich zu gestalten. Kenna hatte beschlossen, nächstes Wochenende wieder einen Frauenabend zu veranstalten, und Jag war froh zu sehen, dass Carly sich darauf freute.

Er fuhr ins Parkhaus und achtete darauf, einen Platz in der Nähe des Treppenhauses zu finden. Obwohl sie nicht herausgefunden hatten, wer mit Keyes zusammenarbeitete, würde er kein Risiko eingehen, indem er weiter als nötig durchs Parkhaus gehen musste. Manchmal fand er einen Parkplatz auf der Straße. Und er benutzte verschiedene Parkhäuser, um seine Route hin und wieder zu ändern, nur für den Fall, dass jemand Carly beobachtete. Er ging die Treppe hinunter und trat auf den überfüllten Bürgersteig von Waikiki.

Er hielt Ausschau nach allem, was fehl am Platz wirkte und eine Gefahr darstellen könnte. Alles, was er sah, waren Touristen ... bis er zufällig die Gasse hinunterblickte, in der sich der internationale Markt befand. Früher war sie einen ganzen Häuserblock breit gewesen, aber nachdem ein Investor die Fläche für den Bau eines Hochhauses gekauft hatte, drängten sich die Leute in der engen Gasse.

Ein Mann lehnte an einer Wand und rauchte eine Zigarette. Er hielt keine Einkaufstüte in der Hand und sein Blick war auf das Outrigger Waikiki Beach Resort auf der anderen Straßenseite gerichtet. Das war das Hotel, in dem sich auch das Duke's befand.

Aber es war nicht irgendein Mann. Jag hatte die Bilder der Leute studiert, die Baker im Auge hatte, und wusste ohne Zweifel, dass es sich bei dem Mann, der versuchte, sich unter die Touristen zu mischen, was ihm nicht sehr gut gelang, um keinen anderen als Eddie Evans handelte – Shawns Nachbar.

Mit finsterem Blick schaute Jag in Eddies Richtung, aber in diesem Moment war der Mann mit seiner Zigarette fertig, warf sie auf den Boden, trat darauf, drehte sich um und schlenderte davon. Er verschwand im internationalen Markt. Jag folgte ihm, darauf bedacht herauszufinden, ob der Mann Carly beobachtete oder ob es nur ein Zufall war, dass er sich außerhalb ihres Arbeitsplatzes aufhielt. Aber sobald er den Markt betrat, wusste er, dass die Suche nach dem Mann hoffnungslos sein würde. Obwohl die Gasse nicht sehr groß war, boten die vielen Stände mit ihren Tischen und Planen und dem Krimskrams darauf zu viele Versteckmöglichkeiten. Es gab zu viele Ecken, um die er sich davonschleichen konnte.

Frustriert, aber nicht bereit, seine Zeit mit so einem fruchtlosen Unternehmen zu verschwenden, um Eddie möglicherweise die Chance zu geben, ihn auszutricksen und zu Carly zu gelangen, machte Jag sich auf den Weg ins Duke's.

Den Mann zu sehen war eine gute Erinnerung daran, dass sie weiterhin auf der Hut sein mussten.

Jag ging durch die Ladenstraße im Erdgeschoss des Hotels und fühlte sich ein bisschen besser, als er weiter niemanden sah, den er kannte. Er näherte sich Vera, die am Empfangstresen stand.

»Hey«, sagte er, als er näher kam.

»Hallo Jag«, erwiderte sie fröhlich.

Er nickte der munteren Hostess zu und ging hinein. Er war inzwischen schon so oft hier gewesen, dass ihn niemand mehr komisch ansah, wenn er das Restaurant betrat, fast als würde er selbst dort arbeiten. Er warf einen Blick in den Essbereich und sah weder Carly noch Kenna, also ging er weiter in die Küche.

Schweigend stand er an der Wand direkt neben der Tür und beobachtete Carly für einen Moment, ohne dass sie wusste, dass er da war. Sie sah müde aus, als wäre ihre Schicht hart gewesen. Ihr Pferdeschwanz, den sie normalerweise trug, wenn sie arbeitete, fiel auseinander, und einige Strähnen hingen ihr ins Gesicht. Ihre Schultern hingen nach unten, als wäre sie erschöpft. Sie hatte gut geschlafen – er sollte es wissen –, also musste es bedeuten, dass sie einen unglaublich arbeitsreichen Tag gehabt hatte.

Kenna sah genauso erschöpft aus und Jag machte sich Sorgen um beide. Aleck würde jede Minute da sein, um seine Frau abzuholen, und es sah so aus, als bräuchten sie beide einen ruhigen Abend. Ohne weitere Zeit zu verschwenden, ging Jag in ihre Richtung.

»Jag!« Carly lächelte ihn an, als er näher kam.

»Hey«, sagte er und streckte die Hand aus, um sie an sich zu ziehen. Sie kam bereitwillig und lächelte breiter, als er den Kopf senkte. Er gab ihr einen keuschen Kuss. Er sehnte sich danach, ihn zu vertiefen, aber dies war ihr Arbeitsplatz und er wollte nichts tun, das sie vor ihren Kollegen in Verlegenheit brachte.

Für einen Moment lehnte Carly sich an ihn. Das war ein weiterer Hinweis darauf, dass sie eine anstrengende Schicht hinter sich hatte.

»Hattet ihr einen harten Tag?«, fragte er.

Carly nickte. »Oh ja«, antwortete sie seufzend. »In der Stadt findet der Ironman-Triathlon statt. Ich schwöre, dass alle Athleten, Trainer und Familienmitglieder sich heute Nachmittag entschieden haben, hier Kohlenhydrate zu tanken. Seit ich hier bin, werden wir überrannt.«

Jag hatte die Menge von Leuten gesehen, die auf Tische warteten, aber er war so darauf konzentriert gewesen, Carly zu sehen, dass es ihm nicht wirklich aufgefallen war.

»Es tut mir leid, dass ich es nicht früher angesprochen

habe«, sagte Kenna zu Carly und Jag. »Ich weiß, dass ich an der Reihe bin, die Essensreste zu Food For All zu bringen, aber Robert – ihr wisst schon, der Concierge von Coral Springs – ist im Krankenhaus und ich wollte Marshall fragen, ob wir vorher noch kurz bei ihm vorbeischauen könnten, bevor wir nach Hause fahren.«

»Geht es ihm gut?«, fragte Carly besorgt und drehte sich zu ihrer Freundin um.

Jag hielt seine Hand auf ihrer Taille, während sie mit Kenna sprach, und fühlte sich jetzt viel besser, da er selbst sah, dass sie in Ordnung war. Er hatte keine Ahnung, was Eddie hier in Waikiki tat. Es könnte ein Zufall gewesen sein, dass er gegenüber des Duke's auf der anderen Straßenseite herumhing. Er nahm sich vor, heute Abend mit Baker darüber zu sprechen und herauszufinden, ob er den Mann für alle Fälle überwachen könnte. Dann konzentrierte er sich wieder auf das Gespräch.

»Er ist in Ordnung. Er hatte eine Art Leistenbruch. Morgen soll er entlassen werden, aber ich dachte, es wäre nett, ihn zu besuchen, bevor er nach Hause kommt. Ich bringe ihm einen Hula Pie. Vielleicht kann er ihn mit den Krankenschwestern auf seiner Station teilen.«

»Das ist großartig. Und natürlich können wir zu Food For All fahren, oder?«, fragte Carly und sah zu Jag auf.

»Das ist kein Problem«, versicherte er ihr.

Carly schenkte ihm ein breites Lächeln, bevor sie sich wieder Kenna zuwandte. »Ich werde mich darum kümmern.«

»Das weiß ich zu schätzen.«

Aleck kam in die Küche und Jag sah, dass er sofort bemerkte, wie ungewöhnlich müde die Frauen waren.

»Hattet ihr einen harten Tag?«, fragte er.

Carly und Kenna kicherten.

»Was?«, fragte er verwirrt.

»Dasselbe hat Jag gefragt, als er uns gesehen hat«, antwortete Kenna und kuschelte sich an die Seite ihres Mannes.

»Nun, wir teilen uns ein Gehirn, wisst ihr«, scherzte Aleck.

Die Frauen lachten wieder.

»Richtig, wenn du das lustig fandest, dann weiß ich, dass du fix und fertig bist«, sagte Aleck. »Bist du bereit zu gehen?«

»Ja, gleich. Carly und Jag sagten, sie würden bei Food For All vorbeischauen, damit wir Robert besuchen können.«

»Danke, Mann«, sagte Aleck und nickte Jag zu.

»Kein Problem. Wir sehen uns morgen früh.«

Während Kenna ihre Sachen zusammensuchte, gingen Jag und Carly in den hinteren Teil der Küche, wo die Essensreste aufbewahrt wurden. Er blinzelte bei der großen Anzahl der Container.

»Ich habe dir doch gesagt, dass wir heute sehr viel zu tun hatten«, sagte Carly zu ihm.

Jag hatte nie viel über die Reste eines Restaurants nachgedacht, bevor er Carly und Kenna kennengelernt hatte. Er war überrascht, wie viel jeden Tag weggeworfen wurde, und war froh, dass das Management und die Besitzer des Duke's bemüht waren, so wenig Lebensmittel wie möglich verkommen zu lassen. Was die Gäste auf den Tellern ließen, wurde natürlich entsorgt, aber rohe Zutaten, überschüssiges Obst und Gemüse und so weiter konnten gespendet werden, ebenso wie Brot vom Vortag, das nie serviert wurde. Es gab sogar einzelne Zutaten für Gerichte, wie Soßen, die am Ende des Tages nicht verbraucht wurden. Das alles konnte zu Food For All gebracht werden.

Alani hatte für den Ansturm von Kunden geplant, da der Ironman in der Stadt stattfand. Aber selbst mit viel Vorbereitung war es schwer vorherzusagen, was die Gäste essen wollten. Daher gab es immer zu viel von einer Sache und zu wenig von einer anderen. Anstatt den überschüssigen Salat oder das Brot, das nicht gegessen wurde, einfach wegzuwerfen, war es für alle von Vorteil, es zu spenden. Viele Einrichtungen lehnten diese Art von Resten ab, aber seitdem Elodie sich ehrenamtlich bei Food For All engagierte, nahmen sie immer mehr Spenden an.

Elodies Hintergrund als Köchin und ihre Kreativität halfen dabei, dass sie fast alles, was gespendet wurde, wiederverwenden und in leckere Gerichte für ihre Kunden verwandeln konnte.

»Das werden wir nicht alles auf einmal tragen können«, sagte Jag. »Wie wäre es, wenn du hierbleibst und ich den Wagen hole und vor dem Restaurant halte. Ich schreibe dir eine SMS, wenn ich da bin. Vielleicht kannst du Justin oder jemand anderen bitten, dir beim Tragen zu helfen.«

»Klingt gut«, sagte Carly. »Bist du in Ordnung?«

Jag sah sie überrascht an. »Ja, warum?«

»Ich weiß nicht, du siehst ... überdreht aus? Das ist nicht ganz der richtige Ausdruck, aber du bist heute anders.«

»Wir können später darüber reden«, sagte Jag, der Carly nicht beunruhigen wollte, bevor sie sich auf den Weg machten.

Sie runzelte die Stirn. »Geht es allen gut? Niemand ist verletzt oder so?«

»Nein, nichts dergleichen«, versicherte Jag ihr.

»Hat Baker Shawns Komplizen gefunden?«, flüsterte sie.

»Nein«, antwortete Jag und hasste es, dass er keine neuen Informationen hatte.

Sie starrte ihn einen Moment lang an, bevor sie tief Luft holte und nickte. »Okay.«

Das war einer von Millionen von Gründen, warum er diese Frau liebte. Sie war belastbar und vertraute ihm. »Gib mir etwa fünf Minuten«, sagte er zu ihr, bevor er sie noch einmal küsste. Dieser Kuss war etwas länger und etwas inniger, da sie allein im hinteren Teil der Küche waren. Er wollte verweilen, aber sein Wunsch, sie nach Hause zu bringen, wo er sie verwöhnen konnte, war im Moment dringender.

Er strich mit seinen Fingerrücken über ihre gerötete Wange, bevor er sich umdrehte und aus der Küche ging.

Innerhalb von zehn Minuten hatte er Carly und alle Lebensmittel in seinen Jetta geladen und sie waren auf dem Weg nach Barbers Point. Carly hatte Lexie eine SMS geschickt, um sie wissen zu lassen, dass sie unterwegs waren.

»Okay, was ist los?«, fragte sie und drehte sich auf ihrem Sitz zu Jag um, während er fuhr.

»Ich habe Eddie Evans auf dem internationalen Markt gesehen«, sagte er, ohne es in die Länge ziehen zu wollen.

»Shawns Nachbar?«, fragte Carly.

»Ja.«

»Was hat er dort gemacht?«

»Eine Zigarette geraucht und verdammt dubios ausgesehen«, antwortete Jag. »Ich glaube nicht, dass er mich gesehen hat, aber als ich versucht habe, ihn zu verfolgen, um herauszufinden, was er dort macht, ist er auf den Markt geflüchtet und ich habe ihn zwischen den Ständen verloren.«

»Und?«

»Und was?«, fragte Jag.

»Hat er noch etwas getan?«

»Nein, ich habe doch gesagt, dass ich ihn aus den Augen verloren habe.«

»Okay.«

»Okay?«, fragte Jag, überrascht von ihrer Reaktion.

Carly nickte und schaute wieder auf die Straße. Sie lehnte den Kopf gegen den Sitz und schloss die Augen. »Es gefällt mir nicht, dass er in der Nähe des Duke's herumlungert, aber ich kann nicht kontrollieren, wo andere Leute sich aufhalten. Und es könnte hundert Gründe dafür geben, warum er dort war.«

»Nenne mir einen«, platzte Jag heraus, dem es schwerfiel zu glauben, dass sie wirklich so gelassen damit umging. Er war stolz darauf, wie gut es Carly in letzter Zeit ging. Sie war bei Weitem nicht mehr so verängstigt wie zu der Zeit, in der sie sich in ihrer Wohnung versteckt hatte. Aber gleichzeitig machte er sich ein wenig Sorgen, dass sie jetzt vielleicht zu nachlässig war.

»Drogenhandel? Einen Touristen zu einer seiner Betrügereien überreden? Ich weiß es nicht.«

Jag wusste, dass sie recht hatte. Aber Eddie Evans war nicht gerade ein anständiger Bürger und er besaß ein Boot. Wenn Shawn ihm genügend Geld geboten hätte, wäre er sicher dazu bereit gewesen, sich an seinem Entführungsplan zu beteiligen.

»Außerdem kann er auf der anderen Straßenseite stehen und auf das Hotel starren, so viel er will. Von dort aus kann er mir nichts tun. Wenn er im Hotel gewesen wäre oder versucht hätte, ins Duke's zu kommen oder mit mir zu reden, wäre er nicht weit gekommen. Ich schwöre, es gibt jetzt mehr Leute, die auf mich aufpassen, als ich je gedacht hätte. Vera ist wie ein verdammter Wachhund, was mir gefällt, versteh mich nicht falsch. Und Justin und die anderen Kellner wissen, wie Luke aussieht. Und die Bilder der anderen möglichen Komplizen hängen in der Küche ... Du weißt schon, die Fotos, die Baker geschickt hat. Und lass mich nicht erst von Kaleen und Paulo anfangen. Sie sind immer noch verärgert darüber, dass sie nicht mehr getan haben, als Shawn ins Restaurant kam und Kenna entführt hat. Ich habe keinen Zweifel, dass jeder, der irgendetwas mit mir versucht, nicht weit kommen wird.«

Carlys Stimme klang ruhig und nicht besonders

gestresst, was Jag gefiel. Aber es beunruhigte ihn trotzdem. Er wollte nicht, dass sie wieder ausflippte, aber er wollte sichergehen, dass sie die Situation nach wie vor ernst nahm. Er öffnete den Mund, um ihr genau das zu sagen, aber sie sprach weiter.

»Wenn ich allein zum Parkhaus gehen müsste, dann würde ich wahrscheinlich ganz anders auf die Tatsache reagieren, dass Eddie irgendwo in der Nähe ist. Aber da du angeboten hast, mich auf unbestimmte Zeit weiter abzuholen, und ich mir sicher bin, dass du niemals jemanden an mich heranlassen wirst, will ich meine Energie nicht darauf verschwenden, deswegen in Panik zu geraten.«

Sie drehte den Kopf und sah ihn wieder an. »Ich hasse es, dass die Ermittlungen bisher zu keinem Ergebnis geführt haben, aber ich weigere mich zuzulassen, davon weiter meine Vergangenheit, Gegenwart oder Zukunft diktieren zu lassen. Vielleicht war Eddie da, um mich auszuspionieren. Vielleicht versuchte er herauszufinden, wie er am besten an mich herankommen kann. Ich weiß es nicht. Aber hier zu sitzen und sich darüber zu ärgern wird nichts ändern. Ich versuche, mich nicht über etwas aufzuregen, über das ich keine Kontrolle habe, Jag. Ich hatte einen langen Tag und ich bin erschöpft, aber ich fühle mich wirklich gut, wie die Dinge heute gelaufen sind. Es war geschäftiger als je zuvor, seit ich zurück bin. Und obwohl meine Füße schmerzen, ist es schön, zu meiner normalen Routine zurückzukehren. Ich habe auch eine Menge Trinkgeld bekommen, für das sich die Müdigkeit lohnt. Nachdem wir diese Lebensmittel abgegeben haben, fahren wir nach Hause. Vielleicht kann ich ein Bad nehmen, während du uns etwas kochst, und dann möchte ich mit dir kuscheln. All das ist viel reizvoller, als herauszufinden, was Eddie auf dem internationalen Markt gemacht hat.«

Jags Respekt für sie wuchs. Sie hatte recht. Er würde

Baker und Detective Lee benachrichtigen, dass er Evans in Waikiki gesehen hatte, und sie herausfinden lassen, warum er dort war. Er konnte nur dafür sorgen, dass seine Frau sich entspannte und sich von ihrem Tag erholte. Und ihr vielleicht dabei helfen, einen weiteren Schritt zu feiern, wieder zu der Frau zu werden, die sie einmal gewesen war.

»Du hast recht«, sagte er schlicht.

Carly lächelte und schloss wieder die Augen. »Ich weiß.«

»Und bescheiden«, neckte er.

Ihr Lächeln wurde breiter. »Das habe ich von einem Freund gelernt.«

Jag konnte das Lächeln nicht aus seinem eigenen Gesicht verbannen. »Jemand, den ich kenne?«, scherzte er.

»Vielleicht, er ist toll, groß, muskulös, so gut aussehend, dass man weinen möchte, wenn man ihn ansieht, klug, fürsorglich und er riecht köstlich.«

Es begeisterte ihn zu hören, wie sie ihn beschrieb. »Nichts geht über deine Kirschblütenlotion«, murmelte er.

Carly lachte. »Du bist von diesem Zeug besessen.«

»Jawohl«, stimmte Jag zu.

Sie waren ein paar Minuten still, dann sprach Carly wieder. »Ich nehme meine Sicherheit nicht auf die leichte Schulter«, sagte sie in ernstem Ton. »Ich bin nicht begeistert, dass Eddie da war, aber ich versuche, ihn oder sonst jemanden nicht wieder an mich herankommen zu lassen. Ich habe mich für eine Weile verloren, und das hat mir nicht gutgetan. Und du weißt, dass ich in letzter Zeit überall Shawns Kumpane sehe. Wenn ich jedes Mal ausflippe, wenn ich Jeremiah, Beau, Gideon, Jamie oder sogar Luke sehe, kannst du mich gleich ins Krankenhaus einliefern. Es ist Monate her, Jag ... und ich habe diese Angst satt.«

»Ich weiß. Ich hasse es, dass du diese Arschlöcher sehen musst. Wenn es nach mir ginge, sollten sie alle von der Insel ziehen, damit du nie wieder an diesen Arsch erinnert wirst, mit dem du ausgegangen bist.«

Carly kicherte. »Dito.«

»Behalte einfach immer deine Umgebung im Auge«, flehte Jag sie an. »Nur weil es Monate her ist, heißt das nicht, dass die Gefahr vorüber ist. Ich stimme zu, dass die Bedrohung mit der Zeit theoretisch abnimmt, aber ich habe auf die harte Tour gelernt, dass kein Zeitraum zu lang ist, wenn jemand von Hass erfüllt ist. Oft brodelt dieser Hass in ihnen, bis sie ihn nicht mehr zurückhalten können und etwas tun müssen.«

Carly nickte. »Das werde ich«, versicherte sie ihm.

Sie legte den Arm auf die Konsole und Jag griff sofort nach ihrer Hand. Sie schloss erneut die Augen und seufzte. »Das ist es, was ich brauche, dass du meine Hand hältst und bei mir bist.«

»Ich auch«, stimmte er zu.

Der Rest der Fahrt nach Barbers Point verlief ereignislos, abgesehen von dem höllischen Verkehr. Jag fuhr auf den Parkplatz am Ende der Straße von Food For All. »Bleib sitzen«, sagte er wie üblich. Sie schenkte ihm ein kleines Lächeln und grinste. Sie kannte die Routine inzwischen, und er war erleichtert, als sie sich nicht beschwerte.

Jag stieg aus und überprüfte die unmittelbare Umgebung. Der Parkplatz war ziemlich voll, was keine Überraschung war. Diese Gegend wurde immer beliebter, nachdem kleine Unternehmen in die leeren Räume in der Nachbarschaft gezogen waren.

Er nickte Theo zu. Der ehemals obdachlose Mann saß auf dem Bürgersteig gegenüber im Schatten, versteckt zwischen einer dekorativen Backsteinsäule vor einem kleinen koreanischen Restaurant und einem Schild mit den Tagesgerichten, das die Eigentümer davor aufgestellt hatten.

Wenn Jag nicht direkt in seine Richtung gesehen hätte, hätte er ihn vermutlich übersehen.

Theo hatte dank Lexie und Midas jetzt vielleicht ein Dach über dem Kopf, aber er war immer noch gern so oft wie möglich draußen. Er hatte es sich auch zur Aufgabe gemacht, auf die Nachbarschaft aufzupassen. Auch wenn er einige mentale Probleme hatte, war er verdammt aufmerksam. Er lächelte Jag an und winkte, stand aber nicht von seinem Platz auf. Offensichtlich saß er zu bequem, um sich zu bewegen.

Ein paar Leute liefen herum, aber Jag erkannte niemanden. Er öffnete Carly die Tür und sie lächelte zu ihm auf. Selbst müde von ihrem langen Tag, mit zerknitterten Kleidern und zerzausten Haaren, war sie immer noch die schönste Frau, die er je gesehen hatte.

Sie gingen zum Heck seines Wagens und er öffnete den Kofferraum. Er schnappte sich einen schweren Karton, der bis oben hin mit verbeulten Dosen und diversen anderen Lebensmitteln gefüllt war, und Carly nahm drei Tüten. Im Kofferraum befanden sich noch ein Karton und ein paar weitere Tüten, also mussten sie definitiv zweimal gehen. Carly schloss den Kofferraum und sie drehten sich um, um die Straße hinunter zu Food For All zu gehen.

Beide blieben stehen, als sie einen Mann auf dem Bürgersteig sahen.

»Scheiße, schon wieder?«, murmelte Jag.

»Hallo«, sagte Gideon Sparks, als er auf sie zuging.

»Was tust du hier?«, fragte Carly mit harter Stimme.

Gideon sah überrascht aus. Er trug einen braunen Overall mit dem Logo des Zoos auf der Brust. Sein braunes Haar hatte weiße Strähnen und er ließ sich einen Bart wachsen. Er sah anders aus als auf dem Bild, das Jag zuletzt von dem Mann gesehen hatte. Er hatte einen ziemlich dicken Bauch und war ungefähr so groß wie er.

In respektvollem Abstand von ihnen blieb er stehen. »Ich habe gerade ein paar Lebensmittel vorbeigebracht, die der Zoo wegwerfen wollte«, antwortete er. »Ich wollte die Sachen erst zur Zweigstelle in der Innenstadt bringen, aber dort war bereits geschlossen. Das Schild an der Tür besagte, dass hier bis neunzehn Uhr Spenden entgegengenommen werden. In der Zeitung habe ich kürzlich einen Artikel über die obdachlose Bevölkerung von Honolulu gelesen und wie viele Lebensmittel jeden Tag verschwendet werden. Daher habe ich mit dem Küchenchef des Zoos gesprochen. Er hat zugestimmt, dass es eine gute Sache wäre, zu spenden, was wir können. Und plötzlich war ich dafür verantwortlich, es abzugeben.« Gideon lächelte leicht und zuckte mit den Schultern. »Aber ich fühle mich gesegnet, dass ich helfen kann.«

Jag musterte den Mann und konnte weder in seinem Gesichtsausdruck noch in seinen Augen irgendein Anzeichen von Täuschung erkennen. Das bedeutete nicht, dass er nichts im Schilde führte. Aber im Moment schien es, als würde er genau das tun, was er vorgab ... eine gute Tat vollbringen.

»Du arbeitest mit den Löwen, richtig?«, fragte Carly.

Jag wollte ihr sagen, sie solle sich nicht einmischen, aber es war zu spät. Sie war genau, wie sie war. Oder so wie die alte Carly war, freundlich und aufgeschlossen. Auch wenn dieser Mann ein Freund ihres Ex-Freundes war, tat sie ihr Bestes, um mit ihrem Leben weiterzumachen. Er bewunderte sie dafür, auch wenn es ihm gleichzeitig nicht gefiel.

Gideon lächelte und steckte die Hände in die Hosentaschen. »Ja, ich arbeite jetzt seit ungefähr zwanzig Jahren dort. Es begann damit, dass ich ihre Scheiße wegmachen musste. Jetzt bin ich für ihre Gesundheit und ihr Wohlergehen verantwortlich. Es ist mein Traumberuf.«

Carly nickte.

»Ich hatte bisher keine Gelegenheit, es dir zu sagen, und vielleicht ist das weder der richtige Zeitpunkt noch der richtige Ort, aber ich wollte, dass du weißt, dass es mir sehr leidtut, was passiert ist. Shawn war mein Freund, aber er war auch irgendwie ein Arschloch. Das wusste ich und ich bedauere es, nichts gesagt zu haben, wenn er Scheiße über dich erzählt hat«, sagte Gideon.

Er klang aufrichtig, aber Jag vertraute ihm nicht. »Die Polizei meinte, dass Shawn dir und ein paar anderen erzählt hat, was er vorhatte.«

Gideon zuckte zusammen und blickte auf den Bürgersteig hinunter. Es schien ihm peinlich zu sein. »Ich schäme mich zuzugeben, dass ich dachte, er redete nur Mist. Du weißt schon, wie wenn jemand sagt, er würde am liebsten jemanden umbringen, es aber nicht wirklich so meint. Er sagte immer Dinge, wie der Bürgermeister solle sterben, oder er wünschte, der Wagen vor ihm würde einen Unfall haben und so. Er war wirklich ein Arschloch. Es ist mir ein bisschen peinlich, dass ich überhaupt sein Freund war.«

»Warum warst du es dann?«, fragte Carly leise. »Ich meine, wenn er so schrecklich war, warum habt ihr jede Woche zusammen abgehangen?«

Gideon zuckte mit den Schultern. »Ich denke, weil ich einsam war. Ich bin zweiundfünfzig, ledig und verbringe die meiste Zeit mit Vierbeinern, die nicht antworten, wenn ich versuche, mich mit ihnen zu unterhalten. Und vielleicht ... aus Routine. Ich habe jahrelang mit ihm Poker gespielt, und das taten wir einfach jede Woche. Ich weiß, es klingt dumm, und du hast keine Ahnung, wie sehr ich alles bereue, was passiert ist.«

Jag musterte ihn weiterhin aufmerksam. Der Mann klang aufrichtig, aber viele Leute waren gute Lügner. Das hatte er in seiner Branche immer wieder erlebt.

»Das weiß ich zu schätzen«, sagte Carly zu ihm. »Wenn

du mich jetzt entschuldigen würdest, es war ein sehr langer Tag und ich möchte dieses Zeug reinbringen und nach Hause fahren.«

»Natürlich«, sagte Gideon sofort. »Bitte entschuldigt, dass ich euch aufgehalten habe.«

»Schon gut«, sagte Carly zu ihm.

Gideon nickte und machte einen großen Bogen um sie, als er auf einen weißen Pritschenwagen mit dem Logo des Zoos von Honolulu an den Türen zusteuerte. Er fuhr davon, während Jag und Carly den Bürgersteig hinuntergingen.

»Das war interessant«, sagte Carly.

Jag grunzte.

»Du glaubst ihm nicht?«, fragte sie.

Er hörte den Stress in ihrer Stimme und wollte ihr nach ihrem ohnehin schon sehr langen und anstrengenden Tag keine Angst machen. »Ich frage mich nur, wen wir heute noch sehen werden. Vielleicht essen Luke und seine Freundin beim Koreaner auf der anderen Straßenseite. Oder vielleicht kommen Jeremiah und Beau aus dem Surfladen am Ende der Straße. Oh, ich weiß, vielleicht ist Jamie bei Food For All und spendet Coca-Cola aus der Abfüllanlage.«

Carly kicherte.

Jags Herz beruhigte sich, als er diesen Klang hörte.

»Ich habe es dir gesagt. Es ist, als hätten sich alle Schleusen geöffnet. Ich weiß nicht, was ich davon halten soll, überall, wo ich hingehe, Shawns Freunde zu sehen.«

»Ich auch nicht. Ich wusste, dass Oahu klein ist, aber das ist irgendwie lächerlich.«

»Da stimme ich zu«, sagte Carly. Sie ging näher zu ihm und stieß mit ihrem Ellbogen gegen seinen Arm. Sie hatten beide die Hände voll, sodass sie sich nicht an den Händen halten oder auf andere Weise berühren konnten. »Ich bin froh, dass du hier warst.«

»Ich auch.«

»Vielleicht bleibe ich drinnen und rede mit Lexie, während du zum Wagen zurückgehst und die anderen Sachen holst.« Es war eine Feststellung und Frage zugleich.

»Gute Idee.«

»Macht es dir nichts aus?«, fragte sie.

»Natürlich nicht. Mustang würde mir in den Hintern treten, wenn ich mich darüber beschweren würde, dreimal zu meinem Wagen zu gehen. Er würde mich wahrscheinlich mit Rucksack eine Stunde lang Burpees machen lassen, nachdem ich einen Halbmarathon am Strand im tiefen Sand gelaufen bin.«

Carly lachte wieder. »Das würde er nicht tun. Dafür ist er zu nett.«

Jag hob eine Augenbraue. Sein Teamleiter war definitiv nicht nett, wenn es ums Training und darum ging, dass sein Team in Form war.

Er würde die restlichen Lebensmittelspenden schnell ausladen und freute sich auf seinen Abend mit Carly. Jag hätte nie gedacht, dass er in seinem Leben einmal an einen Punkt kommen würde, an dem er sich mit einer Frau in seinem persönlichen Bereich so wohlfühlen würde. Aber Carly schien in der Lage zu sein, seine Dämonen zu verbannen, ohne es überhaupt darauf anzulegen. Obwohl ... sie noch keinen Sex gehabt hatten. Er konnte nicht anders, als sich darüber Sorgen zu machen. Er wollte Carly nicht verlieren und würde daher alles tun, damit sie nicht merkte, wie nervös er war, wenn es ums Liebemachen ging.

Das Problem war er, nicht sie. Aber er war schlau genug zu wissen, dass Frauen es nicht mochten, wenn Männer so etwas sagten.

Heute Abend würde er sein Bestes tun, seine Frau zu verwöhnen. Sie konnte so lange in der Badewanne bleiben, wie sie wollte, und er würde das Abendessen kochen. Er würde sogar mit ihr The Voice schauen, ohne sich zu beschweren. Insgeheim genoss er die Show, aber es machte ihnen beiden Spaß, darüber zu meckern.

Es war seltsam, sich gleichzeitig davor zu fürchten und sich danach zu sehnen, ihre Beziehung auf die nächste Ebene zu bringen. Die Zeit würde bald kommen, Jag spürte es in seinen Knochen. Ihre Knutschsitzungen wurden immer intensiver und es war nur eine Frage der Zeit, bis sich keiner mehr zurückhalten konnte.

»Worüber lächelst du so?«, fragte Carly, als sie die Tür von Food For All erreichten.

Jag war nicht aufgefallen, dass er grinste, aber es überraschte ihn nicht. Jedes Mal wenn er daran dachte, mit Carly zusammen zu sein, war er glücklich. Jag verdrängte die Nervosität aus seinem Kopf und sagte: »Ich habe an dich gedacht.«

Carly lächelte. »Ach ja?«

»Ja«, bestätigte er. »Komm schon, lass uns das erledigen, damit ich dich nach Hause bringen kann.«

»Hört sich gut an.«

Shawns Komplize wurde ungeduldig. Er hatte vorgehabt, länger abzuwarten, bis die Schlampe wirklich selbstgefällig geworden war, aber er musste bald handeln. Das Arschloch, mit dem sie zusammenlebte, würde zu einem Problem werden. Er musste seinen Zug machen, wenn ihr Freund nicht dabei war.

Allerdings war Carly dummerweise zu schwach. Sie ging nirgendwo allein hin. Und es war keine Option, sie aus dem Duke's zu entführen. Er hatte sich in dem Restaurant umgesehen und es war offensichtlich, dass alle dort nervös waren.

Ganz zu schweigen von dem Sicherheitsdienst, den die Chefin eingestellt hatte.

Er hatte davon geträumt, sie von demselben Ort zu entführen, den Shawn ausgesucht hatte, um seinen Freund zu ehren. Jetzt wusste er, dass das nicht funktionieren würde.

Also musste er zu Plan B übergehen. Aber zuerst musste Carly aufhören, ein verdammtes Weichei zu sein und überall einen Babysitter mit hin zu nehmen.

Seine Zeit würde kommen. Er musste sich nur noch eine Weile gedulden.

Visionen davon, wie schockiert und verängstigt Carly sein würde, gingen ihm durch den Kopf. Er konnte es kaum erwarten, sie weinen und um ihr Leben betteln zu sehen. Er würde ihr genau erklären, wie erbärmlich sie war, dass sie den Dreck unter Shawns Schuhen nicht wert war.

Der Mann lächelte. Die Vorfreude war groß. Sie hatte keine Ahnung, was auf sie zukam, und das erregte ihn über alle Maßen.

»Nur noch ein bisschen«, sagte er leise und machte sich selbst Mut. »Je sicherer sie sich fühlt, desto weniger wird sie auf der Hut sein.«

Er musste nur dem verdammten Detective und diesem Mistkerl aus dem Weg gehen, der seine Nase in Dinge steckte, die ihn nichts angingen. Sie würden niemals herausfinden, welches Boot er benutzt hatte. Allein der Gedanke an diesen Abend brachte sein Blut in Wallung. Er hatte sein Bestes getan, um in dem Sturm zu Shawn zu gelangen, aber das verdammte Boot wäre beinahe gekentert. Es hatte seine ganze Kraft gekostet, zurück zu dem privaten Steg zu gelangen, an dem das Boot lag.

»Geduld«, sagte er noch einmal laut zu sich selbst. »Du bist klüger als sie alle zusammen. Das wird ein Kinderspiel.«

Adrenalin schoss durch seine Adern bei dem Gedanken

daran, wie Carly realisieren würde, dass er die ganze Zeit dahintergesteckt hatte. Er würde ihre Reaktion genießen, aber nur kurz. Dann würde er sie töten und ins Meer werfen, wo niemand ihre Leiche finden würde. Die Haie würden dafür sorgen.

Zufrieden, dass es nicht mehr lange dauern würde, lächelte der Mann. So aufgeregt war er seit Jahren nicht mehr gewesen. »Genieße dein Leben, solange du kannst«, sagte er laut. »Weil ich dich holen werde.«

KAPITEL FÜNFZEHN

Carly war froh festzustellen, dass sie seit ihrer Ankunft in Kennas Wohnung nicht mehr an Shawn oder Luke – oder sonst jemanden, der sie vielleicht nicht mochte – gedacht hatte. Sie war jetzt seit zwei Stunden hier ... und hatte nur gelacht und ihre Zeit mit den anderen Frauen genossen.

Anscheinend gehörten diese Übernachtungspartys jetzt zur Tagesordnung und Aleck hatte sich daran gewöhnt, aus seiner eigenen Wohnung geworfen zu werden, damit die Frauen dort abhängen konnten. Als sie Kenna darauf ansprach, hatte sie nur gelacht und gesagt, dass ihr Mann mehr als glücklich darüber war zu gehen, denn es war ihm viel lieber, dass sie sich in der sicheren Umgebung ihrer Wohnung trafen, anstatt auszugehen, wo sie vielleicht belästigt werden könnten. Außerdem würde sich das Team bei Slate zu einem Männerabend treffen.

Sie hatten bereits zu Abend gegessen. Aleck hatte es bei Helena's, einem der besten Restaurants für authentische hawaiianische Küche auf der Insel, geholt. Zum Nachtisch hatte es Malasadas gegeben, die Elodie von Leonard's Bäckerei mitgebracht hatte. Und natürlich waren in den letzten Stunden jede Menge Margaritas ausgeschenkt worden.

Carly war entspannt und glücklich. Es war toll, Zeit mit ihren Freundinnen zu verbringen. Sie fühlte sich ... normal. Und nach allem, was sie über Monica gehört hatte, war sie froh, die Frau endlich kennenzulernen.

Sie war still, wie Kenna es gesagt hatte. Aber sie war präsent und folgte allem, was um sie herum vor sich ging. Sie war nicht distanziert und sah nicht gelangweilt aus ... sie sagte nur nicht viel, was in Ordnung war, da die anderen anscheinend genug Gesprächsstoff hatten.

»Also ...«, sagte Kenna gedehnt mit einem wissenden Gesichtsausdruck, »hast du uns etwas mitzuteilen, Mo?«

Monica sah überrascht aus. »Ähm, nein.«

»Natürlich nicht«, spottete Kenna. Sie und Carly saßen beide mit übereinandergeschlagenen Beinen auf der Couch. Elodie lag auf einem riesigen Sitzsack in der Ecke, Lexie saß mit einem Kissen unter dem Hintern auf dem Boden und lehnte sich gegen das Sofa. Ashlyn war gerade in der Küche und mixte eine weitere Runde Getränke und Monica lag ausgestreckt auf dem Liegesessel.

»Du kannst es uns anvertrauen. Wir sind deine besten Freundinnen«, sagte Kenna. Sie war betrunken, aber sie war immer fröhlich, wenn sie Alkohol in ihrem Kreislauf hatte. Das war an diesem Abend nicht anders. Ihre Wangen waren gerötet und sie hatte den ganzen Abend lustige Geschichten über einige der Kunden erzählt, mit denen sie zu tun hatte.

»Ich bin mir nicht sicher, was ihr hören wollt«, verteidigte sich Monica.

Kenna beugte sich vor. »Du hast heute Abend hundertmal gepinkelt und als Pid dich abgesetzt hat, habt ihr noch mehr rumgeturtelt als sonst. Was wirklich cool ist. Ich hatte heute auch so eine Phase mit Aleck, bevor ihr gekommen seid, aber Pid wirkte heute besonders ... beschützend.«

Carly sah Monica an und bemerkte, wie ihre neue Freundin errötete. Sie sah nach unten und fing an, an einem Faden an dem Kissen zu zupfen, das sie auf ihrem Schoß hatte.

»Vielleicht will sie nicht reden«, sagte Carly und gab ihr eine Ausrede.

»Das will sie. Ich meine, wenn sie nicht mit uns reden kann, mit wem dann?«, erwiderte Kenna. »Und zu dir komme ich gleich noch«, sagte sie zu Carly und drohte ihr mit dem Finger.

Carly verdrehte die Augen.

»Kenna hat recht, du kannst uns alles erzählen«, sagte Elodie zu Monica.

»In Ordnung, nun ... wir wollten es eine Weile für uns behalten, aber ihr seid ja schlimmer als blutrünstige Hunde. Ich bin schwanger, okay?«

Nach ihrer Ankündigung herrschte Stille im Raum, dann begannen alle gleichzeitig zu kreischen.

»Oh mein Gott, herzlichen Glückwunsch!«

»Das ist toll!«

»Wow!«

»Das erste SEAL-Baby!«

»Ich wusste es«, sagte Kenna selbstgefällig und lehnte sich mit einem breiten Lächeln im Gesicht zurück.

»Wie?«, fragte Monica. »Ich trinke sowieso keinen Alkohol, also kann das kein Hinweis gewesen sein. Und es ist nicht so, dass es schon zu sehen ist. Ich bin noch im ersten Trimester.«

»Du legst deine Hand immer wieder auf deinen Bauch, was du normalerweise nicht tust.«

Monica lächelte und schüttelte den Kopf. »Du bist wirklich gut.«

»Ich weiß«, gab Kenna zurück. Dann beugte sie sich vor und streckte ihre Hand mit der Handfläche nach oben aus. Monica nahm sie. Die beiden Frauen hielten einen Moment lang Händchen. »Ich freue mich für dich.«

»Vielen Dank, ich ... wir haben das nicht genau geplant. Ich meine, wir wollen beide Kinder, aber wir hatten geplant, mindestens ein Jahr zu warten, um etwas Zeit als Paar zu haben.« Monica schüttelte den Kopf. »Aber ich schätze, wir waren nicht vorsichtig genug.«

»Das machen unsere Männer mit uns. Es ist schwer, an Empfängnisverhütung zu denken, wenn du total scharf bist und sie dich mit ihren Fick-mich-Augen ansehen«, sagte Elodie.

Alle brachen in Gelächter aus.

»So wahr«, bestätigte Lexie mit einem bösen Grinsen auf dem Gesicht.

Ashlyn kam mit einem Tablett voller Gläser ins Wohnzimmer zurück. Es war erstaunlich, dass sie nichts verschüttete, da sie definitiv nicht nüchtern war. Sie stellte das Tablett auf den Tisch und deutete darauf. »Eine solche Ankündigung verdient einen Toast! Monica, dieses Glas ist deins ... purer Orangensaft.«

»Danke«, sagte Monica.

Carly war erleichtert, dass es niemanden zu kümmern schien, dass die andere Frau keinen Alkohol trank, Schwangerschaft hin oder her. Sie hatte im Laufe der Jahre ein paar Freundinnen gehabt, die abfällige Bemerkungen gemacht hatten, wenn jemand keine Lust hatte, sich zu betrinken. Es war schön, mit Frauen zusammen zu sein, die einander so zu respektieren und zu mögen schienen, wie sie waren.

»Auf Monicas und Pids Baby!«, sagte Ashlyn und hielt ein Glas hoch.

Alle beugten sich vor, schnappten sich ein Getränk und hielten es hoch.

»Auf Mo!«

»Auf Babys!«

»Auf Fruchtbarkeit und durchsetzungsfähiges Sperma!«
Carly spuckte fast ihr Getränk aus.

»Darauf, dass ihr für eine Weile kein Kondom benutzen
müsst«, fügte Elodie hinzu.

»Oh Mann, ich bin so neidisch«, stöhnte Lexie.

Nachdem Ashlyn sich neben Lexie auf den Boden
gesetzt hatte, drehte sich Kenna zu Carly um. Sie wappnete
sich.

»Also ... wie läuft es mit dir und Jag?«

»Es läuft gut«, sagte Carly.

Elodie schüttelte den Kopf. »Wir brauchen mehr Details.
Rede, Frau.«

Carly grinste. Elodies Versuch, hart zu wirken, war ziemlich amüsant. Aber da Carly wirklich einen Rat brauchte,
war sie nicht verärgert. »Ich meine, er ist unglaublich,
aufmerksam, unterstützend und ich hatte kein einziges Mal
Angst vor ihm.«

Die anderen Frauen runzelten alle die Stirn. Carly fuhr
schnell fort: »Ihr wisst, dass meine Beziehung mit Shawn
nicht gut war. Ich meine, am Anfang war sie das, aber dann
fing er an, mir das Gefühl zu geben, der letzte Dreck zu sein,
und hat mich misshandelt. Es kam zu dem Punkt, an dem
ich sehr vorsichtig sein musste, was ich in seiner Gegenwart
sagte, damit ich ihn nicht aufregte.«

»Jag ist nicht so«, sagte Elodie entschlossen. »Keiner der
Männer.«

»Ich weiß«, stimmte Carly zu. »Es ist toll mit ihm. Ich
freue mich darauf, wenn er nach Hause kommt, genieße
unsere gemeinsame Zeit und es ist schwer, sich morgens zu
verabschieden, wenn er zur Arbeit geht.«

»Ich bin nicht überrascht, dass er dich überredet hat, zu

ihm zu ziehen«, sagte Lexie. »Das scheint ein Muster bei unseren Jungs zu sein.«

»Hast du Pläne, in deine Wohnung zurückzuziehen?«, fragte Kenna.

Carly zuckte mit den Schultern. »Nein?«

»War das eine Feststellung oder eine Frage?«, hakte Lexie nach.

»Beides, glaube ich. Ich will nicht zurück in meine Wohnung. Ich lebe gern mit Jag zusammen. Unser Zusammenleben funktioniert sehr gut. Ich weiß, dass die Dinge noch ziemlich frisch sind, aber trotzdem.«

»So frisch nun auch wieder nicht«, wandte Kenna ein. »Wie Lexie sagte, bei unseren Männern gibt es ein Muster. Sie verlieben sich schnell und spielen nicht herum, wenn sie ihre Beziehungen vorantreiben wollen.«

»Ich denke, deshalb bin ich etwas verwirrt«, gab Carly zu.

»In welcher Hinsicht?«, fragte Elodie sanft.

»Ich fühle mich zu ihm hingezogen und ich glaube, er sich auch zu mir.«

»Das tut er«, warf Monica ein.

Carly sah zu ihr hinüber. Die Bestätigung fühlte sich irgendwie noch glaubwürdiger an, wenn sie von der normalerweise ruhigen Frau kam als von Kenna oder einer der anderen Frauen.

»Ein- oder zweimal war ich es, die ihn aufgehalten hat, wenn es zu intim wurde. Aber ich habe das Gefühl, wenn nicht ich ... hätte er es getan. Er hat ein paar Dinge gesagt, die mir das Gefühl geben, dass er sich nicht sicher ist, ob er intim mit mir sein will«, gab Carly zu. Sie konnte nicht glauben, dass sie darüber sprach, aber sie brauchte wirklich einen Rat. »Er wird hart, also weiß ich, dass er mich will, aber er drängt mich nie zu mehr. Und irgendwie will ich ihn jetzt auch. Aber er scheint damit zufrieden zu sein, nur zu küssen und zu kuscheln.«

»Er ist sich wahrscheinlich nicht sicher, ob du bereit für mehr bist«, sagte Elodie.

»Er hat mir immer wieder gesagt, dass er nichts tun will, was mir unangenehm sein könnte«, ergänzte Carly. »Aber jetzt, da ich sicher bin, dass ich bereit für mehr bin, bin ich mir nicht mehr sicher, ob er es ist.« Sie nahm einen großen Schluck von ihrem Getränk, bevor sie fortfahren konnte. »Ich befürchte, dass er gar nicht mehr will.«

»Ich bezweifle, dass das stimmt«, sagte Lexie stirnrunzelnd. »Vielleicht versucht er zu warten, bis deine Situation sich geklärt hat?«

»Nun, scheiße, wenn das der Fall ist, warten wir vielleicht ewig«, grummelte Carly.

»Hast du ihm gesagt, dass du Sex haben willst?«, fragte Kenna. »Manchmal sind Männer einfach ahnungslos, vor allem unsere. Sie beobachten sehr genau, was um sie herum passiert, wenn sie im SEAL-Modus sind, aber wenn es um Frauen geht ... manchmal nicht so sehr.«

»Ich habe nicht direkt ›Fick mich Jag, ich bin bereit‹ oder so gesagt«, beantwortete Carly die Frage und wusste, dass sie rot wurde.

»Vielleicht solltest du das«, fügte Kenna mit einem Achselzucken hinzu.

»So bin ich nicht«, protestierte Carly. »Ich meine, Frauen in Büchern und Filmen sagen so etwas vielleicht, aber im echten Leben klingt das einfach komisch.«

»Dann musst du ihm vielleicht zeigen, dass du bereit bist«, schlug Lexie vor.

»Ja«, bestätigte Elodie und nickte. »Du kannst dich zum Beispiel nackt ausziehen, während er kocht, und dich im Wohnzimmer auf den Tisch legen. Diesen Hinweis wird er bestimmt verstehen.«

Alle lachten.

»Ich nehme an, das hat in deinem Fall einmal funktioniert?«, neckte Lexie die andere Frau.

Elodie wurde rot, nickte aber. »Oh ja«, sagte sie verträumt. »Bei mir hat es sehr gut funktioniert.«

»Wir waren noch nicht einmal nackt miteinander. Auf keinen Fall könnte ich einfach unbekümmert ohne Kleidung durch die Wohnung gehen«, sagte Carly.

»Ihr schlaft doch jede Nacht in einem Bett, oder?«, fragte Kenna.

Carly nickte. Das hatte sie Kenna kürzlich gestanden. »Ja, normalerweise essen wir zu Abend, hängen zusammen ab, reden eine Weile und machen rum. Dann kuscheln wir auf der Couch, ich gehe ins Bett und er kommt später nach.«

»Das musst du vielleicht ändern«, sagte Kenna zu ihr. »Bitte ihn, mit dir gemeinsam ins Bett zu gehen. Ja, die Sache mit dem Badezimmer kann unangenehm sein ... pinkeln, Zähne putzen, sich umziehen. Aber wenn du dich vor ihm ausziehst und in das T-Shirt wechselst, dass du dir von ihm zum Schlafen geklaut hast, gibt ihm das vielleicht einen Anstoß.«

»Oder du könntest ihm einen blasen, wenn er ins Bett kommt«, schlug Lexie vor. »Männer lieben das.«

»Ich habe noch nie ... ich bin mir nicht sicher, ob ich das beim ersten Mal machen möchte«, sagte Carly unbeholfen.

»Wie wäre es, wenn du dich auf ihn legst?«, fragte Kenna. »Du hast gesagt, er zieht dich an sich, wenn er ins Bett kommt, also warum gehst du nicht einfach einen Schritt weiter, drehst dich um, legst ein Bein über ihn und rutschst dann langsam rüber? Wenn du auf ihm liegst, schaust du ihm in die Augen und sagst, dass du bereit bist, dass du ihn willst.«

Allein bei dem Gedanken daran wurde Carly rot. Aber je mehr sie darüber nachdachte, desto besser gefiel ihr die

Idee. Jag war immer sehr darauf bedacht gewesen, sie nicht zu sehr zu drängen, aber vielleicht würde er sich wohler fühlen, wenn sie den ersten Schritt machte. Er würde endlich verstehen, dass sie wirklich bereit war, mit ihm zu schlafen.

»Ihr passt wirklich gut zusammen«, warf Ashlyn ein. »Jeder kann sehen, dass ihr verrückt nacheinander seid. Manchmal muss man einfach dem nachgehen, was man will.«

Carly nickte.

»Und wann wirst du dem nachgehen, was du willst?«, fragte Lexie die andere Frau.

Ashlyn sah überrascht aus. »Ich?«

»Ja, du«, sagte Lexie. »Du hast gesagt, es sei offensichtlich, dass Carly und Jag verrückt nacheinander sind. Das Gleiche gilt für dich und Slate.«

Ashlyn atmete tief durch und schüttelte den Kopf. »Die meiste Zeit können wir uns nicht ausstehen, wenn wir zusammen sind«, protestierte sie.

»Was normalerweise bedeutet, dass ihr das Offensichtliche leugnet«, erwiderte Elodie.

»Glaubt bloß nicht, dass Slate und ich heiraten oder so«, sagte Ashlyn.

»Wer hat etwas von Heiraten gesagt?«, fragte Kenna. »Aber es ist nichts falsch an einem guten altmodischen Fick.«

Alle brachen wieder in Gelächter aus. Kenna nahm kein Blatt vor den Mund.

»Ich meine es ernst«, sagte sie, als sich alle wieder unter Kontrolle hatten. »Viele Frauen haben lockere Beziehungen. Es ist nichts falsch daran, Sex mit jemandem zu haben, wenn die Chemie zwischen euch stimmt. Und Ash, zwischen dir und Slate ist eine Menge Chemie«, sagte Kenna.

Carly nickte zusammen mit den anderen Frauen.

»Ich bin mir ziemlich sicher, dass ich ihn nerve«, wehrte Ashlyn mit einem Achselzucken ab. »Und dieses Gefühl beruht auf Gegenseitigkeit. Er ist zu herrisch, zu beschützend. Mit so einem Freund würde ich niemals umgehen können.«

»Aber vielleicht als Liebhaber?«, drängte Kenna weiter.

Ashlyn rümpfte die Nase. »Ich bin mir nicht sicher, ob das besser wäre.«

»Denk nur an all das Testosteron, wenn ihr im Bett seid«, sagte Elodie leise. »Ich kann dir aus Erfahrung sagen ... das ist eine verdammt gute Erfahrung.«

Lexie, Kenna und Monica nickten alle zustimmend.

Carly fühlte einen Stich der Eifersucht – gefolgt von Entschlossenheit. Sie wollte, was ihre Freundinnen hatten. Sie hatte kaum Zweifel, dass Jag im Bett großartig sein würde. Er behauptete, dass er nicht viel Erfahrung hätte, aber sie wusste nicht, ob er das ernst meinte oder ihr nur ein besseres Gefühl geben wollte.

»Ich werde nichts mit Slate anfangen«, fuhr Ashlyn fort. »Damit müsst ihr einfach klarkommen.«

»Wenn er also jemand anderen trifft, wärst du nicht verärgert?«, fragte Monica. »Wenn diese Frau dann mit uns abhängt und darüber redet, wie gut ihr Mann im Bett ist, wie wir es jetzt tun? Das würde dich nicht ärgern?«

»Nein«, sagte Ashlyn bestimmt.

Carly hätte ihr vielleicht geglaubt, wenn dieser Aussage nicht ein großer Schluck aus ihrem Glas gefolgt wäre. Der Gedanke, Slate mit einer anderen Frau zu sehen, beunruhigte sie eindeutig, aber sie war noch nicht an dem Punkt angekommen, es sich einzugestehen.

»Denk darüber nach«, sagte Lexie sanft. »Slate ist toll. Aber er ist verdammt ungeduldig, das wissen wir alle. Irgendwann könnte er beschließen, sich umzuorientieren.«

Alle waren für einen Moment still, bevor Monica sagte: »Ich muss pinkeln.«

Carly musterte Ashlyn, während alle lachten. Die andere Frau sah fast niedergeschlagen aus, aber so schnell sich der Ausdruck auf ihrem Gesicht gezeigt hatte, verschwand er auch wieder.

»Komm schon«, sagte Elodie, stand auf und streckte ihre Hand aus. »Ich werde mitkommen.«

»Du weißt schon, dass wir nicht in einer Kneipe sind. Ihr müsst nicht zu zweit gehen«, warf Kenna ein.

»Ich weiß, aber das ist Mädchencode«, beharrte Elodie.

»Wie wäre es, wenn wir die Party auf den Balkon verlegen?«, schlug Lexie vor.

»Tolle Idee, ich hole ein paar Decken«, sagte Kenna und sprang von der Couch auf.

»Und ich hole die restlichen Malasadas, die wir noch nicht gegessen haben«, sagte Carly.

Stunden später, als Carly auf der Couch lag und betete, dass der Raum aufhören sollte, sich zu drehen, damit sie schlafen konnte, konnte sie nicht aufhören zu lächeln. Der Abend war lustig gewesen. Sie hatte es vermisst, mit Kenna und den anderen abzuhängen. Shawn hatte ihr so viel genommen und fast hätte er ihr auch das hier genommen.

Sie hörte Elodie auf dem großen Sitzsack in der Ecke des Zimmers schnarchen und schwor sich, nie wieder jemanden zwischen sich und ihre Freundinnen kommen zu lassen. Sie begann auch, Pläne zu machen. Sie wollte, was die anderen hatten. Sie wollte Jag. Sie wollte, dass er wusste, wie viel er ihr bedeutete. Und da sie zu feige war, es ihm zu sagen, würde sie es ihm zeigen müssen.

Sie wusste nicht wann, aber sie dachte, dass sie es wissen würde, wenn die Zeit reif dafür war. Sie konnte es kaum erwarten.

KAPITEL SECHZEHN

»Willst du mir wirklich nicht sagen, wohin wir heute gehen?«, schmeichelte Carly.

Die Tage vergingen überraschend schnell und während sowohl sie als auch Jag frustriert über den Mangel an neuen Informationen über ihre Situation waren, dachte Carly nicht mehr wirklich darüber nach. Natürlich war das leichter gesagt als getan, aber sie war ziemlich stolz darauf, wie gut es ihr ging. Neulich war sie sogar zum zweiten Mal allein in den Supermarkt gefahren. Jag war arbeiten und Carly kam sich blöd vor, Kenna oder jemand anderen anzurufen, um ihre Hand zu halten, während sie etwas Butter holte, damit sie Kekse backen konnte, um Jag zu überraschen.

Jag und Slate waren vor einiger Zeit zu ihrer Wohnung gefahren und hatten ihren alten Ford Escape zu seiner Wohnung geholt. Die Fahrt zum Laden war nicht so schwierig, wie sie es sich für ihren ersten Ausflug allein vorgestellt hatte. So wie Elizabeth es ihr beigebracht hatte, hatte sie Ausschau gehalten, ob ihr vielleicht jemand folgte. Anstatt nach unten oder auf ihr Telefon zu schauen, hielt Carly den

Kopf hoch und schaute den Leuten im Laden in die Augen, an denen sie vorbeiging. Das gab ihr das Selbstvertrauen, das sie brauchte, um den kurzen Trip zu überstehen.

Es war bei Weitem ihr bisher größter Schritt gewesen und Jag hatte ihr viele Komplimente gemacht. Carly wusste, dass er nicht glücklich darüber war, dass Shawns mysteriöser Komplize immer noch eine Bedrohung darstellte, aber was sie anging ... kam sie langsam damit klar, dass sie vielleicht nie herausfinden würden, wer es war. Sie könnte sich in diesem Fall nicht ihr Leben lang verstecken. Sie war stolz darauf, wie weit sie gekommen war, obwohl sie wusste, dass sie ohne Jag an ihrer Seite, der sie anfeuerte und unterstützte, noch nicht so weit wäre.

Er hatte ihr gestern Abend gesagt, dass er heute eine Überraschung für sie hätte, wollte ihr aber nicht sagen, wohin sie fuhren. Der einzige Hinweis war, dass sie geschlossene Schuhe tragen sollte.

»Gehen wir Ziplining?«, fragte sie.

»Ich verrate es nicht, es ist eine Überraschung«, sagte Jag mit einem Lächeln. »Aber ich denke, es wird dir gefallen.«

Auch mit Jag lief es erstaunlich gut. Ja, sie war dankbar für alles, was er getan hatte, um ihr zu helfen, aber ihre Gefühle gingen so viel tiefer. Sie genoss es jeden Tag mehr, mit ihm zusammen zu sein. Er war lustig und süß, und selbst wenn sie nicht miteinander sprachen, sondern nur still am selben Ort waren, fühlte sie sich wohl und war glücklich.

Sie verbrachten die Nächte immer noch aneinandergekuschelt in seinem Bett und ihre körperliche Anziehung war so intensiv wie eh und je. Ihre Knutsch-Sessions waren intimer geworden ... aber jetzt, da sie bereit war, die Dinge auf die nächste Stufe zu heben, schien es, als hielte Jag sich noch mehr zurück. Carly hatte keine Ahnung warum.

Sie war bereit für mehr, bereit, mit Jag zu schlafen. Aber

jedes Mal, wenn sie versuchte, den Mut aufzubringen, den ersten Schritt zu machen, wie ihre Freundinnen es vorgeschlagen hatten, hielt etwas sie davon ab. Jag schien nicht allzu sehr an Sex interessiert zu sein, und das war besorgniserregend. Mit jedem Tag, der verging, wuchs Carlys Verlangen. Sie glaubte nicht, dass er nicht mit ihr zusammen sein wollte, aber abends, wenn sie sich küssten, hielt er sich stets zurück. Es war verwirrend ... und frustrierend.

»Carly?«, fragte er.

Ihr wurde klar, dass sie ins Leere gestarrt hatte, während sie nachdachte. Sie drehte sich zu ihm um. »Ja?«

»Bist du okay? Du wirkst heute ... nachdenklich.«

»Ich nehme an, das bin ich. Aber mir geht es gut. Ich meine, manchmal fühle ich mich wie auf einer Achterbahn. An manchen Tagen fühle ich mich wie mein altes Ich, an anderen fällt es mir schwer.«

»Ich denke, das ist normal. Aber ich bin sehr stolz auf dich.«

»Vielen Dank. Ich bin auch stolz auf mich.«

Jag hob ihre verschränkten Hände hoch und küsste sie auf den Handrücken, wobei Carly Gänsehaut auf dem Arm bekam.

Sie bemerkte, dass sie zur Ostseite der Insel fuhren, konnte aber immer noch nicht erraten, wohin genau. Sie hatte noch nicht viel Zeit hier draußen verbracht und hatte keine Ahnung, was es in der Gegend zu sehen gab. Die Straße machte einen Bogen in Richtung Norden und Carly konnte das Meer sehen.

»Das ist so hübsch«, sinnierte sie.

»Bevor ich zur Navy ging, hatte ich noch nie das Meer gesehen«, sagte Jag.

Carly starrte ihn ungläubig an. »Ernsthaft?«

»Ja, es gibt nicht viel Meer in Oklahoma.«

»Das nehme ich an. Aber du bist ein guter Schwimmer, oder?«

Er lachte. »Ich bin ein SEAL.«

»Was bedeutet, dass du ein guter Schwimmer bist«, sagte Carly. »Tut mir leid, dumme Frage.«

»Keine Frage, die du stellst, ist dumm«, versicherte er ihr.

»Erinnere mich daran, dich niemals zum Wettschwimmen herauszufordern«, scherzte sie. »Ich meine, ich bin eine gute Schwimmerin und kann mich behaupten, aber ich war niemals bei Wettkämpfen oder so. Ich war mein ganzes Leben lang mittelmäßig.«

»Du bist nicht mittelmäßig«, erwiderte Jag energisch.

»Das habe ich nicht abwertend gemeint«, beruhigte Carly ihn. »Ich bin einfach … ich war in allem, was ich getan habe, immer durchschnittlich. Ich glaube, das hat meine Eltern frustriert. Sie wollten, dass ich die Beste in irgendetwas bin. Aber ich war nie herausragend, egal was ich ausprobiert habe.«

»Das ist nicht schlimm«, sagte Jag.

»Als ich in der Highschool war, war mir das nicht so wichtig. Ich hatte Freundinnen und mein Leben war ziemlich sorglos. Solange ich Spaß hatte, war es mir egal, ob ich verliere oder nicht die besten Noten bekomme. Aber im College hatte ich das Gefühl, dass mich niemand wirklich sieht. Ich war zu durchschnittlich.«

»Ich habe dich gesehen«, sagte Jag schlicht.

Die vier Worte schossen Carly direkt ins Herz. »Ich dachte, dass ich nach Shawn sehr lange keine andere Beziehung eingehen wollte. Aber irgendwie hast du dich unter meinem Schutzschild durchgeschlichen. Jetzt kann ich mir nicht mehr vorstellen, ohne dich zu sein.«

Jag grinste sie an und drückte ihre Hand. »Dito.« Dann sagte er: »Schau, da drüben ist Mokolii, im Volksmund auch

›Chinaman's Hat‹ genannt, da es wie ein chinesischer Hut aussieht, aber ich finde den hawaiianischen Namen viel schöner.«

Carly starrte auf die Insel, die nicht allzu weit vom Ufer entfernt war, als sie vorbeifuhren. »Es gibt eine Menge kleiner Inseln in der Umgebung von Oahu, nicht wahr?«, überlegte sie.

»Im Bundesstaat Hawaii gibt es einhundertsiebenund-dreißig anerkannte Inseln«, sagte Jag.

Carly sah ihn überrascht an. »Wirklich?«

»Ja, aber in Wirklichkeit sind es mehr als hundert-fünfzig oder noch mehr, wenn man die kleineren und größ-tenteils unbewohnten Inseln, Korallenriffe und Atolle mitzählt.«

»Wow, ich hatte keine Ahnung.«

Jag erzählte ihr, wie die Inseln durch Vulkanaktivitäten entstanden und eigentlich exponierte Gipfel eines Unter-wassergebirges seien. Es war interessant, sich vorzustellen, dass sie ganz oben auf einem Berg lebten und wie es wohl ohne das Meer aussehen würde.

Jag wurde langsamer und schaltete den Blinker ein. Carly blickte nach links und sah ein Schild, auf dem *Will-kommen auf der Kualoa Ranch* stand.

»Ich habe von diesem Ort gehört«, sagte Carly aufgeregt. »Hier wurden Szenen des Films *Jurassic Park* gedreht, oder?«

Jag lachte. »Das stimmt. Es ist eigentlich ein Natur-schutzgebiet und eine Rinderfarm, aber viele Szenen wurden im Ka'a'awa-Tal gedreht. Auch für die Krimiserie *Hawaii Fünf-Null*, die Serie *Lost* und andere. Es gibt auch einen unterirdischen Bunker, in dem die Bewohner während des Zweiten Weltkriegs Schutz suchen konnten.«

»Cool«, hauchte Carly.

»Und ... falls du dir Sorgen darüber machen solltest, hier draußen verwundbar zu sein ... ich habe noch eine

Überraschung«, sagte Jag, nachdem er in eine Parklücke gefahren war.

Carly war überrascht, dass sie nicht einmal daran gedacht hatte, sich Sorgen zu machen, dass ihr jemand folgte. Aber Jag hatte recht, ein abgelegenes Tal könnte für jemanden, der sie entführen oder auf sie schießen wollte, eine gute Gelegenheit sein. Aber bevor sie etwas sagen konnte, fuhr er fort.

»Wir treffen alle anderen hier.«

»Alle?«, fragte Carly.

»Ja. Sogar Baker hat zugesagt.«

»Oh mein Gott, das wird unglaublich. Vielen Dank!«

»Ich würde alles tun, um dich lächeln zu sehen«, sagte Jag.

Carly konnte sich nicht davon abhalten, sich Jag in die Arme zu werfen. Es war unangenehm mit der Armlehne zwischen ihnen, aber sie hörte ihn lachen, als er sie auffing. Carly küsste ihn fest. Sie konnte sich nicht erinnern, wann sie sich das letzte Mal so sehr über etwas gefreut hatte.

Sie zog sich zurück und lehnte sich auf ihrem Sitz zurück. »Also? Lass uns gehen!«, sagte sie.

»Ganz locker, mein Engel«, sagte Jag mit einem Grinsen. »Ich komme rum.«

Carly hüpfte praktisch auf ihrem Sitz auf und ab, als Jag ausstieg. Aber selbst in ihrer Aufregung machte sie keine Anstalten auszusteigen. Sie und Jag hatten eine Routine, und das war für sie in Ordnung. Wenn jemand den Grund für ihre Vorsicht nicht kannte, könnte er denken, es sei übertrieben oder Jag wäre ein Macho, aber ehrlich gesagt würde Carly sich nicht wohl damit fühlen auszusteigen, bevor Jag die Umgebung überprüft hatte. Das war das Schwierigste daran gewesen, allein zum Lebensmittelgeschäft zu fahren ... allein aus dem Wagen auszusteigen.

In der Sekunde, in der er die Tür öffnete, sprang Carly

heraus und umarmte ihn erneut. »Falls ich vergesse, es dir später zu sagen, ich hatte heute sehr viel Spaß.«

Er lachte und das Geräusch durchfuhr Carly. »Gern geschehen.«

Dann registrierte sie endlich etwas anderes, was er erwähnt hatte. »Du hast gesagt, Baker kommt auch?«

»Richtig.«

»Heilige Scheiße, ich weiß nicht, ob ich bereit bin, ihn zu treffen«, grübelte Carly und ihre Vorfreude ließ etwas nach. Sie erinnerte sich an alles, was die anderen Frauen über ihn gesagt hatten, und war sich jetzt nicht mehr so sicher, ob sie dem Mann von Angesicht zu Angesicht begegnen wollte.

»Das bist du«, sagte Jag. »Komm, lass uns nachsehen, ob die anderen schon da sind.«

Er nahm ihre Hand und sie gingen zu der Treppe, die in eines der Gebäude führte. Die gesamte Vorderseite war mit einer riesigen Veranda gesäumt, auf der Tische standen, an denen die Leute zu Mittag aßen, auf den Beginn ihrer Tour warteten oder einfach nur entspannten. Jag hielt ihr die Tür auf und Carly betrat einen riesigen Souvenirladen. Es juckte ihr in den Fingern, alles zu durchstöbern, um ein paar coole Dinosaurier-Souvenirs zu finden. Aber als könnte Jag ihre Gedanken lesen, beugte er sich zu ihr hinunter und sagte: »Nach der Tour.«

Carly schmollte gespielt, aber sie war nicht wirklich verärgert. Wie konnte sie es auch sein?

Mit einer Hand auf ihrem Rücken führte Jag sie durch den überraschend überfüllten Laden. Es war noch früh, aber es war offensichtlich, dass die Kualoa Ranch ein sehr beliebtes Ausflugsziel für Touristen und Einheimische war. Sie traten durch die Hintertür in eine Art Hof hinaus. Beim Anblick der hoch aufragenden grünen Berge in der Ferne atmete Carly scharf ein.

»Das ist so schön«, seufzte sie.

»Ja«, sagte Jag leise.

Als Carly sich umdrehte, sah sie, dass er sie anstarrte und nicht die erstaunliche Aussicht vor ihnen betrachtete. »Die Berge«, stellte sie klar.

»Die auch«, sagte er.

Carly konnte nicht anders, als den Kopf zu schütteln. Sie wusste, dass sie rot wurde, aber sie liebte es, Komplimente von Jag zu bekommen.

»Sie sind hier!«, hörten sie eine Stimme von rechts.

Carly drehte sich um und sah, wie Kenna ihnen zuwinkte. Es sah so aus, als wären sie und Jag die Letzten, die ankamen. »Wussten die anderen Frauen von heute?«, fragte sie Jag.

»Nein. Die Männer haben beschlossen, es geheim zu halten.«

»Das dachte ich mir. Kenna könnte kein Geheimnis für sich behalten.«

Jag grinste. »Das hat Aleck auch gesagt.«

Sie gingen zu der großen Gruppe ihrer Freunde und Carly umarmte alle, als hätte sie sie seit Monaten nicht gesehen.

»Sie werden uns in zwei Gruppen aufteilen«, sagte Mustang. »Lexie, Midas, Ashlyn, Baker und Slate werden in einer Gruppe sein, und Kenna, Aleck, Elodie, ich und ihr beide in der anderen, wenn das okay ist.«

Carly hatte Baker bereits ganz vergessen. Sie blendete Mustang und Jag aus, die über die Logistik sprachen, und wandte sich an den einzigen Menschen in der Gruppe, den sie noch nicht kennengelernt hatte. Er stand abseits, die Arme verschränkt, und musterte sie aufmerksam.

Sie sagte sich, dass sie jetzt die mutige Carly war und nicht feige, holte tief Luft und trat auf den Mann zu. In dem Moment, in dem er sah, dass sie sich bewegte, näherte er sich ihr.

»Du musst Carly sein«, sagte er mit leiser, grollender Stimme.

»Und du musst Baker sein«, gab sie zurück und streckte die Hand aus.

Baker nahm sie in seine und Carly hielt den Atem an. Dieser Mann war ... es war schwer, das richtige Adjektiv zu finden. Sie hatte von den anderen alles über ihn gehört, aber das hatte sie nicht wirklich auf dieses Treffen vorbereitet.

Es fühlte sich an, als würde ihn eine Aura der Gefahr umgeben. Sie konnte es förmlich sehen. Als würde er sich sofort auf ihn stürzen, sollte jemand auch nur eine falsche Bewegung machen. Er erinnerte sie an einen Panther, schön und tödlich zugleich. Sie starrte ihn an, nicht sicher, ob sie davonlaufen sollte oder ob ihn das irgendwie zum Angriff bewegen würde.

Sie spürte Jags Anwesenheit, bevor er seine Hand auf ihren Rücken legte. Sie konnte nicht anders, als einen Schritt zurückzutreten und sich an ihn zu lehnen.

»Baker«, sagte Jag. »Schön, dich zu sehen.«

»Ebenso«, erwiderte Baker mit einem leichten Nicken.

»Gibt es etwas Neues?«

»Nein.«

Seine Antwort war knapp und er war offensichtlich nicht glücklich darüber. Carly wusste, dass sie über ihre Situation sprachen. Plötzlich fühlte sie sich schlecht, weil sie Baker für etwas anderes gehalten hatte, als er tatsächlich war ... ein Freund, der alles in seiner Macht Stehende tat, um ihr zu helfen. Das musste er nicht tun. Er kannte sie nicht, war nicht einmal mehr ein SEAL im aktiven Dienst. Aber Jag zufolge arbeitete er trotz des frustrierenden Mangels an Fortschritten immer noch intensiv daran herauszufinden, wer Shawn geholfen hatte. Dazu gehörte, viel Zeit weit weg von seinem Haus oben an der Nordküste zu verbringen, Shawns Freunde zu beobachten und zu versuchen, irgendetwas zu finden, das sie mit dem, was passiert war, in Verbindung brachte.

Bei der Übernachtungsparty neulich hatte Carly mehr Details über Monicas Entführung erfahren und wie Baker sich selbst in Gefahr gebracht hatte, um sie zu retten. Egal wie schroff und tödlich er wirkte ... er war ein guter Mann.

Bevor sie weiter darüber nachdenken konnte, machte Carly einen Schritt nach vorn und legte ihre Arme um Baker.

Er spannte sich in ihrer Umarmung an, aber Carly ließ ihn nicht los. Er war größer als Jag, wodurch sie sich noch kleiner als sonst vorkam, aber sie hielt durch. »Danke«, sagte sie leise. »Ich weiß es zu schätzen, dass du versuchst, mir zu helfen. Und danke für das, was du für Monica getan hast und Elodie, verdammt, für uns alle.« Sie sah zu ihm auf. »Das bedeutet kostenlose Verpflegung für den Rest deines Lebens«, erklärte sie.

»Was?«, fragte er und sah etwas nervös aus. Er hatte sie nicht zurück umarmt. Er hielt seine Arme leicht seitlich ausgestreckt, als wüsste er nicht, was er damit machen sollte.

»Du bekommst im Duke's lebenslang kostenlose Mahlzeiten. Wenn du in Waikiki bist und Hunger bekommst, kannst du dort gratis essen.«

»Hey, das bekomme ich nicht einmal!«, hörte Carly Aleck sagen. Aber sie hielt den Blick fest auf Baker gerichtet. »Ich weiß, du bist wahrscheinlich nicht sehr oft da unten, aber trotzdem. Ich habe nichts anderes zu bieten.«

Wenn sie ihn nicht direkt angestarrt hätte, hätte Carly vielleicht übersehen, wie der Ausdruck in seinen Augen sanfter wurde. Er verlor etwas von der tödlichen Aura, die ihn wie einen Umhang umgab. Aber er ging sofort wieder in die Verteidigung.

»Habe ich dich um etwas gebeten?«, fragte er.

Carly ließ sich nicht einschüchtern. »Nein, aber du bekommst es trotzdem.«

»Sag einfach danke«, warf Jag mit Humor in der Stimme ein.

»Danke«, sagte Baker emotionslos.

»Scheiße, ihm kann man genauso schwer danken wie Tex«, murmelte Mustang.

Carly hatte keine Ahnung, wer Tex war, also ignorierte sie den Kommentar. Dann wurde ihr unbehaglich zumute, weil sie Baker immer noch festhielt. Sie ließ ihn los und wich zurück, wobei sie gegen Jag stieß, der sie sofort stützte, indem er eine Hand um ihre Taille legte.

»Gern geschehen«, sagte Carly. »Trotzdem habe ich entschieden, dass es egal ist, ob wir jemals herausfinden, wer mit Shawn zusammengearbeitet hat. Ich verdränge ihn aus meinen Gedanken und lasse alles aus dieser Zeit in meinem Leben hinter mir. Ich schaue nach vorn.«

Baker durchbohrte sie mit seinen Blicken, als wüsste er, dass sie log. Sie versuchte, Shawn hinter sich zu lassen, aber es war nicht ganz so einfach, wie sie gehofft hatte. Dann wurde ihr klar, dass sie vielleicht etwas undankbar klang bei allem, was Baker für sie tat. »Ich meine, ich bin immer noch vorsichtig«, fügte sie hinzu. »Ich gehe kein Risiko ein, aber ich versuche, nicht mehr so viel Angst zu haben.«

Baker schaute über ihren Kopf hinweg, offensichtlich zu Jag, und sagte: »Wie ich sehe, haben die Einheiten mit Oberbootsfrau Albertson schon etwas bewirkt.«

Carly konnte Kenna hinter ihnen kichern hören. Es war urkomisch, dass die Männer ihre Trainerin nicht Elizabeth nannten. Aber für sie war es eine Frage des Respekts. Die Frau hatte hart gearbeitet, um sich ihren Rang zu verdienen, und sie respektierten das, indem sie ihren vollen Titel verwendeten, wenn sie über sie sprachen.

»Ja«, stimmte Jag zu.

Baker sah sie wieder an. »Gut. Obwohl ein bisschen Angst nicht schlecht ist. Das hält dich auf Trab. Wenn du zu selbstgefällig wirst, können schlimme Dinge passieren.«

»Was du nicht sagst«, murmelte Lexie.

Carly hatte das Gefühl, allen um sie herum etwas sagen zu müssen – allen Mitgliedern des SEAL-Teams und ihren Freundinnen –, und drehte sich um. »Niemand ist daran schuld, wenn etwas passiert«, sagte sie etwas energischer als beabsichtigt. »Manchmal passieren Dinge eben, egal wie vorsichtig wir sind. Und sollte es so kommen, werde ich versuchen, wie Elodie und Lexie, Kenna und Monica zu sein. Ich werde nicht ausflippen – zumindest werde ich es versuchen – und ich werde euch euer Ding machen lassen, um herauszufinden, wo ich bin, und den Mistkerl festzunageln, der es getan hat.«

»Verdammt«, seufzte Mustang und fuhr sich mit der Hand durchs Haar.

Midas und Aleck sahen aus, als wollten sie ernsthaft jemandem wehtun.

Pid presste fest seine Lippen zusammen und zog Monica an seine Seite, als würde sie das irgendwie vor allen Gefahren schützen, die draußen in der Welt lauerten.

Slate entwich ein Geräusch tief aus seiner Kehle und er wandte den Blick ab. Carly sah, dass Ashlyn ihn besorgt anschaute.

Als sie sich wieder Baker zuwandte, machte er absolut keine Mine, was irgendwie sein bisher gruseligster Gesichtsausdruck war.

Schließlich blickte sie zu Jag auf. Er hatte die Kiefer zusammengepresst, aber als sie ihn musterte, holte er tief Luft und bekam seine Emotionen unter Kontrolle. Dann beugte er sich einfach vor und küsste sie sanft auf die Schläfe.

Carly schloss die Augen und lehnte sich an ihn.

»Sind Sie alle bereit zum Aufbruch?«, fragte eine fröhliche Stimme, was Carly in Jags Armen zusammenzucken ließ.

»Ganz ruhig, mein Engel«, murmelte er.

Carly kam sich dumm vor, als sie sich umdrehte und zwei Angestellte der Ranch neben der Gruppe stehen sah. Sie trugen Cargohosen und T-Shirts mit der Aufschrift »Kualoa Ranch« und dem Bild eines riesigen Tyrannosaurus Rex auf der Vorderseite.

Mustang nickte und trat vor. »Wir haben uns in zwei Gruppen aufgeteilt, wie Sie verlangt haben«, erklärte er den jungen Mitarbeitern, die im College-Alter waren.

»Warte, was ist mit Monica und Pid?«, fragte Carly. Ihr fiel gerade auf, dass ihre Namen nicht erwähnt worden waren, als sie über die Gruppenaufteilung gesprochen hatten.

»Wir bleiben hier«, sagte Pid leichthin.

»Oh, aber ...«, begann Carly und Monica unterbrach sie.

»Es ist in Ordnung. Pid will nicht riskieren, dass etwas mit dem Baby passiert.«

Carly war sich nicht sicher, warum sie den ganzen Weg zur Ranch gefahren waren, wenn sie die Tour nicht mitmachten, aber sie dachte, dass sie vielleicht Baker sehen wollten, da sie ihn nicht oft zu Gesicht bekamen.

»Schon gut«, sagte Monica sanft, als sie den traurigen Ausdruck auf Carlys Gesicht bemerkte. »Wirklich.«

»Okay, ich werde eine Unmenge an Fotos machen, damit du dir alles anschauen kannst, wenn wir zurückkommen.«

»Vielen Dank.«

Es dauerte nicht lange, bis Carly sich auf einem Quad wiederfand. Sie trug einen Helm und Handschuhe und konnte nicht glauben, wie aufgeregt sie war. Zuerst war sie nervös, das Quad zu fahren, aber sie hatte schnell den Dreh raus, und bevor sie sichs versah, war ihre Gruppe unterwegs. Sie fuhren in einer Reihe hintereinander, sodass es unmöglich war, sich mit jemandem zu unterhalten. Die Aussicht von der unbefestigten Straße auf das Meer war atemberaubend.

Ihr Tourleiter hielt schließlich an und alle stiegen ab. Er machte ein Foto von der Gruppe mit dem Meer im Hintergrund und führte sie dann in einen alten Bunker aus dem Zweiten Weltkrieg. Er wurde 1943 erbaut und damals hatten sich zwei Kanonen am Ein- und Ausgang befunden, um die Insel vor einer Invasion zu schützen. Er blieb vor einem Grundriss des unterirdischen Bunkers stehen und Carly war erstaunt, wie weitläufig die Konstruktion war.

Sie gingen hindurch und sahen Poster von Fernsehserien und Filmen, die auf der Ranch gedreht worden waren. Angefangen bei den *Jurassic-Park*-Filmen, von denen Carly bereits wusste, über *50 erste Dates*, *George – Der aus dem Dschungel kam*, *Mein großer Freund Joe,* bis hin zu dem neuesten *Jumanji*-Film. Es gab Relikte aus den vierziger Jahren sowie kitschige elektronische Dinosaurier. Sie verbrachten fast eine Stunde damit, den Bunker zu erkunden, und Carly genoss jede Minute.

Als sie mit der Besichtigung des Bunkers fertig waren, fuhren sie weiter um den Berg herum. Während der Fahrt deutete ihr Tourleiter auf verschiedene Dinge, an denen sie vorbeikamen. Carly hätte gern angehalten und mehr über bestimmte Dinge erfahren, aber es sah aus, als hätte ihr Reiseleiter ein bestimmtes Ziel im Sinn. Nachdem sie einen kleinen Bach überquert und einen ziemlich steilen Hügel hinaufgefahren waren, hielten sie vor einem umgefallenen Baum mit einem *Jurassic-Park*-Schild davor an.

»Wer weiß, was das ist?«, fragte er alle.

»Ein Baumstamm«, scherzte Elodie.

»Zehn Punkte für die junge Dame«, sagte der junge

Mann ohne Zögern. »Aber genauer gesagt ist es der Baumstamm, hinter dem sich Alan und die Kinder im ersten *Jurassic-Park*-Film versteckt haben, als sie versuchten, dem Ansturm der Gallimimus auszuweichen.«

»Ja!«, rief Elodie. »Cool! Können wir aussteigen und es uns ansehen?«

»Sie können mehr als das tun«, sagte der junge Mann mit einem Lächeln. »Wie gut sind Ihre schauspielerischen Fähigkeiten?«

Und in Nullkommanichts standen Carly, Elodie und Kenna sechs Meter von dem Baumstamm entfernt. Die Männer weigerten sich mitzumachen, schauten aber mit einem amüsierten Grinsen zu. Die andere Gruppe war nirgends zu sehen, also nahm Carly an, dass sie vielleicht schon vorher bei dem Baumstamm waren.

»Okay, bei drei laufen Sie zu dem Baum. Aber stellen Sie sich vor, dass riesige Dinosaurier hinter Ihnen her sind und Sie um Ihr Leben laufen. Bereit? Eins, zwei, drei!«

Die Frauen lachten immer noch, versuchten aber, sich zu beherrschen, und machten sich auf den Weg zum Baumstamm. Kenna schubste Carly scherzhaft zurück, sodass sie vor ihr war, und lief in Sicherheit. Elodie nahm die Sache wirklich ernst und schaute immer wieder mit einem entsetzten Gesichtsausdruck zurück. Carly lachte so sehr, dass es ihr fast unmöglich war zu laufen und sie zurückfiel. Elodie und Kenna erreichten zuerst den Baum und sprangen dahinter.

Carly folgte ein paar Sekunden später. Sie konnte ihre Männer jetzt hysterisch lachen hören und fragte sich vage warum. Sie war sich sicher, dass sie komisch aussahen, als sie so taten, als wäre ein riesiges Raubtier hinter ihnen, aber sahen sie wirklich so komisch aus?

Es dauerte nicht lange, bis ihr klar wurde, warum sie so lachten. Als der Tourleiter angefangen hatte, sie mit Elodies

Telefon zu filmen, hatte er offenbar eine Handpuppe mit einem Dinosaurierkopf herausgezogen und hielt sie vor die Kamera, während er filmte.

Als er das Video in Zeitlupe abspielte, sah es tatsächlich so aus, als würden sie von einem Dinosaurier gejagt. Und da sie die Letzte war, wurde Carly am Ende von der Kreatur »gefressen«. Offensichtlich war das eine kleine Show, die der Touristenführer für jede Gruppe machte. Aber als Carly und die anderen Frauen das Video sahen, brachen sie vor Lachen in Tränen aus.

Danach posierten alle, inklusive der Männer, für ein paar Fotos auf dem Baumstamm. Und als ihr Tourleiter ihnen sagte, sie sollten nach links schauen und so tun, als wäre dort ein Dinosaurier, hatte Carly das Gefühl, dass die Handpuppe wieder ins Spiel kommen würde.

Und sie hatte recht. Wieder einmal lachten alle über die Bilder, auf denen sie erschrocken auf den Dinosaurierkopf starrten, der über ihnen aufragte.

Carlys Bauch tat vom vielen Lachen weh und sie konnte sich nicht erinnern, wann sie jemals mehr Spaß gehabt hatte. Und es war noch lustiger, jetzt, da die Männer mitmachten.

Alle stiegen wieder auf ihre Quads, Mustang direkt hinter dem Tourleiter, gefolgt von den drei Frauen, und die anderen Männer bildeten die Nachhut. Als sie weiterfuhren, versuchte Carly nicht einmal mehr, nach etwas Außergewöhnlichem Ausschau zu halten. Alles um sie herum war so schön und sie wusste, dass Jag sie beschützen würde, falls irgendwelche Mistkerle auf der Lauer liegen sollten.

Sie fuhren weitere zwanzig Minuten durch das Tal, bevor sie wieder langsamer wurden. Carly konnte in der Ferne ein Gebäude sehen, aber ihr Gruppenleiter blieb stehen, bevor sie herausfinden konnte, was es war.

»Vielleicht erkennen Sie den Pavillon vor uns. Es

handelt sich um die Plattform aus *Jurassic World*, von der Zach und Gray, die beiden jungen Brüder im Film, in die Gyrosphäre einstiegen.«

»Oh mein Gott!«, rief Carly aus und ihr Blick haftete quasi auf der Konstruktion. »Ich erinnere mich an diesen Teil. Wie lustig wäre es gewesen, da als Statistin mitzuspielen?«

»Wahrscheinlich nicht besonders, da es ziemlicher Mist war, die ganze Zeit in der Sonne zu stehen, während die Szene immer und immer wieder gedreht wurde«, scherzte ihr Tourleiter.

Carly lachte. Es war ihr egal, sie dachte trotzdem, dass es großartig gewesen wäre, mit all den Schauspielern hier zu sein und an einem ihrer Lieblingsfilme mitzuwirken.

»Warum fahren Sie nicht schon vor? Ich komme gleich nach.«

Ohne darüber nachzudenken, warum ihr Touristenführer sie vorausschickte, startete Carly ihr Quad und steuerte auf den Pavillon zu.

Als sie näher kamen, runzelte sie verwirrt die Stirn. Es sah so aus, als wäre da eine Art ... Party oder so? Für eine Sekunde war sie enttäuscht und dachte, sie würde nicht die Gelegenheit bekommen, die Filmkulisse aus der Nähe zu sehen. Dann blinzelte sie überrascht.

»Sind das ... Monica und Pid?«, fragte sie.

Die Gruppe parkte ihre Quads neben einer anderen Reihe von Fahrzeugen und sie sah, wie Ashlyn, Slate und die anderen ihnen zuwinkten. Carly sah Jag verwirrt an. Sie fühlte sich etwas besser, als sie sowohl Kenna als auch Elodie fragen hörte, was hier los sei.

»Sie wollten, dass es eine Überraschung wird«, sagte Jag leise, löste den Verschluss ihres Helms und nahm ihn ihr vom Kopf.

»Was sollte eine Überraschung sein?«, fragte Carly.

»Ihre Hochzeit.«

Carly atmete scharf ein und schaute zurück zum Pavillon, dann wieder zu Jag, bevor sie vor Freude lachte und nach rechts auf die große Terrasse zustürmte.

Elodie und Kenna schlossen sich ihr an. Plötzlich blieben sie stehen, als sie freie Sicht auf die Szene hatten.

Monica hatte ein schlichtes weißes Sommerkleid an, unter dem ein Paar weiße Turnschuhe hervorschaute. Pid trug ein schwarzes Hemd mit Kragen und dieselben khakifarbenen Shorts, die er zuvor anhatte. Am Geländer hingen bunte Blumen und erfüllten die Luft mit dem atemberaubendsten Duft.

Ashlyn und Lexie strahlten, als sie zu den anderen Frauen eilten.

»Ist das nicht cool?«, fragte Lexie. »Ich weiß, dass ich Midas gesagt habe, ich möchte eine Hochzeit am Strand, aber ich glaube, ich habe meine Meinung geändert.«

»Wir hatten auch keine Ahnung«, versicherte Ashlyn ihnen. »Wir sind genau wie ihr völlig ahnungslos hier angekommen.«

Die fünf Frauen eilten zu Monica, die ein Lächeln im Gesicht hatte. Sie hielt einen kleinen Strauß Orchideen in der Hand und hatte eine Kette um den Hals. »Seid ihr sauer, dass wir es euch nicht gesagt haben?«, fragte sie.

»Auf keinen Fall«, antworteten alle fünf Freundinnen gleichzeitig.

»Das ist fantastisch«, beruhigte Elodie sie.

»Ich freue mich so für euch«, fügte Kenna hinzu.

Carly konnte nur dastehen und lächeln. Sie war fast überwältigt vor Freude für ihre Freundin.

»Ich wollte warten, aber Stuart hatte keine Geduld mehr«, erklärte Monica und blickte mit einem schüchternen Lächeln zu ihrem zukünftigen Ehemann hinüber. »Der Plan war, ein paar Monate zu warten, bevor wir heiraten, und dann zu versuchen, ein Baby zu bekommen. Aber wie ihr alle wisst, ist die Schwangerschaft einfach so passiert. Ich hätte nichts dagegen gehabt, weiter zu warten, aber Stuart bestand darauf, dass jetzt der richtige Zeitpunkt zum Heiraten sei.«

»Ich freue mich für dich«, sagte Lexie.

»Das ist der beste Ausflug aller Zeiten«, rief Ashlyn.

Alle lachten.

»Sind schon alle da?«, fragte ein Mann. Er hatte neben dem Geländer gestanden und wollte das Paar offensichtlich trauen.

»Ja, lassen Sie uns das erledigen«, sagte Pid ungeduldig.

Es gab keine Stühle auf der Plattform, aber es schien niemandem etwas auszumachen. Carly lehnte ihren Rücken an Jags Brust, während sie zusahen, wie ihre Freunde heirateten. Ihr Blick wanderte an dem glücklichen Paar vorbei, das sich das Jawort gab zu der absolut wunderschönen Kulisse der Berge direkt hinter ihnen und dem Meer zu ihrer Linken. Es war schwer zu glauben, dass sie genau dort stand, wo Filmstars gestanden hatten, um einer Hochzeit beizuwohnen.

Und ohne Jag wäre sie nicht hier. Wenn er ihr nicht geholfen hätte, wieder zu ihrem Leben zurückzukehren. Sie drückte seine Hände, die vor ihrem Bauch gefaltet waren. Er beugte sich vor und legte sein Kinn auf ihre Schulter, um sie fester zu halten.

Die Zeremonie dauerte nicht lange. Sie war kurz, aber sehr romantisch. Pid sah so glücklich aus, dass er hätte platzen können. Nachdem der Standesbeamte gesagt hatte: »Hiermit erkläre ich Sie zu Mann und Frau«, jubelten alle und klatschten, als das frisch verheiratete Paar sich küsste.

Die Männer gingen alle zu ihrem Teamkameraden und klopften ihm auf den Rücken und gratulierten ihm, während die Frauen Monica umarmten. Die Tourleiter machten beide scheinbar eine Million Bilder, und dann war es an der Zeit, die Tour fortzusetzen.

Einer der Angestellten holte Monica und Pid in einem Allradfahrzeug ab, um sie zurück zur Ranch zu bringen. Sie würden sofort aufbrechen, um ein paar Tage in den Tiki Moon Villas zu verbringen. Diese Ferienbungalows lagen nördlich der Ranch, direkt am Wasser.

»Geht es dir gut?«, fragte Jag leise, als sie sich darauf vorbereiteten, wieder auf ihre Quads zu steigen. Er hatte ihr gerade wieder den Helm auf den Kopf gesetzt und schnallte ihn fest, als er sagte: »Du warst sehr still.«

»Ich freue mich einfach so für sie«, sagte Carly. »Und ich bin sehr dankbar, dass ich heute hier sein konnte. Ich wäre am Boden zerstört gewesen, wenn ich das verpasst hätte. Obwohl ich Monica erst kürzlich kennengelernt habe, fühlt es sich an, als wären wir schon ewig Freundinnen.«

Jag nickte. »Willst du heiraten?«

Carlys Herz hörte fast auf zu schlagen. »Ähm, irgendwann oder jetzt gleich?«

Jag lachte. »Irgendwann.«

Carly zuckte mit den Schultern. Als sie die anderen ansah, wusste sie, dass sie nicht viel Zeit hatten. Sie war sich nicht sicher, ob es der richtige Moment war, um darüber zu sprechen, auch wenn es ihr Herz schneller schlagen ließ, weil sie wusste, dass Jag ihre Meinung zu diesem Thema wissen wollte.

Er legte einen Finger unter ihr Kinn und hob ihren Kopf, sodass sie keine andere Wahl hatte, als ihn anzusehen.

»Ganz ehrlich?«, sagte sie. »Ich habe bisher nicht viel darüber nachgedacht. Ich meine, wenn du fragst, ob ich mich mit jemandem niederlassen und glücklich bis ans Ende meiner Tage leben möchte, dann ist die Antwort ja, unbedingt. Aber ich habe nie das knochentiefe Bedürfnis verspürt zu heiraten. Solange ich mit jemandem zusammen bin, der mich genauso liebt wie ich ihn, werde ich glücklich sein.«

Jag starrte sie so lange an, dass Carly sich ein wenig Sorgen machte. War ihre Antwort nicht das, was er hören wollte?

»Wir passen perfekt zueinander«, sagte er schließlich leise. »Ich habe nichts gegen die Ehe, aber ich habe meinen fairen Anteil an katastrophalen Beziehungen gesehen.«

Carly lächelte. »Ist es gemein von uns, bei der Hochzeit unserer Freunde davon zu reden, dass wir nicht heiraten wollen?«, fragte sie halb im Scherz.

»Nein«, sagte Jag bestimmt, »das gehört zum Kennenlernen dazu. Zu lernen, was einander antreibt.«

»Wie Liebe zu machen.«

Die Worte schossen einfach aus ihr heraus und sie zuckte in der Sekunde zusammen, in der sie sie ausgesprochen hatte. Aber jetzt war es zu spät, sie zurückzunehmen.

»Ja, wie Liebe zu machen«, stimmte Jag zu. Dann beugte er sich hinunter und küsste sie. Es war kein keuscher oder kurzer Kuss. Es war fast verzweifelt. Als er sich zurückzog, waren sie beide außer Atem und ihre Freunde klatschten und pfiffen.

»Nehmt euch ein Zimmer!«, scherzte Mustang.

»Wenn ihr fertig rumgemacht habt, können wir dann mit der Tour weitermachen?«, neckte Aleck sie.

»Ach, seid ruhig«, sagte Jag zu seinen Freunden.

Carly konnte nicht anders als zu lächeln. Sie liebte das Geplänkel der Männer untereinander. Es war alles Spaß und niemals böswillig.

Elodie lächelte Carly an und Kenna gab ihr einen Daumen nach oben, bevor sie sich wieder auf den Weg machten, um die Tour zu beenden.

Als sie zur Ranch zurückkehrten, war Carly verdammt durstig, am Verhungern und ihr Gesicht schmerzte vom

Windbrand, der Sonne und dem vielen Lächeln. Das war definitiv ein erstaunlicher Tag gewesen, den sie so schnell nicht vergessen würde.

Mit den anderen Frauen verbrachte sie viel zu lange im Souvenirladen. Carly entschied sich schließlich für zwei T-Shirts und eine Dinosaurier-Wackelkopffigur. Die Männer warteten geduldig draußen auf der Veranda auf sie und in der Sekunde, in der Carly in Reichweite war, packte Jag sie um die Hüfte.

»Hast du etwas für die anderen Kunden übrig gelassen?«, neckte er sie.

Carly verdrehte die Augen und hielt ihre Tüte hoch. »Nur eine Tüte, siehst du? Ich habe mich beherrscht.«

»Nicht nötig, ich habe nur Spaß gemacht«, sagte Jag mit gerunzelter Stirn. »Wenn du etwas willst, dann solltest du es bekommen.«

»Ich habe bereits alles, was ich will«, erwiderte sie und kümmerte sich nicht einmal darum, wie kitschig das klang. »Ein toller Freund und tolle Freunde und die Erinnerungen an Monicas und Pids Hochzeit. Und ich habe dort gestanden, wo zuvor berühmte Leute standen«, fügte sie hinzu.

Jag lachte leise. »Wie ich sehen kann, war das wahrscheinlich der Höhepunkt deines Tages.«

»Danke für dieses tolle Erlebnis«, sagte sie und umarmte Jag fest. Dann erinnerte sie sich an Baker. Sie zog sich zurück und sah sich um. »Wo ist Baker hin?«

»Er ist gegangen«, sagte Midas. »Er meinte, er hätte etwas zu tun.«

»Ich wollte gern noch mehr mit ihm reden«, sagte Carly schmollend.

»Daran musst du dich gewöhnen. So ist er immer«, sagte Elodie. »In einer Sekunde ist er da, in der nächsten ist er verschwunden.«

»Ich bin beeindruckt, dass er überhaupt gekommen ist«,

sagte Kenna. »Ich meine, wir haben ihn zu unserer Hochzeit eingeladen, aber wie ihr alle wisst, ist er nicht aufgetaucht.«

»Ich bin mir sicher, dass es nicht daran lag, dass er nicht dabei sein wollte«, beruhigte ihr Mann sie.

»Ich weiß«, sagte Kenna, ohne zu zögern. »Ich wollte mich nicht beschweren. Unsere Hochzeit war wunderbar.«

»Das finde ich auch«, stimmte Aleck zu.

»Ich denke, er war neugierig auf Carly und ist deshalb aufgetaucht«, sagte Slate.

Carly warf Jags Teamkameraden einen Blick zu. Sie kannte den Mann nicht allzu gut. »Meinetwegen?«, fragte sie.

»Ja, er reißt sich den Hintern auf, um herauszufinden, wer mit deinem Ex zusammengearbeitet hat. Da bin ich nicht überrascht, dass er dich kennenlernen wollte.«

Plötzlich fragte Carly sich, ob sie den Erwartungen des mysteriösen Mannes gerecht geworden war.

»Bevor er ging, hat er mir gesagt, wie sehr er dich mag«, sagte Jag, der ihre Gedanken zu lesen schien.

»Hat er das?«

»Er sagte, er würde jetzt ›aufhören, nett zu sein, und diesen Mist endlich lösen‹. Und das ist ein Zitat. Das bedeutet nicht, dass er sich vorher nicht bemüht hat, nur dass dieses Treffen es für ihn noch persönlicher gemacht hat.«

Carly nickte.

»Ich glaube, es war die Umarmung«, sagte Mustang grinsend.

»Ich kann nicht glauben, dass du das getan hast.« Lexie schüttelte den Kopf. »Er macht mir immer noch Angst. Auf keinen Fall hätte ich das jemals gewagt.«

Carly zuckte mit den Schultern. »In dem Moment schien es das Richtige gewesen zu sein. Wenn ich länger darüber nachgedacht hätte, hätte ich es wahrscheinlich nicht getan.«

»Nun, ich denke, dieser Mann braucht die Berührung einer Frau mehr als jeder andere, den ich je getroffen habe«, erklärte Elodie.

»Jody«, sagte Kenna mit einem Nicken.

»Wer?«, fragte Carly.

»Jodelle, die Frau, von der wir alle glauben, dass Baker an ihr interessiert ist«, sagte Lexie.

»In Ordnung, wir gehen jetzt«, erklärte Mustang. »Wir werden nicht hier herumstehen und über Bakers Liebesleben tratschen.«

Carly lachte, genau wie die anderen Frauen.

»Spielverderber«, grummelte Elodie und hakte ihren Arm unter den ihres Mannes.

Die Gruppe ging die Treppe hinunter zum Parkplatz. Carly winkte ihren Freunden zu und versprach, sich bald zu melden.

Als Jag die Tür hinter sich schloss, sagte er: »Du musst Hunger haben. Ich dachte, wir könnten auf dem Heimweg irgendwo anhalten. Hast du auf etwas bestimmtes Lust oder soll ich etwas aussuchen?«

Dieser Mann war immer so im Einklang mit ihr. »Du entscheidest«, sagte sie leichthin.

Jag nickte, verließ den Parkplatz und bog nach rechts ab, um nach Honolulu zurückzufahren.

»Ich weiß, dass ich es schon einmal gesagt habe, aber ich hatte heute sehr viel Spaß«, sagte Carly.

»Gut.«

Während sie fuhren, betrachtete sie Jag in aller Stille ... und gestand sich ein, dass sie ihn liebte. Sie war nicht allzu überrascht von dieser Erkenntnis. Noch nie hatte sie sich einem Mann so nahe gefühlt wie ihm. Er war alles, was sie sich jemals von einem Partner gewünscht hatte. Es war fast ein beängstigender Gedanke, weil sie nichts tun wollte, das die Dinge zwischen ihnen vermasseln könnte.

Sie wusste, dass sie keine Schuld daran hatte, wie die Dinge zwischen ihr und Shawn geendet hatten. Es hatte an ihm gelegen. Er war das Arschloch, genau wie Jag es ihr so gern versicherte. Aber ein kleiner Teil von ihr konnte nicht anders, als sich Sorgen zu machen, dass es zumindest teilweise ihre Schuld war. Dass sie ihn irgendwie dazu gebracht hatte, sich so zu verändern.

Als könnte er ihre negativen Gedanken spüren, griff Jag nach ihrer Hand und sagte: »Ich genieße es, Zeit mit meinen Freunden zu verbringen, aber ich kann es kaum erwarten, nach Hause zu kommen und mich allein mit dir zu entspannen.«

Ihre Zweifel verschwanden im Nu. »Das geht mir ebenso«, erwiderte sie inbrünstig.

Es war an der Zeit. An der Zeit, ihm zu zeigen, wie sehr sie ihn wollte. Wenn er heute Abend keine Anstalten machen sollte, mit ihr zu schlafen, würde Carly es tun. Sie wollte diesen Mann mit jedem Tag mehr. Sie war so bereit, mit ihm auf jede Art und Weise zusammen zu sein, wie eine Frau mit einem Mann nur zusammen sein konnte.

Anstatt über ihre Entscheidung nervös zu sein, fühlte Carly sich, als wäre ihr eine Last von den Schultern genommen worden. Heute Abend würde sie mit ihrem Mann schlafen und ihm genau zeigen, was sie für ihn empfand. Es war ein Risiko, aber sie hatte das Gefühl, es würde sich zehnfach lohnen. Sie wollte den Rest ihres Lebens mit Jag verbringen, und der Rest ihres Lebens würde heute Abend beginnen. Sie konnte es kaum erwarten.

KAPITEL SIEBZEHN

Carly seufzte frustriert. Nichts war so gelaufen, wie sie es sich erhofft hatte, nachdem sie die Ranch verlassen hatte. Auf dem Heimweg hatten sie angehalten, um zu Mittag zu essen, und Carly hatte geglaubt, Jag sei mit ihr in Bezug auf Intimität auf einer Wellenlänge.

Aber als sie nach Hause kamen, schien er sich zurückzuziehen. Sie kuschelten auf der Couch, aber er versuchte nicht einmal, mit ihr rumzumachen. Als Carly versuchte, ihn dazu zu verleiten, sie zu berühren, indem sie seine Hand praktisch unter den Saum ihres Hemdes schob, war er aufgestanden, um ihre Getränke nachzufüllen.

Sie fing an, Komplexe zu bekommen ... aber sie gab nicht auf ... noch nicht.

Carly erinnerte sich an Kennas Rat, sich auf ihn zu legen, wenn er ins Bett kam, und beschloss, dass dies ihr nächster Versuch sein würde. Sie würde sehr deutlich machen, dass ihre Zurückhaltung ein Ende hatte.

Sie ging ungefähr zur gleichen Zeit ins Schlafzimmer wie sonst. Als sie sich umzog, zog sie das übliche übergroße T-Shirt an, wagte es aber, die Unterwäsche wegzulassen.

Als sie im Bett lag und auf Jag wartete, kam Carly sich dumm vor. Sie und Jag waren beide erwachsen. Sie sollte einfach mit ihm reden und ihm ganz offen sagen, dass sie mit ihm schlafen wollte. Aber aus irgendeinem Grund konnte sie das nicht. Vielleicht war es aus Angst vor Zurückweisung. Vielleicht war sie sexuell ein bisschen eingeschüchtert von Jag. Offensichtlich war sie noch ein bisschen unsicher, wenn es um Intimität ging. Aber das bedeutete nicht, dass sie ihn nicht wollte.

Also würde sie die Kontrolle übernehmen und dafür sorgen, dass Jag keinen Grund hatte, daran zu zweifeln, dass sie bereit für Sex war. Ihr Herz raste in ihrer Brust und sie lächelte. Sie hatte wie üblich das Badezimmerlicht angelassen und konnte es kaum erwarten, heute Abend endlich einige ihrer Fantasien auszuleben.

Eine halbe Stunde später betrat Jag das Schlafzimmer. Er war wie immer leise, um sie nicht zu wecken. Aber Carly schlief definitiv nicht. Sie hatte sich sogar selbst berührt, während sie an die kommende Nacht dachte, um sicherzugehen, dass sie feucht und bereit für ihren Mann war.

Jag ging ins Badezimmer und Carly hörte das Wasser laufen. Sie stellte sich vor, wie er sich die Zähne putzte und die Baumwollhose anzog, die er normalerweise im Bett trug. Als sie angefangen hatten, im selben Bett zu schlafen, war sie erleichtert gewesen, dass er die lange Hose trug. Dadurch fühlte sie sich wohler.

Aber sie war bereit, dass er sie wegließ. Sie wollte seine Beine an ihren spüren, wollte freien Zugang zu seinem Schwanz haben. Sie sehnte sich nach ihm. Jetzt, da sie sich entschieden hatte, den ersten Schritt zu machen, freute Carly sich mehr darauf, mit ihm zu schlafen, als sie es jemals bei einem anderen Mann getan hatte.

Jag kam ins Zimmer und ging zum Bett. Er kletterte unter die Decke und sie drehte sich sofort um und kuschelte sich an ihn, wie sie es normalerweise tat. Sie lächelte, als er seinen Arm um sie legte. Das war ihr liebster Teil des Tages. Bei Jag liegen, von ihm festgehalten werden und sich sicher und geborgen fühlen.

Aber an diesem Abend fühlte sie mehr als das. Sie atmete ein und sog seinen Duft in ihre Lunge. Sie dachte darüber nach, wie erstaunlich er war, wie rücksichtsvoll. Er liebte es, sie zu überraschen und zu verwöhnen. Mit ihm zusammen zu sein gab ihr das Gefühl, geschätzt zu werden, was Carly noch nie zuvor empfunden hatte.

Sie holte noch einmal tief Luft, drehte sich um und legte ein Bein über Jags Körper.

Überrascht atmete er scharf ein, sagte aber nichts.

Carly legte ihre Handflächen auf seine Brust und es gefiel ihr, wie das spärliche Brusthaar über ihre empfindliche Haut kratzte. Sie setzte sich auf seinen Bauch und errötete, weil sie wusste, dass er die Feuchtigkeit zwischen ihren Beinen spüren konnte. Sie rutschte ein wenig herunter und hasste es, dass seine Baumwollhose zwischen ihnen war.

»Hey«, sagte sie in einem leisen Ton, von dem sie hoffte, dass er eher verführerisch als nervös klang. »Ich hatte schon befürchtet, dass du niemals ins Bett kommst.«

Er starrte sie mit einem Blick an, den sie nicht deuten konnte. Carly bemerkte auch, dass er sie nicht berührte. Er hatte sie nicht so fest an den Hüften gepackt, wie sie es sich vorgestellt hatte. Ein Stich der Verzweiflung schlich sich in ihr Gehirn, aber sie machte weiter.

»Danke für heute. Das war der beste Tag, den ich seit Langem hatte«, sagte Carly zu ihm. »Und ich weiß einen perfekten Weg, ihn zu beenden.« Sie ließ ihre Hüften ein wenig kreisen. »Ich will dich, Jag. Ich bin bereit, unsere Beziehung auf die nächste Ebene zu bringen. Du hast mir viel Zeit gegeben, und das weiß ich sehr zu schätzen. Du bedeutest mir mehr als jeder andere, mit dem ich je zusammen war. Du warst mein Freund, mein Fels in der Brandung, mein Ritter in glänzender Rüstung, mein Rückhalt. Jetzt möchte ich, dass du auch mein Geliebter bist.«

Carly hielt den Atem an, während sie darauf wartete, dass Jag sich bewegte, dass er sich aufrichtete und sie in die Arme nahm, während er ihr sagte, wie glücklich er war. Oder vielleicht seine Hand in ihren Nacken legte und sie herunterzog, damit er sie küssen konnte.

Aber zu ihrer Überraschung tat Jag nichts davon. Er tat überhaupt nichts. Er lag unter ihr, regungslos wie ein Stein.

»Jag?«, fragte sie vorsichtig nach einem angespannten Schweigen, verwirrter denn je.

»Geh runter von mir.«

Carly blinzelte überrascht. »Was?«, flüsterte sie.

»Geh runter von mir«, wiederholte Jag in einem Ton, den sie noch nie zuvor gehört hatte. Er klang nicht wirklich wütend, eher ... verzweifelt?

Carly war so erschrocken, dass sie nur dasitzen und ihn anstarren konnte.

Dann bewegte Jag sich endlich. Er legte seine Hände um ihre Taille, aber nicht, um sie an sich zu ziehen. Er schob sie beiseite und rutschte unter ihr hervor. Dann sprang er aus dem Bett, als hätte sie eine tödliche, ansteckende Krankheit.

Ungläubig sah sie zu, wie er zur Schlafzimmertür ging und ohne ein weiteres Wort den Raum verließ.

Carly konnte buchstäblich spüren, wie ihr das Herz brach. Sie war noch nie so fassungslos oder verletzt gewesen wie in diesem Moment. Nicht einmal nachdem Shawn sie das erste Mal geschlagen hatte. Sie hatte es fast von ihm erwartet, nachdem sie seine Wutausbrüche erlebt und schließlich aufgehört hatte, das Duckmäuschen zu spielen.

Aber von Jag zurückgewiesen zu werden war das Letzte, womit sie gerechnet hatte. Es kam vollkommen unerwartet.

Sie kam sich unglaublich dumm vor. Sie zog die Beine vor ihre Brust, schlang die Arme darum und legte den Kopf auf ihre Knie. Tränen flossen, aber ihr kam kein Ton über die Lippen.

Gott, wie hatte sie nur so falschliegen können? Wie hatte sie seine Signale so falsch interpretieren können?

Nein, das hatte sie nicht, dessen war sie sich sicher. Sie hatten viel rumgemacht. Er berührte sie die ganze Zeit, hielt ihre Hand, nahm sie in die Arme und küsste sie auf die Stirn. Und sie hatte seine Erektion gespürt. Das hatte sie sich nicht eingebildet. Und wenn sie unterwegs waren und er nicht gerade die Umgebung nach Bösewichten absuchte, sah er sie mit einem Ausdruck in den Augen an, den sie für Zuneigung oder sogar Liebe gehalten hatte.

Vor nur wenigen Stunden war ihr klar geworden, dass sie ihn liebte. War sie so schlecht darin, Männer zu verstehen? Sie hatte sich offensichtlich in Shawn geirrt, aber sie hatte gerade begonnen, ihr Selbstvertrauen zurückzugewinnen, und ein großer Teil davon war Jag zu verdanken. Hatte er sie die ganze Zeit nur verarscht?

Carly hatte zu viele Fragen und keine Antworten. Nur das Echo seiner Worte in ihrem Kopf.

Geh runter von mir.

Sie war gedemütigt und wollte plötzlich nur noch verschwinden. Als Carly sich umsah, sah sie den Koffer, den sie gepackt hatte, als sie in seine Wohnung gezogen war. Er stand auf dem Boden direkt neben seinem Kleiderschrank.

Ohne darüber nachzudenken, was sie tat, sprang sie auf und suchte hektisch ihre Sachen zusammen. Sie stopfte alles in den Koffer, ohne sich die Mühe zu machen, die Kleidung zusammenzulegen. Sie konnte nur noch daran denken, von hier zu verschwinden, um sich vor weiteren Verletzungen zu schützen. Sie musste Jags plötzlicher Kälte entkommen.

Der Koffer war voll, bevor sie all ihre Sachen hineingetan hatte, und Carly hatte Mühe, den Reißverschluss zu schließen. Sie weinte jetzt so stark, dass sie nichts mehr sehen konnte. Frustriert und verstört kniete sie sich auf den Boden und schluchzte leise. Sie wollte Jag auf keinen Fall die Genugtuung geben zu wissen, dass er sie gebrochen hatte.

Bald verwandelte sich ihre Trauer in Wut. Wie hatte sie zulassen können, dass ein weiterer Mann so an sie herankam? Sie hatte ehrlich gedacht, dass Jag sie mochte, vielleicht sogar liebte. Er war anscheinend ein Meister der Manipulation, vielleicht sogar geschickter als Shawn. Hatte er mit seinen Freunden über sie gelacht? Der Gedanke stach ihr wie ein Dolch ins Herz.

Nun, er sollte verdammt sein. Alle Männer sollten verdammt sein. Diesmal war sie wirklich fertig damit. Sie wollte am liebsten ein Kloster aufsuchen und Nonne werden. Sie wollte von Hawaii wegziehen und woanders neu anfangen, obwohl sie gern hier lebte. Vielleicht nach Maine, das war so weit entfernt von hier, wie sie sich vorstellen konnte.

Aber bevor sie ging, wollte sie Antworten. Sie wollte, dass Jag ihr ins Gesicht sah und ihr sagte, was sie getan hatte, dass er sie so behandelte. Er sollte ihr erklären, was zum Teufel er sich dabei gedacht hatte, sie so zu verletzen.

Sie würde niemals zugeben, dass sie sich in ihn verliebt hatte. Das würde sie mit ins Grab nehmen.

Carly wischte sich die Tränen vom Gesicht und stand auf. Sie wusste, dass sie wahrscheinlich rote Flecke im Gesicht und blutunterlaufene Augen hatte, aber das war nicht zu ändern. Sie würde Jag zur Rede stellen und herausfinden, was zum Teufel sein Problem war, und dann nach Hause fahren, zurück in ihre eigene Wohnung. Ihr würde es gut gehen. Bedrohung hin oder her, lieber ging sie dieses Risiko ein.

Nachdem sie den Entschluss gefasst hatte, Jag in den Wind zu schießen, holte sie tief Luft, bevor sie aus dem Schlafzimmer in den Flur marschierte. Die einzige Beleuchtung in der Wohnung war das Licht über dem Ofen, das Jag stets eingeschaltet ließ, falls sie in der Nacht etwas brauchte. Er hatte ihr erklärt, dass er nicht wollte, dass sie über etwas stolperte und sich verletzte.

In Gedanken ärgerte Carly sich. Was für ein Mist.

Sie stapfte ins Wohnzimmer, bereit, ihn zur Schnecke zu machen – blieb aber wie angewurzelt stehen, als sie ihn sah. Sie wusste nicht, was sie erwartet hatte, aber sie hatte nicht damit gerechnet, ihn zusammengesunken auf der Couch mit dem Kopf zwischen den Händen vorzufinden.

Er sah nicht wütend aus. Und es sah nicht so aus, als wäre er darauf bedacht, dass sie ging.

Er sah völlig kaputt aus.

Carly versuchte, die Wut aufrechtzuerhalten, die noch vor wenigen Sekunden durch ihre Adern geströmt war, aber es war unmöglich ... obwohl sie ihn immer noch anschreien und ihm sagen wollte, was für ein Arschloch er war. Dass er das Beste wegwarf, was er jemals hatte.

Sie liebte Jag, obwohl er sie gerade vernichtet hatte. Aber sie konnte es nicht einfach abstellen. Und etwas stimmte hier nicht.

»Jag?«, flüsterte sie.

Er antwortete nicht.

Carly wurde jetzt erst bewusst, dass sie immer noch sein übergroßes T-Shirt trug. Es reichte ihr bis zu den Oberschenkeln, aber darunter war sie immer noch nackt. Sie fühlte sich eindeutig zu leicht bekleidet für eine Konfrontation, aber jetzt war es ein bisschen zu spät, zurückzugehen und sich umzuziehen.

Sie trat einen Schritt näher an die Couch und merkte, dass Jag zitterte. Er zitterte so sehr, dass sie es von ihrem Standort aus sehen konnte. Und Carly wurde bewusst, dass er sie nicht einfach aus Grausamkeit zurückgewiesen hatte.

Sie schluckte schwer und ihre Wut verflog. Jetzt machte sie sich Sorgen um ihn. Sie überlegte, ins Schlafzimmer zurückzugehen und ihr Telefon zu holen, um Mustang oder Midas oder irgendjemanden anzurufen. Aber dann ergriff Jag das Wort.

»Es tut mir leid«, sagte er mit gequälter Stimme.

Jag war ihr Fels, ihr Rückgrat, er war unterstützend und nett, machte ihr immer Komplimente und motivierte sie weiterzumachen. Aber im Moment war er völlig am Boden.

»Was ist los?«, fragte sie.

Jag schüttelte den Kopf in seinen Händen. Er sah nicht zu ihr auf. »Ich kann das nicht. Ich dachte, ich könnte ... aber ich kann nicht. Es ist unmöglich.«

Carly brach das Herz bei seinen Worten ein wenig mehr, aber sie weigerte sich zu gehen, bis sie herausgefunden hatte, warum er sich so verhielt. »Was kannst du nicht?«, fragte sie mit zitternder Stimme.

»Eine Beziehung haben. Ich möchte es. Gott, wie sehr ich es will. Aber ich bin zu kaputt. Ich kann dir das nicht antun.«

Carly wollte am liebsten wieder weinen, aber dieses Mal nicht ihretwegen, sondern wegen des Mannes, den offensichtlich etwas zutiefst Beunruhigendes quälte. Zögernd ging sie auf ihn zu und setzte sich vorsichtig auf die Kante der Couch. Knapp ein Meter trennte sie voneinander, aber es hätte genauso gut ein Abgrund sein können. Wie waren sie zu diesem Punkt gekommen, nachdem sie sich so nahegekommen waren, wie zwei Menschen es nur sein konnten?

»Du bist nicht kaputt«, sagte sie leise.

Er schniefte. Es war ein herzerweichendes Geräusch

und als er den Kopf hob und sie ansah, konnte sie selbst im schwachen Licht die Tränen auf seinen Wangen sehen.

Jagger Bennett weinte?

Carly bekam Angst. Was auch immer falsch war, es musste verdammt schlimm sein.

»Als wir bei Alecks Hochzeit waren, hast du etwas zu mir gesagt. Du erinnerst dich wahrscheinlich nicht, aber du sagtest, dass ich keine Ahnung habe, wie es sich anfühlt, verletzlich zu sein. Erinnerst du dich?«

»Ja«, sagte Carly. »Du hast geantwortet, dass ich überrascht wäre.« Damals hatte Carly seine Antwort abgetan, weil sie dachte, ein Mann wie Jag, der ein ausgezeichneter Navy SEAL war und mit nur einem Blick Respekt einfordern konnte, könnte sich niemals so verletzlich oder bloßgestellt fühlen wie sie.

Jag starrte ins Leere. »Willst du gehen?«, fragte er.

Carly rutschte ein wenig näher. »Das wollte ich«, sagte sie ehrlich. »Ich habe meine Sachen gepackt und bin hierhergekommen, um dir zu sagen, dass du ein Idiot bist.«

Er nickte, als hätte er diese Antwort erwartet. Aber seine Schultern sackten ein wenig mehr zusammen. »Du solltest gehen«, stimmte er zu. »Ich rufe Mustang oder jemanden an, der dich abholt.«

»Sprich mit mir, Jag«, bat Carly.

Sie erwartete ehrlich gesagt nicht, dass er es tun würde. Schweigend saß sie neben ihm in dem größtenteils dunklen Raum und betete, dass er ihr anvertrauen würde, was mit ihm los war. Aber nachdem volle zehn Minuten verstrichen waren, ohne dass einer von ihnen ein Wort gesagt hatte, seufzte sie und stand auf.

Sie schaffte es bis zum Flur, bevor er schließlich sprach.

»Es fing an, als ich elf war.«

Carly drehte sich um und starrte den Mann an, den sie liebte, der ihr das Herz gebrochen hatte. Jetzt hatte sie das

Gefühl, dass es aus einem anderen Grund gleich wieder brechen würde. Ihre Füße bewegten sich, ohne dass sie es steuern konnte. Sie ging zurück zur Couch und setzte sich. Sie wollte, dass er mit ihr redete, aber jetzt hatte sie Angst vor dem, was er sagen würde.

In einer Million Jahren hätte sie nicht mit dem gerechnet, was sie gleich zu hören bekommen sollte.

»Sie war siebzehn und mein Vater hatte sie als Babysitterin eingestellt. Sie wohnte ein paar Häuser weiter von uns – Bridget Smith. Ein unauffälliger Name für jemanden, der so verdammt böse ist.«

Carly streckte zaghaft die Hand aus und berührte Jags Unterarm. Er bewegte sich so schnell, dass sie vor Überraschung einen schrillen Ton ausstieß, als er sich an ihre Hand klammerte, als wäre es das Einzige, was ihn vor dem Ertrinken retten könnte.

Er sprach weiter.

»Sie war locker, hat mich weit über meine Schlafenszeit hinaus aufbleiben lassen, Filme ab achtzehn sehen lassen und ich konnte essen, was ich wollte. Es gefiel mir, wenn mein Vater mit seinen Kumpels wegging und sie vorbeikam. Ich wusste nicht ... was sie mit mir vorhatte. Eines Abends erzählte sie mir, dass sie einen besonderen Film mitgebracht hatte, den wir uns ansehen sollten. Wir gingen in mein Zimmer und setzten uns auf mein Bett. Sie lehnte sich mit dem Rücken gegen das Kopfteil und positionierte mich vor ihr. Es war ein Porno. Zuerst hatte ich Angst ... ich wusste, dass es falsch war ... aber sie sagte mir, ich müsse mir keine Sorgen machen. Mein Dad wäre weg und wir würden keinen Ärger bekommen.«

»Heilige Scheiße«, hauchte Carly. »Wie alt warst du?«

»Zwölf«, sagte Jag ohne Emotion in der Stimme.

Carly fiel es schwer, sich auf das zu konzentrieren, was er sagte. Aber alles, was er angedeutet hatte, begann jetzt, einen Sinn zu ergeben. Sie hatte es immer seltsam gefunden, dass er keine Freundinnen gehabt und nicht viel sexuelle Erfahrung hatte, aber sie fing an, es zu verstehen.

»Wir fingen an, jedes Mal zusammen Pornos zu schauen, wenn sie vorbeikam. Und sie fing an, mich zu berühren. Mit ihr hatte ich meine erste Erektion. Ich war so verwirrt, weil sich ihre Berührung gut anfühlte, aber gleichzeitig auch schmutzig. Als ich dreizehn war, nahm sie mir die Jungfräulichkeit. Sie gab mir einen Handjob, bis ich hart war, zwang mich dann, mich auf den Rücken zu legen, und ... und hatte dann Sex mit mir. Ich lag einfach nur da, war wahnsinnig erschrocken, und sah zu, wie sie sich auf mich setzte. Es war fast so, als wäre ich nicht dabei gewesen. Sie hat mich nicht einmal angesehen. Es fühlte sich an, als wäre ich eines der Sexspielzeuge, die ich zuvor in den Pornos gesehen hatte.«

Jag redete jetzt schneller, als würde er damit die Dunkelheit auslöschen können, die er seit dem sexuellen Übergriff jahrelang in sich getragen hatte.

»Ich wollte nicht mit ihr zusammen sein, aber sie ließ mir keine Wahl. Sie war älter, hatte mich jahrelang manipuliert. Sie lachte mich aus und sagte mir, ich sei erbärmlich. Dann zwang sie mich immer wieder auf den Rücken und streichelte mich, bis ich hart wurde. Sie wollte nie, dass ich sie berühre, zeigte mir niemals Zuneigung. Sie hat einfach meinen Schwanz gepackt und mich hart gemacht, bevor sie auf mich stieg.«

»Wann hat es aufgehört? Hast du es deinem Vater gesagt?«, fragte Carly leise und wünschte sich, sie wüsste, was sie sagen sollte.

Jag schniefte wieder. »Ich habe es niemandem gesagt. Ich schämte mich zu sehr. Ich fühlte mich ... unrein. Aber mein Dad hat es herausgefunden, weil er uns eines Abends in meinem Zimmer überrascht hat. Er kam früher vom Bowling, Poker oder dem Striplub nach Hause ... wo auch immer er gewesen war ... und sah, wie sie mich vergewaltigte.«

»Hat er sie angezeigt?«, fragte Carly.

»Nein, er hat wortlos die Tür geschlossen«, sagte Jag mit ausdrucksloser Stimme. »Nachdem sie gegangen war, wartete ich darauf, dass er fragte, ob es mir gut ginge, und mir sagte, dass er nicht zulassen würde, dass sie mich jemals wieder verletzt. Aber stattdessen schlug er mir auf den Rücken und sagte, ich sei ein Hengst. Er hat mir gesagt, wie stolz er auf mich sei, weil ich eine ältere Tussi gebumst habe.«

Carly wollte sich übergeben. Das wurde immer schlimmer.

»Ich wurde zu alt für einen Babysitter, aber sie kam immer wieder vorbei, wenn mein Dad ausging. Ich weiß nicht, ob er es arrangiert hat, weil er stolz darauf war, dass sein vierzehnjähriger Sohn Sex mit einer Frau hatte, die gerade zwanzig geworden war, oder ob sie ihn abends abgepasst hat. Aber sie schien einfach zu wissen, wann er weg war. Ich sagte ihr immer wieder, dass ich keinen Sex haben wollte, aber sie packte einfach meinen Schwanz durch meine Hose und sagte mir, dass ich natürlich ficken wollte. Alle Jungs würden das wollen. Meine Noten fingen an abzustürzen und ich habe mich von meinen Freunden distanziert, weil ich mich so gottverdammt dreckig gefühlt habe. Sie fingen an, sich für Mädchen zu interessieren, und ich hatte kein Interesse daran, mit irgendjemandem das zu tun, was Bridget mir angetan hatte. Ich wollte nicht zu Hause sein, weil ich Angst hatte, dass sie vorbeikam. Aber ich wollte auch mit niemandem zusammen sein. Eines Tages, kurz nach meinem fünfzehnten Geburtstag, kam sie wie üblich vorbei. Sie griff in dem Moment nach meinem Schwanz, in dem die Tür sich hinter ihr schloss. Ich war verdammt beschämt, dass allein ihr Anblick mich hart machte. Sie hatte mich darauf konditioniert, eine Erektion zu bekommen, nur indem ich sie ansah. Aber ich hatte genug. Ich stieß sie weg. Ich hatte einen Wachstumsschub und wurde kräftiger. Ich sagte ihr, sie solle verschwinden und nie wiederkommen, oder ich würde die Polizei rufen. Sie lachte nur. Sagte, niemand würde mir jemals glauben, weil sie eine Frau war. Sie hat gedroht, allen zu erzählen, dass ich sie vergewaltigt habe. Ich wusste, dass sie recht hatte. Sie hat mir gesagt, ich soll meinen verdammten Arsch ins Schlafzimmer bewegen, also tat ich es. Das war das letzte Mal, dass sie mich vergewaltigt hat. Ich glaube, sie hat gemerkt, dass sie mich nicht mehr lange kontrollieren könnte. Danach habe ich sie hier und da gesehen, aber wir haben nie wieder miteinander gesprochen.«

»Verdammte Schlampe! Gott, ich möchte sie am liebsten zu Tode prügeln oder ihr gottverdammtes Leben ruinieren! Warte – kann Baker sie nicht finden und das tun?«

Jag drehte sich um und sah sie zum ersten Mal an. Carly war fassungslos, als er sah, wie seine Lippen zuckten.

»Worüber in aller Welt lächelst du? Das ist nicht zum Lachen«, fauchte sie.

Er wurde nüchtern. »Ich weiß. Und ... ich glaube, ich wusste, dass du so reagieren würdest.«

»Wie könnte ich anders reagieren? Jag, sie hat dich vergewaltigt! Das ist Kindesmissbrauch, Kinderpornografie, Gefährdung eines Minderjährigen und wahrscheinlich hundert andere Dinge. Du warst noch ein Kind!« Sie erhob die Stimme. Carly wusste, dass sie ein bisschen hysterisch klang, aber sie konnte nicht anders. Der Gedanke daran, dass Jag auf diese Weise missbraucht worden war, machte sie verrückt. »Und ich kann nicht glauben, dass dein Vater stolz war. Was für ein Arschloch! Ich meine es ernst damit, dass sie dafür bezahlen muss. Beide sollten dafür bezahlen.

Es ist mir egal, dass es ein paar Jahrzehnte her ist. Sie darf mit dieser Scheiße nicht ungeschoren davonkommen.«

»Gott ... ich liebe dich«, flüsterte Jag.

Alles, was Carly gerade sagen wollte, wurde durch diese Worte aus ihrem Kopf verdrängt. »Was?«

»Und deshalb musst du gehen.«

Carly schüttelte verwirrt den Kopf. »Ich gehe nicht.«

»Du musst. Ich kann das nicht. Ich bin verdammt noch mal kaputt, Carly. In der Sekunde, in der du dein Bein über mich geworfen hast, bin ich erstarrt. Ich war wieder dieser dreizehnjährige Junge. Ich werde dich nicht dazu verurteilen, mit mir meine Hölle zu durchleben.«

Sie schüttelte wieder den Kopf. »Wenn du denkst, du kannst mir sagen, dass du mich liebst, und im selben Atemzug mit mir Schluss machen, bist du verrückt.«

»Mein Engel«, sagte Jag, »weil ich dich liebe, muss ich dich gehen lassen.«

»Nein«, widersprach Carly knapp.

»Nein?«, wiederholte er.

»Ich liebe dich auch, Jag. Und wenn du jemanden liebst, gibst du ihn nicht auf, nur weil die Dinge kompliziert sind. Du hast mir beigestanden, als ich dich am meisten brauchte, als ich ein komplettes Wrack war, und ich werde dich auf keinen Fall verlassen. Was wäre, wenn die Rollen vertauscht wären und ich hier sitzen und dir erzählen würde, dass mein Babysitter mich jahrelang vergewaltigt hat und meine Mutter es toll fand? Wärst du angewidert? Würdest du weniger von mir halten? Würdest du mich verlassen?«

»Du weißt, dass ich das nicht tun würde«, sagte Jag.

»Warum zum Teufel denkst du dann, dass ich das tun werde? Jag, was dir passiert ist, war schrecklich. Und es war nicht deine Schuld.«

»Ich bin ausgeflippt, als du mich berührt hast«, sagte Jag

niedergeschlagen. Er sah auf ihre immer noch gefalteten Hände hinunter und weigerte sich, ihr in die Augen zu schauen.

»Ja, das bist du«, sagte Carly unverblümt. »Aber du hattest einen verdammt guten Grund dafür. Ich hätte einfach mit dir reden sollen. Ich hätte dir sagen sollen, dass ich mit dir schlafen wollte. Stattdessen dachte ich, es wäre eine gute Idee, die Kontrolle zu übernehmen. Offensichtlich war das nicht gerade der beste Weg zu versuchen, intimer mit dir zu sein. Aber, Jag ... was gedenkst du, dagegen zu tun? Willst du dieses Geheimnis für immer für dich behalten?«

Er zuckte mit den Schultern. »Ja?«

Sie schwiegen für einen langen Moment.

»Nun, wir werden Folgendes tun«, entschied Carly schließlich, setzte sich aufrechter hin und sagte mit kraftvoller Stimme: »Wir werden zurück ins Schlafzimmer gehen und etwas schlafen, während du mich hältst, so wie du es jede Nacht tust. Und morgen werden wir einen guten Therapeuten suchen, mit dem du sprechen kannst.«

Jag schüttelte den Kopf. »Nein.«

»Doch«, beharrte Carly. »Du musst mit jemandem darüber reden. Du hast es viel zu lange in dich hineingefressen. Du musst es herauslassen, um damit abschließen zu können. Nochmals, wenn mich jemand vergewaltigt hätte, würdest du auch darauf bestehen, dass ich mir Hilfe suche. Gib es zu.«

Er nickte.

»Es ist nichts falsch daran, sich helfen zu lassen.«

»Männer werden nicht vergewaltigt«, flüsterte er.

»Das ist Blödsinn. Vielleicht passiert es nicht so oft wie bei Frauen, aber sie hatte gegen deinen Willen Sex mit dir. Das ist Vergewaltigung, auch wenn du hart geworden bist. Manchmal werden Frauen feucht, wenn sie vergewaltigt werden, das bedeutet nicht, dass sie es genossen haben oder es wollten. Es ist eine natürliche Reaktion des Körpers.«

Sie senkte die Stimme. »Bitte lass unsere Beziehung nicht daran zerbrechen. Ich brauche dich, Jag. An meiner Situation hat sich nichts geändert. Durch dich fühle ich mich sicher, aber es ist mehr als das. Ich liebe dich. Du bist alles, was ich mir jemals von einem Partner gewünscht habe, und nichts, was du heute Abend gesagt hast, hat etwas daran geändert. Du musst beim Sex das Sagen haben? Gut. Damit kann ich leben. Für den Rest unseres Lebens, wenn nötig.«

Dann blickte er auf und Carly konnte die verzweifelte Hoffnung in seinen Augen sehen. »Ich möchte nicht, dass du Mitleid mit mir hast.«

Carly lachte. Sie konnte nicht anders. »Mitleid mit dir? Jag, du bist ein knallharter Navy SEAL. Großzügig, lustig, rücksichtsvoll, erstaunlich und hundert andere Dinge. Mitleid ist das Letzte, was ich für dich empfinde.«

»Ich wollte dich nicht zum Weinen bringen«, sagte er, hob seine Hand und strich mit seinen Fingerknöcheln über ihre Wange.

»Ich weiß.«

»Hast du wirklich deine Tasche gepackt?«

»Ja.«

»Gut.«

»Gut?«, fragte Carly.

»Ja, ich möchte nicht, dass du Angst haben musst, zu gehen, wohin du willst, und das zu tun, was du für richtig hältst. Wenn ich Mist baue, solltest du gehen wollen. Du bist zu gut, um bei jemandem zu bleiben, der dich nicht wie der wichtigste Mensch in seinem Leben behandelt.«

Carly presste die Lippen zusammen, damit sie nicht wieder anfing zu weinen.

»Es tut mir so leid«, sagte Jag. »Ich wollte dich nicht mit

meiner Vergangenheit belasten. Ich dachte, ich hätte es unter Kontrolle ... aber offensichtlich habe ich das nicht.«

Carly hob ihre gefalteten Hände und küsste seine Finger. »Kommst du wieder ins Bett?«

Nach einem Moment nickte Jag langsam. Er stand auf und zog Carly neben sich hoch. Aber anstatt ins Schlafzimmer zu gehen, zog er sie in seine Arme. Ohne zu zögern, schmiegte sie sich an ihn und konnte sein Herz unter ihrem Ohr schlagen hören.

»Ich liebe dich«, flüsterte Jag in ihr Haar.

»Ich liebe dich auch«, antwortete Carly.

»Und fürs Protokoll ... ich möchte mit dir schlafen ... sehr sogar. Meine Gefühle in Bezug auf Sex sind nur etwas kompliziert.«

Carly konnte das verstehen, nachdem sie gehört hatte, was er durchgemacht hatte. »Wir werden gemeinsam herausfinden, wie wir die Dinge zum Laufen bringen können.« Sie hob den Kopf und sah ihn an. »Ich liebe dich als der Mensch, der du bist, nicht wegen Sex. Wir können auch ohne Sex intim sein.«

Er sah skeptisch aus. »Du würdest bei mir bleiben, auch wenn ich nicht ohne Nervenzusammenbruch mit dir schlafen könnte?«

»Ja.« Ihre Antwort kam von Herzen.

Er bekam einen Ausdruck in den Augen, den sie nicht interpretieren konnte, bevor sein Gesichtsausdruck sich zu Entschlossenheit verwandelte. »Ich werde mit jemandem reden. Ich möchte der Mann sein, den du verdient hast.«

»Das bist du bereits«, sagte sie zu ihm, nahm seine Hand und führte ihn zu ihrem Zimmer.

Jag war es wert, für ihn zu kämpfen. Und jetzt, da sie wusste, was er durchlebt hatte, war sie entschlossener denn je, diesen Kampf zu gewinnen. Diese verdammte Bridget

Smith würde nicht gewinnen, auf keinen Fall. Jag war stärker als diese Schlampe.

Carly würde einen Weg finden, mit Baker zu sprechen und ihn dazu zu bringen, Jags Vergewaltigerin aufzuspüren ... ohne ihm zu sagen, was mit seinem Freund passiert war. Es ging niemanden etwas an. Aber sie wollte, dass diese Schlampe dafür bezahlte, was sie dem Mann angetan hatte, den Carly liebte.

Zusammen krochen sie unter die Bettdecke und Carly war plötzlich erschöpft. Sie hatte in der letzten Stunde eine ganze Reihe von Emotionen durchlebt und fühlte sich, als könnte sie tagelang schlafen.

Jag zog sie in seine Arme und küsste sie auf die Stirn. »Ich liebe dich«, flüsterte er.

»Ich liebe dich auch.«

Sie sagten nichts weiter. Und wenn Jag sie in dieser Nacht etwas fester hielt als sonst, äußerte sich keiner von ihnen dazu.

Carly war fassungslos gewesen, als sie erfuhr, was mit ihrem Mann passiert war, aber sie wusste, dass er es schaffen würde. Er war der stärkste Mensch, den sie je getroffen hatte, und sie liebten sich. Gemeinsam würden sie alles durchstehen, was ihnen das Leben in den Weg stellte.

KAPITEL ACHTZEHN

Jag hatte nicht gewollt, dass Carly erfuhr, was mit ihm passiert war. Er hatte Angst, dass sie ihn dadurch anders sehen würde. Aber an dem Morgen, nachdem er ausgeflippt war und fast das Beste verloren hatte, was ihm je passiert war, kam Carly zu ihm in die Küche, umarmte ihn lange und herzlich, so wie sie es jeden Morgen tat, und murmelte leise, dass sie Kaffee brauche.

Sie hatte sich ihm gegenüber nicht anders verhalten. Wenn überhaupt, hatte Jag das Gefühl, dass sie sich nach seinem Geständnis noch näherstanden.

An diesem Morgen hatte er seinen Vorgesetzten angerufen und ihm gesagt, er müsse mit einem Psychologen sprechen. Man musste Kommandant Huttner zugutehalten, dass er nicht nach dem Grund gefragt oder ihm gesagt hatte, er solle sich zusammenreißen, oder irgendeinen anderen Schwachsinn. Er hatte ihm einfach eine Auszeit gegeben, um das zu tun, was er tun musste.

Er dachte wahrscheinlich, dass Jag posttraumatischen Stress von einer der vielen Missionen hatte, auf denen er gewesen war. Das Militär war heutzutage mehr darauf bedacht, seine Angehörigen zu ermutigen, sich einer Therapie zu unterziehen, wenn sie es brauchten.

Der Vorfall war nun fünf Tage her und Jag war bereits bei zwei Sitzungen mit der Psychologin gewesen. Es war unglaublich, aber er hatte das Gefühl, als wäre bereits eine große Last von seinen Schultern genommen worden. Jag war sich bewusst, dass es mehr als ein paar Sitzungen brauchen würde, um seine Psyche zu reparieren, aber die Tatsache, dass er sein Geheimnis nicht mehr allein ertragen musste, half ihm dabei, das Geschehene zu verarbeiten. Er hätte sich schon vor Jahren Hilfe suchen sollen.

Die Wahrheit war, dass er ein Kind gewesen war, als er missbraucht wurde. Und seine Therapeutin bestätigte ihm, dass Carly recht damit hatte, dass die natürlichen Reaktionen seines Körpers nicht bedeuteten, dass er mitschuldig war. Er arbeitete immer noch an seinen Schuldgefühlen, weil er ihr nicht früher die Stirn geboten hatte, aber hoffentlich würde auch das mit der Zeit vergehen.

Seine Beziehung zu Carly war jedoch solider als je zuvor. Sie liebte ihn. Jag musste lächeln, als er sich daran erinnerte, wie sie diese Worte zum ersten Mal gesagt hatte. Er hatte Angst vor Nähe, davor, Sex zu haben. Aber er wollte Carly. Er würde die Kontrolle behalten müssen, wenn sie sich endlich liebten, und er wusste, dass es Carly nichts ausmachen würde.

Er hatte gerade das Training mit seinem Team beendet, saß in seinem Wagen auf dem Parkplatz des Navy-Stützpunkts und machte sich bereit, nach Hause zu fahren, um zu duschen und sich umzuziehen. Als sein Telefon klingelte, erschrak Jag so sehr, dass er zusammenzuckte. Er schüttelte den Kopf. Ein knallharter SEAL erschrak vor dem Telefon. Er war so in seinen Gedanken versunken gewesen, dass er an nichts anderes mehr hatte denken können.

»Jag hier«, sagte er, nachdem er das Gespräch ange-nommen hatte.

»Hier ist Baker. Deine Frau hat mich gestern angerufen. Sie hat mich um einen Gefallen gebeten.«

Jag war fassungslos. Er hatte nicht gedacht, dass Carly es ernst meinte, Baker anzurufen. Aber offensichtlich hatte sie es. »Lass mich raten ... wegen Bridget Smith?«

»Bingo. Willst du mir sagen, was das alles soll?«

»Nein«, sagte Jag. Er hatte nicht vor, auf das einzugehen, was passiert war. Es war schwer genug, Carly und seiner Therapeutin davon zu erzählen. Er war noch nicht an dem Punkt, es seinen Teamkameraden oder Baker gestehen zu können, egal wie nahe er ihnen stand.

»Gut. Hat Carly einen guten Grund dafür, dass ich das Leben dieser Frau ruinieren soll?«, fragte Baker.

Vor seinem Geständnis gegenüber Carly hätte Jag viel-leicht Nein gesagt. Er wäre allem aus dem Weg gegangen, was mit seiner Vergangenheit zu tun hatte. Aber er konnte nicht leugnen, dass es ihm gefiel, wie Carly ihre schützende Hand über ihn legte. Und nachdem er mit der Psychologin und Carly gesprochen hatte, sagte er einfach: »Ja.«

»Betrachte es als erledigt.«

Jag fragte sich, ob er sich schuldig in Bezug auf das fühlen sollte, was auf Bridget zukommen würde ... aber er konnte nicht.

»Vielleicht brauche ich noch ein paar Informationen. Bridget Smith ist verdammt vage. Ich bin gut, aber nicht so gut.«

»Was für Informationen?«, fragte Jag.

»Alter, wo sie aufgewachsen ist, so etwas.«

»Sie muss heute ungefähr zweiundvierzig sein. Aufge-wachsen ist sie in meiner Heimatstadt in Oklahoma.«

»Ist sie zur gleichen Highschool gegangen wie du?«, fragte Baker.

»Ja.«

»Okay. Ich könnte in diesem Fall etwas Hilfe von einem Typen in Colorado bekommen, der wirklich gut darin ist, Leute aufzuspüren. Aber ich habe nicht nur deshalb angerufen.«

Jag spannte sich an, als sein Freund fortfuhr.

»Ich habe mehr Informationen über Jeremiah Barrowman ausgegraben.«

»Der Freund von Keyes, der im Country Club arbeitet«, sagte Jag.

»Ja. Er scheint ein Muster zu haben«, fuhr Baker fort. »Er vermasselt Dinge, entschuldigt sich dann, um wieder die Gunst einer Frau zu gewinnen, und tut dann dasselbe Ding noch einmal.«

»Wie sie zu schlagen?«

»Nein, wie sie zu manipulieren«, sagte Baker. »Er lässt sie in dem Glauben, dass sie langsam verrückt werden. Ich habe mit zwei Ex-Freundinnen von ihm gesprochen und beide sagten, er habe definitiv zwei Seiten. Eine sehr nette, höfliche und äußerst reumütig, die andere fast psychopathisch. Am liebsten schleicht er nachts um ihre Häuser herum und lässt sie glauben, dass jemand versuchen würde einzubrechen. Die Frauen sind ausgeflippt, riefen ihn an, und er kam vorbei, um den Tag zu retten. Am nächsten Abend kam er wieder und tat dasselbe. Eine der Frauen hat eine Kamera aufgestellt, ohne es ihm zu sagen, und ihn auf frischer Tat ertappt. Er entschuldigte sich und sagte, er mache sich nur Sorgen, weil sie allein lebe, und wolle sichergehen, dass sie die nötigen Vorsichtsmaßnahmen ergriff. Er war überzeugend genug, dass die Frau ihn zurücknahm, nur damit andere seltsame Scheiße passierte. Dinge im Haus wurden verschoben, aber nichts gestohlen. Er bestritt, dass er es war. Dann fing sie an, Droh-E-Mails zu bekommen. Sie entdeckte schließlich, dass Jeremiah dahintersteckte, und machte Schluss mit ihm.«

»Du glaubst also, dass seine Entschuldigung bei Carly genau die gleiche Masche war?«, fragte Jag.

»Wahrscheinlich. Keyes' Freunde wussten alle, dass er von Carly besessen war. Er sprach offen darüber, sich an ihr zu rächen, weil sie ihn verlassen hatte, und erklärte sogar, wie er vorhatte, ihr eine Lektion zu erteilen. Aber natürlich behaupten alle, dass sie dachten, er meinte es nicht ernst. Aber Jeremiah steht jetzt ganz oben auf meiner Liste von Verdächtigen, die wahrscheinlich alles stehen und liegen lassen würden, um dabei zu helfen, ihr Angst einzujagen.«

»Und das Boot?«, fragte Jag.

»Daran arbeite ich noch. Es gibt verdammt viele private Stege und Boote auf dieser Insel«, sagte Baker. »Und es gibt viele Leute, die in den Country Club gehen, in dem Jeremiah arbeitet, von denen er sich eines hätte ausleihen können. Es ist mühsam, alle Klubmitglieder mit Booten zu befragen, aber ich arbeite daran.«

Jag schuldete Baker etwas. Es war offensichtlich, dass er frustriert war, dass er Keyes' Komplizen noch nicht festgenagelt hatte, aber er tat alles in seiner Macht Stehende, um dafür zu sorgen, dass die Person nicht damit davonkam und den Plan zu Ende führte. »Carly arbeitet heute später. Ist sie deiner Meinung nach in Gefahr?«

»Sie ist in Gefahr, seit sie mit diesem Arschloch Schluss gemacht hat«, sagte Baker unverblümt. »Aber wenn du mich fragst, ob sie in größerer Gefahr ist als in den letzten Monaten, lautet die Antwort: Ich glaube nicht. Aber ich habe nach wie vor kein gutes Gefühl bei der ganzen Sache.«

»Was bedeutet das?«, fragte Jag leicht alarmiert.

»Nur, dass es zu lange dauert. Wenn Keyes einen Komplizen hatte, war das Arschloch bisher sehr geduldig. Aber ich wette, er ist bestrebt, das zu beenden, was Keyes begonnen hat. Alles in mir schreit danach, dass die Sache noch nicht vorbei ist. Jemand wartet nur auf den richtigen Moment. Sag Carly einfach, sie soll weiter die Augen nach ungewöhnlichen Dingen offen halten.«

»Ungewöhnlicher, als überall Keyes' Freunde zu sehen?«, fragte Jag frustriert. »Ich schwöre, sie läuft ihnen jetzt häufiger über den Weg als damals, als sie noch mit diesem Arschloch zusammen war. Erst neulich hat Gideon Sparks zwei Umschläge im Duke's abgegeben. Einen für Carly und einen für Kenna. Es waren Jahreskarten für den Zoo von Honolulu und eine Scheißnotiz, wie leid ihm alles tat, was passiert war. Er wollte angeblich ihr Trauma wiedergutmachen.«

»Echt jetzt?«, fragte Baker.

»Ja, echt«, bestätigte Jag. »Und Beau Langford hat ihr einen Geschenkgutschein für eine Bootstour bei Sonnenuntergang geschickt, die von seinem Jachthafen aus ablegt. Als würde sie jemals mit diesem Arschloch in ein Boot steigen.«

»Ja, keine gute Idee. Ich werde mir beide Männer noch einmal ansehen und ihnen vielleicht einen weiteren Besuch abstatten, um herauszufinden, was ihre Motivation war.«

»Carly hat bereits Detective Lee angerufen und ihm davon erzählt. Er sagte, er würde mit ihnen sprechen.«

»Okay, aber ich glaube, ich kann ihnen mehr Informationen entlocken als er. Ich werde mein Bestes tun, dafür zu sorgen, dass sie vergessen, dass Carly überhaupt existiert.«

»Vielen Dank.«

»In Ordnung, ich muss los. Wollte nur sichergehen, dass mit dir und Carly alles in Ordnung ist und dass ihre Bitte legitim ist.«

»Das ist sie«, bestätigte Jag.

Baker schwieg einen Moment, dann schockte er Jag, indem er sagte: »Du bist ein verdammt guter Mann, Jag. Carly kann sich glücklich schätzen, dich zu haben.« Dann beendete er die Verbindung und Jag saß in seinem Wagen und starrte auf das Telefon.

Kopfschüttelnd fragte er sich, wie zum Teufel Carlys blutrünstige Anfrage dazu geführt hatte, dass Baker ihm Komplimente machte. Jag startete den Wagen und fuhr rückwärts aus der Parklücke, begierig darauf, nach Hause zu kommen. Er würde zu spät zur Arbeit kommen, aber das war ihm scheißegal. Er würde sich Zeit nehmen und wie üblich mit Carly frühstücken.

Jag wünschte sich, er könnte den Tag mit ihr verbringen, aber das war nicht möglich. In Nigeria hatte es eine weitere Entführung von Schulkindern gegeben. Diesmal waren es fast fünfhundert Jungen. Boko Haram war wieder involviert und die Vereinigten Staaten hatten der nigerianischen Regierung jede Hilfe zugesichert, die sie brauchte, um die Gruppe aufzuspüren und die Kinder zu befreien. Die SEALs machten sich bereits mit der Gegend vertraut, wo die Jungen entführt wurden, falls sie geschickt werden sollten, um bei der Befreiung zu helfen.

Jag wollte jetzt nicht gehen, aber der Gedanke an das Schicksal dieser Jungen, wenn sie nicht gefunden würden, ging ihm ein bisschen zu nahe, und er wollte helfen, sie zu ihren Familien zurückzubringen.

Er fuhr etwas zu schnell nach Hause und nahm zwei Stufen auf einmal, als er zu seiner Wohnung hinaufging. Als er das Wohnzimmer betrat, lächelte er. Es roch nach Zimtschnecken. Er sagte Carly immer wieder, dass er morgens vor der Arbeit so einen Kram nicht essen könne, aber sie zuckte nur mit den Schultern und machte sie trotzdem.

»Morgen«, sagte Jag, als er in die Küche ging.

Sie drehte sich um, lächelte ihn an, und Jag schmolz dahin. Das war es, was er wollte, dass Carly ihn für den Rest ihres Lebens so anlächelte. Er würde alles tun, um das zu erreichen. Die Tatsache, dass sie akzeptiert hatte, was mit ihm passiert war, und nicht hinausgestürmt war, nachdem er sie wie Scheiße behandelt hatte, war ein kleines Wunder. Erst im Nachhinein war ihm klar geworden, wie kurz er davor gewesen war, sie zu verlieren. Er hasste es, dass er sie verletzt hatte, aber sie hegte keinen Groll gegen ihn und die Dinge waren jetzt noch vertrauter zwischen ihnen.

Er stolzierte zu ihr hinüber und Carlys Lächeln wurde breiter, als er näher kam. Er legte einen Arm um ihre Taille und zog sie an sich. Sie stolperte, aber das Lachen, das ihren Mund verließ, als sie sich auf seiner Brust abstützte, ließ ihn wissen, dass sie keine Angst hatte.

Sie lächelte immer noch, als seine Lippen auf ihren landeten. Er konnte es kaum erwarten, sie zu berühren. Sie schmeckte süß, als hätte sie gerade die Glasur für die Zimtschnecken gekostet. Aber innerhalb von Sekunden verschwand alles im Hintergrund, außer dem Gefühl von ihr an ihm und ihren Lippen auf seinen.

Er küsste sie mit all der Liebe, die er in seinem Herzen hatte. All der Dankbarkeit, dass sie die Frau war, die sie war. Mit all der Erleichterung darüber, dass sie ihre Zurückhaltung in Bezug auf ihr Zusammensein überwunden hatte.

Sie atmeten beide schwer, als er sich zurückzog.

»Ähm, wow«, sagte Carly und starrte ihn mit großen Augen an.

»Guten Morgen«, sagte Jag leise.

»Hattest du ein gutes Training?«, fragte sie.

Jag zuckte mit den Schultern. »Mustang hat uns heute besonders hart in den Hintern getreten, wahrscheinlich um deutlich zu machen, dass er wusste, dass ich in den letzten Tagen nachgelassen habe.«

Carly verdrehte die Augen. »Oh, ein paar Tage frei von der Arbeit. Ja, du bist so ein Faulpelz.«

Jag lachte. Dann wurde er nüchtern. »Baker hat mich heute Morgen angerufen.«

Carly errötete und fragte leichthin: »Ach, hat er das?«

Sie wusste, warum Baker ihn angerufen hatte, versuchte aber offensichtlich, es zu überspielen. »Ja.«

Sie zögerte, als er nichts weiter sagte, und fragte schließlich: »Bist du sauer?«

»Sauer, weil du versuchst, mich zu beschützen, und ein blutrünstiges Verlangen nach Rache hast? Nein.«

»Das ist keine Rache«, sagte sie sofort. »Das ist Gerechtigkeit. Jag, was sie getan hat, war nicht nur moralisch falsch und böse, es war illegal. Und ich kann nicht umhin zu glauben, dass sie dasselbe noch anderen Jungen angetan hat. Ich will, dass sie dafür bezahlt. Nicht weil sie dein Leben ruiniert hat, denn du bist großartig und erfolgreich. Und das allein ist Genugtuung. Aber dafür, dass sie ein schrecklicher Mensch ist.«

Jag konnte nicht anders als zu lächeln.

»Also, was hast du zu Baker gesagt?«, fragte sie. »Noch wichtiger, was hat er zu dir gesagt? Hat er sie schon gefunden? Hat er schon all ihre Bankkonten geschlossen, Viren auf ihrem Computer installiert, sie feuern lassen und all das Zeug?«

»Guter Gott, Frau«, sagte Jag überrascht. »Ernsthaft?«

»Oh ja«, antwortete Carly mit einem Nicken und einem bösen Blick in den Augen. »Das ist nicht einmal genug. Bei Weitem nicht genug für das, was sie getan hat, aber es ist ein Anfang.«

Jag fuhr mit der Hand über ihr Haar und schüttelte den Kopf. »Er wollte nur wissen, ob deine Anfrage legitim ist. Im Grunde wollte er meine Zustimmung.«

»Was hast du ihm gesagt?«, fragte Carly, als er nicht sofort fortfuhr.

»Ich habe ihm grünes Licht gegeben.«

Zufriedenheit erfüllte ihren Blick. »Gut.«

Jag wusste, dass er ihr auch die anderen Dinge erzählen

musste, die Baker erwähnt hatte, aber er hatte im Moment anderes im Kopf.

»Ich möchte mit dir schlafen«, platzte er heraus – und zuckte dann zusammen nach dieser abrupten Offenbarung.

Aber Carly lächelte nur und schien noch mehr mit ihm zu verschmelzen. »Ja?«

»Ja, heute Abend.«

»Wenn du fragst, ob das für mich in Ordnung ist, dann ist es das definitiv«, sagte sie. Dann wurde sie nüchtern. »Aber ich möchte, dass du dir sicher bist, dass du bereit bist. Ich habe neulich Abend versehentlich viele schreckliche Erinnerungen in dir zurückgebracht, und ich will nicht, dass du etwas tust, wofür du noch nicht bereit bist. Es ist erst ein paar Tage her, Jag ...«

»Ich bin bereit«, versicherte er ihr. »Ich bedaure, was passiert ist, weil ich dich verletzt habe, aber ehrlich gesagt bin ich auch froh, dass es passiert ist. Es hat mich gezwungen, mich endlich meiner Vergangenheit zu stellen und etwas dagegen zu unternehmen. Und du bist nicht die Schlampe, die mich verletzt hat. Ich liebe dich, Carly, und es gibt nichts, was ich mehr möchte, als dir zu zeigen, wie sehr. Ich kann nicht versprechen, dass ich keine Rückschläge erleiden werde, aber ich weiß, dass es mit dir zusammen nicht so sein wird wie mit ihr.«

»Du warst nicht ›mit‹ ihr zusammen«, entgegnete Carly heftig. »Und du hast recht, das wird es nicht, denn ich liebe dich und du liebst mich und ich würde dir niemals wehtun. Ich erwarte nicht, dass du perfekt im Bett bist, Jag. Ich will einfach nur dich.«

»Also heute Abend?«, fragte er.

»Ja, hundertmal ja.«

Sie lächelten einander an. Jag schloss für einen Moment die Augen und fragte sich, wie er so viel Glück haben konnte. Dann spürte er ihre Hand auf seiner Wange. Er öffnete die Augen und verlor sich in den ozeanblauen Tiefen ihres Blicks.

Sie stellte sich auf Zehenspitzen und streifte mit ihren Lippen über seine. Es war eine kurze Liebkosung, aber Jag spürte, wie sein Schwanz zuckte. Es war offensichtlich, dass er keine Probleme haben würde, hart zu werden, was eine Erleichterung war. Er hatte vor Jahren eine Zeit durchgemacht, in der er nicht erregt werden konnte, egal was er versuchte, um sich selbst zu stimulieren.

»Jag?«, fragte sie leise.

»Ja?«

»Du riechst, du brauchst eine Dusche.«

Er lachte. »Kein Wunder, wenn man bedenkt, wie viele Burpees ich heute gemacht habe und wie Mustang uns am Strand hat auf- und ablaufen lassen.«

Aber Carly entzog sich ihm nicht. Sie lächelte nur.

»Engel? Wenn ich duschen soll, musst du mich loslassen.«

»In Ordnung«, schnaubte sie gespielt, bevor sie langsam zurückwich. »Wenn du fertig bist, sind die Zimtschnecken bereit.«

»Ich kann keine Kohlenhydrate und Zucker zum Frühstück essen«, erinnerte er sie.

»Richtig, denn das ist nur etwas für uns Normalsterbliche«, scherzte sie. »In Ordnung, ich mache dir einen Proteinshake. Du kannst deine Zimtschnecke damit runterspülen.« Sie zwinkerte.

Jag lachte noch einmal laut auf, als er sich umdrehte, um den Flur entlang zum Schlafzimmer zu gehen.

»Jag?«, rief Carly.

Er drehte sich um. »Ja?«

»Ich liebe dich. Und ich bin so verdammt stolz auf dich. Heute Abend wird fantastisch und unvergesslich.«

Ihre Worte gaben ihm das Gefühl, vollständig zu sein.

»Ja, das wird es«, stimmte er zu. »Ich hoffe, du bist bereit für mich«, warnte er. »Es ist lange her, dass ich mit einer Frau zusammen war ... und ich habe das Gefühl, dass ich nicht genug von dir bekommen werde.«

Mindestens drei Meter trennten sie, aber Jag spürte immer noch die Elektrizität zwischen ihnen, die er gespürt hatte, als er sie zum ersten Mal getroffen hatte. Er schaute nach unten und sah ihre Brustwarzen hart unter dem Baumwoll-T-Shirt, das sie trug.

»Ich kann es kaum erwarten«, sagte sie mit dem Nicken, das er sonst bei seinen Freunden benutzte.

Jag wollte nichts mehr, als zurück in die Küche zu stolzieren, sie über seine Schulter zu werfen und ins Schlafzimmer zu bringen. Aber er musste zur Arbeit und Kenna würde bald da sein, um Carly abzuholen. Also lächelte er nur und zwang sich zu gehen.

Nach dem Duschen und Umziehen – und dem Essen von nicht nur einer, sondern zwei Zimtschnecken, zusammen mit seinem Proteinshake – musste Jag los. Egal wie sehr er bleiben und mit Carly abhängen wollte, er hatte seine Arbeit zu erledigen.

Carly brachte ihn zur Tür und er konnte nicht widerstehen, sie noch einmal in die Arme zu nehmen.

»Sei bei der Arbeit heute vorsichtig«, sagte er.

Sie neigte den Kopf und sah zu ihm auf. »Das werde ich, aber ... weißt du etwas, was ich nicht weiß?«

»Nicht wirklich«, sagte Jag. »Als ich vorhin mit Baker telefoniert habe, sagte er, dass er mehr Informationen über Jeremiah ausgegraben hat. Dinge aus seiner Vergangenheit, die besorgniserregend sind. Wir sind uns beide einig, dass es gut wäre, wenn du auf der Hut vor ihm bist. Wenn du ihn siehst, lass es mich sofort wissen.«

»Das werde ich«, versprach Carly. »Ich fühle mich außerhalb der Wohnung inzwischen wohler, aber hin und wieder fühle ich mich trotzdem beobachtet. Vielleicht bin ich nur paranoid, aber ...« Sie verstummte.

»Tu diese Gefühle nicht ab«, sagte Jag zu ihr. »Ich kann dir gar nicht sagen, wie oft es uns auf einer Mission den Hintern gerettet hat, darauf zu hören, wenn sich etwas einfach nicht richtig angefühlt hat.«

Carly nickte.

»Du trägst immer noch das Taschenmesser, das ich dir gegeben habe, oder?«, fragte Jag.

»Ja.«

»Und den Universalschlüssel für Handschellen?«

Carly lächelte und nickte.

»Und du passt auf deine Umgebung auf, wenn du gehst, und schaust nicht auf dein Handy?«

»Ja, Jag, das tue ich, ehrlich.«

Er holte tief Luft. »Tut mir leid, das wird nicht immer so sein. Es wird eine Zeit kommen, in der du dich entspannen kannst und dir keine Sorgen mehr machen musst, dass jemand hinter einem Wagen hervorspringt oder so.«

»Ich weiß«, sagte sie mit einem Hauch von Besorgnis in der Stimme. »Es dauert sicher noch eine Weile, aber ich werde langsam zuversichtlicher, mich selbst schützen zu können.«

»Gut.« Jag hasste es, dass sie auf die harte Tour lernen musste, wie wichtig es war, sich ihrer Umgebung immer bewusst zu sein, aber er wollte, dass sie auf alles vorbereitet und bereit war, wenn sie überrascht wurde.

»Möchtest du etwas Bestimmtes zum Abendessen?«, fragte sie.

Jag schüttelte den Kopf. »Nur dich.«

Carly grinste. »Ich denke, das lässt sich arrangieren.«

»Pass auf dich auf«, sagte er noch einmal.

»Du auch.«

»Es ist nicht allzu gefährlich, den ganzen Tag in einem Konferenzraum zu sitzen«, erwiderte Jag trocken.

Carly zuckte mit den Schultern. »Man kann nie wissen.«

»Stimmt. Ich liebe dich, mein Engel.«

»Ich liebe dich auch.«

»Schreib mir bitte, wenn du im Duke's ankommst und wenn du wieder zu Hause bist.«

»Na sicher.« Carly legte ihre Arme fester um ihn und umarmte ihn noch einmal.

Jag legte einen Finger unter ihr Kinn, hob ihren Kopf und küsste sie. Es war kein kurzer Kuss. Es war ein Vorspiel zu dem, was später am Abend passieren würde. Als er sich zurückzog, keuchten sie beide.

»Ich kann es kaum erwarten, dich zu der Meinen zu machen«, flüsterte er.

»Das bin ich schon«, erwiderte sie.

Jag lächelte und zwang sich, einen Schritt zurückzutreten. »Ich wünsche dir einen schönen Tag«, sagte er.

»Dir auch.«

Jag schob die Erektion in seiner Hose zurecht, nachdem er die Wohnungstür hinter sich geschlossen hatte, und atmete tief durch. Er war bereit für heute Abend. Es fühlte sich an, als hätte er sein ganzes Leben auf Carly gewartet … und er war entschlossen, dafür zu sorgen, dass sie es wusste.

Der Mann saß auf dem Parkplatz des Wohnhauses, in dem die Schlampe lebte. Er hatte sie wochenlang beobachtet und auf seine Chance gewartet. Es hatte ihn nicht gestört, als sie sich in ihrer eigenen Wohnung versteckt hatte, weil es ihm Freude bereitet hatte zu wissen, dass sie zu viel Angst hatte, ihre vier Wände zu verlassen. Dass sie darüber nachdachte, wer sie immer noch tot sehen wollte.

Aber mit der Zeit und nachdem sie zu ihrem verdammten Freund gezogen war, war sie immer selbstbewusster geworden. Sie hatte keine Angst mehr.

Es war an der Zeit, seinen Zug zu machen. Er musste alle Lektionen anwenden, die Shawn ihm beigebracht hatte, und Carly zeigen, dass sie nichts war. Er musste ihr klarmachen, dass sie mit Shawn alles gehabt und es einfach weggeworfen hatte.

Alles war geplant, er musste nur die perfekte Gelegenheit abpassen, um sie zu schnappen. Der Mann blickte auf die Uhr und runzelte die Stirn. Er würde wieder zu spät zur Arbeit kommen. Sein Chef war im Moment nicht sehr glücklich mit ihm. Sein Zeugnis als perfekter Arbeitnehmer stand auf dem Spiel. Eine weitere Sache, für die man Carly verantwortlich machen konnte.

Er war nur zu spät dran, weil er ihr gefolgt war, um darauf zu warten, zuschlagen zu können.

Neulich hätte er fast seine Chance bekommen, als sie allein zum Lebensmittelladen gefahren war. Aber es waren zu viele Leute auf dem Parkplatz gewesen, zu viele Zeugen. Er musste sie allein erwischen.

Ein Wagen hielt vor dem Eingang des Hauses und der Mann knurrte tief in seiner Kehle. Es war die Schlampe, die Shawn getötet hatte, zusammen mit dem Typen, den ihr beschissener Millionärs-Ehemann angeheuert hatte, um sie und Carly zur Arbeit nach Waikiki zu fahren.

Heute konnte er nichts weiter tun, da sie im Duke's von Leuten umringt sein würde. Es würde keine Gelegenheit geben, sie dort zu entführen. Und ihr Freund holte sie immer ab. Aber seine Zeit würde kommen. Er musste sich nur noch ein wenig gedulden.

Sobald die Schlampe in seinen Fängen war, würde sie nicht mehr entkommen. Er war zu schlau, in mancher Hinsicht sogar schlauer als Shawn. Er hatte alles perfekt geplant. Er blickte auf die Tasche vor dem Beifahrersitz und lächelte. Er war jederzeit bereit. Eine Minute genügte, und sie gehörte ihm.

Ihr Freund sollte ihm dankbar sein. Sie würde sein Leben genauso ruinieren wie Shawns. Er tat der Welt einen Gefallen, indem er sie eliminierte.

»Mach dir keine Sorgen, Shawn. Sie wird für das bezahlen, was sie dir angetan hat. Du wirst schon sehen.«

Nachdem eine glückliche Carly in den Wagen gestiegen und der Fahrer losgefahren war, startete der Mann den Motor seines Wagens und fuhr langsam vom Parkplatz, bevor er auf die Schnellstraße zusteuerte. Er musste sich eine neue Entschuldigung für seine Verspätung einfallen lassen, aber er machte sich keine Sorgen.

»Nur noch ein bisschen«, murmelte er während der Fahrt. »Das wird alles bald vorbei sein.«

KAPITEL NEUNZEHN

Dies war der längste Tag aller Zeiten gewesen. Carly war zappelig, ungeduldig und konnte das Ende ihrer Schicht kaum erwarten. Alles, woran sie denken konnte, war Jag und was sie heute Abend tun würden.

»Was ist los mit dir?«, fragte Kenna, als es noch dreißig Minuten bis Feierabend waren. »Du warst den ganzen Tag irgendwie komisch.«

»Nichts«, sagte Carly.

»Blödsinn, spuck es aus«, forderte Kenna.

Carly konnte sich ein Lächeln nicht verkneifen. »Jag und ich haben nur für heute Abend ... besondere Pläne.«

Sie musste es nicht erklären. Kenna quietschte ein wenig und klatschte leicht in die Hände. »Toll! Bist du nervös?«

»Nein.« Und das war sie nicht. Nach allem, was zwischen ihnen passiert war, war Sex mit dem Mann, den sie mehr liebte als alles andere, nichts, weswegen sie nervös sein müsste. Sie hoffte und betete für Jag, dass alles glattgehen würde, aber sie machte sich keine allzu großen Sorgen. Sie hatte Jags wachsendes Selbstvertrauen in der letzten Woche aus erster Hand mitbekommen.

Sie hatte sich Sorgen über seine erste Sitzung mit der Psychologin gemacht, über all die schrecklichen Erinnerungen, die er noch einmal durchleben musste, und hatte sich gefragt, ob es ihn davon abhalten würde, sie intim zu berühren. Stattdessen schien das Gegenteil zu passieren.

Jag hatte sie in den letzten Tagen mehr berührt als in den letzten paar Monaten. Er wirkte ... sicherer, was seine Männlichkeit anging. Er küsste sie länger und intensiver, strich mit den Händen leicht über ihren Körper, wenn sie sich zum Schlafen hinlegten. Er lächelte öfter und lachte mehr. Es war, als würde sich das Gewicht von seinen Schultern lösen.

Nein, Carly war nicht im Geringsten nervös, sie freute sich darauf herauszufinden, was Sex für ihre Beziehung tun könnte.

Kenna neigte den Kopf, während sie Carly musterte. Schließlich sagte sie: »Ich freue mich für dich. Jag ist wirklich großartig. Irgendwie ruhig ... aber ich habe das Gefühl, dass du ihm hilfst, seine Dämonen zu bekämpfen.«

»Wer hat etwas von Dämonen gesagt?«, fragte Carly ein wenig defensiv.

Kenna zuckte mit den Schultern. »Es ist ziemlich offensichtlich ... aber nicht auf eine schlechte Art und Weise. Er ist entspannter, seit er dich kennengelernt hat. Das ist eine gute Sache, Carly. Ich bewerte es nicht.«

Carly zwang sich zur Ruhe. »Ich weiß, entschuldige. Und er ist großartig. Ich glaube nicht, dass ich das, was mir passiert ist, ohne ihn überstanden hätte.«

»Bestellung fertig!«, rief einer der Köche aus der Küche, was sowohl Kenna als auch Carly vor Überraschung aufspringen ließ.

Kenna kicherte. »Meine Güte, er liebt es, uns zu erschrecken«, beschwerte sie sich.

»Allerdings.« Früher hätte es Carly so sehr erschrocken, dass sie eine Panikattacke bekommen hätte. Sie war stolz, dass sie jetzt darüber lachen konnte.

Als sie auf ihr Handgelenk schaute, sah sie, dass es nur noch fünfundzwanzig Minuten waren, bis sie fertig war. Jag hatte ihr vorhin eine SMS geschrieben. Die Männer arbeiteten heute länger als sonst und Aleck hatte dafür gesorgt, dass der Fahrdienst sie und Kenna abholte.

Carly wusste, dass die Zeit kommen würde, in der sie anfangen musste, selbst zur Arbeit zu fahren, aber im Moment war sie zufrieden, wie die Dinge liefen. Es ging ihr besser, sie hatte weniger Angst, allein unterwegs zu sein, aber sie wollte auch nichts überstürzen. Baker arbeitete immer noch daran herauszufinden, wer Shawn geholfen hatte, und Carly wollte nichts tun, was diesen Protagonistinnen in einigen Liebesromanen glich, die zu dumm zum Überleben waren.

Als sie an Liebesromane dachte, wanderten ihre Gedanken zurück zu Jag. Sie konnte nicht verhindern, dass sich ein Lächeln auf ihren Lippen bildete.

»Oh Gott, träumst du schon wieder?«, beschwerte sich Kenna. »Bring jetzt die Bestellung raus, Frau.«

Carly lächelte. »Du bist nur neidisch«, spottete sie.

»Nein, ich freue mich für dich. Und zu wissen, dass du heute Abend deinen Willen bekommst, bringt mich dazu, meinem Mann ebenfalls zeigen zu wollen, wie sehr ich ihn liebe.«

Carly verdrehte die Augen, als sie zwei Sandwiches mit Hähnchen auf ihr Tablett stellte. Sie drehte sich um, balancierte das Tablett auf ihrer Schulter und sah ihre Freundin an. »Es ist wahrscheinlich eine gute Idee für uns alle, unseren Männern zu zeigen, wie sehr wir sie lieben. Ich habe das Gefühl, dass sie sich auf ihren nächsten Einsatz vorbereiten.«

Anstatt zu widersprechen, wie Carly gehofft hatte, nickte Kenna. »Ja, den Eindruck habe ich auch.«

Für eine Sekunde spürte Carly, wie die vertraute Panik wieder in ihr aufstieg, aber sie unterdrückte sie. Sie wollte nicht daran denken, allein ohne Jag zu sein, auf den sie sich stützen konnte, um sich sicherer zu fühlen. Aber sie schwor sich, ihm nicht noch mehr Stress zu machen, als er vor einer Mission ohnehin schon hatte. Ihr würde es gut gehen. Sie hatte enge Freundinnen und wenn sie das Gefühl hatte, in Gefahr zu sein, würde sie sich einfach in Jags Wohnung verschanzen, bis er entweder zurückkam oder sie sich mutig genug fühlte, sich wieder hinauszuwagen.

»Alles wird gut«, beruhigte Kenna sie und legte eine Hand auf Carlys freien Arm.

Sie nickte. »Das wird es«, stimmte sie zu. Dann lächelte sie ihre Freundin an, bevor sie sich umdrehte, um das Essen zu servieren. Sie würde nicht daran denken, dass Jag fortging. Es war unvermeidlich, aber sie müsste sich nicht selbst verrückt machen, auch wenn sie nicht wusste, wann und wie lange er weg sein würde. Das war jetzt ein Teil ihres Lebens und sie musste sich selbst und Jag beweisen, dass sie stark genug war, damit umzugehen.

Im Moment wollte sie sich darauf konzentrieren, ihre Beziehung voranzubringen. Und heute Abend würde der erste Schritt in Richtung ihres restlichen Lebens sein.

Vorfreude lag in der Luft, aber Carly tat ihr Bestes, es zu ignorieren. Als sie von der Arbeit nach Hause kam, hatte sie Hähnchenbrust in den Ofen geschoben, geduscht, sich die Beine rasiert und dafür gesorgt, dass sie mehr von der

Kirschblütenlotion als sonst auftrug, weil sie wusste, dass Jag sie so sehr liebte.

Als er endlich nach Hause kam, aßen sie zu Abend, unterhielten sich darüber, wie ihr Tag verlaufen war, und versuchten, das steigende Verlangen zu ignorieren, das sich zwischen ihnen aufbaute.

Aber kaum war das Geschirr weggeräumt, drückte Jag Carly gegen die Küchentheke. Er nahm ihr Gesicht zwischen seine Hände und starrte sie an.

Carly packte seine Handgelenke und hielt sich fest, als sie seinem Blick begegnete.

»Bist du bereit dafür?«

»Ja.« Es gab absolut keinen Zweifel in ihrer Stimme.

»Ich auch«, sagte Jag mit einem kleinen Lächeln.

Carly erwiderte sein Grinsen. Als er nach Hause kam, hatte er geduscht und sich die Baumwollhose angezogen, in der er normalerweise schlief. Er trug eines seiner marineblauen T-Shirts und ihr juckte es in den Fingern, ihre Hände darunter zu schieben und seine nackte Haut zu berühren. Aber sie ließ ihre Hände, wo sie waren. Jag musste heute Abend die Kontrolle behalten.

Ohne ein weiteres Wort beugte er sich hinunter, küsste sie hart und schnell, dann nahm er ihre Hand in seine und ging mit ihr aus der Küche.

Sie wusste, dass sie ein albernes Lächeln auf dem Gesicht hatte, und folgte ihm. Er führte sie ins Schlafzimmer und blieb nicht stehen, bis sie neben dem Bett standen.

»Ich habe Kondome«, platzte er heraus. Es war fast niedlich, wie nervös er aussah.

»Ich nehme die Pille«, informierte sie ihn.

»Ja, ich weiß. Ich habe sie im Badezimmer gesehen.«

Als er nichts weiter sagte, fuhr Carly zögernd fort: »Wir müssen keine Kondome benutzen, wenn du nicht willst. Ich bin gesund. Ich war seit Shawn mit niemandem mehr zusammen, und du kannst dir sicher sein, dass ich mich habe testen lassen, nachdem ich mit ihm Schluss gemacht hatte.« Sie wusste, dass sie plapperte, konnte sich aber nicht überwinden aufzuhören. »Ich kann also nicht schwanger werden. Na ja, ich meine, die Chance besteht immer, da die Pille nicht hundertprozentig wirkt, aber es ist sowieso nicht die richtige Zeit des Monats. Wenn du dich damit nicht wohlfühlst, können wir ein Kondom benutzen.« Sie zwang sich, den Mund zu halten.

Jag holte tief Luft. Seine Pupillen waren geweitet und er sah aus, als stände er nur Sekunden davor, sie aufs Bett zu werfen und sich zu nehmen, was er wollte ... was Carly sehr recht war. »Ich habe noch nie ... Sie hat mir immer ein Kondom übergezogen, bevor ... du weißt schon.«

Carly nickte und strich mit den Händen über seine Brust.

»Es fühlte sich immer so an, als dachte sie, ich sei schmutzig«, gab er zu.

»Das bist du nicht«, versicherte Carly ihm sanft. »Und fürs Protokoll, ich habe noch nie mit einem Mann ohne Kondom geschlafen. Es wäre eine Premiere für uns beide.«

Daraufhin entspannte Jag sich ein wenig. »Sex ohne Schutz kann für eine Frau eine ziemliche Sauerei sein«, sagte er leise.

Carly nahm an, dass er das in den Pornofilmen gesehen hatte, die ihm die Schlampe gezeigt hatte. Sie unterdrückte ihre Wut bei dem Gedanken daran. Dafür war jetzt nicht die Zeit. Sie lächelte Jag an. »Darüber mache ich mir keine Sorgen.«

Als Antwort legte Jag seine Hände an den Saum des Hemdes, das sie nach dem Duschen angezogen hatte. Es war hellgrün und hatte einen tiefen V-Ausschnitt. Es zeigte ihr Dekolleté und Carly fühlte sich sexy darin. Langsam hob sie die Arme über den Kopf, um es ihm leichter zu machen, das Kleidungsstück auszuziehen.

Sie wölbte ihren Rücken ein wenig, als sie vor ihm stand – und liebte den lustvollen Ausdruck, der über sein Gesicht flackerte, als er sie betrachtete. Carly war klein, aber sie hatte schon immer Kurven gehabt. Nachdem sie bei Jag eingezogen war und wieder angefangen hatte, sich gut zu ernähren, war sie sogar noch üppiger geworden. Ihre Brüste waren mehr als eine Handvoll ... und sie konnte es kaum erwarten, dass Jag sie berührte.

»Darf ich meinen BH ausziehen?«, fragte sie. Sie wollte nichts tun, um schlechte Erinnerungen zu wecken.

Jag leckte sich über die Lippen und nickte. Er hatte den Blick nicht von ihren Brüsten genommen. Carly griff hinter sich, öffnete den Verschluss und ließ ihren BH auf den Boden fallen. Es fühlte sich etwas unartig an, so halb nackt vor ihm zu stehen, während er noch vollständig angezogen war, aber es fühlte sich auch richtig an.

Er hob die Hände und legte sie langsam auf ihre Brüste, wobei er sie leicht drückte. Carly seufzte, drückte den Rücken noch mehr durch und presste sich an ihn.

»Verdammt«, flüsterte Jag und schloss kurz die Augen. »Das fühlt sich großartig an.«

Er strich mit den Händen über ihren Körper und glitt mit den Fingern unter ihre Leggings, die sie ausgewählt hatte, weil sie leicht auszuziehen waren. Dann begegnete er ihrem Blick und was Carly sah, bereitete ihr Gänsehaut. Seine Pupillen waren so groß, dass sie kaum das Braun seiner Augen sehen konnte, das sie zu lieben gelernt hatte. Er atmete schwer durch die Nase und die Schwielen an seinen Händen fühlten sich rau auf der Haut an ihren Hüften an.

Ganz langsam schob er ihre Leggings und Unterwäsche über ihre Beine. Sie stieß beides zur Seite, als sie auf ihre

Knöchel fielen. Sie stand jetzt vollkommen nackt vor ihm ... und es fühlte sich so erotisch an. Auch ein bisschen beängstigend, aber auf eine gute Art und Weise.

»Du bist so schön«, sagte Jag ehrfürchtig, als er vor ihr auf die Knie ging. »Spreiz deine Beine, Carly.«

Ohne zu zögern, tat sie, was er verlangte. Dieser etwas dominante Liebhaber war ganz anders als der fast gebrochene Mann, den sie neulich Abend erlebt hatte. So bevorzugte sie Jag.

Mit den Handflächen massierte er ihre Schenkel und sein Blick blieb zwischen ihren Beinen hängen. Carly wusste nicht, was sie mit ihren Händen machen sollte. Sie hatte Angst, ihn falsch zu berühren, also ließ sie sie an ihrer Seite. Jag bewegte seine Finger langsam immer höher. Sie hielt den Atem an und betete, dass er sie berühren würde.

»Du bist feucht«, sagte er leise, während er sie weiter anstarrte.

»Ja.«

»Magst du das?«, fragte er.

Carly nickte.

Er starrte sie an. »Warum? Ich habe dich nicht einmal berührt.«

»Weil du so ... ich habe noch nie ...« Carly hatte Mühe, ihre Gedanken in Worte zu fassen. »Ich mag es, wenn du die Kontrolle übernimmst.«

»Ich auch«, sagte Jag zufrieden mit einem Anflug von Erleichterung. »Möchtest du, dass ich dich berühre?«

»Bitte.«

»Du riechst fantastisch«, seufzte er, anstatt zu tun, was sie wollte. Er beugte sich vor und atmete tief ein. »Nach Ambrosia und Kirsche.«

Carly hatte keine Ahnung, wie zum Teufel Ambrosia roch, aber sie würde nicht danach fragen.

Jag kam näher und strich mit seiner Nase über ihr kurz

geschorenes Schamhaar. Sie schnappte erwartungsvoll nach Luft und schwankte.

Seine Hände waren sofort da und er hielt sie an den Hüften fest.

Sie spürte seine Zunge auf ihrem Hüftknochen ... dann zwischen ihren feuchten Falten. Sie spreizte ihre Beine noch weiter, sie brauchte ihn.

Aber Jag setzte seine Erkundung nicht fort. Er hielt inne. Mit fast kehliger Stimme sagte er: »Leg dich aufs Bett, die Beine flach auf die Matratze, Knie ausgestreckt.«

Carly zitterte. Heilige Scheiße, er war so heiß. Sie tat schnell, worum er sie bat. Sobald sie in Position war, stieg er aufs Bett, ohne sich auszuziehen. Ihr zog sich der Magen zusammen. Für eine Sekunde fragte sie sich, ob etwas mit ihr nicht stimmte, weil sie so verletzlich war. Im Moment hatte er definitiv die Macht. Weder sein Hemd noch seine Hose auszuziehen, ihr zu befehlen, sich in Position zu bringen ... das alles machte es mehr als deutlich, dass er die Kontrolle über sie hatte.

Er hielt ihrem Blick stand, als er auf seinen Knien vorrutschte. Dann legte er seine Hände auf die Innenseiten ihrer Schenkel und schob ihre Beine noch weiter auseinander.

Carly wusste, dass sie klatschnass war. Ihre Brustwarzen richteten sich auf, als bettelten sie um seine Berührung. Sie wand sich unter ihm.

»Bleib still liegen«, forderte er und Carly erstarrte sofort.

Er legte sich zwischen ihre Beine auf den Bauch und benutzte eine seiner Hände, um ihre feuchten Schamlippen auseinanderzuziehen.

»Jag«, wimmerte sie.

»Schhhh, ich habe das noch nie aus der Nähe gesehen ...«

Carly biss sich auf die Lippe und ihr Kopf fiel zurück auf

das Kissen. Wenn Jag sie ansehen wollte, würde sie es ihm erlauben. Er konnte machen, was er wollte.

Bei der ersten Berührung seiner Finger hob sie wieder den Kopf. Sie wollte ihn sehen.

Er leckte sich wieder über die Lippen, während er mit seinem Zeigefinger langsam über ihre Klitoris fuhr. Sie zuckte zusammen, als er ihre empfindlichste Stelle berührte, und sie sah ihn lächeln.

»Du magst das.«

Es war keine Frage, aber Carly antwortete trotzdem. »Oh ja, definitiv.«

Jag nahm sich Zeit, um herauszufinden, was ihr gefiel und was sie dazu brachte, sich unter ihm zu winden. Er schob seinen Finger in ihren Körper und stieß ein paarmal langsam hinein. Carly stöhnte. Als er seinen Finger herauszog, betrachtete er ihn einen Moment lang. Er glänzte von ihren Säften. Dann schob er ihn in seinen Mund.

Es war eines der heißesten Dinge, die Carly je gesehen hatte. Der Ausdruck der Ekstase auf seinem Gesicht, als er sie schmeckte, würde sich für immer in ihr Gedächtnis einbrennen. Dann, als könnte er keinen weiteren Moment warten, senkte er den Kopf und leckte sie mit einem langen Zungenschlag.

Carly wölbte den Rücken.

Er tat es noch einmal und leckte die Körperflüssigkeit auf, die vor Erregung zwischen ihren Beinen hervorströmte. Es fühlte sich gut an ... aber als er zaghaft an ihrer Klitoris saugte, quietschte Carly.

Er blickte auf, als wollte er sich vergewissern, dass es sich um Vergnügen und nicht um etwas anderes handelte. Carly nickte ihm zu. »Mehr!«

Er lächelte kurz, bevor er den Kopf wieder senkte.

Die nächsten paar Minuten gehörten zu den besten in Carlys Leben. Mit niemandem hatte sie sich je zuvor so gefühlt. Es war, als würde sie aus ihrer Haut fahren. Er schien genau zu wissen, wie viel Druck er auf ihre Klitoris ausüben musste, um sie verrückt zu machen, aber nicht zum Orgasmus zu bringen.

»Jag, bitte!«

»Bitte was?«, murmelte er gegen ihre empfindliche Haut.

»Bring mich zum Orgasmus. Ich muss einfach kommen.«

»Das gefällt mir«, sagte er und senkte den Kopf.

»Jag ...«, jammerte Carly.

Er lachte leise und die warmen Luftstöße auf ihrer Muschi waren Himmel und Hölle zugleich.

Er glitt noch einmal mit den Fingern zwischen ihre Schamlippen, verteilte ihre Säfte bis zu ihrer Klitoris und streichelte sie leicht. »Du bist klatschnass. Und alles für mich.« Er klang irgendwie selbstzufrieden und gleichzeitig ehrfürchtig.

»Mhm«, murmelte Carly.

»Ich möchte dir beim Orgasmus zusehen«, sagte Jag. »Ich habe es noch nie gesehen. Das heißt, nicht bei jemandem, der mir etwas bedeutet hat.«

Allein bei diesen Worten wäre Carly fast gekommen. Sie hasste und liebte es zugleich, dass sie in vielerlei Hinsicht sein erstes Mal sein würde. »Ich bin kurz davor Jag, bitte!«

Anstatt den Kopf zu senken, legte er seine Hand flach auf ihren Bauch und benutzte seinen Daumen, um ihre Klitoris zu massieren. Gleichzeitig führte er zwei Finger der anderen Hand in ihren Körper ein. Er begann, sie damit zu penetrieren, während er weiter ihre Klitoris massierte.

Carly hob die Hüften und stöhnte. Er fingerte sie weiter und Carly konnte nicht stillhalten. Sie stieß immer wieder gegen seine Finger, als ein fast klagendes Geräusch ihrer Kehle entwich, das sie noch zuvor gehört hatte.

Es war zu gut, fast überwältigend.

»Das ist es, fast geschafft«, sagte Jag mit schroffer Stimme. Seine Augen waren dunkel.

Dann bewegte er seine Finger schneller, stieß in sie hinein, während er das Tempo der Massage ihrer Klitoris erhöhte. Mitten in der Luft hörte Carly plötzlich auf, ihre Hüften zu bewegen, und für einen Moment ritt sie auf der Welle ihrer Ekstase, bevor sie explodierte.

Ihr Herzschlag war außer Kontrolle und sie vergaß zu atmen, als sie den intensivsten Orgasmus ihres Lebens erlebte.

Jags Berührungen wurden langsamer, aber er hörte nicht auf, sie zu streicheln, während sie weiter zitterte. Als sie endlich wieder auf die Matratze sank, zog Jag seine Finger aus ihr heraus und senkte den Kopf.

Er leckte sie wieder, so eifrig, als könnte er nicht genug von ihrem Geschmack bekommen. Jedes Mal wenn seine Zunge ihre empfindliche Klitoris berührte, zuckte Carly zusammen.

Gerade als sie glaubte, seine Berührungen nicht mehr aushalten zu können, und bereit war, erneut zu kommen, erhob Jag sich auf die Knie. Er riss sich das T-Shirt vom Leib und schob die Hose über seine Hüften. Für eine Sekunde dachte Carly, dass er sich nicht die Zeit nehmen würde, sie vollständig auszuziehen, aber dann fiel er auf die Seite und entledigte sich ihrer.

Sein Schwanz war lang und hart ... und dick. Sie hatte es schon gespürt, wenn sie schliefen oder rumgemacht hatten, aber sie hatte ihn noch nie gesehen. Carly wollte ihn berühren. Wollte ihn genauso verrückt machen, wie er es mit ihr getan hatte, aber sie zwang sich, still liegen zu bleiben.

Jag drückte noch einmal ihre Schenkel auseinander, als er näher kam. Sie stöhnten beide, als die Spitze seines Schwanzes ihre feuchten Falten streifte.

»Bereit?«, fragte er, als er nach seinem Schwanz griff und gegen sie drückte.

»Ja«, sagte Carly kurz und deutlich.

Sie hielt den Atem an, als er noch näher kam.

Jag konnte nicht klar denken. Er leckte sich über die Lippen und schmeckte Carly. Er hätte die ganze Nacht damit verbringen können, sie anzubeten, sie zu schmecken, anzusehen und zu fühlen, wie sie an seinen Fingern und seinem Mund explodierte. Es war das Erstaunlichste, was er je gefühlt hatte. So feucht, so eng. Aber er wollte alles. Er wollte alles von ihr.

Es war in keiner Weise so, wie es mit Bridget gewesen war. Es war mehr, so viel mehr.

Mit jemandem zusammen zu sein, den er mochte, liebte, machte jede Berührung, jedes Stöhnen, jeden Kuss aufregender. Er hatte noch nie so stark empfunden wie in diesem Moment. Er hatte noch nie das Gefühl gehabt, dass er sterben würde, sollte er nicht in sie eindringen können. Die Aufregung und Vorfreude, die ihn durchströmten, als er sie ansah, waren mit nichts zu vergleichen.

Jag war sich bewusst, dass es ein Geschenk war, kein Kondom benutzen zu müssen. Er hatte genügend Matrosen und Freunde gehört, die über die Dinger gemeckert hatten, um zu wissen, dass es sich ohne Kondom viel intensiver anfühlen würde. Es war fast überwältigend, nur darüber nachzudenken, aber er wollte es. Er brauchte es.

Jag drückte den Ansatz seines Schwanzes zusammen, um zu verhindern, dass er vorzeitig kam, und Carly rutschte näher heran. Sie hatte die Beine weit gespreizt und er konnte ihre Erregung riechen. Sie hatte seine Finger so fest zusammengedrückt, als sie gekommen war, dass er nicht anders konnte als sich vorzustellen, wie es sich um seinen Schwanz anfühlen würde.

Zum ersten Mal in seinem Leben ließ er sich bei einer Frau gehen.

Er fühlte sich nicht schuldig oder schmutzig, weil er hart war. Er hatte nicht das Gefühl, dass es falsch war oder dass sie ihn benutzte. Er wollte den Moment voll und ganz erleben, nicht die Augen schließen und beten, dass es bald vorbei war.

Er schob die Spitze seines Schwanzes zwischen Carlys Schamlippen und spürte, wie ein Tropfen Sperma herausschoss. Er drückte fester zu und betete, dass er es lange genug durchhalten könnte, um in die Frau einzudringen, die er so sehr liebte.

Er war keine Jungfrau im wörtlichen Sinne, aber wozu Bridget ihn gezwungen hatte, zählte nicht. Das verstand er jetzt. Und die beiden Frauen, mit denen er seitdem zusammen gewesen war, waren eine Farce gewesen verglichen mit dem, was er jetzt spürte. Er hatte damals im Grunde alle Emotionen ausgeschaltet, um diese Begegnungen zu überstehen.

Hier wollte er sein, hier mit Carly, neben ihr, in ihr. Er fühlte sich geliebt – wiedergeboren. Er würde das nicht vermasseln.

Er wollte, nein, er musste spüren, wie sie um seinen Schwanz kam.

Mit einem neu erwachten Gefühl der Kontrolle schob Jag sich langsam in seine Frau, bis seine Hoden sie berührten. Dann griff er nach unten, packte ihren Hintern und zog sie an sich, damit er noch weiter in sie eindringen konnte.

Es war unglaublich. Es war das beste Gefühl, das er je in seinem Leben empfunden hatte. Feucht und heiß und eng. Er konnte Carlys Puls förmlich um seinen Schwanz spüren.

Das war natürlich Einbildung, so funktionierte das nicht. Aber Jag war es egal.

Er bemerkte, dass er die Augen geschlossen hatte, und öffnete sie wieder, um die Frau unter ihm anzusehen. Sie lag vollkommen still da und ließ ihn tun, was immer er mit ihr tun wollte. Jag hatte noch nie etwas oder jemanden so sehr geliebt wie Carly. Sie verstand ihn und wusste, dass er die Dinge auf seine Art tun musste.

»Bist du okay?«, krächzte er.

»Ja«, versicherte sie ihm mit einem kleinen Lächeln. »Mehr als okay. Du bist ... riesig, Jag. Du fühlst dich so gut an. Ich bin so ... ausgefüllt.«

Ihre Worte brachten Jag zum Lächeln. »Ja?«, fragte er, zog sich leicht zurück und stieß dann schnell wieder in sie hinein. Wenn es nach ihm ginge, würde er nie kommen. Er wollte für immer in ihr bleiben. Die Erkenntnis war unglaublich und überwältigend.

Er lachte innerlich über seine verrückten Gedanken und wandte die Aufmerksamkeit wieder Carly zu. Er wollte, dass sie sich gut fühlte, beugte sich vor, legte seine Hände auf ihre Schultern und begann, langsam im Takt zuzustoßen.

Sie hob die Hände und griff nach seinem Bizeps. Ihre kurzen Fingernägel gruben sich in seine Haut. »Oh ja! Das fühlt sich so gut an«, sagte sie leise.

Jag gefiel das. Er mochte es, oben zu sein. Es gefiel ihm zu wissen, dass er die vollständige Kontrolle hatte. Das brauchte er. Sie schlang ihre Beine um ihn und bohrte ihre Fersen in seinen Hintern, aber er wusste, dass sie ihm ausgeliefert war.

Für einen Moment fühlte er sich schuldig bei diesem Gedanken.

Aber dann stöhnte sie und stieß ihm entgegen.

»Schneller, Jag!«

Er schüttelte den Kopf. Nein, wenn er schneller würde,

würde er die Fassung verlieren und kommen. Und er wollte, dass dies viel länger anhielt. Also setzte er seine langsamen und stetigen Stöße fort.

Aber schließlich bemerkte er, dass Carly nicht einmal in der Nähe eines weiteren Orgasmus war.

Versuchsweise stieß er fester in sie hinein.

Sie schrie kurz auf und er stöhnte, als ihre Brüste wackelten. Also tat er es wieder. Und wieder. Je härter er sie fickte, desto mehr löste Carly sich unter ihm. Das war alles neu für Jag, neu und aufregend. Und er katalogisierte jede ihrer Reaktionen, merkte sich, was ihr gefiel.

Sie stieß ihm entgegen und wimmerte, als sein Becken auf ihre Klitoris traf. Jag wurde nun endlich klar, dass er sie genau dort stimulieren musste, wenn er sie noch einmal zum Höhepunkt bringen wollte. Er verlagerte sein Gewicht auf seine linke Hand und schlängelte die rechte zwischen sie. Die Position war unangenehm und seine Stöße wurden unregelmäßig, als er versuchte, ihre Klitoris zu massieren und sie gleichzeitig zu ficken.

»Ich kann das machen«, hauchte sie, aber Jag schüttelte den Kopf. Bilder von Bridget, die ihre Klitoris rieb, während sie auf ihm saß, blitzten in seinem Gehirn auf, und er tat sein Bestes, diese Gedanken zu verdrängen.

»Nein«, sagte er schärfer als beabsichtigt.

Carly nickte sofort und legte die Hände über ihren Kopf.

Jag hatte ein schlechtes Gewissen, weil er sie praktisch angeschrien hatte, aber bei dem Anblick ihrer unterwürfigen Position schoss ein weiterer Tropfen Sperma aus seinem Schwanz. Dadurch glitt er noch leichter in sie hinein.

Instinktiv richtete Jag sich auf, setzte sich auf die Fersen, packte Carly an den Hüften und zog ihren Hintern auf seine Oberschenkel. In dieser Position konnte er nicht gut zustoßen, aber das war im Moment wahrscheinlich besser. Er war zu kurz davor zu kommen.

»Jag?«, fragte Carly, aber er antwortete nicht. Er konnte nicht, weil er seine Kiefer zu fest zusammengepresst hatte. Der Anblick seines Schwanzes in ihrer Muschi war verdammt erotisch. Er war noch nie so erregt gewesen wie in diesem Moment.

Sein ganzes Leben lang hatte er sich gefühlt, als hätte seine Vergewaltigerin etwas in ihm zerstört. Dass sie dafür gesorgt hatte, dass er niemals Leidenschaft, Lust oder Verlangen empfinden könnte.

Aber es stellte sich heraus, dass er doch nicht kaputt war. Carly war seine Rettung und es gab keinen Zweifel, dass seine Libido ihretwegen zum Leben erwacht war.

Mit zwei Fingern begann er, ihre Klitoris zu massieren.

In der Sekunde, in der er sie berührte, zuckte Carly zusammen und stieß ein entzückendes Stöhnen aus. Mit seiner freien Hand griff er nach ihrer Hüfte und zog sie an sich, während er daran arbeitete, sie zum Höhepunkt zu bringen. Sie wand sich auf seinem Schoß, aber er ließ nicht locker. Er musste sie wieder kommen sehen und fühlen, während er selbst kommen wollte.

Es dauerte nicht lange. Sie war bereit und er sah, wie sich ihre Bauchmuskeln zusammenzogen und sie ihre Schenkel um seine Hüften presste. Sie stieß einen kleinen Schrei aus, als ihr Orgasmus sie überrollte.

Jag warf den Kopf in den Nacken und biss die Zähne zusammen, als ihr Körper seinen Schwanz förmlich erwürgte. Er hatte noch nie ein solches Vergnügen empfunden.

Er konnte seinen eigenen Orgasmus nicht länger zurückhalten. Er zwang sich, die Augen zu öffnen, und starrte auf ihre Verbindung, als er seinen Schwanz tief in ihr vergrub. Er konnte spüren, wie das Sperma aus seinen

Hoden quoll, als er explodierte. Er stöhnte laut, übermannt von seinen Gefühlen.

Er kam länger und härter als jemals zuvor. Mit Carly zusammen zu sein, in ihr zu sein, ihre Erregung an seinem Schwanz zu spüren und zu sehen, wie ihre Wangen und ihre Brust erröteten, als sie zum Orgasmus kam, schürte seine eigene Lust.

Er drückte sie an sich, noch nicht bereit, ihren Körper zu verlassen. Sie musste sich unwohl fühlen, so mit gekrümmtem Rücken und ihren Hüften auf seinem Schoß, aber Jag konnte sie nicht loslassen.

Schweiß tropfte von seiner Schläfe und er wischte ihn mit der Schulter ab. Er fühlte sich so erschöpft, als hätte er gerade einen der Mörderhindernisparcours von Mustang hinter sich, aber gleichzeitig war er so aufgeputscht, dass er die Welt erobern wollte. Und alles nur, weil er gerade mit seiner Frau geschlafen hatte.

Carly seufzte und streckte die Arme über den Kopf. Sie lächelte ihn schüchtern an. »Das war ... unglaublich«, sagte sie leise.

Jags Schwanz zuckte in ihr und sie kicherte.

»Ernsthaft?«, fragte sie.

»Ich glaube, du hast ein Sexmonster erschaffen«, krächzte Jag. Seine Stimme klang rau.

Er stemmte sich über sie, hielt seine Hüften gegen ihre gepresst, schob eine Hand hinter ihren Rücken und drehte sich mit ihr auf die Seite. Es war unbequem, weil ihr Bein unter seinem war und er sie nicht so umarmen konnte, wie er wollte.

Ohne nachzudenken, rollte Jag sich auf den Rücken und nahm Carly mit.

Sie hielt inne, als sie auf ihn herabblickte. »Ist das ...«

»Schon gut«, sagte Jag, als sie verstummte. »Du bist nicht sie. Ich habe keine Ahnung, wie zum Teufel ich jemals denken konnte, dass dies auch nur annähernd so wie früher sein könnte.«

Er drängte sie, sich zu entspannen, und seufzte zufrieden, als er ihre Nase an seinem Hals spürte und sie sich an ihn kuschelte. Er konnte ihre harten Nippel auf seiner Brust spüren, als sie sich bewegte und es sich bequem machte. Ihre Säfte liefen über seine Hoden.

Das war es, was ihm in seinem Leben gefehlt hatte – Carly. Sie hatte ihm gefehlt.

»Wenn ich zu schwer werde, geh ich runter«, sagte sie schläfrig.

Es war viel zu früh für ihn, um schlafen zu gehen, aber er hatte kein Problem damit, dass Carly ihn als Kissen benutzte. »Auf keinen Fall bist du zu schwer. Du bist perfekt«, versicherte er ihr sanft.

Sie schnaubte, protestierte aber nicht. »Jag?«

»Ja, mein Engel?«

»War das in Ordnung? Hattest du keine schlechten Erinnerungen?«

»Keine«, versicherte er ihr. »Du ...« Seine Stimme überschlug sich und er räusperte sich. Von seinen Emotionen überwältigt, hielt er kurz inne und musste schwer schlucken, bevor er fortfuhr: »Ich liebe dich.«

»Ich liebe dich auch. Ich liebe dich so sehr. Es würde mich zerstören, wenn du entscheiden solltest, nicht mehr mit mir zusammen sein zu wollen.«

»Das wird nicht passieren«, entgegnete Jag streng. Nach einem Moment fragte er: »Ich habe dir nicht wehgetan?«

Sie kicherte. »Nicht einmal annähernd.«

»Beim nächsten Mal wird es besser«, versicherte er ihr.

Sie schnaubte wieder.

»Ernsthaft, ich bin viel zu schnell gekommen. Ich wollte länger durchhalten.«

Carly hob sich etwas von seiner Brust, was seinen

Schwanz wieder in ihr zucken ließ. Sie bewegte die Hüften, aber er rutschte nicht aus ihr heraus. »Es hat mich sehr angetörnt, dass du direkt nach mir gekommen bist.«

»Du hast keine Ahnung, wie verdammt großartig du dich anfühlst«, sagte Jag ehrfürchtig.

Sie lächelte wieder schüchtern. Er ließ den Blick zu ihren Brüsten wandern, die über sein Brusthaar strichen. »Nächstes Mal werde ich ein bisschen mehr spielen«, versprach er ihr.

Carly legte sich wieder auf seinen Oberkörper. »Okay.«

»Okay?«, fragte er; er wollte ihre Zustimmung noch einmal hören.

»Ja. Du kannst mit mir tun, was immer du willst, wann immer du willst.«

Jags Schwanz zuckte erneut.

Er spürte auf seiner Haut, wie sie lächelte. Jag drehte den Kopf und küsste sie auf die Schläfe. »Warum machst du nicht ein Nickerchen? Wenn du aufwachst, arbeite ich an meiner Ausdauer. Stört es dich, dass ich immer noch in dir bin?«

»Nein, überhaupt nicht. Aber ... das könnte eine Sauerei werden.«

»Großartig«, hauchte Jag. Er konnte sich nichts Besseres vorstellen, als sein Sperma aus ihr herauslaufen zu lassen. Er fühlte sich wie ein Neandertaler, aber es war ihm egal.

»Ich hasse, was dir passiert ist«, sagte Carly leise, »aber ich kann nicht anders, als mich darüber zu freuen, dass du diese Art von Vergnügen zum ersten Mal mit mir erlebt hast.«

»Ich auch. Es gibt niemanden, den ich lieber als Lehrerin hätte als dich.«

Carly kicherte wieder, dann bewegte sie sich und es wurde bequemer.

Einige Minuten vergingen. Als Jag kleine Luftstöße aus

ihrem Mund auf seiner empfindlichen Haut spürte, seufzte er zufrieden.

Er hätte nie gedacht, dass er sich einmal so fühlen würde. Aber hier lag er nun, unter seiner Frau, und war vollkommen zufrieden.

»Danke«, sagte er leise zu der Frau, der sein Herz gehörte, bevor er schließlich die Augen schloss. Er hatte Pläne mit Carly, und dafür musste er ausgeruht sein.

KAPITEL ZWANZIG

Carly lag auf der Couch und starrte mit einem kleinen Lächeln ins Leere. Die letzte Woche war ... eine Offenbarung gewesen. Jag war alles, was sie sich von einem Freund gewünscht hatte, aber nie geglaubt hätte, es jemals zu haben.

Er war heute Morgen nach dem Training wieder zu spät zur Arbeit gegangen, weil sie faul gewesen und noch nicht aus dem Bett aufgestanden war, als er nach Hause kam.

Nachdem er sie zu einem Häufchen Brei gefickt hatte, sagte er, er könne ihr nicht widerstehen, wenn er sie nackt und verschlafen in seinem Bett sah. Carly war damit absolut einverstanden. Er hatte sie mit einem breiten Grinsen im Bett zurückgelassen, wo sie immer noch versuchte, sich zu erholen.

Jag hatte vielleicht nicht viel Erfahrung, wenn es um Sex ging, aber er lernte schnell. Carly war noch nie mit einem Mann zusammen gewesen, der so entschlossen war, dafür zu sorgen, dass sie jedes Mal zum Orgasmus kam, wenn sie miteinander schliefen. Er achtete auf jede kleine Bewegung und jedes Geräusch, das sie machte. Und wenn er glaubte, dass ihr etwas nicht gefiel, änderte er sofort seine Technik.

Am letzten Abend hatte er gesagt, dass er versuchen will, sie irgendwann oben sein zu lassen. Carly wollte es nicht überstürzen. Seine Reaktion war ihr immer noch deutlich in Erinnerung und sie hatten viel Zeit. Außerdem genoss sie es, wenn Jag die Kontrolle hatte.

Er hatte die Psychologin noch ein paarmal gesehen und Carly neulich Abend gesagt, dass er wütend auf sich selbst sei, weil er sich nicht früher Hilfe gesucht hatte. Was mit ihm passiert sei, war ein Teil dessen, was er heute war, aber er habe sich endlich damit abgefunden.

Carly streckte sich und lächelte, als sie einen schmerzhaften Stich zwischen ihren Beinen spürte. Ihr Telefon vibrierte mit einer SMS und sie griff danach.

Kenna: Ich wollte dir nur sagen, wie stolz ich auf dich bin. Ich weiß, das kommt aus dem Nichts, aber ich habe darüber nachgedacht, wie gut es dir geht, und es hat mich fast zum Weinen gebracht. Hab dich lieb.

Tränen stiegen Carly in die Augen, nachdem sie die Nachricht ihrer Freundin gelesen hatte. Um ehrlich zu sein, Carly war auch stolz auf sich. Sie war weit entfernt von der verängstigten Frau, die in der Ecke ihres Schlafzimmers gekauert und sich in ihrer Wohnung versteckt hatte, zu verängstigt, einen Fuß nach draußen zu setzen. Sie war nicht mehr ganz die Frau, die sie vor Shawn gewesen war, aber das war in Ordnung.

Carly war sich nicht sicher, ob sie wieder diese leicht naive Frau sein wollte, die sie gewesen war. Dank des Selbstverteidigungsunterrichts bei Elizabeth und der Ratschläge von Jag und seinen Freunden fühlte Carly sich stärker. Wenn Shawn sie anstelle von Kenna entführt hätte, hätte sie auf keinen Fall die Stärke gehabt zu tun, was ihre Freundin getan hatte. Sie wäre vor Angst wie gelähmt gewesen und Shawn hätte mit seinen bösen Plänen entweder Erfolg gehabt oder sie wäre zusammen mit ihm in die Luft gesprengt worden.

Es war leicht, darüber zu reden, was sie jetzt tun würde, wenn Shawn noch am Leben wäre und versuchen würde, sie zu entführen, aber sie glaubte daran, dass sie ihm irgendwie entkommen könnte. Sie verließ das Haus nie ohne die kleine Flasche Pfefferspray in ihrer Handtasche und sie achtete immer darauf, Shorts oder Hosen mit Taschen zu tragen, damit sie das Taschenmesser darin verstauen konnte, das Jag ihr gegeben hatte. Sie hatte auch gelernt, ihren Körper einzusetzen – Ellbogen, Knie, wenn nötig sogar ihren Kopf –, um jemanden dazu zu bringen, sie loszulassen, um davonlaufen zu können.

Das war eines der Dinge, die Elizabeth ihr in jeder Sitzung einhämmerte. Ziel war es, einem Angreifer zu entkommen, nicht dazubleiben und zu kämpfen. Die Statistiken belegten, dass die Überlebenschancen eines Opfers um mindestens fünfzig Prozent sanken, sobald der Entführer sie in seinem Wagen hatte. Elizabeth sagte auch, dass eine der besten Waffen, die eine Frau besaß, ihre Stimme war. Menschen, die nichts Gutes im Schilde führten, wollten auf jeden Fall Aufmerksamkeit vermeiden. Selbst wenn ein Angreifer sagte, sie solle keinen Ton von sich geben, war es in neun von zehn Fällen besser, sich die Seele aus dem Leib zu schreien.

Natürlich hatte Elodie nachhaken müssen, was passieren würde, wenn es nicht in der Öffentlichkeit geschah. Sie dachte wahrscheinlich an ihre eigene Erfahrung, als ihr Leben mitten auf dem Meer in Gefahr war, wo niemand ihre Schreie gehört hätte.

Als Antwort klopfte Elizabeth sich mit dem Finger an die Schläfe. »Dann musst du schlauer sein als dein Angreifer.«

Es war eine vereinfachte Antwort, von der Carly nicht wirklich glaubte, dass sie in einer Situation, in der es um Leben und Tod ging, wirklich helfen würde. Aber sie verstand, was Elizabeth meinte. Panik würde nicht helfen. Und wenn niemand in der Nähe war, der helfen konnte, lag es an dem Opfer, sich selbst zu helfen.

Carly schüttelte den Kopf, weil sie nicht an solch deprimierende Dinge denken wollte, und tippte eine Antwort an Kenna in ihr Telefon.

Carly: Danke! Ohne deine Hilfe würde es mir nicht annähernd so gut gehen. Ich bewundere dich sehr. Noch bevor ich dich richtig kennengelernt habe, habe ich zu dir aufgesehen. Hab dich auch lieb.

Kenna schickte als Antwort eine ganze Reihe von Emojis zurück und Carly konnte nur lachen. Das war so eine Kenna-Sache. Sie wollte gerade ihr Handy wieder weglegen, damit sie weiter von Jag träumen konnte, als es klingelte und ihr einen wahnsinnigen Schreck einjagte.

Sie kicherte über ihre übertriebene Reaktion und ging ran.

»Hallo?«

»Oh, Gott sei Dank bist du da. Hier ist Alani. Ich brauche deine Hilfe.«

»Was ist los?« Ihre Chefin klang erschöpft, was Alani sehr unähnlich war. Sie war normalerweise unerschütterlich. Es musste etwas Großes anstehen, damit sie so früh anrief und so aufgeregt klang.

»Das Gesundheitsamt kommt heute zur Inspektion. Normalerweise mache ich mir keine Sorgen. Wir tun alles, was wir tun müssen, und wenn wir eine Verwarnung bekommen, dann sind sie nur superpingelig und es ist keine große Sache. Aber der neue Manager war gestern dran. Du kennst ihn, da du mit ihm gearbeitet hast. Meistens macht er seine Arbeit gut und er kann großartig mit Arschloch-kunden umgehen, aber die heutige Lieferung der Vorräte ist gerade angekommen. Robert hat gestern zum ersten Mal allein bestellt. Ich habe keine Ahnung, was passiert ist, ob er unterbrochen wurde oder abgelenkt war oder was auch immer, aber statt zwei Kartons Salat hat er zwanzig bestellt. Und wir haben auch viel zu viel Brokkoli. Wir können auf keinen Fall fünfundfünfzig Köpfe verbrauchen.«

»Heilige Scheiße, ernsthaft?«, fragte Carly.

»Ja!«, schrie Alani praktisch. »Normalerweise wäre es mir egal. Ich würde wahrscheinlich sogar darüber lachen. Aber unsere monatliche Hula-Pie-Bestellung ist auch gekommen. In den Kühlschränken ist kein Platz für all die zusätzlichen Vorräte. Wenn die Inspektoren kommen und das Zeug nicht sachgemäß verstaut herumliegen sehen, bekommen wir richtig Ärger. Selbst wenn ich erklären würde, was passiert ist, und dass wir unseren Kunden keine ungekühlten Lebensmittel servieren werden, glauben sie mir vielleicht nicht.«

»Wie kann ich helfen?«, fragte Carly. Sie hatte Mitleid mit ihrer Chefin. Alani war eine großartige Managerin und es würde nicht gut für sie aussehen, wenn das Duke's vom Gesundheitsamt abgemahnt werden würde. Selbst wenn es nicht ihre Schuld war.

»Ich hasse es, dich überhaupt zu fragen, weil ich weiß, dass du dich dabei nicht wohlfühlen wirst, aber ich habe versucht, die anderen anzurufen, und alle haben bereits Pläne.«

»Es ist okay, Alani«, versicherte Carly ihr.

»Ich habe Food For All angerufen und mir wurde gesagt, dass sie gern den zusätzlichen Salat und Brokkoli nehmen würden. Der Standort in Barbers Point ist heute geschlossen, aber das Gebäude in der Innenstadt ist geöffnet und könnte die Sachen annehmen.«

Carly nickte. Sie erinnerte sich, dass Lexie und Ashlyn neulich gesagt hatten, dass sie den größten Teil des heutigen Tages geschlossen hätten, weil sie in der Innenstadt Essen ausgaben. Ziel war es, auf die Notwendigkeit von Spenden und die Obdachlosen in der Stadt aufmerksam zu machen. Kenna und Elodie würden auch helfen. Carly hatte mitgehen wollen, aber sie wusste, dass es zu viel für sie sein würde. Sie hatte ein schlechtes Gewissen, weil sie zu Hause saß, während ihre Freundinnen in der Gemeinde Gutes taten, aber sie schwor sich, es irgendwie wiedergutzumachen.

»Normalerweise würde ich dich nicht so früh stören, aber der Prüfer taucht normalerweise gegen zehn auf«, fuhr Alani fort und ihre Stimme wurde vor Angst lauter. »Wenn ich die überschüssigen Lebensmittel hier rausbekomme, wird alles gut, aber ich kann nicht selbst gehen.«

Carly stand auf und ging ins Schlafzimmer, um sich umzuziehen. »Ich kann in etwa einer halben Stunde da sein«, versprach sie ihr.

»Ich schulde dir etwas«, entgegnete Alani und die Erleichterung in ihrer Stimme war deutlich zu hören. »Halte direkt vor dem Hotel. Ich komme dann raus, damit du nicht ins Parkhaus fahren musst. Ich kann das zusätzliche Zeug in ungefähr drei Kartons unterbringen. Das passt doch in deinen Wagen, oder?«

»Wir werden es passend machen«, versicherte Carly ihr.

»Nochmals vielen Dank, Carly, du bist meine Rettung.«

»Wir sehen uns gleich«, sagte sie.

»Bis gleich.«

Carly schaltete das Telefon aus und holte ein Trägerhemd aus der Schublade. Sie stand einen Moment lang da und starrte auf Jags Kommode. Er hatte seine Sachen umgeräumt und zwei Schubladen für sie frei gemacht. Es fiel ihr immer noch ein wenig schwer zu glauben, dass die Dinge so gut liefen, aber sie war wahnsinnig glücklich und hatte nicht vor, es infrage zu stellen. Sie zog einen BH und ein schwarzes Oberteil an. Sie beschloss, eine lange Hose zu tragen, da die Wetterfrösche für den Nachmittag Regen vorhergesagt hatten und draußen eine ziemlich frische Brise wehte.

Nachdem sie die Hose angezogen hatte, schnappte Carly sich ein Paar Flipflops und ging ins Badezimmer. Sie fuhr sich mit einer Bürste durchs Haar und band es mit einem Haargummi zurück. Sie nahm sich einen Moment Zeit, um sich im Spiegel zu betrachten. Die Frau, die sie sah, hatte keine Ähnlichkeit mehr mit der Frau, die sie noch vor ein paar Monaten gewesen war. Ihr Gesicht hatte sich durch regelmäßiges und gesundes Essen etwas ausgefüllt und sie hatte keine dunklen Ringe mehr unter den Augen.

Sie fühlte sich wie ein neuer Mensch, und sie liebte ihr neues Ich. Sie würde niemals wieder zu der verängstigten, zurückgezogenen Frau werden, zu der sie nach Shawns wahnsinnigem Entführungsplan geworden war.

Carly wirbelte herum und ging zur Wohnungstür. Sie schnappte sich ihre Handtasche und das Taschenmesser, das sie immer auf den kleinen Tisch neben der Tür legte. Als sie in ihrem kleinen Ford Escape saß, atmete sie tief durch. Adrenalin schoss durch ihre Adern, was angesichts der Situation lächerlich war. Sie wollte nur nach Waikiki fahren, die Lebensmittel abholen, bei Food For All abgeben und dann wieder nach Hause fahren. Aber Alanis Verzweiflung war in ihre Psyche gedrungen und machte sie nervös, vor dem Mitarbeiter des Gesundheitsamts das Duke's zu erreichen.

Das bedeutete aber nicht, dass sie unvorsichtig sein würde. Carly nahm ihr Handy aus der Handtasche und schickte Jag eine SMS. Nach dem Wenigen, was er ihr erzählt hatte, zu urteilen, wusste sie, dass er den ganzen Tag in sehr wichtigen Besprechungen sein würde. Carly kannte die Einzelheiten nicht, aber es schien wahrscheinlicher, dass sein Team bald auf eine Mission geschickt wurde. Trotzdem würde sie auf keinen Fall die Wohnung verlassen, ohne es jemandem zu sagen.

Carly: Ich mache mich auf den Weg, um Alani einen Gefallen zu tun. Keine Sorge, ich habe mein Pfefferspray und mein Messer dabei. Ich schreibe dir eine SMS, wenn ich wieder zu Hause bin. Ich liebe dich.

Sie steckte ihr Handy zurück in die Handtasche, legte den Rückwärtsgang ein, parkte aus und fuhr davon.

***

Er konnte nicht glauben, dass Carly tatsächlich allein das Haus verließ.

So lange hatte er auf diesen Moment gewartet. Endlich war es so weit. Weder ihr Freund noch eine ihrer verdammten Freundinnen war hier.

Es war an der Zeit. Es war Zeit, das zu erledigen. Er war bereit, war es schon seit Wochen. Alle Vorräte und das Boot standen parat. Und noch besser war, dass der Wetterbericht

Sturm vorausgesagt hatte. Alles war perfekt darauf vorbereitet, endlich zu beenden, was Shawn begonnen hatte.

Er musste ihr nur folgen und auf eine Gelegenheit warten, um seinen Zug zu machen. Und er hatte keinen Zweifel, dass es funktionieren würde. Das musste es.

»Es ist so weit, Kumpel«, sagte er laut, als er der Schlampe mit diskretem Abstand folgte. »Sie wird endlich für das bezahlen, was sie dir angetan hat.«

Vorfreude schoss durch seine Adern. Er konnte seine Aufregung kaum zurückhalten. Es würde ein Ende haben, heute, jetzt.

Carly Stewart würde sterben und er konnte es verdammt noch mal kaum erwarten, ihr Gesicht zu sehen, wenn ihr klar wurde, was passierte.

Die überschüssigen Lebensmittel abzuholen war reibungslos verlaufen. Carly hatte Alani angerufen, um ihr mitzuteilen, dass sie in der Gegend war, und als sie am Outrigger Hotel ankam, hatte Alani bereits auf sie gewartet. Sie hatte einen Wagen mit drei großen Kartons dabei, die sie schnell in Carlys Wagen luden. Einen Karton stellten sie in den Kofferraum und die anderen beiden auf die Rückbank. Alani hatte sie fest umarmt und ihr noch einmal überschwänglich gedankt. Dann war Carly in die Innenstadt zu Food For All gefahren.

Sie hatte nicht damit gerechnet, dass in der Gegend eine Veranstaltung stattfand. Obwohl es noch früh war, waren überall Menschen. Auf den Bürgersteigen standen Händler und einige Straßen waren sogar abgesperrt.

Sie fluchte, weil sie nicht direkt vor Food For All anhalten konnte, um die Kartons schnell auszuladen. Carly musste ins nächste Parkhaus fahren. Sie würde dreimal gehen müssen, um die ganzen Lebensmittel in den Laden zu bringen. Bei dem Gedanken, zwischen Hunderten von Menschen auf der Straße hin und her zu gehen, brach ihr kalter Schweiß aus.

Für einen Moment dachte Carly darüber nach, nach Hause zu fahren und Lexie zu bitten, die Nahrungsmittelspenden abzuholen. Aber sobald sie die Idee hatte, verwarf sie sie wieder. Zunächst einmal war Lexie an einem Stand von Food For All beschäftigt. Carly hatte nicht daran gedacht zu fragen, ob es eine größere Veranstaltung in der Stadt gab, auf der ihre Freundinnen für Food For All warben.

Zweitens war im Kühlschrank von Jags Wohnung kein Platz für all die Lebensmittel. Wenn sie es den ganzen Nachmittag in der prallen Sonne in ihrem Wagen ließ, würde es wahrscheinlich schlecht werden. Der Gedanke, all die Nahrungsmittel zu verschwenden, gefiel ihr nicht. Nicht bei der Anzahl der Menschen, die eine gesunde Mahlzeit gebrauchen konnten.

Also riss sie sich zusammen und fuhr in eine Parklücke. Sie hatte im Parkhaus bis ganz nach oben fahren müssen, um einen Platz zu finden, da so viele Leute wegen des Festivals in der Stadt waren, ganz zu schweigen von denen, die hier ihren normalen Arbeitstag verbrachten.

Carly saß in ihrem Wagen, klammerte sich volle fünf Minuten ans Lenkrad und versuchte, den Mut aufzubringen, auszusteigen und die Treppe hinunter zu Food For All zu gehen. Sie hatte keinen Zweifel daran, dass die Mitarbeiter dort beschäftigt waren und niemanden entbehren konnten, der ihr helfen könnte, aber ... sie würde es herausfinden.

Je eher sie aus ihrem Wagen stieg, desto schneller würde sie mit ihrer Aufgabe fertig sein und sich auf den Heimweg machen können.

Sie hasste es, wie schwach sie sich fühlte, nachdem sie sich gerade heute Morgen selbst zu ihrer Tapferkeit beglückwünscht hatte. Carly holte tief Luft und stieß die Wagentür auf. Sie konnte das schaffen. Es war verrückt zu glauben, dass jeden Moment jemand hervorspringen und sie entführen würde.

Sie hatte sich gerade zwei Schritte vom Wagen entfernt, als aus dem Nichts ein Mann auftauchte.

Carly schrie überrascht auf und machte ein paar stolpernde Schritte zurück.

»Es tut mir leid! Ich wollte dich nicht erschrecken«, sagte der Mann.

Als sie sich erholt hatte, wurde ihr klar, dass sie ihn kannte.

»Gideon ... was machst du hier?« Es war Shawns Freund, der im Zoo arbeitete. Sie hatte ihn in den letzten Monaten ein paarmal gesehen und hatte keine negativen Schwingungen von ihm bekommen ... aber sie war trotzdem vorsichtig. Wie hoch standen die Chancen, dass er ausgerechnet jetzt und hier in diesem Parkhaus sein würde?

Er trug seinen vertrauten braunen Overall. Sie fragte sich, ob er noch andere Klamotten hatte, denn es war lange her, dass sie ihn in etwas anderem als der Zoouniform gesehen hatte, die er immer zu tragen schien.

»Der Zoo hat einen Stand auf dem Fest«, sagte er achselzuckend. »Ich bin gekommen, um meine Schicht anzutreten. Mir war nicht bewusst, wie voll es sein würde. Ich habe gerade dort drüben eingeparkt«, sagte er und deutete vage mit dem Daumen über seine Schulter.

Carly entspannte sich ein wenig. »Oh ja, es ist verrückt.«

»Was machst du hier? Gehst du auch aufs Festival?«

»Nein«, sagte sie etwas zu laut. Carly holte tief Luft, um sich zu beruhigen, und erklärte: »Ich bringe eine Spende für Food For All vorbei, aber genau wie du dachte ich nicht, dass es so früh am Vormittag hier schon so voll sein würde. Ich konnte nicht direkt vor den Laden fahren, also musste ich hier parken. Ich habe drei Kartons, die ich rüberbringen muss, aber ich dachte, ich bitte um Hilfe.«

Gideon nickte. »Das macht Sinn.« Er blickte zu ihrem Wagen und sah offensichtlich die Kartons auf ihrem Rücksitz. »Das sind ziemlich große Kartons. Kann ich dir helfen? Wir könnten zwei der Kartons nehmen und ich bringe dann den letzten allein rüber, da ich sowieso an unserem Stand bleiben muss.«

Carly konnte nicht anders, als Erleichterung zu verspüren. Gideon war nicht gerade der Mensch, den sie sich ausgesucht hätte, aber es war besser, als allein herumzulaufen und sich verwundbar zu fühlen. Zumindest kannte sie ihn, auch wenn er Shawns Freund gewesen war. Er hatte nichts gesagt oder getan, was sie vermuten ließ, dass er einen Groll gegen sie hegte. Wenn überhaupt, hatte er sich alle Mühe gegeben, sie zu beruhigen.

Sogar jetzt hielt er einen respektvollen Abstand, ohne sie zu bedrängen.

Carly wollte im Moment nur noch aus diesem Parkhaus verschwinden, weg von all den Leuten, die sich auf der Straße herumtrieben. Und sie konnte nicht leugnen, dass der Gedanke, nur einen Gang zu Food For All zu machen, im Moment wirklich gut klang. Wenn sie Gideons Angebot annahm, könnte sie in zehn Minuten wieder in ihrem Wagen sitzen und sich auf den Heimweg machen.

»Okay«, stimmte sie zu, bevor sie ihre Meinung ändern konnte.

»Großartig. Es ist sehr nett von dir, Lebensmittel zu spenden«, sagte Gideon.

Carly nickte und ging zu ihrem Kofferraum. Sie hatte immer noch den Schlüssel so in der Hand, dass sie jemanden damit verletzen konnte, wenn er sie angriff. Jetzt steckte sie den Schlüssel ins Schloss, um den Kofferraum zu öffnen.

Sie beugte sich vor, um den Karton zu greifen – als etwas sie mit voller Wucht am Hinterkopf traf.

Carly stieß ein gedämpftes Stöhnen aus und merkte, wie sie fiel. Sie schlug mit dem Gesicht gegen die Kante des Kofferraums und prallte praktisch davon ab. Aber sie fiel nicht zu Boden.

»Ich habe dich«, sagte Gideon.

Aus irgendeinem Grund klangen seine Worte komisch. Carly blinzelte ihn an, als er sie in seine Arme hob. Er war kein großer Mann, etwa so groß wie Jag, aber er hatte genügend Kraft, sie ohne allzu große Mühe zu tragen.

Er entfernte sich von ihrem Wagen, aber Carly hatte Mühe, die Augen offen zu halten. Ihr Kopf pochte und sie fühlte sich, als müsste sie sich übergeben. Erst als sie etwas an ihrem Rücken spürte, öffnete sie die Augen weiter. Gideon legte sie auf etwas. Als sie den Kopf drehte, war sie für eine Sekunde verwirrt.

Dann registrierte sie endlich, was vor sich ging.

Gideon hatte sie geschlagen. Und jetzt steckte er sie in seinen Kofferraum.

Gideon Sparks war der Mann, nach dem sie die ganze Zeit gesucht hatten. Der sanftmütige Zooarbeiter entführte sie!

Carly öffnete den Mund, um zu schreien, aber bevor sie auch nur einen Mucks hervorbringen konnte, schlug Gideon ihr mit der Faust ins Gesicht. Sie wurde ohnmächtig.

KAPITEL EINUNDZWANZIG

Jag war erschöpft. Er und der Rest des Teams hatten die Mittagspause durchgearbeitet, während sie Landkarten und Informationen durchsahen, um herauszufinden, wo Boko Haram die entführten Jungen versteckt haben könnte. Es gab nicht viele Möglichkeiten in der Gegend, und fünfhundert oder mehr Leute waren nicht gerade unauffällig.

Das nigerianische Militär bemühte sich, die Jungen zu retten, und es bestand die Möglichkeit, dass Jags Team ohne große Vorankündigung losgeschickt würde. Sie mussten bereit sein.

Gegen halb drei nachmittags hatten sie erfahren, dass die Jungen gefunden worden waren und ein Rettungsversuch im Gange war. Angespannt und schweigend saßen sie im Konferenzraum, während die Berichte eintrudelten.

Um Viertel nach vier waren die meisten Jungen mit minimalen Verlusten gerettet worden und würden so schnell wie möglich zu ihren Familien zurückkehren.

Der Tag war wie eine Achterbahnfahrt gewesen. Jag wollte nur noch nach Hause und Carly sehen. Sie hatte eine beruhigende Wirkung auf ihn, wenn er zu tief in seinen

Gedanken feststeckte und seine Vergangenheit nicht abschütteln konnte, oder wenn er einfach nur einen schlechten Tag bei der Arbeit hatte.

Als das Team gehen durfte, holte Jag sein Telefon heraus, um nach entgangenen Nachrichten zu sehen. Erst jetzt hatte er Gelegenheit dazu. Er hoffte, etwas von Carly vorzufinden. Sie hatte die Tendenz, ihm den ganzen Tag über niedliche SMS zu schicken, um ihn wissen zu lassen, dass sie an ihn dachte, oder einfach nur, um über irgendetwas zu plaudern.

Heute hatte er nur eine SMS von ihr bekommen ... und das war mehr als acht Stunden her. Sie hatte geschrieben, dass sie Alani helfen würde und sich melden wollte, wenn sie wieder zu Hause war.

Aber das hatte sie nicht. Sie hatte nicht einmal erwähnt, wohin sie überhaupt wollte, nur dass sie ihrer Chefin einen Gefallen tun würde.

»Aleck!«, rief Jag und lief los, um seinen Freund einzuholen. Das Team hatte sich nach dem Verlassen des Gebäudes getrennt und jeder ging einzeln zu seinem Wagen.

Aleck drehte sich um. »Was ist los?«, fragte er.

»Hast du heute schon von Kenna gehört?«

»Ja, warum?«

»War Carly bei ihr?«

Aleck zuckte mit den Schultern. »Nicht dass ich wüsste. Sie wollte mit Lexie und Elodie in die Innenstadt fahren, um diese Sache für Food For All zu machen.«

Jag drehte sich um, steckte die Finger in den Mund und pfiff laut. Es war der einfachste und schnellste Weg, die Aufmerksamkeit der anderen Teammitglieder auf sich zu ziehen.

Innerhalb weniger Augenblicke kamen die Männer auf

ihn zu. Sobald Mustang in Hörweite war, fragte Jag: »Hat Elodie Carly heute gesehen?«

Mustang sah verwirrt aus, schüttelte aber den Kopf. »Das glaube ich nicht. Elodie sagte, sie sei vor nicht allzu langer Zeit nach Hause gekommen. Sie sagte, sie sei müde, aber der Tag sei gut gewesen.«

»Midas?«, fragte Jag.

»Nein. Was ist los?«

»Vielleicht ist sie zu Monica gefahren?«, fragte Jag Pid fast verzweifelt.

»Mo hat den ganzen Tag im Head Start Center gearbeitet. Was ist los? Wo ist Carly?«

»Ich weiß nicht, ob etwas los ist«, sagte Jag, aber sein Bauchgefühl war eindeutig. »Sie hat mir geschrieben, dass sie ausgeht und sich meldet, sobald sie wieder zu Hause ist. Aber das hat sie nicht. Und sie hat das Haus heute Morgen gegen acht verlassen.«

»Vielleicht hat sie es vergessen«, wandte Slate ein.

Jag schüttelte energisch den Kopf. »Auf keinen Fall. Ihr wisst, wie sie ist. Wenn sie sagt, dass sie etwas tut, dann tut sie es.«

»Keine Panik«, befahl Mustang. »Hast du versucht, sie anzurufen?«

Jag kam sich dumm vor, weil er es nicht getan hatte. Er antwortete nicht, sondern holte sein Handy heraus und tippte auf Carlys Namen. Er wartete, während das Telefon an seinem Ohr klingelte. Einmal, zweimal ... es klingelte fünfmal, dann ging der Anrufbeantworter ran. Jag biss die Zähne zusammen und legte auf, dann rief er sofort noch einmal an und dasselbe passierte. Fünfmal klingeln, dann erklang ihre süße aufgezeichnete Sprachnachricht.

»Hey Babe, hast du heute von Carly gehört?« Aleck hatte Kenna angerufen, bevor Jag aufgelegt hatte. »Richtig, nein, es ist alles gut, ich habe mich nur gewundert. Wir sehen uns bald, ja?« Er legte auf und schüttelte den Kopf.

»Scheiße! Das ist schlimm«, sagte Jag, der sich fühlte, als würde gleich die Welt untergehen.

»Fahr nach Hause. Ich werde dir folgen. Vielleicht ist sie krank und schläft oder so und hat sich deshalb nicht bei dir gemeldet«, sagte Mustang.

Jag wusste, dass sein Freund versuchte, positiv zu bleiben, aber tief im Inneren wusste er, dass seine schlimmsten Befürchtungen wahr geworden waren. Der mysteriöse Komplize hatte seinen Zug gemacht.

Carlys Leben war in Gefahr und möglicherweise war sie bereits tot.

Ohne ein weiteres Wort drehte Jag sich um und lief zu seinem Jetta. Mustang hatte recht, er musste sich vergewissern, dass sie nicht zu Hause war, bevor er Verstärkung rief. Detective Lee musste informiert werden, dass Carly verschwunden war. Die Polizei wäre vielleicht nicht bereit, eine Vermisstenanzeige aufzunehmen, da sie noch keine zwölf Stunden verschwunden war, aber vielleicht könnte der Detective angesichts ihrer Situation die Dinge schneller in Gang bringen.

Unabhängig davon, ob die Polizei eingeschaltet wurde oder nicht, Jag musste Baker erreichen. Wenn es jemanden gab, der ihnen helfen konnte, Carly zu finden, dann war er es. Er hatte Keyes' potenzielle Komplizen wochenlang befragt und beschattet. Er musste eine Ahnung haben. Er musste es einfach.

Jag fuhr viel zu schnell zu seiner Wohnung und seine Hoffnungen wurden zunichtegemacht, als er Carlys Wagen nicht auf dem Parkplatz sah. Sie war nicht hier, das wusste er, ohne nach oben gehen und nachsehen zu müssen. Ja, sie hätte Probleme mit dem Wagen haben und ein Taxi nach Hause nehmen können, aber sie hätte ihm eine SMS geschickt und ihm erzählt, was los war, wenn das der Fall gewesen wäre.

Die Fragen waren jetzt also ... warum genau hatte sie das Haus verlassen? Wo wollte sie hin? Was geschah, als sie dort ankam? Und wo zum Teufel war sie jetzt?

Abrupt brachte er den Wagen zum Stehen, machte sich aber nicht die Mühe auszusteigen. Carly war nicht oben und er wollte nicht in seine Wohnung gehen und die Leere dort spüren. Die Erinnerungen an sie würden ihn überwältigen und er würde nicht mehr klar denken können. Carly verließ sich darauf, dass er sie fand, und er würde nicht ruhen, bis er genau das getan hatte.

Aus dem Augenwinkel sah er, wie sich das Team vor seinem Wagen versammelte, aber Jags ganze Aufmerksamkeit war auf sein Telefon gerichtet. Er klickte auf Bakers Namen und in der Sekunde, in der der andere Mann abnahm, sprach Jag. »Carly ist weg. Er hat sie. Wir brauchen deine Hilfe, um sie zu finden.«

Carly stöhnte. Ihr Kopf dröhnte und ihr Gesicht fühlte sich an, als würde es brennen. Sie hatte keine Ahnung, warum sie solche Schmerzen hatte ... aber innerhalb von Sekunden fiel ihr alles wieder ein.

Sie öffnete die Augen, aber alles war unscharf. Der überwältigende Drang, sich übergeben zu müssen, überkam sie, und sie drehte sich auf die Seite. Ihr Bauch zog sich zusammen, als sich ihr Magen entleerte.

Nachdem sie sich übergeben hatte, hörte sie etwas. Sie drehte vorsichtig den Kopf und schaute nach links.

Gideon saß hinten auf einem Boot, wie sie jetzt erkannte ... und er lachte.

»So verdammt erbärmlich«, knurrte er.

Carly wurde schließlich klar, dass sie sich zum Teil wegen der Bootsfahrt übergeben hatte. Sie wurde immer seekrank, wenn sie auf dem offenen Meer war, selbst wenn es der ruhigste Tag aller Zeiten war.

Heute war die See allerdings alles andere als ruhig. Carly hatte keine Ahnung, wie schnell sie fuhren, aber das kleine Boot sprang über die Wellen, als würde es über das Wasser fliegen. Es gab kein Steuerhaus, um sie vor der Gischt oder dem Regen zu schützen.

Und es schüttete. Regen peitschte ihr ins Gesicht und es fühlte sich an wie winzige Insektenstiche. Gideon schien das Wetter nicht einmal zu bemerken. Er hatte eine Hand am Ruder, steuerte das Boot und grinste wie ein Verrückter.

»Es ist an der Zeit, dass du aufwachst, verdammtes, faules Miststück. Ich habe Stunden darauf gewartet, dass du aufwachst. So fest habe ich nicht einmal zugeschlagen, aber du warst verdammt noch mal bewusstlos. Ich hätte dich schon längst über Bord werfen können. Aber ich wollte, dass du weißt, was passiert ist und warum.«

Panik stieg in Carly auf und vor Schreck stockte ihr der Atem für einen Moment. Ihr buchstäblich schlimmster Albtraum war wahr geworden. Sie war allein mit Gideon, der ihr offensichtlich schaden wollte. Der ihr bereits geschadet hatte. Sie wusste nicht, was sein Plan war, aber es konnte nichts Gutes sein.

Sie setzte sich auf ... und sah verwirrt auf ihr Bein hinunter, als sie es nicht bewegen konnte.

Gideon lachte wieder. »Du gehst nirgendwo hin, bis ich es will«, sagte er mit einem bösen Grinsen zu ihr.

Carly starrte überrascht auf die große Kugelhantel, die mit einem stabil aussehenden Seil an ihrem Knöchel befestigt war. Es gab nur einen Grund, warum Gideon ein schweres Gewicht an ihr Bein gebunden hatte. Sie blickte über den Rand des Bootes auf die tobenden Wellen und ein erneuter Anfall von Übelkeit überkam sie. Sie beugte sich vor und musste sich erneut übergeben. Diesmal kam nur noch Galle heraus.

Carlys Herz raste. Sie war völlig auf sich allein gestellt ... und es waren wahrscheinlich ihre letzten paar Minuten auf Erden. Gideon würde sie töten, da war sie sich sicher.

Die Lektionen, die Elizabeth ihr eingehämmert hatte, kamen ihr in den Sinn.

Kämpfe. Wenn du niemanden auf dich aufmerksam machen kannst, dann musst du deine eigene Intelligenz einsetzen, um aus der Situation herauszukommen. Was auch immer du tust, du darfst nicht aufgeben. Wenn du das tust, gewinnt dein Angreifer.

Und Carly wollte auf keinen Fall, dass Gideon gewann. Unter keinen Umständen, verdammt noch mal.

Ihr Verstand wurde klarer, als wäre ein Vorhang geöffnet worden. Sie wusste nicht, was sie tun würde, aber aufzugeben stand nicht auf ihrer Liste.

Vielleicht konnte sie Gideon angreifen und über Bord werfen. Sie könnte dann das Boot zurück an Land steuern. Sie hatte keine Ahnung, wo sie waren, aber wenn sie einfach in die entgegengesetzte Richtung fuhr, würde sie irgendwann auf Land stoßen.

Oder vielleicht konnte sie das Gewicht an ihrem Bein anheben und ihn damit k. o. schlagen, um so die Kontrolle über das Boot zu gewinnen.

Verschiedene Szenarien schwirrten ihr durch den Kopf, während sie versuchte herauszufinden, was sie tun sollte.

»Ich kann sehen, wie du nachdenkst.« Gideon grinste. »Du kannst damit aufhören. Dein Pokerface ist der letzte Mist. Du kannst mich nicht überlisten, weil du zu dumm dazu bist. Ich habe keine Ahnung, was Shawn überhaupt in dir gesehen hat. Du bist verdammt erbärmlich und er hat uns allen erzählt, wie schlecht du im Bett bist.« Er schnaubte. »Der Gedanke, dass du überhaupt versucht hast, einen Mann wie Shawn zu befriedigen, ist lächerlich.«

»Wenn ich so schlecht war, warum hat es ihn dann so sehr gekümmert, als ich mit ihm Schluss gemacht habe?« Carly konnte sich die Frage nicht verkneifen.

»Weil er dir einen Gefallen getan hat!«, brüllte Gideon. »Er war bereit, dich unter seine Fittiche zu nehmen, dich zu unterrichten.«

»Mich in was zu unterrichten?«, fragte Carly.

»Eine richtige Frau zu sein. Wie du ihn befriedigen kannst. Wie du ein verdammter Nutzen für die Gesellschaft wirst anstatt ein gottverdammter Blutegel. Du warst peinlich. Er hat nur versucht, dich zu einer besseren Frau zu machen, und du hast ihm zum Dank ins Gesicht gespuckt! Es war nicht an dir zu entscheiden, wann diese Beziehung vorbei war. Shawn war noch nicht fertig mit dir.«

Carly starrte Gideon ungläubig an.

Er sah gerade absolut Furcht einflößend aus. Der Regen hatte ihn durchnässt und sein schütteres Haar war nach hinten gekämmt. Sein Gesicht war rot und seine Augen blutunterlaufen. Er sah aus, als wäre er zwei Sekunden davor, die Fassung zu verlieren.

Gideon holte tief Luft und sprach weiter. »Er war mein Mentor. Hat mir alles beigebracht, was ich über Frauen wissen musste. Er hat mir sogar geholfen, eine zu finden. Wir hatten sie sorgfältig ausgewählt und ich hatte angefangen, sie so hinzubiegen, dass sie mir gehört, genau wie Shawn es mit dir getan hat. Sie war jung, leicht zu beeindrucken und sie mochte mich«, sagte er in rauem, leisem Ton. »Aber sie verstand nicht, warum ich nach Shawns Tod so aufgebracht war. Sie konnte mir nicht helfen. Und ohne ihn wusste ich nicht, wie ich sie dazu bringen sollte, mir zu gehorchen. Sie hat mich verlassen. Genau wie du es mit Shawn getan hast. Es ist alles deine Schuld! Du hättest ihn nicht verlassen dürfen! Wenn du das nicht getan hättest, hätte ich immer noch meine eigene Frau. Sie wäre inzwischen reif und würde alles tun, was ich will. Kochen, putzen … die Beine spreizen, wann immer ich es verlange. Es ist deine Schuld! Deine ganz allein!«

Jesus, Shawn hatte ihm beigebracht, wie man eine Frau manipuliert. Wie man sie einlullt und verunglimpft und ihr am Ende das Gefühl gibt, keine andere Wahl zu haben, als bei dem Mann zu bleiben, der sie misshandelt. Sie wusste, dass Shawn ein Arschloch war, hatte aber keine Ahnung, welches Ausmaß dieser Wahnsinn hatte.

Und Gideon war offenbar verrückt geworden.

Carly entschied, dass sie alles tun musste, um den Mann zu besänftigen, und sagte: »Das wusste ich nicht. Es tut mir so leid, dass er tot ist.«

»Es ist deine Schuld!«, schrie Gideon und wiederholte sich. »Es ist allein deine verdammte Schuld! Aber du wirst deine Lektion lernen. Und wenn es das Letzte ist, was ich tue.«

»Was lernen?« Carly konnte nicht anders, als zu fragen. Die Worte platzten einfach heraus und sie wünschte sich sofort, sie könnte sie zurücknehmen. Sie wollte gar nicht wissen, was Gideon ihr »beibringen« wollte. Wenn er versuchen sollte, sie zu vergewaltigen, würde sie irgendwie einen Weg finden, ihm den Schwanz abzureißen und ihn an die Haie zu verfüttern. Der Gedanke daran, dass jemand sie auch nur berührte, nachdem sie mit Jag zusammen gewesen war, ließ erneut Übelkeit aufkommen. Aber dieses Mal hielt sie es zurück und richtete ihre ganze Aufmerksamkeit auf ihren Entführer.

Sie konnte im Moment nicht an Jag denken, sie musste einen Weg finden, Gideon zu überlisten. Sie war kein dummes kleines Mädchen, wie Shawn dachte. Sie war eine erwachsene Frau, die diesem Arschloch genau zeigen würde, wie schlau sie war ... sobald ihr ein Weg einfiel, aus dieser misslichen Lage herauszukommen.

»Sieh dich an, wie wertlos und verdammt erbärmlich du bist«, knurrte Gideon. »Du wirst lernen, wo dein Platz ist. Du bist nichts als eine nutzlose Schlampe – und du wirst sterben. Und sobald du tot bist, kann ich von vorn anfangen und Shawns Lehren anwenden, um eine eigene Frau zu finden. Ich werde Shawn stolz machen.«

Carly stockte der Atem, als Gideon die Hand hob und mit einer Waffe auf sie zielte. Offensichtlich hatte er sie die ganze Zeit in der Hand gehabt, aber sie war zu sehr auf andere Dinge konzentriert gewesen, um es zu bemerken. Sie sah ... komisch aus. Nicht wie die Pistolen, die Jag besaß, oder die Waffen, die sie im Fernsehen gesehen hatte. Der Lauf wirkte länger und etwas breiter.

»Wenn wir weit genug auf dem Wasser sind, werde ich dir einen Schuss mit der Betäubungspistole verpassen. Es wird dich nicht sofort umbringen, aber es wird dich verdammt schläfrig machen. Das tut es zumindest mit den Löwen.« Er lachte laut und lange und klang, als hätte er bereits die Fassung verloren. »Die Dosis ist an dein Körpergewicht angepasst, also besteht die Chance, dass du schnell bewusstlos wirst. Dann werfe ich dich über Bord. Du wirst untergehen wie ein Stein. Du könntest versuchen, den Atem anzuhalten, aber es wird nichts nützen. Du wirst zu müde sein, zu überwältigt von dem Beruhigungsmittel. Und statt Luft zu bekommen, wirst du nur Wasser in die Lunge ziehen. Du wirst bis auf den Grund des Meeres sinken, wo die Haie und andere Fische sich an deinem Fleisch ergötzen werden, bis du aufhörst zu existieren. Und jede gottverdammte Sekunde deiner letzten bewussten Minuten wirst du damit verbringen, dir zu wünschen, du wärst eine bessere Frau gewesen und hättest Shawn zufriedengestellt. Dann wirst du für ewig in der Hölle schmoren, zusammen mit all den anderen Frauen, die dachten, sie könnten ihre Männer kontrollieren. Frauen, die hätten unterwürfig sein sollen!«

Gideon hatte absolut den Verstand verloren. Wie er das vor Detective Lee, Baker, ihr und Jag und allen anderen, mit denen er zusammenarbeitete, verheimlichen konnte, war Carly ein Rätsel. Aber eines war ganz klar. Wenn sie jetzt nicht etwas tat, würde sie genau so sterben, wie Gideon es beschrieben hatte.

Sie bewegte sich und etwas drückte gegen ihren Oberschenkel ...

Ihr Taschenmesser!

Ein Plan begann, sich in ihrem Kopf zu formen.

Als sie sich vorsichtig umsah, konnte sie nicht viel sehen. Es regnete in Strömen und verschleierte die Sicht auf Oahu, das ihrer Vermutung nach hinter ihnen lag. Und obwohl sie nicht genau wusste, wie spät es war, wurde es bereits dunkel. Wenn sie entkommen könnte, würde die Nacht ihr dabei helfen, sich zu verstecken.

Gideon konnte sie nur so weit hinausbringen, wie es das Benzin im Tank des Bootes zuließ. Und er musste genug in Reserve haben, um wieder zurückzufahren. Obwohl es schon eine Weile her war, seit sie für einen Schwimmwettbewerb trainiert hatte – tatsächlich war es Jahre her –, vertraute Carly mehr auf ihre Schwimmfähigkeit als dem Mann, der hinten im Boot saß.

Es schien an Bord kein GPS zu geben. Es gab auch keine Schwimmwesten oder Rettungsringe und auch keine Reling. Das Boot sah buchstäblich aus wie ein billiges, übergroßes Ruderboot. Wer auch immer es Gideon ausgeliehen hatte, nutzte es offensichtlich nicht für lange Ausflüge. Wahrscheinlich kam es nur zum Angeln oder Schnorcheln in Küstennähe zum Einsatz.

Gideon tobte und meckerte weiter darüber, was für ein

schrecklicher Mensch sie war und dass sie einen qualvollen Tod sterben würde, genau wie Shawn es gewollt hatte. Wie er ein achtzehnjähriges Mädchen finden und es zu einer unterwürfigen, perfekten Frau formen würde. Aber Carly ignorierte ihn. Sie überlegte sich, was ihre nächsten Schritte sein würden. Sie hatte keine Ahnung, ob ihr Plan funktionieren würde, aber sie hatte keine andere Wahl. Sie hatte nicht vor, hier zu sitzen und sich von Shawns verdammtem Freund mit einem Beruhigungsmittel lahmlegen und über Bord werfen zu lassen. Wenn sie ins Wasser gehen würde, dann zu einem Zeitpunkt, den sie bestimmte.

Und dieser Zeitpunkt war – jetzt!

Carly holte tief Luft, griff schnell nach der Kugelhantel, warf sie mit aller Kraft über Bord und sprang hinterher.

Wie sie vermutete, hatte sie Gideon vollkommen überrascht, da er zu sehr damit beschäftigt war, all ihre Fehler aufzuzählen. Sie hörte, wie das Boot seinen Kurs fortsetzte und sich weiter entfernte. Er würde einen Moment brauchen, um das Boot anzuhalten und umzukehren.

Eine Sache, mit der die Gideon richtiggelegen hatte, war die Tatsache, dass sie dank des schweren Gewichts um ihren Knöchel mit Sicherheit sinken würde, sobald sie im Wasser landete.

Schnell griff sie nach dem Taschenmesser und war dankbarer, als sie in Worte fassen könnte, dass Jag darauf bestanden hatte, dass sie das Ding immer bei sich trug. Carly tat ihr Bestes, die Klinge zu öffnen, während sie gleichzeitig das Gewicht festhielt. Da sie wusste, dass es nur eine Frage der Zeit war, bis ihr die Luft ausging, sägte sie hektisch an dem Seil. Irgendwie schnitt sie sich in ihrer Panik in die Handfläche, als sie nach dem Seil griff und die Metallkugel fallen ließ, um es zu straffen, in der Hoffnung, dass es sich leichter durchschneiden ließe.

Für einen Moment dachte sie entsetzt, das Messer sei

nicht scharf genug und sie würde auf den Grund des Meeres sinken, genau wie Gideon es geplant hatte.

Aber sie schnitt weiter – und schließlich hatte sie das Seil durchtrennt.

Verzweifelt schwamm Carly so schnell sie konnte an die Wasseroberfläche, um Luft zu holen. Das Messer umklammerte sie so fest sie konnte, da es ihre einzige Verteidigung war, falls Gideon wieder in ihre Nähe kam. Sie tauchte auf und atmete tief ein. Eine Welle spülte über ihren Kopf und sie hustete und würgte.

Leider machte ihr Husten Gideon auf ihre Position aufmerksam und er drehte das Boot schnell in ihre Richtung.

Scheiße!

Er hob die Waffe und feuerte, als er näher kam. Carly konnte den Schuss nicht hören, aber sie spürte, wie etwas ihren Arm streifte, bevor sie sich unter Wasser ducken konnte.

Carly wusste, dass ihre einzige Chance darin bestand, so weit wie möglich von Gideon wegzukommen und den Sturm zu nutzen, um sich zu verstecken, wenn sie zum Luftholen auftauchen musste. Widerwillig ließ sie das Messer fallen, aber sie brauchte beide Hände, um unter Wasser schneller schwimmen zu können.

Als ihre Lunge sich anfühlte, als würde sie gleich platzen, drehte sie sich auf den Rücken und tauchte auf, weil sie dachte, es wäre schwieriger, sie zu sehen, wenn nur ihr Gesicht aus den Fluten schaute, anstatt ihr ganzer Kopf. Sie atmete mehrmals tief ein und aus, bevor sie wieder untertauchte, sich umdrehte und unter Wasser weiterschwamm.

Sie wiederholte diese Übung immer und immer wieder, ohne nach Gideon Ausschau zu halten. Ihr ganzer Fokus lag darauf, so lange wie möglich unter Wasser zu bleiben und so schnell wie möglich zu schwimmen. Wenn sie zum Luftholen auftauchte, hielt sie nur Nase und Mund über Wasser.

Zeit hatte keine Bedeutung. Es hätten Minuten oder Stunden vergangen sein können. Aber als sie das nächste Mal auftauchte, nutzte Carly die Gelegenheit und sah sich nach Gideon um.

Alles, was sie sah, war Wasser. Kein Boot, kein Gideon mit Pistole, bereit zum Schießen.

Es war ein zugleich befriedigender als auch erschreckender Moment. Sie war mitten in einem Sturm ganz allein irgendwo auf dem Meer, ohne zu wissen, wo sie war.

Eine Welle brach über ihrem Kopf und Carly spuckte das Salzwasser aus, das in ihren Mund gelangt war.

Und schnell traf sie eine weitere erschreckende Erkenntnis.

Jetzt, da sie aufgehört hatte, sich zu bewegen, fühlten sich ihre Gliedmaßen taub an und ihr war schwindelig.

Sie hatte nicht nur eine Kopfwunde und wahrscheinlich eine Gehirnerschütterung, sondern der Pfeil, den Gideon abgeschossen hatte, hatte sie tatsächlich getroffen.

Sie ging davon aus, dass er sie nur gestreift hatte. Andernfalls wäre sie jetzt mit Sicherheit bereits tot. Wenn er vollständig in ihre Haut eingedrungen wäre, hätte sie es gespürt, und sie wäre längst bewusstlos geworden. Aber es musste genug von der Droge in ihren Kreislauf gelangt sein, dass sie sich benommen fühlte, und ja ... höllisch müde.

Entschlossenheit erfüllte sie wieder. Sie würde Gideon nicht die Genugtuung geben. Nein, sie musste zurück nach Oahu, damit sie dem Detective, Baker und allen anderen sagen konnte, dass Gideon sie entführt hatte.

Sie würde nicht sterben, auf keinen Fall. Sie hatte es bis hierhin geschafft, sie musste nur noch ans Ufer schwimmen – Kleinigkeit.

Carly tat ihr Bestes, positiv zu bleiben, während die

Minuten verstrichen. Aber je länger sie schwamm, desto mehr schlichen sich Gedanken des Versagens in ihre Psyche. Der Regen hörte auf, was gut war, aber es wurde dunkel. Sie hatte keine Ahnung, ob sie überhaupt in die richtige Richtung schwamm. Es könnte genauso gut sein, dass sie aufs offene Meer hinausschwamm, anstatt sich in Sicherheit zu bringen.

Aber sie hörte nicht auf. Sie bewegte einfach weiter die Arme und trat mit den Füßen.

Gerade als sie dachte, sie könnte keinen Zentimeter weiter schwimmen, und der Wunsch überhandnahm, die Augen zu schließen und sich vom Schlaf überwältigen zu lassen, schrammte Carly mit dem Knie gegen etwas im Wasser.

Der Zusammenstoß schmerzte sogar durch ihre Hose. Sie schrie auf und griff nach ihrem Knie. Als Nächstes kratzte sie sich sofort die Hand an dem auf, was ihr Knie verletzt hatte. Korallen? Nein ... Felsen.

Schwarze Lavasteine.

Als sie sich umsah, entdeckte Carly zu ihrer Linken dunkel die Umrisse von etwas. Eine Insel! Es war nicht Oahu, aber in diesem Moment war es Carly egal, selbst wenn es sich um Russland gehandelt hätte.

Carly bewegte sich vorsichtig, damit sie sich nicht noch mehr verletzte, und schaffte es, sich auf die Felsen am Rand der Insel zu retten. Die Steine waren scharfkantig und sie war dankbar, dass sie eine Cargohose trug, obwohl sie sich im Wasser angefühlt hatte, als würde sie fünfzig Kilo wiegen. Sie brach auf dem Bauch zusammen und hatte keine Kraft mehr, sich zu bewegen.

Aber es spielte keine Rolle. Sie war aus dem Wasser und Gideon entkommen. Wenn die Sonne aufging, würde vielleicht ein Fischerboot vorbeikommen und sie könnte Aufmerksamkeit erregen und schließlich nach Hause zurückkehren. Die Gewässer um Oahu waren normalerweise rund um die Uhr voll von Booten, aber durch den Sturm hatten alle ihre Boote in Sicherheit gebracht.

Aber morgen ... morgen früh würde es anders aussehen.

Jetzt, da sie in Sicherheit war, so sicher, wie sie für den Moment sein konnte, ließ Carly das Betäubungsmittel endlich wirken. In weniger als einer Minute war sie bewusstlos.

Sie hörte nicht, wie die Vögel, die auf der Insel lebten, kreischten, um einander vor dem Eindringling zu warnen. Sie spürte nicht, wie gelegentlich Krebse über ihren Körper liefen, während sie in den Spalten zwischen den Felsen nach Nahrung suchten.

Und sie hörte auch nicht das schwache Geräusch des Motors eines einsamen Bootes in der Ferne, auf dem der Bootsführer verzweifelt nach seiner entflohenen Geisel suchte.

KAPITEL ZWEIUNDZWANZIG

Jag folgte Mustang aus dem Polizeirevier zu dem Wagen seines Freundes. Er erinnerte sich, dass Elodie die alte Karre Ben getauft hatte, aber dieses Detail konnte ihn im Moment nicht zum Lächeln bringen. Nichts konnte das.

Sobald ihnen klar wurde, dass niemand wusste, wo Carly war, waren sie zur Polizeiwache gefahren, um sich mit Detective Lee zu treffen. Er war besorgt über Carlys Verschwinden, aber ohne zu wissen, wer Keyes' Komplize war, hatte er nichts in der Hand, um sie ausfindig zu machen. Er tappte genauso im Dunkeln wie Jag und sein Team. Er hatte die Fahndung nach ihrem Wagen eingeleitet und Jag und dem Rest des Teams versichert, dass jeder verfügbare Beamte nach ihr oder ihrem Wagen Ausschau halten würde.

Jag knirschte mit den Zähnen und schaute durchs Fenster zum Himmel hinauf. Es regnete in Strömen. Hin und wieder erhellten Blitze den dunkler werdenden Himmel und er konnte nicht anders, als sich zu fragen, wo Carly war, was sie dachte, ob es ihr gut ging ...

Er schüttelte den Kopf. Nein, sie war in Ordnung. Sie musste in Ordnung sein. Die Alternative war undenkbar.

»Wir fahren zu dir zurück. Slate ist nicht so gut mit Elektronik wie du, aber vielleicht hat er auf den Überwachungskameras etwas gefunden«, sagte Mustang. »Wir werden uns auch bei Baker melden. Er sagte, dass er auf dem Weg von der Nordküste hierher wäre. Wir werden auch weiterhin versuchen, Alani zu erreichen. Ich weiß, dass Lee gesagt hat, er würde selbst im Duke's vorbeischauen, aber Carly hat geschrieben, dass sie ihr einen Gefallen tun wollte, also ist sie definitiv diejenige, mit der wir anfangen müssen.«

Jag nickte, aber es fiel ihm schwer, sich zu konzentrieren. Er war sich zu neunundneunzig Prozent sicher, dass sie auf den Sicherheitsaufnahmen nichts Nützliches finden würden. Was auch immer mit Carly passiert war, war nicht in der Nähe seiner Wohnung passiert. Er wusste nicht, warum er sich dessen so sicher war, es war nur ein Bauchgefühl. Und ihre Chefin war nicht bei der Arbeit und bisher nicht an ihr Handy gegangen.

Sie mussten Carlys Wagen finden. Das wäre zumindest ein erster Anhaltspunkt. Der Detective würde die Parkhäuser in der Nähe des Duke's in Waikiki überprüfen, aber das würde einige Zeit dauern. Obwohl Oahu gemessen an der Quadratmeterzahl klein war, gab es fast eine Million registrierte Fahrzeuge auf der Insel. Und Carlys darunter zu finden war vergleichbar mit dem Versuch, eine Nadel in einem Heuhaufen zu finden.

Sie brauchten ein Wunder.

Als sie schweigend zu seiner Wohnung zurückfuhren, dachte Jag an ein Gespräch, das er mit Carly geführt hatte. Sie hatte ihm gesagt, dass sie niemals aufgeben würde, egal was passierte. Dass sie notfalls bis zum Tod kämpfen würde, weil sie jetzt etwas hatte, für das es sich zu kämpfen lohnte ... ihn.

Er war plötzlich sehr dankbar für die Selbstverteidigungskurse und die Gespräche, die sie darüber geführt hatten, wie sie sich schützen konnte. Ihre Handtasche war weg, was bedeutete, dass sie das Pfefferspray dabeihatte, das er ihr gegeben hatte. Und er hoffte, dass sie auch das Taschenmesser eingesteckt hatte.

Jag holte tief Luft. Er war so stolz gewesen, dass sie sich endlich wohl genug gefühlt hatte, um sich allein auf den Weg zu machen ... und dann musste so etwas passieren.

»Er hat sie beobachtet«, platzte er heraus.

Mustang sah zu ihm hinüber, sagte aber nichts.

Je mehr Jag darüber nachdachte, desto sicherer war er sich. »Abgesehen von ein paar kurzen Ausflügen zum Lebensmittelgeschäft war sie seit Monaten nirgendwo allein. Wenn ich nicht bei ihr war, war es eine der anderen Frauen. Der Fahrdienst hat sie zur Arbeit gebracht und auch dort war sie von Menschen umringt. Ich glaube, er hat auf den richtigen Moment gewartet. Hat sie beobachtet und auf seine Chance gewartet, sie zu entführen.«

»Wahrscheinlich hast du recht«, sagte Mustang.

Jag wollte vor Frust am liebsten laut aufschreien. Ein Teil von ihm wünschte sich, dass Carly nicht so stark gewesen wäre und sie sich noch ein bisschen länger an ihn geklammert hätte. Aber das hätte das Unvermeidliche nur hinausgezögert. Andererseits hätten Detective Lee oder Baker vielleicht doch noch herausbekommen, wer es auf sie abgesehen hatte, wenn sie sich noch etwas länger versteckt hätte.

»Es nützt weder dir noch ihr etwas, wenn du dir selbst Vorwürfe machst«, sagte Mustang. »Glaub mir, ich weiß, wie du dich gerade fühlst. Als Elodie verschwand, wusste ich nicht, ob ich es mir jemals verzeihen könnte, dass ich sie nicht genauer im Auge behalten und die Columbus-Familie unterschätzt habe. Du musst nur Vertrauen haben. Carly ist da draußen und wir werden sie finden.«

Jag nickte, aber tief im Inneren hatte er seine Zweifel. Er wusste, was die Statistiken besagten. Wenn eine vermisste Person nicht innerhalb von vierundzwanzig bis achtundvierzig Stunden gefunden wurde, war sie wahrscheinlich tot. Und für Frauen standen die Chancen sogar noch schlechter. Ihre einzige Hoffnung war, dass wer auch immer sie entführt hatte sie so leiden lassen wollte, wie Keyes es geplant hatte.

Und Jag wurde schon bei dem Gedanken daran schlecht.

Aber er und Carly konnten damit fertigwerden, was auch immer ihr widerfahren war. Er brauchte sie nur wieder in seinen Armen, lebendig und in einem Stück.

Baker war erschöpft, geistig und körperlich. Und er hatte ein sehr schlechtes Gewissen. Er hätte mehr Druck auf Shawns Freunde ausüben sollen, hätte härter arbeiten sollen, um herauszufinden, wer hinter Carly her war. Und weil er es nicht getan hatte, wurde Carly jetzt vermisst.

Es war lange her, seit er sich so ... in etwas hineingesteigert hatte. Baker war vielleicht kein aktiver SEAL mehr und sein Team hatte sich schon vor langer Zeit aufgelöst, aber Mustang und seine Freunde waren zu seinem neuen Team geworden. Ihre Frauen waren nett, bodenständig, einladend und verdammt lustig. Er mochte sie wirklich.

Aber sie waren auch extrem anfällig, in Schwierigkeiten zu geraten. Wenn es seine Frauen wären, würde er sie wahrscheinlich einsperren und niemals mehr aus dem Haus gehen lassen.

Seine Gedanken wanderten kurz zu Jodelle. Er hatte im

Laufe der Jahre viele Emotionen unterdrückt. Das war die einzige Möglichkeit, mit den Dingen umzugehen, die er getan und gesehen hatte.

Aber Jodelle war noch verschlossener als er.

An der Oberfläche war sie offen und freundlich. Sie versorgte die einheimischen jugendlichen Surfer und passte auf sie auf. Aber sie war eine verwandte Seele und Baker hatte es schon gewusst, als er sie zum ersten Mal getroffen hatte. Beide behielten ihre wahren Gefühle für sich. Sie war seine Seelenverwandte. Er hatte jedoch keine Ahnung, wie er zu ihr vordringen konnte. Sie hatte Mauern um ihr Herz errichtet, die sogar höher waren als seine eigenen.

Kopfschüttelnd stellte Baker fest, dass er mehrere Minuten auf dem Bürgersteig vor Theos Einzimmerwohnung gestanden hatte. Aus dem ehemals Obdachlosen war ein ziemlich enger Freund geworden. Er war ehrlich und hielt nie zurück, was er fühlte oder dachte. Baker hatte angefangen, bei ihm zu übernachten, wenn er in dieser Gegend der Insel war, und es war zu spät, um nach Hause zu fahren.

Er musste noch einige Dinge erledigen und Theos kleine Wohnung war der perfekte Ort dafür. Es war ruhig und so sehr Baker Jag und das Team mochte, sie waren im Moment alle extrem aufgebracht. Er musste kurz aufladen, um herauszufinden, wer Carly geschnappt hatte und wohin derjenige sie gebracht haben könnte.

Als Baker an die Tür klopfte, bekam er keine Antwort, aber es war für ihn nicht schwierig, in die Wohnung zu gelangen. Theo war nicht da, was nicht gerade ungewöhnlich war. Der Mann hatte jetzt vielleicht einen sicheren Ort zum Schlafen, aber alte Gewohnheiten waren schwer zu brechen, besonders für Theo. Der geistig behinderte Mann brauchte Routine und oft kehrte er zu seinen altbekannten Orten zurück und schlief auf der Straße.

Lexie würde es nicht gefallen, aber Baker hatte nicht vor, es ihr zu sagen. Sie und Theo standen sich nahe, und sie hatte alles getan, um ihn zu beschützen. Das war genug.

Baker wollte duschen und sich dreißig Minuten lang hinlegen, um den Kopf freizubekommen, bevor er wieder losging. Er musste Carly finden. Er durfte nicht scheitern. Nicht noch einmal.

Ein weiteres Mal, ein anderer Ort ... eine andere Frau ... drohten einen schlechten Einfluss auf Bakers Wohlempfinden zu haben, also zwang er sich beim Duschen, alles noch einmal durchzugehen, was er über Shawn Keyes' Freunde erfahren hatte. Er tendierte immer noch dazu, in Jeremiah den Schuldigen zu suchen. Aber er konnte Luke nicht ausschließen. Er war ein Arschloch, genau wie sein Vater, und er hatte seinen Vater definitiv verehrt.

Baker war gerade aus der kleinen Dusche gestiegen und hatte sich angezogen, als die Tür aufging. Theo war zurück und sah äußerst besorgt aus. Als er Baker sah, riss er die Augen auf und rief: »Baker!«

»Was ist los, Kumpel?«, fragte er.

»Schlimme Dinge passieren!«

Baker erstarrte. Nicht so sehr über das, was Theo sagte, sondern über die Emotionen in seiner Stimme, die ihn erkennen ließen, dass es nicht nur etwas in Theos Kopf war. »Atme tief durch«, befahl Baker. »So ist es gut. Komm her, setz dich und erzähl mir, wo du warst und was los ist.«

Theo nickte und tat, was Baker verlangte. Er schlurfte hinüber zur Couch. Seine Kleidung war schmutzig und seine Haare mussten gründlich gewaschen werden, aber jetzt war nicht die Zeit, den Mann dafür zu tadeln, dass er wieder auf der Straße geschlafen hatte. Baker sagte ihm oft, dass es nicht sicher sei, aber Theo tat, was er wollte. Er war ein erwachsener Mann, auch wenn er nicht über die gleichen geistigen Fähigkeiten verfügte wie andere Männer in seinem Alter.

»Zunächst, geht es dir gut?«, fragte Baker.

Theo nickte.

»Gut, und jetzt sag mir, was dich so aufregt.«

»Ich bin in die Innenstadt gefahren«, sagte Theo. »Ich habe gehört, wie Lexie über das Festival gesprochen hat. Ich mag Feste. Es gibt viele Stände und viel zu essen.«

Baker nickte.

»Ich nahm den Bus. Bin nicht gelaufen«, sagte er ein wenig defensiv.

Baker wusste, dass Lexie ihn einmal ermahnt hatte, weil er den ganzen Weg in die Stadt zu Fuß gegangen war. Es dauerte fast den ganzen Tag und sie hasste es, daran zu denken, dass er so weit zu Fuß ging. Sie hatte ihm eine Monatskarte für den Bus besorgt, damit er sicher zwischen der Innenstadt und Barbers Point hin- und herfahren konnte.

»Okay, Kumpel, kein Problem.«

»Ich habe etwas gegessen, mit ein paar Freunden gesprochen. Dann wurde ich müde«, sagte Theo. »Ich wollte ein Nickerchen machen, aber alle meine gewohnten Plätze waren zu voll.«

Seine Aufregung nahm wieder zu und Baker streckte den Arm aus und griff nach Theos Hand. »Was hast du dann gemacht? Hast du einen guten Schlafplatz gefunden?«

Theo schüttelte den Kopf. »Nein, die Parkhäuser waren alle zu voll. Zu viele Leute. Es war laut und ich konnte keinen guten Platz finden. Ich musste mit dem Bus hierher zurückkommen. Ein Mann fing an, mich anzuschreien. Ich mochte ihn nicht. Also stieg ich an der nächsten Haltestelle aus und habe mich verirrt. Ich konnte den richtigen Bus nicht mehr finden. Ich musste laufen. Ich bin müde und das mag ich nicht. Und die Frauen sind verärgert, weil Carly vermisst wird!«

Theo weinte fast, als er zu Ende gesprochen hatte. Baker hasste es, dass er so aufgebracht war, aber ehrlich gesagt hatte er nicht viel Zeit, Theo zu beruhigen.

»Tut mir leid, Kumpel. Es hört sich an, als hättest du keinen guten Tag gehabt.«

Theo schüttelte energisch den Kopf. »Nein, kein guter Tag. Zu viele Menschen und Autos. Überall, auf Bürgersteigen, im Bus, im Parkhaus.«

Bei der wiederholten Erwähnung von Parkhäusern war Baker bestrebt, erneut zu versuchen, Alani zu erreichen. Jag hatte sofort im Duke's angerufen, nachdem sie erfahren hatten, dass Carly vermisst wurde, weil sie gesagt hatte, sie würde ihrer Chefin einen Gefallen tun. Aber die Managerin hatte das Restaurant bereits verlassen und niemand konnte sie erreichen. Er musste mit der Frau sprechen. Sie war die Einzige, die ihnen einen Anhaltspunkt geben konnte, um Carly zu finden.

Er zog einen Zwanzigdollarschein aus der Tasche und gab ihn Theo. »Warum gehst du nicht zu diesem Nudelrestaurant an der Ecke und holst dir eine extragroße Portion?«, schlug er vor.

Und schon schien sich Theos schlechte Laune in Luft aufzulösen. »Ja, ich mag Nudeln!«

Ohne ein weiteres Wort ging er zur Tür.

Baker zog sein Handy aus der Tasche und wählte Alanis private Handynummer.

Zum ersten Mal, seit Carly verschwunden war, nahm sie ab.

Sie war überrascht, dass er am Apparat war – und schockiert, als sie erfuhr, dass Carly vermisst wurde. »Vermisst? Heiliger Strohsack! Es tut mir leid! Ich war im Fitnessstudio und hatte mein Telefon ausgeschaltet, damit ich nicht mitten im Training unterbrochen werde. Ich habe es gerade wieder eingeschaltet und wollte Jag anrufen, nachdem ich gesehen hatte, dass er angerufen hat. Carly war so nett, mir einen großen Gefallen zu tun, damit wir keinen Ärger mit dem Gesundheitsamt bekommen. Es wurden zu viele Vorräte bestellt und sie hat sie beim Duke's abgeholt und wollte sie zu Food For All bringen«, erklärte sie ihm.

»Zu welcher Niederlassung? In der Innenstadt oder hier draußen in Barbers Point?«, wollte er wissen.

»Innenstadt.«

Bakers Gedanken rasten. »Okay, danke. Wenn du von ihr hörst, melde dich bei Jag.«

»Na sicher.«

»Vielen Dank.« Baker beendete die Verbindung und wählte sofort die Nummer des Standorts von Food For All in der Innenstadt. Ein paar Minuten später legte er auf ... nachdem er erfahren hatte, dass Carly zwar erwartet wurde, aber nie mit den Lebensmitteln aufgetaucht war.

Baker vermutete, dass sie irgendwo zwischen Waikiki und der Innenstadt entführt worden sein musste. Vielleicht wurde ihr Wagen von der Straße gedrängt, aber das glaubte er nicht. In diesem Fall gäbe es Zeugen. Und nachdem Theo ihm erzählt hatte, wie überfüllt die Innenstadt während des Festivals mit Menschen und Autos gewesen war, hätte ihr Entführer das Chaos leicht nutzen können, um unentdeckt zu bleiben.

Baker stellte seinen Laptop auf und tippte hektisch auf die Tastatur. Er hackte sich in die Überwachungskameras der Innenstadt und schätzte, basierend auf Alanis Bericht, die Zeit ab, zu der Carly dort gewesen sein könnte. Er wusste, dass er Jag anrufen sollte, aber er wollte dem Mann auch etwas sagen können und ihm keine falschen Hoffnungen machen.

Es dauerte eine Weile – zu lange für Bakers Seelenfrieden –, aber schließlich fand er, wonach er suchte. Er sah, wie Carly mit ihrem Wagen in eines der Parkhäuser gefahren war. Sie war eine ganze Weile herumgefahren, um einen freien Platz zu finden.

Aber es war das Fahrzeug, das ihr folgte, das seine Aufmerksamkeit erregte.

Sie musste bis ins oberste Stockwerk fahren. Das Filmmaterial war etwas unscharf, aber Baker sah deutlich, was passiert war. Ein Mann stieg aus dem Wagen, der Carly gefolgt war. Sie hatten ein kurzes Gespräch. Als Carly sich zu ihrem Kofferraum umdrehte, schlug der Mann zu. Baker wusste nicht, ob sie bewusstlos oder nur desorientiert war, aber der Mann trug sie zu seinem Wagen und legte sie in den Kofferraum.

Dieser Mistkerl hatte verdammtes Glück, dass ihn niemand beobachtet hatte, obwohl die Innenstadt so überfüllt gewesen war.

Auch wenn das Filmmaterial nicht das beste war, erkannte Baker den Mann, der Carly entführt hatte, ohne Probleme. Er wusste alles über jeden einzelnen von Keyes' Freunden.

Gideon Sparks fuhr einen hellbraunen Cadillac. Dasselbe Fahrzeug, das Carly gefolgt war. Und es gab keinen Zweifel, dass es Sparks war, der sie entführt hatte. Sein dicker Bauch und die Zoo-Uniform waren unverkennbar.

Entschlossenheit stieg in Baker auf. Der Mann war besser, als er ihm zugetraut hatte. Er hatte nicht einmal ganz oben auf Bakers Liste der Verdächtigen gestanden. Sparks war ein Einzelgänger, hatte nicht viele Freunde und besaß kein Boot, soweit Baker wusste. Aber es gab viele Möglichkeiten, sich eines zu verschaffen. Und offensichtlich hatten er und Carlys Ex sich für ihre schändliche Verschwörung eines ausgeliehen.

Baker wusste nicht, was Sparks' Motiv war, aber es spielte keine Rolle. Der Mann hatte Carly und er musste Jag und die anderen informieren. Je mehr Leute nach Gideon Sparks und seinem Wagen suchten, desto besser.

Jag war aufgebrachter als je zuvor während einer Mission. Er konnte nicht stillsitzen. Er konnte nichts anderes tun, als sich um Carly zu sorgen. Sie könnte buchstäblich überall sein. Auf der Insel gab es Tausende Hektar von Wildnis und Wasser so weit das Auge reichte, wo man sich ihrer entledigen könnte. Und jetzt war es Nacht.

Er zitterte bei dem negativen Gedanken, dass sie irgendwo allein im Dunkeln lag, verletzt ... oder noch Schlimmeres.

»Sie lebt, sie muss leben«, flüsterte er in gequältem Ton. Sein Team suchte verzweifelt nach Informationen, die ihnen helfen könnten, ihre letzten Schritte nachzuverfolgen. Slate stritt sich mit ihrem Mobilfunkanbieter und versuchte erfolglos, den Mitarbeiter davon zu überzeugen, ihm den letzten Standort zu nennen, an dem ihr Telefon sich eingeloggt hatte. Alani hatte beim letzten Versuch, sie anzurufen, immer noch nicht abgenommen. Pid versuchte, Zugang zu Verkehrskameras zu bekommen, und die anderen Männer waren ebenfalls am Telefon und taten, was sie konnten, um Shawns Freunde zu erreichen und deren Aufenthaltsort zu überprüfen.

Es fühlte sich alles an, als wäre es zu wenig und käme zu spät.

Als Jags Telefon klingelte, schaute er nach unten und betete, dass Carly anrief, um ihm zu sagen, dass es ihr gut ging, dass sie irgendwo ohne Handyempfang eine Reifenpanne gehabt hatte. Es war niederschmetternd, Bakers Namen auf dem Bildschirm zu sehen.

»Jag.«

»Gideon Sparks«, sagte Baker ohne Einleitung.

Jags Gehirn brauchte einen Moment, um zu verstehen, was sein Freund meinte. »Was?«

»Gideon hat sie aus einem Parkhaus in der Innenstadt entführt. Ich habe endlich Alani erreicht – sie hatte ihr Telefon ausgeschaltet – und sie hat mir von dem Gefallen erzählt. Es hat eine Weile gedauert, aber ich habe ihren Wagen auf den Überwachungskameras gefunden und gesehen, wie Sparks sie bewusstlos geschlagen und in seinen Kofferraum gesteckt hat.«

Jag gestikulierte hektisch zu seinen Teamkameraden. »Scheiße. Was für ein Gefallen war das?«

»Sie hat überschüssige Lebensmittel vom Duke's zu Food For All in der Innenstadt gebracht. Trotz der Menschenmassen wegen des Festivals in der Stadt hat Sparks sie in einem Parkhaus entführt. Niemand sonst war in der Nähe.«

»Scheiße! Hat schon jemand mit Sparks gesprochen?«, fragte Jag seine Teamkameraden.

Alle schüttelten den Kopf.

»Was ist los?«, fragte Mustang. »Ist er es?«

»Baker hat auf Überwachungskameras gesehen, wie er Carly entführt hat«, sagte Jag. »Er ist auf dem Weg in die Innenstadt, wo sich ihr Wagen befindet.«

»Sag ihm, dass wir uns aufteilen. Du, ich und Aleck werden zu Sparks fahren. Pid wird Detective Lee anrufen. Midas und Slate treffen sich mit Baker im Parkhaus. Der Zoo hat bereits geschlossen, aber wenn wir Sparks nicht finden, werden wir gleich morgen früh bei seinen Kollegen vorbeischauen. Und wenn wir Sparks finden ... nehmen wir ihn zum Verhör mit zu Slates Haus.« Mustangs Tonfall war tödlich.

Es war ein Risiko, einen Mann zu entführen, um ihn zu verhören, aber sie waren fertig mit dem Herumalbern. Sie würden Sparks mit allen Mitteln dazu bringen, ihnen genau zu erzählen, was er mit Carly gemacht hatte. Und dann würden sie sie zurückholen.

»Ich habe ihn gehört«, sagte Baker in Jags Ohr. »Wir brauchen Sparks lebend, wenn Carly nicht bei ihm ist«, mahnte er.

Jag nickte, obwohl ihm die Galle hochkam. »Ich weiß.« Zu viel Zeit war vergangen. Carly war schon vor Stunden entführt worden. Als sie ihn am meisten gebraucht hatte, hatte er ahnungslos und mit ausgeschaltetem Telefon in einer verdammten Besprechung gesessen. Und jetzt war sie irgendwo da draußen, zusammen mit jemandem, der entschlossen war, ihr Schaden zuzufügen. Und zu allem Überfluss regnete es wieder in Strömen.

»Haltet mich auf dem Laufenden«, verlangte Baker.

»In Ordnung, vielen Dank.« Jag schuldete dem Mann etwas.

»Bis später«, sagte Baker und beendete das Gespräch.

Jag erzählte seinen Teamkameraden schnell, was Baker gesagt hatte, und fühlte sich besser, als er den Ausdruck der Entschlossenheit auf ihren Gesichtern sah. Er war erleichtert, dass Mustang ihn zu Sparks' Haus schickte. Wenn Carly dort war – verletzt oder noch schlimmer –, musste er dabei sein.

Jag war mehr als frustriert. Er litt.

Er war sich letzte Nacht so sicher gewesen, dass sie kurz davor waren, Carly zu finden. Sie wussten, wer sie entführt hatte und wie Sparks' Wagen aussah, und alle suchten nach ihr.

Nun war es fast zehn Uhr morgens, ungefähr vierundzwanzig Stunden, nachdem sie verschwunden war ... und sie waren mit der Suche nach Carly und Gideon Sparks kein Stück weitergekommen.

Jag hatte nicht geschlafen, genau wie seine Freunde. Sogar die Frauen hatten die ganze Nacht in Kennas Wohnung verbracht, sich Sorgen gemacht und jeden angerufen, der ihnen einfiel, um die Nachricht von ihrer vermissten Freundin zu verbreiten.

Der Zoo von Honolulu öffnete in wenigen Minuten. Aleck, Mustang und er machten sich auf den Weg. Jag war bereit, mit Gideons Kollegen zu sprechen, um mehr Informationen über den Mann zu bekommen. Baker hatte die Nacht damit verbracht, in den Tiefen des Internets nach Informationen über Sparks zu graben.

Was er entdeckt hatte, gab ihnen kein besseres Gefühl. Vor einigen Jahren war gegen Gideon eine einstweilige Verfügung erlassen worden, aber sein Nachname war falsch geschrieben, weshalb bis jetzt noch niemand darauf aufmerksam geworden war. Ein neunzehnjähriges Mädchen, das in einer Pflegefamilie aufgewachsen war – und Carly auf unheimliche Weise ähnlich sah ... blondes Haar, gleiche Größe, blaue Augen –, hatte sie erwirkt, nachdem sie ein paar Monate mit Gideon zusammen gewesen war. In der Verfügung stand, dass er sie seit ihrer Trennung verfolgte und sie um ihr Leben fürchtete.

Sogar Shawn wurde namentlich darin erwähnt. Die Frau hatte zu Protokoll gegeben, dass sie auch vor Gideons Freund Angst hatte und welchen Einfluss er auf ihren Ex-Freund ausübte.

Baker fand auch heraus, dass Sparks und Keyes in den Wochen vor Shawns Tod viel Zeit miteinander verbracht hatten. Ihre Handys hatten sich fast jeden Abend am selben Ort eingeloggt. Kreditkartenabrechnungen belegten, dass sie in denselben Kneipen gegessen und getrunken hatten.

Baker hatte sich immer wieder bei Jag entschuldigt, aber Jag machte dem Mann keinen Vorwurf, dass er diese Informationen nicht schon früher gefunden hatte. Sparks hatte seine Spuren erstaunlich gut verwischt. Er war entweder sehr schlau oder hatte großes Glück.

Aber mit jeder Minute, die verging, wuchs seine Angst. Es war zu lange her, seit Sparks Carly geschnappt hatte. Es war unwahrscheinlich, dass sie noch am Leben war – und bei diesem Gedanken wollte Jag sich am liebsten übergeben und Sparks mit bloßen Händen töten. Der Gedanke daran, dass er Carly berührt hatte, war abstoßend.

Als Mustang auf den Parkplatz des Zoos einbog, war sofort klar, dass etwas los war. Auf dem Parkplatz standen zwei Krankenwagen und fast ein Dutzend Polizeiwagen.

Mustang hatte kaum angehalten, als Aleck und Jag heraussprangen und auf den Eingang zuliefen.

Ein Beamter hielt sie auf und ließ sie nicht durch das Tor. Jag war kurz davor, die Beherrschung zu verlieren und etwas zu tun, das seine Karriere gefährden könnte, als Mustang dem Beamten sein Telefon hinhielt.

»Detective Makanui Lee ist dran und möchte mit Ihnen reden.«

Der Polizist sah verwirrt aus, nahm Mustang aber dankenswerterweise das Telefon ab.

Jag hatte Mühe, die Fassung zu bewahren.

Nach nur wenigen Sekunden gab der Beamte Mustang das Telefon zurück, nickte und trat zurück. »Er sagt, Sie können eintreten, er möchte aber, dass Sie ihm nicht in die Quere kommen«, warnte er. »Sie dürfen sich nicht in die laufenden Ermittlungen einmischen.«

Jag wusste immer noch nicht, was zum Teufel los war,

aber er blieb nicht stehen, um zu fragen. Er wollte zu Sparks, also lief er durch das Tor und steuerte auf das Löwengehege zu. Es entging ihm jedoch nicht, dass es genau die Richtung war, aus der die ganze Aufregung zu kommen schien.

Jag blieb abrupt stehen, als er das gelbe Absperrband der Polizei erreichte, das rund um das Löwengehege gespannt war. Aleck hielt einen Sanitäter an, der eine leere Bahre zurück zum Parkplatz schob. »Was ist hier los?«

»Jemand muss wahnsinnig geworden sein und ist ins Gehege gegangen. Den Löwen gefiel es anscheinend nicht, dass jemand in ihr Revier eindrang, und ... nun, Sie können sich vorstellen, was dann passiert ist.«

Jag stockte der Atem. Nicht Carly, oh Gott, bitte nicht die Frau, die er liebte.

»Lebt sie noch?«, fragte Mustang, der offensichtlich dasselbe dachte.

»Es handelt sich um einen Angestellten des Zoos. Das war an den Überresten seiner Uniform zu erkennen. Außerdem hatte er Zugang zu dem Gebäude und kannte den Sicherheitscode. Und nein, er lebt definitiv nicht mehr«, antwortete der Sanitäter mit Schaudern. »Es war kaum festzustellen, dass es sich um einen Mann handelt. Aus irgendeinem Grund waren diese Löwen verdammt sauer. Ich weiß nicht, ob er sie provoziert hat, bevor er hineinging. Die Polizei hat bereits die Aufnahmen der Überwachungskameras angefordert, um den Hergang zu rekonstruieren. Ich vermute jedenfalls, dass dieser Bereich für eine Weile geschlossen sein wird. Die anderen Tierpfleger versuchen immer noch, die aufgebrachten Raubtiere von den Überresten ihres Frühstücks wegzulocken.«

Der Mann war sehr gesprächig, wofür Jag dankbar war. Offensichtlich war das kein normaler Einsatz für ihn und er versuchte wahrscheinlich immer noch, mit dem fertigzuwerden, was er gesehen hatte.

Der Sanitäter ging und Mustang hob eine Hand. »Wir wissen nicht, ob es Sparks ist.«

»Natürlich ist er es«, sagte Jag mit hängenden Schultern. »Wer sollte es sonst sein?«

»Aber wieso?«, warf Aleck ein. »Es muss einen Grund geben, warum er beschließt, sich umzubringen. Er war verdammt schlau. Er hat Baker getäuscht, die Polizei ... uns alle. Warum sollte er Carly entführen, mit ihr tun, was er wollte, und sich dann umbringen? Er hatte mit Sicherheit kein schlechtes Gewissen in Bezug auf das, was er getan hat.«

Ein Hoffnungsschimmer stieg in Jag auf. »Der einzige Grund, der mir einfällt, ist, dass Sparks es versaut hat und Carly irgendwie entkommen ist.«

Mustang nickte. »Ich stimme zu.«

»Sie lebt«, flüsterte Jag und hatte Angst, die Worte zu laut auszusprechen. »Er hat Mist gebaut, sie ist entkommen und er wusste, dass wir ihn fassen würden.«

»Und er wollte sein Leben nicht hinter Gittern verbringen. Also hat er beschlossen, seinen eigenen Weg zu gehen«, spekulierte Aleck mit einem Nicken.

»Wahrscheinlich hat er versucht, einen noch dramatischeren Abgang hinzulegen als Keyes«, sagte Mustang angewidert.

»Nun, ich würde sagen, das ist ihm gelungen«, kommentierte Aleck trocken.

»Aber wo ist Carly?«, fragte Jag.

Das war die Eine-Million-Dollar-Frage. Sie wussten jetzt zwar, wer sie entführt hatte, aber nicht, was Sparks danach mit ihr gemacht hatte.

Carly hob den Kopf und konnte ein Stöhnen nicht unterdrücken. Sie hatte Schmerzen – überall. Ihr Kopf pochte immer noch und jeder Muskel in ihrem Körper schrie vor Schmerz, wenn sie sich bewegte. Sie richtete sich auf und bereute es sofort, da ihre Hand sich anfühlte, als würde sie brennen. Als sie nach unten schaute, sah sie eine Schnittwunde auf ihrer Handfläche, die definitiv genäht werden musste.

Sie erinnerte sich vage daran, dass sie sich mit dem Taschenmesser geschnitten hatte, als sie das Seil durchschnitt, mit dem das Gewicht an ihrem Fuß befestigt war. Die Reste des Seils hingen immer noch an ihrem Knöchel. Sie wusste nicht, wie spät es war, aber die Sonne stand hoch über dem Horizont. Sie hatte die Nacht überlebt.

Trotz der großen Schmerzen lächelte Carly und konnte nicht anders, als sich erleichtert zu fühlen. Gideon hatte sie vielleicht entführt, aber sie hatte ihn überlistet und war entkommen. Sie war verdammt stolz auf sich. Natürlich war sie nicht außer Gefahr, aber solange sie niemand mehr unter Drogen setzen und ertränken wollte, würde es ihr gut gehen.

Carly richtete sich auf und setzte sich auf die unbequemen Lavasteine, um ihre Situation einzuschätzen. Die Insel, auf der sie war, war nicht mehr als ein zerklüfteter Steinhaufen, der mitten aus dem Wasser ragte, vielleicht fünfzig Meter lang und etwa zwanzig Meter breit. Und alles war mit Vogelkot bedeckt. Es gab keine Bäume, keine Süßwasserquelle, nichts als Vögel, die sie anstarrten, als wären sie sauer, dass sie ihre Ruhe störte.

Der Himmel war bedeckt und es sah so aus, als würde es jeden Moment wieder regnen. Aber in der Ferne erkannte Carly die Umrisse eines Berges. Sie war nicht weit vom Land entfernt. Sie nahm an, dass sie in Richtung Oahu sah, war sich aber nicht sicher. An einem sonnigen Tag wären wahrscheinlich schon viele Leute auf dem Wasser, um zu angeln, zu schnorcheln und einfach einen schönen Tag in Hawaii zu genießen. Aber weil das Wetter beschissen war, sah Carly niemanden.

Sie war nicht verbittert. Der Sturm letzte Nacht hatte ihr das Leben gerettet. Es erschien ihr wie Schicksal, dass Gideon sie in einem Sturm verloren hatte, genau wie Shawn Kenna, als er versucht hatte, sie zu töten.

Carly dachte daran, wieder ins Wasser zu gehen und ans Ufer zu schwimmen, aber sie wusste, dass die Entfernung trügen konnte, besonders bei diesem Wetter. Es könnten zwei oder zehn Kilometer sein. Sie würde es vielleicht ein oder zwei Kilometer schaffen, aber auf keinen Fall weiter.

Am besten blieb sie, wo sie war, und wartete darauf, dass jemand vorbeikam.

Dann kam ihr der schreckliche Gedanke, dass Gideon vielleicht immer noch auf dem Wasser war und nach ihr suchte, um sich zu vergewissern, dass sie tot war. Dem Mann, der sie tot sehen wollte, wollte sie nun wirklich nicht begegnen.

Kopfschüttelnd weigerte Carly sich zu glauben, dass sie es so weit geschafft hatte, nur um wieder gefangen genommen zu werden. Gideon war wahrscheinlich wieder zu Hause und begeistert, dass es ihm gelungen war, zu Ende zu bringen, was Shawn begonnen hatte. Der Mann war verrückt. Sie hatte ihm nichts getan – oder Shawn, was das anging. Gideon hatte absolut keinen Grund, sie so sehr zu hassen.

Aber es war offensichtlich, dass Shawn ihn genauso manipuliert hatte, wie er es einst mit ihr getan hatte. Offensichtlich hatte er Spaß daran, Menschen verrückt zu machen, und indem er Gideon unter seine Fittiche genommen hatte, hatte er mit ihm dasselbe getan, nur auf eine andere Art und Weise. Als sie mit Shawn Schluss gemacht hatte, war Gideon anscheinend genauso verärgert gewesen wie ihr Ex-Freund. Beide hatten ihre Zurückweisung als persönlichen Affront empfunden. Es ergab keinen Sinn, aber nichts in Bezug auf Shawn oder Gideon tat es.

Carly rutschte weiter auf die Felsen und versuchte, einen flacheren Teil der Insel zu erreichen. Es war qualvoll, mit nackten Füßen auf den scharfen Steinen zu laufen, aber die Alternative war ihr Tod, also schluckte sie es herunter und tat, was sie tun musste. Die Unmenge an Vogelkot war fast beeindruckend. Der Geruch ließ allerdings zu wünschen übrig.

Sie war extrem durstig, hatte Schmerzen und steckte auf der Vogelkacke-Insel fest ... aber sie lebte. Es könnte schlimmer sein.

Carly ließ sich an einer Stelle nieder, wo es etwas weniger Vogelkot zu geben schien, und zog die Knie an ihre Brust. Es war ihr egal, wie lange sie hier sitzen müsste, sie würde nicht sterben, auf keinen Fall. Nicht nach allem, was sie durchgemacht hatte.

Kenna und die anderen Frauen waren wahrscheinlich ausgeflippt. Dann wanderten ihre Gedanken zu Jag ... und sie hätte fast geweint. Vermutlich war er verrückt vor Sorge. Er würde Himmel und Hölle in Bewegung setzen, um sie zu finden, er und sein Team. Sie zweifelte nicht daran, dass sie herausfinden würden, was passiert war. Sie stellte sich vor, wie sie seine Wohnung zu einer Art Einsatzzentrale umfunktioniert hatten. Die Männer wären wie versteinert und würden sich auf ihre Telefone und Computer konzentrieren.

Sie würden jede ihrer Bewegungen nachverfolgen. Alani würde ihnen erzählen, dass sie im Duke's gewesen war und die Lebensmittel abgeholt hatte, um sie zu Food For All zu bringen. Dann würden sie herausfinden, dass sie niemals dort angekommen war, und schließlich ihren Wagen im

Parkhaus finden ... aber was dann? Woher sollten sie wissen, dass Gideon sie entführt hatte? Und woher sollten sie wissen, dass er sie auf ein Boot geschleppt hatte?

Fast wäre sie von einer Panikattacke überwältigt worden, aber Carly schüttelte den Kopf. Nein, sie musste positiv bleiben. Jag war schlau. Er war einer der klügsten Männer, die sie kannte. Zusammen mit seinen Teamkameraden würde er sie finden. Sie musste sich nur gedulden.

Sie musste wieder daran denken, was Jag als Kind widerfahren war. Er musste jedes Mal so verängstigt und verwirrt gewesen sein, wenn seine Babysitterin vorbeikam. Aber letztendlich hatte er nicht aufgegeben. Er war stark gewesen und Carly wollte das auch sein und ihn stolz machen. Doch dazu musste sie wachsam bleiben, damit sie auf sich aufmerksam machen konnte, wenn ein Boot vorbeifuhr, damit sie zu Jag zurückkehren konnte.

Die Minuten verrannen und es wurde immer schwieriger, geduldig zu bleiben und positiv zu denken.

Zu versuchen, an Land zu schwimmen, kam ihr wie eine immer bessere Option vor. Sie wollte nicht noch eine Nacht auf diesem Felsen verbringen. Nicht dass sie sich an die erste Nacht erinnern würde, aber dennoch.

Gerade als sie entschieden hatte, dass sie nicht länger warten konnte, und nach Oahu schwimmen musste, um sich zu retten, hörte Carly etwas.

Zuerst dachte sie, sie halluziniert, dass es nur Wunschdenken war, dass sie das Geräusch eines Motors hörte.

Dann geriet sie fast wieder in Panik. Was, wenn es Gideon war, der zurückkam? Sie war leichte Beute und wusste ohne Zweifel, dass er dieses Mal nicht nur mit einem Betäubungspfeil herumspielen würde. Er würde ihr wahrscheinlich das Leben aus dem Leib prügeln, bevor er sie zurück aufs Meer brachte und dafür sorgte, dass sie auf den Grund sank.

Sie versuchte, sich zu beruhigen, und sah durch den Nebel etwas Orangefarbenes und Weißes in den Wellen. Es kam nicht auf sie zu – was sie erneut in Panik versetzte.

Das Boot der Küstenwache fuhr langsam parallel zur Insel, als suchte die Besatzung nach etwas ... oder jemandem? Carly wagte kaum zu hoffen, dass die Leute vielleicht nach ihr suchten. Vielleicht waren sie nur auf einer Routinekontrolle rund um die Insel. Aber am Ende war es egal, warum sie hier waren, solange sie sie fanden.

Carly stand auf und war kaum in der Lage, sich auf den Beinen zu halten. Sie fing an, mit den Armen zu wedeln und so laut zu schreien, wie sie konnte. Es war unwahrscheinlich, dass die Leute auf dem Schlauchboot jemanden über den Lärm des Motors und das Rauschen der Wellen hinweg hören konnten, aber wenn es auch nur eine einprozentige Chance gab, würde sie schreien, bis sie heiser war.

Einen beängstigenden Moment lang dachte sie, das Boot würde weiterfahren, dass wer auch immer an Bord war sie nicht bemerkt hatte.

Dann trat wie durch ein Wunder die Sonne zwischen den Wolken hervor und schien für einen Moment auf die Felsen. Es war, als hätte jemand einen Scheinwerfer direkt auf die Insel gerichtet, auf der sie gestrandet war.

Das Boot der Küstenwache machte kehrt und fuhr ... in ihre Richtung. Carly hörte nicht auf, mit den Armen zu winken und zu schreien, bis ein Horn vom Boot ertönte. Sie schwankte auf ihren Füßen, als das Boot näher kam.

Sie hatten sie gesehen. Gott sei Dank!

Carly weinte, ohne dass Tränen fielen. Sie war zu dehydriert. Aber sie konnte sich auch ein Lächeln nicht verkneifen. Sie hatte es geschafft. Sie würde Gideon und Shawn besiegen. Sie war nicht die erbärmliche Schlampe, für die sie sie hielten. Sie mochte jünger sein, aber das bedeutete nicht, dass sie eine Idiotin war. Carly war stolz auf sich.

Ihr graute bereits vor dem, was mit Sicherheit kommen würde, wenn sie zu Hause eintraf. Sie müsste mit dem Detective reden und wahrscheinlich Reportern Interviews geben, die unbedingt ihre Geschichte hören wollten. Sie würde Gideon vor Gericht gegenüberstehen müssen und hatte das Gefühl, dass sie einen Rückfall erleiden könnte, wenn es darum ging, ihre Unabhängigkeit zurückzugewinnen.

Aber mit Jag an ihrer Seite konnte sie alles schaffen.

Jag ... Gott, sie konnte nicht aufhören, daran zu denken, wie besorgt er sein musste.

Mit diesem Gedanken im Kopf war das Erste, was sie sagte, als ein junger Mann mit orangefarbener Schwimmweste in einer blauen Uniform und mit wasserdichten Stiefeln aus dem Boot gestiegen war und auf sie zukam: »Ich muss Jag anrufen!«

»Carly? Carly Stewart?«, fragte der Mann, als er sanft nach ihrem Arm griff.

Sie nickte. »Bitte, ich muss Jag anrufen!«

»Wir können anrufen, wen immer Sie wollen, sobald wir Sie an Bord haben. Können Sie gehen?«

»Ja«, sagte Carly. Aber als sie versuchte, einen Schritt zu machen, weigerte sich ihr Körper zu kooperieren. Ihre Knie gaben nach und sie wäre zu Boden gefallen, wenn der Wasserschutzpolizist sie nicht aufgefangen hätte.

»Ich habe Sie«, sagte er.

Der Mann und seine zwei Bootskameraden halfen ihr von der Vogelkacke-Insel auf das Boot. Sie wurde auf eine Bank gelegt und bekam eine warme Decke. Dann drückte ihr jemand eine Flasche Wasser in die eine Hand und ein Telefon in die andere.

Carly war erleichterter, als sie in Worte fassen konnte, dass Jag sie dazu gebracht hatte, sich seine Nummer zu merken. Er hatte ihr gesagt, dass der Moment kommen würde, wo sie seine Nummer wissen musste, anstatt einfach auf seinen Namen tippen zu können. Und er hatte recht gehabt.

Mit zitternden Fingern tippte sie auf die Ziffern.

»Jag hier. Wer ist am Apparat?«

Sie schloss die Augen. Sie hatte noch nie in ihrem Leben etwas Schöneres gehört als Jags Stimme.

»Ich bin es«, krächzte sie schließlich. Ihre Stimme war heiser vom Schreien, als sie versucht hatte, die Aufmerksamkeit der Küstenwache zu erregen.

»Carly? Heilige Scheiße! Bist du es wirklich?«

»Ja.«

»Wo bist du? Geht es dir gut? Was ist passiert?«

Sie wollte alle seine Fragen beantworten, aber ihre Kehle schnürte sich zu und sie war zu sehr von ihren Emotionen überwältigt.

»Carly, sprich mit mir!«, rief Jag.

Carly hielt dem jungen Mann, der auf die Insel gekommen war, um sie zu holen, das Telefon hin. Sie hörte, wie er mit Jag sprach, aber plötzlich konnte sie die Augen nicht länger offen halten. Sie war fertig, emotional, physisch, geistig. Aber sie hatte dafür gesorgt, dass Jag wusste, dass sie am Leben war, damit er sich keine Sorgen mehr machte.

Anscheinend war das alles, was sie gebraucht hatte, bevor ihr Körper schließlich nachgab und der Bewusstlosigkeit erlag.

KAPITEL DREIUNDZWANZIG

Jag saß neben Carly auf seiner Couch, konnte sich aber nicht dazu bringen, sie loszulassen. Von der Sekunde an, in der er ihre Stimme gehört hatte, hatte er verzweifelt versucht, zu ihr zu gelangen, um sich persönlich davon zu überzeugen, dass es ihr gut ging. Er war im Krankenhaus angekommen, noch bevor der Hubschrauber der Küstenwache mit Carly gelandet war.

Mustang hatte den Krankenschwestern gesagt, dass Jag Carlys Verlobter sei, und schließlich hatten sie ihn zu ihr gelassen, nachdem ein Arzt sie untersucht hatte.

Sie war erschöpft, hatte einen Verband an der Hand, einen blauen Fleck im Gesicht und Schrammen an Armen und Beinen. Jag hatte noch nie etwas so Schönes gesehen wie Carly in diesem Moment.

Es hatte ein paar Stunden gedauert, bis sie gehen durften. Die Ärzte wollten sie mindestens eine Nacht dabehalten, aber Carly hatte darauf bestanden, entlassen zu werden.

Mustang hatte sie nach Hause gefahren, und nach einem kurzen und emotionalen Besuch all ihrer Freunde waren sie endlich allein. Er liebte es, wie sehr sie um Carlys Wohlergehen besorgt waren, aber er musste sie eine Weile für sich haben.

Jag stand auf, beugte sich dann vor und hob sie sanft hoch. Sie protestierte nicht, sondern kuschelte sich einfach an ihn, als er sie in ihr Schlafzimmer trug. Er legte sie auf das Bett und setzte sich neben sie. Dann atmete er tief durch.

»Mir geht es gut«, sagte Carly leise.

Jag schluckte schwer. »Ich muss das selbst sehen. Darf ich?«, fragte er und griff nach den Knöpfen an ihrem Hemd. Den Kittel, den sie im Krankenhaus bekommen hatte, hatte sie sofort nach ihrer Rückkehr ausgezogen.

Carly nickte und Jag zog ihr schnell und effizient sein übergroßes Hemd aus. Er verspürte im Moment kein körperliches Verlangen. Seine Angst war noch zu stark. Er wollte sie nur von Kopf bis Fuß durchchecken.

Sie lag ruhig da, als er sie untersuchte. Sie hatte Blutergüsse am Oberkörper und ihre Arme waren aufgeschürft, höchstwahrscheinlich von dem Lavagestein auf der Insel, zu der sie geschwommen war. Die Wunde an ihrer Hand konnte er nicht sehen, da sie verbunden war, aber er hatte sie im Krankenhaus gesehen. Sie sah ziemlich übel aus. Es war aber ein sauberer Schnitt und würde gut verheilen. Er ließ den Blick weiter über ihren Körper wandern und bemerkte die Schrammen auf ihren Knien. Beim Anblick der Schnitte an ihren zarten Fußsohlen zuckte er kurz zusammen.

Noch einmal schaute er sie von unten bis oben an, bis er ihr schließlich ins Gesicht sah. Der Arzt hatte ein paar Haare an ihrem Hinterkopf abrasieren müssen, um die Wunde zu nähen, wo Sparks sie geschlagen hatte. Sie hatte auch einen blauen Fleck auf ihrem Wangenknochen von dem Schlag ins Gesicht, der sie bewusstlos gemacht hatte.

Sie hatte wirklich Glück, noch am Leben zu sein, nachdem sie mit der schweren Taschenlampe auf den Kopf geschlagen wurde, die in Sparks' Wagen gefunden worden war, von einem Betäubungspfeil für Löwen gestreift wurde, fast auf den Grund des Ozeans gesunken war und anschließend die Nacht unter freiem Himmel mitten auf dem Meer verbracht hatte.

Aber sie war am Leben.

Jag konnte die Emotionen in ihren Augen sehen und es brachte ihn zum Weinen. Er war viel zu kurz davor gewesen, sie zu verlieren. Aber seine Carly war hart im Nehmen. Sie hatte nicht überlebt, weil er irgendetwas getan hatte. Nein, sie hatte es ganz allein geschafft. Sie hatte sich selbst gerettet – und er könnte nicht stolzer auf sie sein.

»Komm her«, sagte Carly und streckte die Arme aus.

Jag zog sein Hemd aus, bevor er sich neben sie legte. Er zog sie in seine Arme, griff nach unten und zog die Bettdecke über sie. Nach einem Moment bemerkte er, dass er zitterte ... und Carly strich mit einer Hand über seine Brust und murmelte sanft.

»Es ist okay. Ich bin hier«, sagte sie.

Gott, diese Frau.

»Du bist unglaublich«, flüsterte er.

Sie schüttelte den Kopf. »Nein, ich glaube, ich bin nur stur.«

Jag hustete ein leises Lachen. »Tut mir leid ...«, begann er, aber Carly schüttelte den Kopf und stützte sich auf einen Ellbogen.

»Nein, tu das nicht.«

»Ich muss«, sagte er. »Du wurdest direkt vor meiner Nase entführt. Wir hatten keine Ahnung, wo du warst. Detective Lee war es, der die Küstenwache alarmiert und sie gebeten hat, für alle Fälle die Umgebung abzusuchen. Wir wollten Sparks dazu bringen, uns zu sagen, wo er dich hingebracht hat, aber er hat sich das Leben genommen. Wir hatten nichts in der Hand. Du hättest überall sein können.«

»Du hättest mich gefunden«, sagte Carly.

Jag konnte nicht glauben, dass sie immer noch genauso viel Vertrauen in ihn hatte wie vor ihrer Entführung. Er konnte nur die Lippen zusammenpressen und den Kopf schütteln.

»Jag, im Ernst, der einzige Grund, warum ich überlebt habe, warst du. Zunächst einmal wusste ich, dass du niemals ruhen würdest, bis du mich gefunden hast. Zweitens dachte ich darüber nach, was du als Kind durchgemacht hast und wie stark du warst. Ich wusste, wenn ich einen Bruchteil deiner Kraft aufbringen könnte, würde ich es schaffen. Drittens ging mir alles durch den Kopf, was du mir jemals über meine Sicherheit beigebracht hast. Hätte ich nur dagesessen und zugesehen, wie Gideon seinen Plan umsetzt, wäre ich mit Sicherheit tot. Also bin ich meine Optionen durchgegangen und habe entschieden, dass ich lieber das Risiko eingehe und ins Meer springe. Viertens erinnerte ich mich an all die Geschichten, die du mir über die Höllenwoche erzählt hast, und dass eine positive Einstellung das Einzige gewesen ist, was dich am Laufen gehalten hat. Viertens ... warte ... fünftens? Ich habe vergessen, wo ich war. Wie auch immer, ich hatte dieses Messer nur in meiner Hosentasche, weil du darauf bestanden hast, dass ich es immer mitnehme. Ich muss zugeben, dass ich es zuerst übertrieben fand, aber ich werde nie wieder an dir zweifeln. Es hat mich gerettet. Mir wäre die Luft ausgegangen, wenn ich das Gewicht nicht hätte abschneiden können. Ich habe in vielerlei Hinsicht Fehler gemacht. Ich hätte Gideon in diesem Parkhaus niemals an mich heranlassen dürfen. Meine Wachsamkeit hatte nachgelassen, weil er so ... bescheiden wirkte. Er war nett, sagte die richtigen Dinge und ich habe ihm vertraut, was ich nicht hätte tun sollen. Für den Bruchteil einer

Sekunde ließ ich ihn aus den Augen, und das war alles, was er brauchte. Bitte ... ich kann nicht damit umgehen, wenn du dich schuldig fühlst, weil du physisch nicht da warst, um mich von dieser Insel zu holen. Oder weil du Gideon nicht dazu bringen konntest, dir zu sagen, wo ich war. Du warst vielleicht nicht persönlich da, aber jede Minute, die ich in Gideons Gewalt war – nun, sofern ich bei Bewusstsein war –, warst du bei mir. Ohne dich hätte ich zusammengekauert auf dem Boden des Bootes gelegen und es wäre ihm gelungen, Shawns Plan zu vollenden. Du hast mir die Kraft gegeben, mich zu wehren und nicht aufzugeben.«

Jag schloss die Augen und versuchte, seine Gefühle in den Griff zu bekommen. Er sollte nicht überrascht sein, wie gut sie die Geschehnisse verkraftete und dass sie ihm, dem Detective oder seinem SEAL-Team keine Vorwürfe machte. Sie alle hatten sie im Stich gelassen, und wie durch ein Wunder nahm sie es ihnen nicht übel.

Er öffnete die Augen und zog sie noch einmal an sich. Sie kam bereitwillig und kuschelte sich eng an ihn.

»Heirate mich«, flüsterte er.

»Natürlich«, flüsterte sie zurück.

Jag wollte lachen. Sie klang nicht überrascht, ihr wurde nicht schwindelig und sie war nicht aufgeregt. Sie nahm seinen Vorschlag ruhig an, als wäre es eine längst ausgemachte Sache, dass er sie fragen und sie Ja sagen würde.

»Ich habe keinen Ring, aber ich werde einen besorgen«, sagte er zu ihr.

»Macht nichts«, war ihre Antwort.

»Wir können jede Art von Hochzeit haben, die du dir wünschst.«

»Duke's«, sagte sie, ohne den Kopf von seiner Schulter zu nehmen. »Ich möchte am Strand beim Duke's heiraten. Die Gäste, die zum Essen da sind, können teilhaben.

Verdammt, jeder, der gerade am Strand ist, kann auch kommen. Ich möchte Hula Pie als Hochzeitskuchen und ich möchte, dass Paulo uns traut. Er hat schon die Lizenz und alles, ich habe ihn darüber reden hören. Er wird urkomisch sein ... und das ist es, was ich will. Ich will, dass alle lachen und sich amüsieren.«

»Abgemacht«, sagte Jag.

»Nach dem, was Shawn getan hat, möchte ich jede verbleibende schlechte Erinnerung von diesem Strand eliminieren. Ich möchte ihm, wo immer er auch ist, beweisen, dass er nicht gewonnen hat, dass er tatsächlich spektakulär verloren hat. Er hat weder mich noch Kenna gebrochen. Stattdessen hat er mich zu dir geführt und ich bin glücklicher, als ich es mir jemals hätte erträumen können.«

Gott, Jag liebte diese Frau.

»Kann ich dich etwas fragen?«

»Na sicher, alles«, sagte Jag.

»Erzählst du mir von Gideon? Ich weiß, dass du mit Detective Lee gesprochen hast. Erzählst du mir, was ihr über ihn herausgefunden habt? Wie hat er es geschafft, uns alle auszutricksen?«

Jag wollte nicht. Er wollte daliegen und nie wieder an dieses verdammte Arschloch denken, aber Carly hatte es verdient, dass ihre Frage beantwortet wurde.

»Die Polizei hat noch keinen Abschiedsbrief oder so etwas gefunden. Ich vermute, er hat keinen hinterlassen. Den Sicherheitsaufnahmen nach zu urteilen hat er die Löwen provoziert. Er hat sie mit der morgendlichen Futterration angelockt, sie ihnen dann aber nicht gegeben. Die Tiere waren extrem aufgebracht, als er das Gehege betrat. Dass er das rohe Fleisch dabei in der Hand hielt, half nicht gerade dabei, sie zu beruhigen. Er hat einen langsamen, qualvollen Tod erlitten.« Jag war sehr froh gewesen, als er das von der Polizei erfahren hatte.

»Ich muss zugeben, dass ich ein bisschen verbittert bin, weil ich ihm nicht mehr begegnen werde, um ihm zu zeigen, dass er mich nicht gebrochen hat. Aber er hat bekommen, was er verdient hat.«

Jag war sich da nicht so sicher, aber er beließ es dabei. »Anscheinend hat er sich das Boot von einem seiner Kollegen im Zoo ausgeliehen. Der Mann dachte, Sparks würde angeln gehen, und dachte nicht weiter darüber nach, ihn mit dem Boot hinausfahren zu lassen, wann immer er wollte. Es war an keinem der Häfen festgemacht, weshalb Baker ihn auf keiner der Überwachungskameras finden konnte. Es lag einfach in einer privaten Bucht in der Nähe des Hauses seines Eigentümers und Sparks konnte es holen, ohne dass ihn jemand sehen oder misstrauisch werden konnte. Eine Frau meldete sich bei der Polizei, nachdem sie von dem Vorfall in den Nachrichten erfahren hatte. Sie war es, die die einstweilige Verfügung gegen ihn erwirkt hatte. Sie war damals sehr jung, kurz davor, ihre Wohnung zu verlieren und Pleite zu gehen. Sparks spielte mit ihr, höchstwahrscheinlich angestachelt von Keyes. Er half ihr aus und sie ließ ihre Deckung fallen. Dann veränderte er sich und begann, sie zu manipulieren.«

»So wie Shawn es mit mir gemacht hat«, sagte Carly leise.

»Ja. Wir glauben, dass es für Shawn eine Art kranker Nervenkitzel war, einem unbeholfenen Einzelgänger wie Gideon beizubringen, wie man Frauen manipuliert. Wir können nur spekulieren, aber ich nehme an, Gideon war gern dazu bereit, ihm bei seinem Plan zu helfen und Keyes auf diese Weise zu danken. Vor allem, nachdem du die einstweilige Verfügung aufgehoben hattest, genau wie das Mädchen, mit dem er ausgegangen war. Und als Shawn ums

Leben kam, ist er wahrscheinlich einfach zusammengebrochen. Er konnte nicht damit umgehen. All seine Träume, eine eigene Frau zu haben, waren den Bach runtergegangen, weil er Shawn brauchte, um ihm zu helfen, andere Frauen zu manipulieren. Und du warst der einzige Mensch, dem er die Schuld geben konnte.«

Jag hörte auf zu reden und hielt den Atem an, während er auf Carlys Reaktion wartete.

»Das ist ... so traurig«, sagte sie nach einem Moment.

Es war traurig. Erbärmlich, tragisch und abgefuckt, aber traurig.

»Und die Insel, auf die ich mich retten konnte, heißt wirklich Vogelkacke-Insel?«, fragte sie.

»Offenbar. Der richtige Name ist Mokolea Rock. Aber die Einheimischen nennen sie Vogelkacke-Insel, weil ... na ja, du weißt schon.«

Carly schnaubte. »Ja, ich weiß.« Dann fragte sie zaghaft: »Also ... ist es wirklich vorbei?«

Jag spannte die Arme an und musste sich zwingen, sich zu entspannen. »Es ist vorbei«, versicherte er ihr.

Er spürte, wie sie erleichtert seufzte und ihr warmer Atem über seinen Hals strich.

»Okay.«

»Okay?«, fragte Jag und wollte sich vergewissern, dass sie ihn nicht nur beruhigen wollte.

»Ja, ich möchte Shawn und Gideon und alles, was mit dieser verdammten Beziehung zu tun hatte, hinter mir lassen. Ich möchte mit meinem Leben weitermachen. Ich will dich heiraten und wieder zu der Frau werden, die ich war, bevor das alles passiert ist. Ich habe einige Fehler gemacht, aber was mir widerfahren ist, habe ich nicht verdient.«

»Nein, das hast du nicht«, stimmte Jag zu.

Sie legte den Kopf zurück. »Wirst du mit den anderen bald auf Mission gehen?«

Jag runzelte verwirrt die Stirn. »Nein, warum?«

»Weil du bei all diesen Besprechungen warst. Es muss etwas passiert sein und ich dachte einfach, dass ihr bald eingesetzt werden könntet. Du hast mir erzählt, dass ihr manchmal Stunden um Stunden damit verbringt, Informationen zu überprüfen, und dann werdet ihr losgeschickt.«

Jag nickte. Es war kaum zu glauben, dass er vor achtundvierzig Stunden noch an die entführten Jungen in Nigeria gedacht hatte. Es schien eine Ewigkeit her zu sein. »Ich kann dir niemals garantieren, dass wir nicht sofort einberufen werden könnten, aber die Sache, die wir recherchiert haben, wurde gelöst, ohne dass wir eingreifen mussten.«

Carly entspannte sich in seinen Armen. Jag war bis zu diesem Moment nicht klar gewesen, wie besorgt sie darüber gewesen war, dass er sie vielleicht verlassen müsste.

»Gut.«

Jag hob eine Hand und strich damit sanft über ihren Kopf. »Ich liebe dich«, sagte er leise. »Ich schwöre, dass ich mindestens zehn Jahre gealtert bin, als mir klar wurde, dass du mir keine SMS geschickt hast, dass du sicher zu Hause angekommen bist.«

»Es tut mir leid«, sagte sie.

»Nein«, erwiderte Jag kopfschüttelnd, »das muss es nicht. Was passiert ist, war nicht deine Schuld, sondern die dieses Arschlochs.«

»Wir müssen uns unbedingt bald diesen Film ansehen«, sagte Carly.

Jag lachte leise und nickte. »Okay.«

»Geht es Baker gut?«, fragte sie nach einer Minute.

Jag seufzte. »Ich weiß nicht.«

»Er hat nichts falsch gemacht. Ich weiß, dass er sich den Hintern aufgerissen hat, um mich zu finden.«

»Das hat er«, stimmte Jag zu. »Aber er versagt nicht gern.«

»Oh mein Gott, er hat nicht versagt«, protestierte Carly. »Er war es, der die Aufzeichnungen der Überwachungskamera gefunden hat, auf denen Gideon mich schlägt und in seinen Kofferraum stopft!«

»Das sieht er nicht so.«

»Ich werde mit ihm reden«, sagte sie entschlossen. Dann wurde ihre Stimme weicher und sie fügte hinzu: »Aber nicht jetzt. Ich fühle mich gerade wohl hier.«

Jag nickte. Er hatte befürchtet, dass er das nie wieder haben würde, dass er niemals wieder in der Lage sein würde, sie zu halten. Sparks hätte sie schlimmer zurichten können. Er hätte sich an ihr vergreifen können. Auf keinen Fall wollte er, dass sie jemals dasselbe durchmachen müsste wie er. Hilflosigkeit, Erniedrigung, Schmerz. Was mit Carly passiert war, war schlimm genug. Jag wusste, dass sie nicht so ruhig mit dem Vorfall umgehen könnten, wenn Sparks sie berührt hätte.

»Ich freue mich auf den Grillabend bei Kenna und Aleck an diesem Wochenende.«

Jag lächelte. Das war so ein … normales Gesprächsthema. Carly war gerade aus dem Krankenhaus gekommen, hatte wahrscheinlich immer noch ziemlich starke Schmerzen, und dennoch ließ sie das Geschehene hinter sich. Sie war verdammt unglaublich.

»Ich auch.«

»Elodie hat gesagt, sie würde alles geben«, sagte Carly.

Jag konnte ihr Lächeln auf seiner Haut spüren. »Was bedeutet, dass wir alle sehr gut essen werden.«

»Ich kann es kaum erwarten, die Burger zu probieren, von denen die Männer immer schwärmen.«

»Sie ist eine wirklich gute Köchin. Ich glaube, ich bin etwas neidisch auf Mustang.«

»Hey«, protestierte Carly und stieß ihn in den Bauch. »Ich kann auch kochen.«

»Natürlich kannst du das«, bestätigte Jag sofort und wusste es besser, als seiner Frau zu widersprechen ... nicht, wenn er wollte, dass sie in Zukunft noch einmal für ihn kochte.

»Aber nicht so, wie sie es kann«, fügte Carly hinzu. »Jag?«

»Ja, mein Engel?«

»Ich liebe dich so sehr. Und ich habe keine Angst davor. Ich dachte, ich würde mich lange davor scheuen, mich zu verlieben, nach allem, was passiert ist. Aber ich weiß ohne Zweifel, dass dies der Ort ist, an dem ich sein soll. Ich musste vielleicht all das erleben, was Shawn und sogar Gideon mit mir gemacht haben, um genau hier zu landen. Ich würde es noch einmal durchstehen, wenn es bedeutet, mit dir zusammen zu sein.«

Jag war überwältigt von Emotionen. Aber er verstand, was sie meinte. Er würde auch nichts an seinem Leben ändern, denn es hatte ihn zu Carly geführt. Es war ein erschreckender Gedanke. Den Großteil seines Erwachsenenlebens war er so verbittert über das gewesen, was er durchgemacht hatte. Aber jetzt verstand er, dass diese Erfahrungen ihn zu dem Mann gemacht hatten, den Carly brauchte. »Ich liebe dich«, brachte er hervor.

Carly nickte und atmete tief ein und aus. »Ich glaube, ich könnte tagelang schlafen«, murmelte sie.

»Ich auch.« Jag spürte, wie die Erschöpfung an ihm zerrte. Er war seit mehr als fünfunddreißig Stunden wach. Das Adrenalin, das durch seine Adern schoss, hatte ihm geholfen, auf den Beinen zu bleiben, aber jetzt, mit seiner Frau sicher und gesund in seinen Armen, Sparks tot und dem Wissen, dass Carly ihn heiraten würde, fühlte er, wie er zusammenbrach.

Jag atmete tief ein und genoss Carlys süßen Kirschblütenduft, bevor er einschlief. Endlich war sie von ihrer Vergangenheit befreit und vor ihnen lag eine wundervolle Zukunft.

Carly wusste nicht, was sie aufgeweckt hatte, aber als sie auf die Uhr schaute, sah sie, dass es erst drei Uhr morgens war. Sie hatte tief und fest und sicher in den Armen ihres Mannes geschlafen, aber jetzt nagte ihr Gewissen an ihr. Sie wusste, dass sie die Augen schließen und leicht wieder einschlafen konnte, aber sie musste etwas tun.

Überrascht, dass sie Jag aus den Armen schlüpfen konnte, ohne ihn zu wecken, schlich Carly auf Zehenspitzen zur Tür und ging ins Wohnzimmer. Es war offensichtlich, dass Jag gelitten hatte, während sie vermisst wurde. Sie schwor sich, alles zu tun, um ihm zu helfen, über das Geschehene hinwegzukommen.

Ihr Telefon lag auf der Küchentheke, wo Jag es abgelegt hatte, als sie nach Hause gekommen waren. Seine Teamkameraden hatten es aus ihrem Wagen geholt, nachdem sie es in diesem Parkhaus gefunden hatten. Sie nahm das Handy und sah, dass sie mehrere SMS von ihren Freundinnen bekommen hatte. Sie drückten alle ihre Dankbarkeit und Freude darüber aus, dass sie wieder zu Hause war. Sogar Monica hatte eine kurze Nachricht geschickt, um sie wissen zu lassen, wie erleichtert sie war, dass es ihr gut ging. Es bedeutete Carly die Welt, weil sie wusste, dass die andere Frau nicht besonders gern SMS schrieb.

Kenna hatte auch einen Gruppenchat gestartet, um zu planen, was die anderen am Wochenende zum Grillen mitbringen sollten. Wie üblich war sie ihr herrisches, durchorganisiertes Selbst.

Carly würde später allen ihren Freundinnen antworten, aber jetzt hatte sie Wichtigeres zu tun. Sie zögerte nicht einmal, auf den Namen in ihrer Kontaktliste zu tippen. Es war spät oder früh, aber sie wusste instinktiv, dass es keine Rolle spielte.

»Alles in Ordnung, Carly?«, fragte Baker leise, als er nach nur einem Klingeln abnahm. »Wo bist du?«

»Mir geht es gut«, sagte sie leise und ließ sich auf die Couch fallen. »Ich bin zu Hause.«

»Warum rufst du dann an?«, fragte Baker.

»Wo bist du?«, konterte sie.

Er seufzte. »Ich sitze an der Nordküste am Strand.«

»Wenn du dasitzt und darüber grübelst, was du deiner Meinung nach hättest anders machen sollen, um Gideon zu finden oder zu verhindern, was passiert ist, werde ich sauer«, sagte sie zu ihm.

Er lachte nicht. »Es war meine Schuld, Carly.«

»Das ist so ein Blödsinn«, erwiderte sie. »Kontrollierst du heutzutage, was jeder tut oder sagt? Die Nachricht habe ich nicht bekommen.«

Baker schwieg am anderen Ende der Leitung, also fuhr Carly fort.

»Ich weiß, dass jeder irgendwie Angst vor dir hat und dass du dieser große, böse Ex-SEAL bist, auf den sich jeder verlässt, wenn die Kacke am Dampfen ist, aber du bist ein Mensch, Baker. Du isst, trinkst und gehst genauso aufs Klo wie wir alle ... es sei denn, du tust es nicht und niemand hat es mir gesagt. Die einzigen Menschen, die schuld an dem sind, was passiert ist, sind Shawn und Gideon, niemand anderes. Du bist nicht Superman. Du hättest nicht verhindern können, was passiert ist.«

»Ich hätte erkennen müssen, dass Gideon der Komplize war«, sagte er leise. Die Agonie in seiner Stimme war deutlich zu hören.

»Wie denn? Osmose? Der Typ war hinterhältig und schlau. Wahrscheinlich hat er Jag und mich monatelang beschattet, ohne dass wir es bemerkt haben. Es war unmöglich, jeden einzelnen seiner Kollegen und die Leute, die er regelmäßig traf, zu befragen, um hinter die Geschichte mit dem Boot zu kommen, das er sich geliehen hatte. Wenn er der einzige Verdächtige gewesen wäre, hättest du vielleicht hinter seine Fassade blicken können, aber das war er nicht. Es gab viele andere Personen, die du im Auge hattest. Ich bin nicht gut in Mathe, aber wenn jeder Verdächtige hundert Freunde und Bekannte hätte, die du befragen müsstest, hättest du ewig gebraucht.«

Baker grunzte. Carly nahm das als gutes Zeichen.

»Willst du wissen, warum ich gerade wach bin?«

»Ja«, antwortete Baker sofort. »Du solltest schlafen. Tut dir der Kopf weh?«

»Nicht mein Kopf, sondern mein Herz«, gab Carly zurück. »Ich wusste, dass mein Freund sich selbst die Schuld gab, und das war nicht richtig. Ich sagte Jag bereits, dass ich dasselbe noch einmal durchmachen würde, wenn es bedeuten würde, mich genau dorthin zu führen, wo ich jetzt bin. Lass es gut sein Baker, bitte. Niemand denkt geringer über dich, weil du nicht herausgefunden hast, dass Gideon Shawns Komplize war, bevor er mich entführt hat. Nicht ich, nicht Jag, niemand. Mach dich etwas locker. Wenn du das nicht tust, werde ich weiterhin nicht schlafen können und wahrscheinlich einen Komplex bekommen oder paranoid werden. Ich werde meinen Job verlieren und der Gesellschaft auf der Tasche liegen.«

Carly trug so dick auf, wie sie konnte, und zu ihrer Erleichterung hörte sie Baker endlich lachen.

»Richtig, das würden wir natürlich nicht wollen.«

»Es ist mein Ernst. Komm darüber hinweg. Das ist ein Befehl.«

»Jawohl, Ma'am. Wie wäre es, wenn du deinen Hintern jetzt zurück ins Bett bewegst und dich ausruhst? Ich vermute, dein Kopf pocht, und es würde wahrscheinlich nicht schaden, wenn du noch eine Schmerztablette nimmst.«

Carly lachte. »Das werde ich, wenn du deinen Hintern auch zurück ins Bett bewegst und etwas schläfst. Zu dieser Zeit ist es am Strand nicht sicher.«

Baker lachte wieder. »Richtig. Ich bin ein Surfer. Der Strand ist mein zweites Zuhause.«

»Wie auch immer. Dann geh zurück in dein erstes Zuhause und schlaf«, sagte Carly zu ihm.

»Das werde ich. Carly ...«

»Ja?«

»Vielen Dank.«

»Gern geschehen.«

»Bis bald.« Baker legte ohne ein weiteres Wort auf.

Carly stand auf, um zu tun, was er vorgeschlagen hatte, und sich wieder zu Jag ins Bett zu kuscheln, doch sie erschrak, als sie ihn im Flur an der Wand lehnen sah.

»Du hast mir Angst gemacht«, sagte sie.

»Baker?«, fragte Jag und nickte in Richtung des Telefons, das sie gerade auf den Tisch gelegt hatte.

Carly nickte.

»Geht es ihm gut?«

Sie zuckte mit den Schultern. »Ich weiß es nicht, hoffentlich.«

»Es geht ihm gut«, sagte Jag bestimmt und streckte dann seine Hand aus.

Sie ging auf ihn zu, nahm sie und seufzte zufrieden, als Jag sie an sich zog.

»Wie konnte ich so viel Glück haben?«, murmelte er in ihr Haar. Aber er gab ihr keine Chance, seine Frage zu beantworten. Er drehte sie um, drückte sie an seine Seite und führte sie zurück ins Schlafzimmer. Er legte sie wieder ins Bett, deckte sie zu und ging dann ins Badezimmer. Er kam mit einer Schmerztablette und einem Glas Wasser zurück.

Carly war nicht überrascht, dass er bezüglich ihrer Medikamente mit Baker auf einer Wellenlänge lag. Sie nahm es klaglos hin und als Jag wieder ins Bett stieg, schmiegte sie sich erneut an ihn.

»Ich liebe dich«, sagte sie zu ihm.

»Ich sollte vielleicht verärgert sein, weil du dich aus unserem Bett geschlichen hast, um einen anderen Mann anzurufen, aber es ist eines der Dinge, die ich so sehr an dir liebe. Du denkst ständig an andere und sorgst dich um sie. Ich liebe dich, mein Engel.«

Carly lächelte. Sie dachte, sie hätte ihn nicht geweckt, als sie das Zimmer verließ, aber sie hätte es besser wissen sollen. Sie seufzte zufrieden und schloss die Augen ... und war in weniger als einer Minute wieder eingeschlafen.

EPILOG

Jag beobachtete Carly, als sie am Strand entlangging und mit Kenna und Lexie lachte. Dieser Grillabend war genau das, was sie alle gebraucht hatten. Carly fühlte sich viel besser und ihre diversen Schnittwunden und Prellungen waren bereits auf dem Weg der Besserung. Erstaunlicherweise schien sie ihre schreckliche Erfahrung viel schneller hinter sich lassen zu können als der Rest des Teams.

Alle kämpften mit der Tatsache, dass sie nicht hatten verhindern können, was passiert war, und sie nicht einmal hatten finden können, nachdem sie entführt worden war. Aber Carly war Carly, sie hatte sich trotzdem ausgiebig bedankt und bisher keine Anzeichen von posttraumatischer Belastungsstörung gezeigt. Es war noch früh, aber er war optimistisch.

Jag wandte die Aufmerksamkeit wieder seinem Telefon zu und las den Artikel zum zehnten Mal ... den Artikel, den Baker ihm an diesem Morgen per E-Mail geschickt hatte.

Er war nicht lang. Es war nur ein Absatz aus der gestrigen Ausgabe einer Kleinstadtzeitung. Aber er enthielt genügend Informationen, um Jag zufriedenzustellen.

. . .

Eine lokal ansässige Frau namens Bridget Smith wurde heute festgenommen, nachdem die Polizei einen anonymen Hinweis erhalten hatte, dass sie Betreiberin einer Webseite für Kinderpornografie sei. Als die Polizei ihre Räumlichkeiten durchsuchte, fanden die Beamten Adam Beaufort, einen dreizehnjährigen Jungen aus Brooksfield, der vor mehr als einem Jahr aus der Gegend verschwunden war. Miss Smith hatte ihn gegen seinen Willen in ihrem Keller festgehalten. Er wurde mit seiner Familie wiedervereint und gegen Miss Smith wurden Ermittlungsverfahren wegen Entführung, Vergewaltigung und mehrerer anderer Straftaten eingeleitet. Unseren Quellen zufolge wird sie auch mit dem Verschwinden zwei weiterer einheimischer Jungen in Verbindung gebracht. Wir werden morgen über die Wiedervereinigung von Adam mit seiner Familie berichten.

Seine Frau würde begeistert sein zu erfahren, dass Baker ihrer Bitte nachgekommen war und Bridget für das bezahlen ließ, was sie ihm vor all den Jahren angetan hatte. Er konnte nur vermuten, dass der anonyme Hinweis von dem pensionierten SEAL kam.

Einerseits war er erleichtert, dass Bridget hinter Gittern saß, aber andererseits hatte er ein schlechtes Gewissen, dass er vor all den Jahren nicht selbst etwas gesagt hatte. Er hätte vielleicht verhindern können, dass unzählige andere Jungen missbraucht wurden.

»Hey«, sagte Mustang, als er sich Jag näherte.

Jag tat sein Bestes, um die Vergangenheit ein für alle Mal hinter sich zu lassen, und drehte sich zu seinem Teamleiter um. »Hey«, erwiderte er.

»Ist Carly genauso enttäuscht wie die anderen Frauen, dass Baker heute nicht aufgetaucht ist?«

»Ein bisschen«, sagte Jag mit einem Lächeln.

»Das ist nicht sein Ding«, sagte Mustang.

»Nein, aber Carly versteht das.«

»Ja, Elodie auch. Sie haben ihn aber irgendwie adoptiert.«

Beide lachten. Der Gedanke, dass jemand Baker »adoptieren« könnte, war witzig.

»Obacht«, sagte Mustang leise.

Jag blickte auf und sah Carly auf sich zukommen. Es raubte ihm den Atem, wie schön sie aussah. Ihr blondes Haar wehte offen in der Meeresbrise und das breite Lächeln auf ihrem Gesicht war etwas, von dem er sich geschworen hatte, es niemals als selbstverständlich anzusehen.

»Die Burger sind in etwa fünf Minuten fertig«, sagte Mustang, bevor er Carly zunickte und sich umdrehte, um zurück zum Grill zu gehen, wo seine Frau ihre beliebten Hamburger zubereitete ... und versuchte, die anderen Männer davon abzuhalten, sie zu »ruinieren«.

»Du siehst glücklich aus«, merkte Jag an.

»Das bin ich. Es ist ein herrlicher Tag, die Sonne scheint, ich bin mit meinen Freunden zusammen und der Mann, den ich liebe, hat seine Augen auf mich gerichtet. Was könnte ich sonst noch verlangen?«

Jag hatte nicht vorgehabt, es in diesem Moment zu tun, aber er konnte nicht anders. »Wie wäre es mit einem Ring an deinem Finger, passend zu dem Vorschlag, den ich neulich gemacht habe?«, fragte er und zog eine kleine Schachtel aus seiner Tasche.

Sie riss die Augen auf und starrte auf die kleine Schachtel. Jag öffnete sie, um den Aquamarin in Smaragdschliff zu enthüllen, der von kleinen Diamanten umgeben war, und griff nach ihrer Hand.

Carly stand stocksteif da, als er ihr den Verlobungsring an den Finger steckte.

»Atme, mein Engel«, sagte Jag mit einem leisen Lachen.

Das schien sie aus der Trance zu rütteln, in der sie sich befand. Carly kreischte und warf ihre Arme um seinen Hals. Er lachte und drehte sie im Kreis, bevor er sie wieder auf den Boden stellte. »Ich will nicht lange warten«, warnte er. »Du solltest wahrscheinlich mit Alani sprechen und herausfinden, wann es passt.«

»Das werde ich«, erwiderte Carly glücklich. »Jag, ich liebe ihn.« Sie streckte die Hand aus und starrte voller Verehrung auf ihren Ring.

»Und ich liebe dich.«

Carly umarmte ihn noch einmal. »Ich liebe dich auch.« Dann fragte sie: »Kann ich ihn den anderen zeigen?«

Er lachte. »Na sicher, geh nur. Ich weiß, dass du darauf brennst.«

Carly beugte sich vor, küsste ihn schnell, drehte sich um und lief zu den anderen, die am Grill standen und mit wässerigem Mund auf Elodies Burger warteten.

Jag trat für eine Sekunde zurück und genoss den Moment. Carly glücklich und lebendig zu sehen trug viel dazu bei, all die negativen Gedanken zu verbannen, die ihn vor wenigen Monaten noch aufgezehrt hatten. Sie war von den anderen Frauen umgeben und alle umarmten sie und gratulierten ihr. Sogar seine Freunde lächelten.

Als Carly sich umdrehte und ihm zuwinkte, zögerte Jag nicht, zu ihr zu gehen. Sie war das Beste, was ihm je passiert war, und er würde den Rest seines Lebens genau dort verbringen, wo er sein wollte ... direkt an ihrer Seite.

Ashlyn stand vor der Haustür von Alecks und Kennas Wohnanlage, während sie auf das Taxi wartete, das Robert für sie bestellt hatte. Slate verließ gerade das Gebäude und schien überrascht zu sein, sie zu sehen.

»Hey, was ist los?«, fragte er.

Ashlyn deutete auf die lange Einfahrt. »Ich warte auf mein Taxi.«

»Warum hast du nichts gesagt? Ich kann dich nach Hause fahren.«

»Schon gut, ich wollte niemanden stören.« Ashlyn war an diesem Nachmittag mit dem Taxi gekommen, weil sie sich nicht sicher war, ob sie etwas trinken würde. Und sie wollte nicht fahren, wenn sie beschwipst war.

»Ich bringe dich nach Hause«, sagte Slate bestimmt. Er drehte sich um, um wieder hineinzugehen, wahrscheinlich um Robert zu sagen, dass er das Taxi abbestellen konnte.

Ashlyn seufzte über seine Selbstherrlichkeit. Aber je mehr sie mit Slate und den anderen Männern in seinem Team zusammen war, desto mehr wurde ihr klar, dass übertriebene Fürsorge nur ein Teil ihrer Persönlichkeit war. Slate konnte nicht anders. Es hatte also keinen Sinn zu protestieren.

Er kam wieder herausgeschlendert und Ashlyn konnte nicht anders, als zum millionsten Mal zu bewundern, wie gut er aussah. Sie hatte ihn schon im Auge, seit sie ihn zum ersten Mal gesehen hatte ... trotz aller Proteste gegenüber ihren Freundinnen. Sie wollte glauben, dass er genauso an ihr interessiert war. Aber bisher hatte keiner von ihnen den Versuch unternommen, etwas in dieser Richtung zu unternehmen.

Wortlos nahm Slate sie am Ellbogen und führte sie zum Parkplatz und zu seinem Chevy Trailblazer. Sofort fing ihre Haut unter seiner Berührung an zu kribbeln und Ashlyn konnte das Lächeln nicht aus ihrem Gesicht verbannen, als er ihr die Beifahrertür aufhielt.

»Worüber lächelst du so?«, fragte Slate.

»Nichts«, entgegnete sie sofort.

Er starrte sie einen Moment lang an, als sie sich anschnallte, und schloss dann die Tür.

Die Fahrt zu ihrer Wohnung war angenehm und ausnahmsweise beschimpften sie sich nicht gegenseitig. Als Slate auf ihren Parkplatz einbog und einparkte, stellte er den Motor ab und drehte sich zu ihr um. »Ich dachte ...«

»Oh, das ist gefährlich«, neckte Ashlyn ihn.

Slate verdrehte die Augen. »Hast du Lust, mal auszugehen?«

Sie starrte ihn einen langen Moment überrascht an und wartete darauf, dass er anfing zu lachen oder so. Als er das nicht tat, fragte sie: »Ernsthaft?«

»Ja, wir hängen ohnehin oft miteinander ab und ich mag dich, auch wenn ich denke, dass du bezüglich deiner Sicherheit etwas leichtsinnig bist. Und ja, ich weiß, dass du vorsichtig bist, wenn du das Essen auslieferst. Und ich weiß, dass du durchaus in der Lage bist, auf dich selbst aufzupassen, aber ich mache mir trotzdem Sorgen, weil es da draußen viele Arschlöcher gibt. Ich dachte, dass du vielleicht ... du weißt schon ... irgendwann mal mit mir ausgehen möchtest. Ohne dass die anderen dabei sind.«

Ashlyn grinste. »Ja.«

Jetzt war Slate an der Reihe, überrascht dreinzuschauen. »Wirklich?«

»Ja, aber ich will nichts Ernstes«, fügte sie schnell hinzu. »Glaube nicht, dass du irgendeinen Vorwand finden kannst, um mich dazu zu bringen, bei dir einzuziehen. Und denk bloß nicht, dass ich mich unsterblich in dich verlieben werde. Es würde mir nichts ausmachen, mit dir abzuhängen und ... du weißt schon. Aber ich bin auf absehbare Zeit nicht an einer festen Beziehung interessiert.«

»Du weißt schon?«, wiederholte Slate.

Ashlyn grinste breiter. »Sex, Freunde mit Vorteilen ... so etwas in der Richtung.«

Slate erwiderte ihr Grinsen. »Damit wäre ich einverstanden.«

»Gut.«

»Es ist noch früh«, überlegte Slate. »Willst du zu mir kommen und einen Film oder so schauen?«

»Wir könnten in meine Wohnung gehen«, sagte Ashlyn. »Ich habe Netflix.«

»Netflix und chillen?«, sagte er gedehnt und hob eine Augenbraue.

Ashlyns Brustwarzen drückten sich durch ihr Hemd. Sie war absolut bereit, mit Slate zu schlafen. Sie war schon seit Ewigkeiten heiß auf ihn. Und sie mochte Sex. Sie mochte es sehr und vermisste es. Sie hätte nichts dagegen, ihre Enthaltsamkeit mit einem heißen Navy SEAL zu beenden. »Oh ja«, sagte sie, ein wenig hauchender, als sie beabsichtigt hatte.

Slate wanderte mit seinem Blick über ihren Körper und es gefiel ihr sehr, wie er sie ansah. Er stieg aus dem Wagen und ging zu ihr herum. Als Ashlyn heraussprang, schloss er ihre Tür und drückte sie sofort dagegen. Das Metall war noch warm von der Sonne.

Er beugte sich zu ihr vor und küsste sie wortlos.

Ashlyn warf die Arme um seinen Hals und hielt sich fest. Über all die Monate hatte sich eine Menge sexuelle Spannung aufgestaut.

Als er endlich den Kopf hob, konnte Ashlyn die Feuchtigkeit zwischen ihren Beinen spüren.

»Nichts Ernstes«, murmelte er, während er sie musterte.

»Nichts Ernstes«, wiederholte sie.

Dann legte Slate einen Arm um ihre Taille und sie gingen zum Eingang ihres Wohnhauses.

Ihre Freundinnen würden sterben, wenn sie hörten,

dass sie und Slate sich endlich ihrem Verlangen hingaben. Sie würden es wahrscheinlich übertreiben und annehmen, dass sie in einer Woche oder so heirateten, da sie alle wahnsinnig in ihre SEALs verliebt waren. Aber Ashlyn war mehr als zufrieden damit, es bei einer offenen Beziehung zu belassen. Sie war praktisch veranlagt und sie waren zu unterschiedlich, um auf lange Sicht tatsächlich zusammen zu enden ... aber kurzfristig? Ashlyn war gern für unverbindlichen Sex zu haben.

Sie konnte sich ein Lächeln nicht verkneifen, als Slate sie die Treppe hinaufführte.

Buch 6 in Die SEALs von Hawaii, *Die Suche nach Ashlyn* kommt bald!

BÜCHER VON SUSAN STOKER

Zuflucht für Henley (3 Jan 2023)
Zuflucht für Reese
Zuflucht für Cora
Zuflucht für Lara
Zuflucht für Maisy
Zuflucht für Ryleigh

Delta Team Zwei
Ein Held für Gillian
Ein Held für Kinley
Ein Held für Aspen
Ein Held für Jayme
Ein Held für Riley
Ein Held für Devyn
Ein Held für Ember (1 Dez)
Ein Held für Sierra

Mountain Mercenaries:
Die Befreiung von Allye
Die Befreiung von Chloe
Die Befreiung von Morgan
Die Befreiung von Harlow
Die Befreiung von Everly
Die Befreiung von Zara
Die Befreiung von Raven

Ace Security Reihe:
Anspruch auf Grace
Anspruch auf Alexis
Anspruch auf Bailey
Anspruch auf Felicity
Anspruch auf Sarah

Die Delta Force Heroes:

Die Rettung von Rayne
Die Rettung von Emily
Die Rettung von Harley
Die Hochzeit von Emily
Die Rettung von Kassie
Die Rettung von Bryn
Die Rettung von Casey
Die Rettung von Wendy
Die Rettung von Sadie
Die Rettung von Mary
Die Rettung von Macie
Die Rettung von Annie

SEALs of Protection:

Schutz für Caroline
Schutz für Alabama
Schutz für Fiona
Die Hochzeit von Caroline
Schutz für Summer
Schutz für Cheyenne
Schutz für Jessyka
Schutz für Julie
Schutz für Melody
Schutz für die Zukunft
Schutz für Kiera
Schutz für Alabamas Kinder
Schutz für Dakota

Eine Sammlung von Kurzgeschichten

Ein langer kurzer Augenblick

BIOGRAFIE

Susan Stoker ist die New York Times, USA Today und Wall Street Journal Bestsellerautorin der Buchreihen »Badge of Honor: Texas Heroes«, »SEAL of Protection«, »Die Delta Force Heroes« und einigen mehr. Stoker ist mit einem pensionierten Unteroffizier der US-Armee verheiratet und hat in ihrem Leben schon überall in den Vereinigten Staaten gelebt – von Missouri über Kalifornien bis hin zu Colorado. Zurzeit nennt sie die Region unter dem großen Himmel von Tennessee ihr Zuhause. Sie glaubt ganz und gar an Happy Ends und hat großen Spaß daran, Geschichten zu schreiben, in denen Romantik zu Liebe wird.

Besuchen Sie Susan im Netz!
www.stokeraces.com
facebook.com/authorsusanstoker
twitter.com/Susan_Stoker
bookbub.com/authors/susan-stoker

instagram.com/authorsusanstoker
Email: Susan@StokerAces.com